陈应松作品精选

名家作品精选

陈应松 著

长江出版传媒 | 长江文艺出版社

图书在版编目（C I P）数据

陈应松作品精选 / 陈应松著. -- 武汉 : 长江文艺出版社, 2020.3
（名家作品精选）
ISBN 978-7-5702-1054-1

Ⅰ. ①陈… Ⅱ. ①陈… Ⅲ. ①中篇小说－小说集－中国－当代②短篇小说－小说集－中国－当代 Ⅳ. ①I247.7

中国版本图书馆 CIP 数据核字(2019)第 188728 号

责任编辑：孙　琳　　　　责任校对：毛　娟
封面设计：沐希设计　　　　责任印制：邱　莉　杨　帆

出版：长江出版传媒 | 长江文艺出版社
地址：武汉市雄楚大街 268 号　　　　邮编：430070
发行：长江文艺出版社
http://www.cjlap.com
印刷：武汉中科兴业印务有限公司

开本：640 毫米×970 毫米　1/16　印张：20　插页：1 页
版次：2020 年 3 月第 1 版　　2020 年 3 月第 1 次印刷
字数：286 千字

定价：36.00 元

目　录

太平狗

一

程大种烦乱得直吼。自家的狗不知怎么跟上了他。他是出外打工的，可他带着一条狗。嘿嘿！哭笑不得哟！

天气还好，路上净是尘土，头上、身上裹着一层磷矿粉。他搭上了磷矿的一辆顺风车，走过了两个县的地界，根本连想也没想到狗会跟着他。他那时站在远安县苟家垭的岔路口上——汽车把他甩下往另条路走了。他看天空，舒筋骨，再拦车，就看到后头远远地向他奔来一只紫铜色的狗，溅起一路灰尘，鼻子里喷着糟气。

“太平！”程大种惊叫起来。我咋没见着呢？一路在车上往后看哩。“你，你是怎么？！……”

几百里地，离家已有几百里了，它就这么在汽车的屁股头跟着？我上车时它藏在哪个旮旯呢？

“快回去！快回去！”想起自己前脚才踏出门槛，后脚就有家里的东西跟上来了，这不是不让你走嘛！这鬼狗，比人还讨厌。幺儿还能哄了，说我再回来给你带糖回来吃，幺儿就不赶你的路了。

可那狗不服撵，一脚踢去，踢走了两步，又依依回了头，还向你摇动着谄媚的尾巴。狗不跟着主人跟着谁呢？这让那狗有点迷惘。狗是条神农架的纯种猎狗，当地叫赶山狗，嘴头粗，尾巴直，下巴上两根箭毛，是同村的蔡三爹捉来给他的。蔡三爹过去是个打匠（猎人），最多家里养八九条狗。狗通红的鼻子，从小就很好看，腿长，眼像镀了层金子似的，炯炯有神；每天睁着警惕的眼睛，对着山、鸟、虫子、老鼠狂嗥，连虱子也不敢进他家。它就是一百把安全锁，所以就取名太平。话又说转来，咱丫鹊坳的哪条狗不是太平狗？没有野牲口咬伤人畜事件，盗贼闻见了它们的气味，一泡尿百分之九十撒在裤子里。

可我现在不要你，太平，你这哑糊苕！我这不是走亲戚，是去城里找活干的！滚滚滚！滚！回去！

试了几下，一来二去，赶不走，黏上了。就火了，怒从心起，操起路边小卖部门口的一把锨，劈头就照狗砍去，那狗哪晓得主人会对它下如此毒手，防都没防，腰椎就咯嚓一声断了，打落尘埃，发出悲恸的惨嚎，爬不起来了。

主人准备继续赶路，懒得理这狗了。别人把它拖去剐皮煮肉那是别人的事，与他无关。狠心了结了一桩事，还一阵轻松。人在外，心就狠了，像毒蛇。可狗在后头哭泣着，挣扎着，那小卖部里的老倌子还出来心疼地观看，一个陌生人打一条陌生狗。看狗时，狗又晃晃悠悠地爬起来了，狗很怪，怪模怪样的，一看就是深山里的怪物，与野兽们一起长大的。那怪狗叉开四条长腿站起来，平衡了一下身子，用舌头舔了一下鼻子里流出的血泡——鼻尖通红，不是血。这狗就又向那个陌生的施暴人撵去，夹着粗壮笔直的尾巴。可那人依然不依不饶，一双山魈眼横竖看不惯它，又跑过来操起那锨，又是一锨。这一下，是尘埃落定了，狗再也爬不起来，呜咽着悲愤和绝望，听那时断时续的哀鸣，是在喊痛哩，或者还有什么，控诉一般的。那个施暴人在路上暴躁地走着，拦车，什么车都拦，自行车也拦。后来拦到了一辆长途客车，跳上车去。车就被自己轮子搅起来的漫漫黄尘给吞没了，就像一条沟里的鱼搅浑水藏起自己一样。

一团黄尘在蜿蜒起伏、颠簸如浪的公路上渐行渐远。

半夜时分，昏昏沉沉的程大种从梦中醒来，感到一个暖热的膀子挨着他，这是卧铺客车，心想着旁边的人是个男的，不会离自己这么近，各自在臭醺醺的毯子里睡觉嘛。一睁开眼，一张狗脸在黑暗中闪现。狗，太平！这狗何时爬上客车来了？半路上是停过几次，人上上下下，还拉尿、加油，狗就蹿上了车？狗不是已经给打死了吗？

程大种心像刀子割，这狗可是只异狗，狗皮膏药粘上自己啦。就势一掀，将那狗掀到走廊里，还踢了一脚。狗嗷嗷大叫，好不委屈。一声狗叫，吓得那在半夜漫游的司机从鸿蒙中惊醒过来，差点撒了方向盘，只见车一个尥蹶，在路上闪闪失失几下，满车人也都给惊醒了，从毯子里伸出头，一双双通红的眼里全是遭劫般的觳觫。这时就见一条狗从人的头上越过，撵狗人在走廊里高捋着袖子，咬牙切齿，骂骂咧咧。这激怒了一车人，司机在民意的支持下动了怒，将人与狗双双驱逐出车，将他们丢在了荒郊野地。

两天以后，程大种与他的狗才到达汉口。

他是把狗装入一个蛇皮袋子里，紧紧扎着，像装一块石头一样，怕狗乱叫，又将狗两脚踹昏了，这才上了另一辆汽车。

到了汉口，那叫太平的狗还没能吸一口城里的空气，还蜷在自己的屎尿里，在黑暗憋闷的袋子里煎熬着。但从车上下来后，它已经醒过来，浑身疼痛难忍。一阵冷水，浸到心中去了——那是主人程大种在一个自来水管前浇它——是怕它有股子臭味。这样就背到了程大种的一个姑妈家里，可是亲姑妈。这姑妈是随自己在神农架林场的丈夫进城的，在省林业厅一个下属的木制品厂做技术活。那男人——也就是程大种的姑父，早死了。姑妈住在一栋灰不溜秋的老房子里，从楼房外一个砖石砌的楼梯上去，进黑咕隆咚的走廊。找到姑妈家，就说：

"姑妈，我给您背一只狗来了。"

那意思是说：您杀了吃吧，神农架的特产，肉狗啊。程大种倒出那狗来，那狗像得了软骨病一样的，已经快不行了。哪知姑妈误会了他的意思，以为是让她养这只狗，这只巨大的、长相怪异的猎狗，立马变了脸色，大怒狂呼道：

"还不甩出去！"

狗像一床破棉絮被扔了出去。这神农架赶山狗太平趴在楼梯口那个露天平台上，费了好大的劲才清醒，一看是异乡世界。心里火烧火燎，几天没吃没喝啊。

又站起来了，狗的生命力是顽强的，特别是猎狗，野兽只要不把它的身体吞吃，只剩下一块肉，这块肉也能行走。现在，它急切地寻找它的主人，它踅回去，抓门，啃门，无济于事，就趴在了门口，依然不吃不喝。不见到主人，它是不会吃喝的。这狗倔。

半夜之后，城里的风渐渐加大了，喧嚣小了，冷得不行。水泥地忒冷，像趴在冰窖里一样。太平就用两只前爪垫着自己的肚皮，也就垫了自己的身子。肚子里咕噜咕噜地乱叫，嘈嘈切切，吵吵嚷嚷。它就站起来，想松松筋骨，又疼痛难忍，在黑暗中嗅看着这走廊里有没有可吃的东西。一个洋铁罐里有一些臭水，太平喝了几口，不对味，还烧心。一只老鼠从蜂窝煤堆里探出头来，又缩了回去。太平在那儿守了半夜，没见到老鼠再出来。东窜西窜，竟在一个塑料袋装的垃圾里寻到了两块骨头。因为害怕，又吃得急切，骨头没嚼碎就吞进了肚里。那骨头就戳着它的胃，戳出肚皮，用爪子一摸就能摸到，可难受了。太平真想把那骨头抽出来重新咀嚼一遍，没什么危险嘛，何必这么慌里慌张呢？

再趴下来时，胃更难受，就像吞进去了一堆碎玻璃。三月的风蛮横无理，比神农架的风大多啦。话又说转来，神农架再大的风它也有一个草垛呀，有个狗窝呀。在城里它没有。

二

早晨程大种从门里出来的时候，一脸被姑妈数落过的痕迹，眼肿肿的。姑妈被那要死不活的狗惊吓过后，就在侄儿程大种的面前完全变了个人，像个泼妇，对他大加斥责。具体归纳起来有如下几条：

一、你太野蛮不懂事了，弄一只活狗来让你七十三岁的信佛姑妈剐，你是个神农架的野人？

二、自你姑爹（父）死后我就不喜欢别人到我家，逢年过节我也不让儿子媳妇回来。我骨质增生，长了骨刺呢，我这大年纪了伺候哪个吃？我自己都吃不来了。

三、你作为一家之主，丢下老婆娃儿到城里来寻快活，地不种了，娃儿不管了？老大狗儿读初中，正要人管的时候，你不辅导他的学业，丢下不管了，他学习上不去到时考不取大学又像你一辈子在神农架挖山不止，把自己弄得没一点教养没一点出息，你失职哩！

程大种想解溲问姑妈厕所在哪儿？姑妈说在楼下往西拐走三百米再靠左进去，有公共厕所，不要在屋里屙。程大种竟不想出去，没了一点尿意。在城里，连尿意也没有，人只有一个大脑和嘴，嘴以下没了知觉。姑妈丢给他一床旧毯子，还是姑父当兵时用过的，就这么在沙发上对付了一夜。

早上起来的时候他下楼去找厕所，带着自己的狗，那狗（又活过来啦!）找了一棵蔫不拉唧的树撩起腿排泄了几滴。虽受了汹涌的斥责，东西还是放在姑妈这里去找工作。在没找到工作前还得厚着脸皮在姑妈这儿蹭个沙发。人到了城里就没个尊严了，就把脸皮取下来让人当茅厕板子踩。自己的亲姑妈都这样对待自己，还能指望城里人个什么。也是，她怕个甚！她还怕得罪你不成？她七十多了又长骨刺，还指望重回神农架那老山里让你这侄儿好吃好喝招待她？她也不在乎你拿来的那两包木耳香菇，这东西贱哩，程大种知道城里到处都有买的，比不得过去连白糖肥皂猪肉都要票。

程大种一脸苦相黄着脸去找工作，后头跟条狗，一肚子火气，糊里糊涂地上了一辆电车。

“呀！狗！”

一声女性受虐的疯叫，一个女子就扑向了一个男人的怀中。这女子正坐在程大种的旁边。

狗在自己腿缝里夹着，狗又没惹事，低着头，让形象缩得很小，可一个男人保护女人的豪气就冲过来了，胡睖着两只眼，说：

“把狗搞下去！”

“这狗……”程大种分辩。

“狗啊狗，这是只乡里的狗！这狗多脏，这狗定有狂犬病！”

一听说有狂犬病，车上的人纷纷挤到车门口拍着门要下车，有人打开窗子就往下跳。一时间电车乱了，电车的辫子也掉了。程大种惶恐不已，知道自己闯下了祸，在城里这乡下人就很敏感还自责，连连说：

“这狗没病，没有病！它是条猎狗，赶山狗！”

他的意思是说这狗雄壮能干着呐，不是条病狗。可几个不怕事的男人就要来揍他了。因为有几个女人开始哭叫，这是男人大显身手表现自己的好时机。

“没有病！”他喊。程大种喊。想找个能支援自己的信息。目光搜遍了车厢也没有，全是仇恨和冷漠的眼睛。那狗此时也不争气，因为主人在与人争执，就像主人在山里遇见了野牲口，它当然要跳出来，虽被主人夹紧了，可头高昂着，舌头拉长着，嘴龇着，猎狗的威风出来了，只等一声喝唤，一阵风，就咬住了猎物，拼个鱼死网破。

“没有病的！”

程大种急中生智就将手塞进了太平的嘴里，紧挤它的两排牙齿，让它咬自己。那狗的上下颚被程大种狠狠地挤压，像压一副磨子。程大种的手指终于凿穿了，血从指头流出来，狗嘴里全是红津津的血，人血，乡下人的血。

“不要紧的，没有狂犬病。”程大种高兴地说。

程大种吮着自己的鲜血，走在大街上。黄碜碜的天空根本分不出是早晨还是傍晚，红尘暴土，人流匆匆。他来到了武胜路劳动力市场。那里聚集着黑鸦鸦的找工作的人，操着不同的口音。也游弋着一些坏人，眼珠贼溜溜地围着一些年轻的乡下妹子看，不怀好意；那些乡下妹子护着自己的各色背包、挎包、旅行包，表情落寞，就像赶集时牛市场那些站在粪水里等人看牙口膘色的牲口。几个卖馒头和豆浆的老太婆穿梭在人群中；一些招工的人站在一块预制构件上大声地宣传着他们的优惠条件，以吸引人跟他们走："……包吃包住，每月五百元，每天工作八小时，加班另计工资！……"可说破喉咙，周围的人也无动于衷，一副害怕受骗上当的警惕神情。招工的人只好无奈地丢下烟头，啐了一口痰，骂骂咧咧地走了，再去找另一处的女孩。

带着狗的程大种在找工作的人群里，立马就被好奇的人包围了。"这狗好怪啊？是什么狗？""你想卖狗？""这狗脏。""烂狗。"有人捂着鼻子，避之唯恐不及。但还是有许多人要问个究竟。程大种不说话，巴不得别人把这条狗牵走。狗身上有血，有脏屎，有苍蝇一阵阵向它袭击，而且因饥饿使肋骨四现，走起路来有点喝醉的样子。等有人问清情况后，就给他指点说：带着狗是找不到工作的，又是条老山里的猎狗。不带狗如今都找不到工作。这狗伤痕累累，一看就是条疯狗，你说不是没人信。如今城里人很难信别人说的，报纸上的都不信还信你！

看狗的人多雇他的人少。谈了几个，没谈拢；有的言谈时旁边的好心人还给他递眼色，意思是不言自明的。

整整一天，程大种徜徉在市场上，有时看着这狗。狗也可怜巴巴地看着他。没有结果。程大种只好回姑妈那儿去。

他走到姑妈门口敲门没有应声。他姑妈发誓不给这个山里的侄子开门。昨天晚上，她无端梦见了老头子，老头子变成了一只狗，狗头，而身子还是人。那狗就是侄儿牵来的那条狗，老头子说：你把我剐了，腌了吃，炖汤喝。她不干，老头子就朝她一口咬来。老头子唉老头子，你咋变成一只狗了？姑妈怀着绝世的仇恨在屋里保护着沉默，并且准备着那个乡下的侄子破门而入。好了，总算这样的结果没有出现，那个敲门声消失了，走远了。老妇人揪着心，终于吐出一口长气，丢进一颗防心脏早搏的药，人紧张啊。

三

程大种原路踅回大街。

黄昏的城市发出冷灰色的光芒，马路牙子上到处是油腻腻响当当的呛人声音，到处蒸腾着炒菜的热气和辣味，到处是泼出的脏水和冲出来的碗筷声。从煤气管里喷出的蓝火发出呼呼的轰响，炝锅的节奏就像是一种嘲笑，对程大种这种人不顾一切地嘲笑和抛弃。乞丐正在沿街乞讨，拿着碗，斜背着用绳子当背带的蛇皮袋子；民工正在啃干馍馍。程大种想起昨夜姑妈数落他的话：不读书就像你们一样，男的出来当苦力，女的当鸡，不是死在城里就是伤残在城里。

程大种吃了一碗热干面，讨了一碗开水喝，然后将碗（一次性的纸碗）装了些残水，让太平舔。太平舔着热干面碗，又瞅准桌底下半截面窝，飞快叼起来就吃了。又跟着主人在马路上游荡，又捡了几个乱七八糟的可食东西如梨子核呀、灰裹的硬馍呀还有一泡小儿的干屎。

天已经黑了，风加大了。狂怒的寒风趁着黑暗肆虐，横扫着街道和路人；一些店铺的牌子和雨阳篷被吹得啪啪嗒嗒乱响，风沙弥漫，人睁不开眼睛。寒潮下来了。

程大种没想到会遇上这场寒潮的，倒春寒，让他一点准备都没有。老山里都已经暖和了，老婆陶花子给他准备要带的衣物时，他坚称别带这么多，硬是把毛衣绒裤放家里了，身上就一件老婆织的旧毛背心，轻装出行。城里的风像刀子，因为你没地方可去，没有一个可躲的茅棚或山洞。到处都是人，到处都是房子，可你进不去。高楼高得望断颈子，无数个窗口和门，那不是你的。背着一个山里的背篓的程大种，带着一条与他一样冻得瑟瑟发抖的狗，彳亍在街头。今夜到哪儿去投宿呢？

狗望着默默无语的主人。程大种没看那狗，他的目光停在了高架桥下的一块地方，那儿避风。有几个拾荒人或者乞丐或者傻瓜聚集在那儿，围着一小堆半燃不燃的火。火很好，柴烧的火很好，很接近神农架。冷了，拾一抱柴，架上，点着，人就暖了。在石崖下，在山洞里，也是几个人围着。

程大种就走过去了。

一个犬牙交错，头发深长的流浪汉对着不肯停息的北风正窝着一肚子火，见一个人牵了条狗走过来，是想避风的样子，找到了挑衅的对象——在黑暗中突然给使了一个绊子，程大种就一个踉跄。

“狗！狗子！狗!”

流浪汉恶躁地吼叫着，操起一块砖头就砸那狗太平。一砖头砸在太平的头上，太平顿时天旋地转，嘴里发出哀叫声。程大种见人砸自己的狗，就拿眼找挥砖人。

“狗又没咬你。”他查太平的伤，太平浑身颤抖着。这时一个老者拦住了撒泼的流浪汉，并向程大种示意他可以不管，可以坐在这里，坐在他们一堆，可以烤火——假如他不想走开的话。

程大种因为整个的表情跟他们一样：无家可归。从装束，到神色。那些人就以十分遥远的、敌意的目光接纳了他，有些人还在咕咕哝哝，估计是喃喃自语。火很小，狗和人很大，程大种挤不进去，也没想挤进去，坐在可以伸出一只手去取暖的外围。因是高架桥的下坡，很矮处没有风，几乎没有，还有一扇水泥墙，程大种就慢慢靠上了那堵墙，屁股下也悄悄塞进了一个草垫。

一个遛狗的人横过了马路——被一条苏格兰牧羊犬拽着。那狗看到了太平，就要来嗅嗅它了。狗嗅着狗，不管它脏不脏。一只是干净的喷香的狗，一只是肮脏的发臭的狗；一只精神抖擞，激情澎湃，一只神情怠倦，要死不活。可两只狗都十分高大，差一点就一见如故，一见钟情，但被那城市狗的主人给呵斥住了，并下力地把那城市狗拉开。两只狗以狗的语言吠叫时，太平就显示了它喉咙的粗壮，是一只喊山的嗓子，胸腔有积蓄，气流洪大，吸海垂虹，可以产生坚定堂皇的回音。它还在吠，好像是在继续与城市犬交流，表达自己的礼仪，也表达着自己的存在。以太平的见识，它没有见过这种苏格兰牧羊犬，还有一股奇异的香味，这香味带着令人沉醉的高贵，这是神农架所有的狗没有的。多香啊。太平回味着那狗身上的香味，突然身体有些回温苏醒了。

风依然在残酷无情地吹，太平还在叫着。它的叫声听起来像是对这个城市的一种警告。至于它让城市小心什么，那是不知道的——它确有一种震慑力。

那些烤火和聚集的城市流浪者们这时都不敢出声了，都缄默着，抱着膝盖，不敢再对程大种怎样。那个想给他和太平一点颜色的男人也不再发难了，闭目养着神，并躲着太平。程大种这才回过神来：有一条狗多了个胆啊！这跟咱山里一样，在山里砍柴采药、出坡干活，跟上条狗，就啥也不怕了，坏人不怕，野兽不怕，迷路也不怕。

狂风依然在马路和人行道上狂吼，行道树被风吹得东倒西歪像患了癫痫，发出受虐的呼叫。寒冷和凄伤此时像双剑刺穿了山里汉子程大种。他唯一可以抱着的就是那条狗：太平，被他几乎置于死地的狗。现在，太平是他唯一的亲人，是唯一散发着神农架深山丫鹊坳家中气息的东西，它的那从肚子里发出的温热在一阵阵安慰着程大种，并且暗暗帮他抵御刀割般的寒冷和心酸。在家千日好，出门时时难哪，他在想。不出来又咋办呢？娃子要上学，老母亲好在死了，可自瘫痪之后，加上办丧事，亏了一笔债。收成少，人又没什么本事，不出来找点事干怎么办呢？出来之前，瘫痪叫唤了三年多的老母亲终于闭气了，到天堂享福去了，他也舒了一口气，就想到山外透透气，挣几个钱，然后再打理这个家。希望总是有的，特别是当老一辈的累赘卸下之后，人的担子好像遽然轻了许多，心中有一种隐隐的愉悦。这一点不假，久病床前无孝子啊。我程大种这三年来为妈端屎端尿，擦澡洗身，尽到了一个儿子的责任，病得这么久，也该走了。

可是，我却走到了这里，出门不易哟！

有一种鼻酸。这时那个和气的老者要躺下来睡觉，也示意要程大种躺下来睡觉，还从自己背下拉出来一张草垫给他。程大种这才看到，老人家只有一条腿。程大种看他缩紧身子，把自己钻进一件黑黢黢的棉大衣中去。那些人也一个个钻进桥洞更低矮的地方，默默地躺下了。

火差不多熄了，夜往深处刺去，风越来越大，气温越来越低。程大种枕着背篓，半躺半卧着，狗像一个乖娃子偎在他身旁。他睡不着，看着城市夜空璀璨的灯火。光亮还是有啊，日夜不熄，可就是冷，阒静无人。无人的大街何必点亮这么多的灯呢，还有会跑的、会闪的、会变幻的霓虹灯；霓虹灯在大楼的顶上，孤零零地向天空传情。丫鹊坳的家没有这么明亮，可温暖，家中四壁被烟熏火燎像刷了一层黑漆，特别是厨房旁边的火笼屋。火笼屋啊，火笼屋。他想。火笼屋。火笼里总是有未燃尽的火屎，壅在那白灰里，什么时候再烧，把火屎拨出来，架上柴，火笼就又燃了，发出噼噼啪啪的声音，火光撩人，人就从寒冷中回到了人间。那壅在灰烬中的火屎，早晨起来总是燃的，那就是灰中埋存的火种，跟庄稼地里的种子一样。有火种，添两把柴，一天热气腾腾的生活就又开始了。冬天我们并不害怕。火一燃，将那铜炊壶的隔夜温水倒出来洗脸，再续上水烧茶，给娃子烘热衣服催他们起来去上早学。然后喝茶，煮汤汤水水的饭吃，门外的雪与风那不是咱十分关心的事了。反正是冬天，反正是要下雪和起风的，冬天就是这个屌样。可城里的春天比咱山里的冬天还冷啊！……对了，还有那挂在头顶的一排排腊肉，陈年的，熏成黑炭色；新鲜的，也不几天就熏成了板栗色，透出一股子松针木脂的香味儿。走进火笼屋，全是那腊肉香味——肉是吊在楼梁上的，在楼板上——其实只是用细竹稀稀织成的楼板——炕着因山里过早下雪还来不及成熟的苞谷棒子，靠火笼的火热慢慢炕干，就叫了“火炕籽”。这火炕籽苞谷磨出的粉做的糁子，跟腊肉一样，也有股松香味儿，吃起来那个香呀！……鸡笼也在火笼屋里，农具也在火笼屋里，猫、狗也在火笼屋里；打盹儿、唱山歌子、逗娃儿玩也在火笼屋里；咳嗽也在火笼屋里。这火笼屋总像个碉堡，坐在厨房旁，与厨房相通。它不是火塘，火塘在堂屋。小火笼屋让咱家人、畜禽度过山里漫长寒冷的冬天。一坛苞谷酒一到了冬天就搬到火笼屋了，吃饭时，取一杯酒，鼎锅煮些懒豆腐或者洋芋煮腊肉，一家人围着火吃饭，火就是桌子，满头覆盖的木柴白灰就是幸福……

太平与主人紧紧地挤着。主人在半夜迷糊冻醒过来之后，摸摸那狗，突然想到要把狗弃了，找个活干有地方睡。

太平在主人决定坚决弃它的时候，因伤痛和饥饿而悲伤着。主人的两锹已让它大伤元气，无法恢复过来。主人的如此凶残让它闻所未闻，至今还大惑不解。这只狗还有一些没想明白的是：主人为何没一点笑脸？为何睡在桥洞里？为何在城里吃点东西喝上一口水有这么难？饥饿像北风一样呼号在它的体内，折磨着它的梦境。它想到了丫鹊坳那个芭茅草垛的梦境，还有在向阳的时候屋檐下木柴堆上的梦境。它自己在芭茅捆里掏出洞，把整个身子蜷在里面，通红的鼻子从草里懒洋洋地伸出来。它会经常梦见一个叫火笼屋的地方。梦着梦着，它就会从火笼屋的火堆边醒来，不知道是谁把它弄到火堆边的，毛给火烤得滋滋地响，散发出一种焦灼的恶臭。它与猫拼命地打着架，猫是懒猫，一年四季懒，它看不惯它。它在火边喵喵地叫着，以求得人的同情。可狗是不可能懒的，在冬天，闲得无事的主人会很早唤醒它，带着猎叉和挠钩，奔向雪野和森林。你吃着骨头，你身子暖暖的，没有从早到晚的无望行走；你在森林里狂吠，捕食着毛锦鸡、野兔和竹溜子（竹鼠）；森林滋养你，让你豪气冲天。一只几百斤重的野猪又怎样？只要主人一声令下，你就会将它从刺丛、山沟里咬出来，与它展开绝命的厮杀！肉搏和噬咬，狂吠和奔驰，伤痕累累。可这无法阻挡你内心的狂喜，赶山狗的生命本应是这样的啊！……为什么在城里无法狂吠和奔跑呢？为什么不敢撕咬？……

四

太平在没有弄清这一切的时候，就被主人程大种带进了一个乱糟糟的集贸市场。

鸡鸭在以各自的声带拼命嘶嚷着，鱼在砧板上血淋淋地跳跃；活扒鹌鹑的人从鹌鹑的颈子那儿下手，像撕一张纸就把鹌鹑的皮毛给扒下来了，像脱一件羽绒衣，剩下光溜溜的、紫红色的肉；那鹌鹑可怜怜还在站着，还能站稳行走，还在叫着，咿耶咿耶……；割羊头的先抓着羊头，一刀下去，羊头就掉了。羊四蹄踢蹬着；买新鲜羊肉的妇女们站着队，手上攥着人民币，嘴里流着哈喇子。只等新鲜羊肉扔到案板上，那羊肉还因为疼痛在一跳一跳，一个妇女就机灵地抓到了一块，扔进篮子里，羊肉依然在一跳一跳。

踏着一地鲜血往深处走，就是一个剐狗市场。十几个刽子手拿着刀在研究着屠狗方案。每一条狗因性情、大小不同，屠杀方式也是不同的。满地的狗血、狗毛、狗头、狗屎。笼里笼外，尽是些各种各样的狗，一边，狗与狗在调情；一边，狗在屠刀下被精心地杀戮；狗在笼子里吼吼着，不停地走来走去，像狼一样发出阴森的嗥叫；有的狗沉静地看着笼外走过的人和屠夫，对身边不远处被宰狗的惨叫声和喷出的狗血无动于衷。没有绝望和恐怖，仿佛永远与己无关。

太平被牵着走到一个戴着一顶帆布旅游帽子的男人那里，那个男人是个秃头，叫范家一，从小喜欢屠狗，靠着一剑封喉的绝招、在肮脏的血水与惨嗥中煎熬的生活来养活在乡下的一家人，并建造了村里最高大、用钢筋最多的房子。

太平看到范家一从他胸前挂着的一个小帆布包里掏出一百元钱给主人程大种，程大种说：

“别找了吧，就一百嘛。”

“九十就是九十，找十块钱来。”

程大种面露不情愿的神色，在他的口袋里左抠右掏。范家一就不耐烦了，用一副比狗还不耐烦的嗓子说：

“谁知道你在哪儿逮的匹疯狗，不是疯狗砍我的头！”

程大种说：“这是条猎狗，你杀狗的人不识货啊！”

“猎狗也疯了。”范家一说，手就伸了过来，十个指甲缝里全是乌黑的狗血，非要程大种找回他十块钱。

对范家一来说，他眼里不分猎狗与什么狗，都是狗，都是一块肉，只有肥瘦不同，大小不同而已。

一个人就将太平牵去，关进了一个铁笼子里。太平本来看着程大种与范家一在争钱的，不知怎么就被关进了一个大铁笼子里。这是太平放松警惕后犯下的一个错误，也可能导致了范家一认为这匹乡犬老实，对它下手迟而留了条命。

太平关进了大铁笼之后，它的主人程大种连看也没回头看它一眼，就莫名其妙地消失了。太平进了笼子，笼子里关着许多狗，一下子置身于那些千奇百怪的狗中间，让太平无所适从。那些狗有狗味，却没有狗形——太平认为它们没有狗形，脏——全是街上抓来的流浪狗；怪——一个个长得奇丑无比。你看那没毛的沙皮，毛都没有那叫狗吗？太平还以为是范家一将它给拔了，拔净了呢。这秃狗，光光溜溜的好恶心，城里人爱无毛的狗，还爱没有尾巴的杜宾狗。太平看见一只大约是得了狂犬病的狗，没了尾巴，以为是它惹事给手痒之人剁了呢，心中想笑，但一看，又看到了还有一只。这杜宾狗，生来无尾，莫非是与人类交配的后代？可太平在山里看到的狗都有粟穗一样的蓬松的尾巴，那是在追逐奔跑时的舵，随时校正着它进击的方向。狗尾竖卷起来就是一股英气，让野兽望而逃遁的旗杆。更丑陋的是腊肠狗，就是狗中侏儒嘛，这狗日的狗，无腿狗，狗为何没有腿呢？腿为何只半拃长呢？可一条赶山狗要的就是四条好腿，翻越千山万岭，追捕飞禽走兽，赶撵着一座又一座山，没有高高的健壮的四条腿，凭什么在山野中生活？狗腿是在山中奔跑的枪刺啊；如果狗是一支箭，狗腿就是箭镞。可城里的狗不需要腿，主人不让它长腿，宁愿让它变态、残疾——城里人爱的就是这种千挑万选、一代代劣胜优汰、残疾繁殖的烂狗滥狗！

巨人：一条苏格兰牧羊犬，超凡脱俗的阴森相，一张尖鼻子脸像一张挖锄，可怜只剩下一只眼睛了，另一只眼老瞎了——它是只被主人遗弃的老狗，站着像座山，可太平看到了它虚弱的部分。那色厉内荏的独眼你可以忽略。巨人犹如巨人站在笼子的最中心，以它苍茫的阅历还没见过这么一只紫铜色毛、红色鼻子且下巴上有两根箭毛的高腿厚尾狗。这狗一副响当当的士气，嘴里喷着石头的气息，一进笼就把一只叫乖乖的拳师犬给踩趴在粪泥中了。那乖乖的两个鱼鳃一样的下巴就像两片破抹布固定在太平的脚下。这又怎么，这无意的一踩莫非不是一种宣示？

八格牙鲁：一条长毛西施犬，因为烧伤被做小贩的主人扔在东湖里，它顽强地爬上岸，还是没逃脱一个专拣湖边死鱼的人抓捕——这条屁股溃烂的狗，给换了二十块钱。八格牙鲁想到那炉火的烫伤，无数的狗舌头就像是蓬勃燃烧的火，正向它漫卷——它又患上了肺炎，眼睛红红的，喘着粗气。如果洗去它身上的污粪烂泥，治好它的伤口，就会发现这是一只纯白色的美犬，它的脸小巧可爱，性情温顺，连哼叫也细声细气。

门槛：一条黄毛獭犬。

还有一条像狐狸的不声不响的金色沙米狗。

“扑——哗——”一盆铺天盖地的脏物从笼顶上泼进来，狗们顿时一个个淋了个五花八门，呜呜地躲着不知为何、是何东西的打击，再一细看，狗身上、头上都挂着一根根的鸡肠、鱼肠子。就像是被猎物唤醒了，加上置身于一堆陌生同类中的警觉，太平已经初步判断它不惧这些城市玩物狗。这些狗来自各地，还没有团结起来以对付一条乡下狗的自觉。何况，它感觉到，这些城市狗根本不懂团结，它们没有团结的概念，除了咬对方，就是向对方示出赤裸裸的性欲。它们自私，矫情，依恋高楼大厦，失魂落魄，疾病缠身，只有等死的份。在看到美味的禽鱼下水后，太平虽然睡眠不足又旧伤未愈，可饥饿驱使它向那些食物扑去，胃口极好，被森林、大山和野兽磨炼过的残缺不全的牙齿，恨不得掳进天下的美味，连那些小小的玩物狗也差一点被它的大嘴给吞进去了。巨人这时结结实实地踹了它一腿，乖乖挣扎出两片腮皮后也向疯狂争食的太平咬了一口，可太平没有感觉。

“吃呀，吃呀，这些狗东西！”

“扑——哗——”范家一又一桶连毛带水的脏物泼进来。太平与巨人苏格兰犬展开了搏斗——这是乡村巨人与城市巨人的一场搏斗。无外乎牧羊犬看不惯太平，加上在抢夺食物时太平的牙齿无意间碰到了巨人的那只瞎眼。两条狗在铁笼中代表着各自的尊严展开了血淋淋的较量。两条在屠刀边缘的狗，无视着共同的命运。虽然，苏格兰牧羊犬有着高贵的血统，也有着伟大的基因和英雄的气质，但它垂垂老矣。太平虽然没有城市生活的经验，可对巨人来说，它同样也没有在一个铁笼里像关鸡一样湮埋在一堆乌七八糟的狗中间生活的经历。老狗、疯狗、伤狗、白痴狗、残狗、饿狗，大家共同要学会的就是在生命的最后日子里如何显示自己的自私和暴虐。

两条狗扑向对方撕咬着。一个年轻的叼着烟的屠夫就喊开了：

“范家一，你的狗打架啦！”

在太平与巨人对仗时，其他的狗汪汪叫个不停，这引发了周围笼中的狗和拴在北风中的狗的回应，整个屠狗场一片啸叫之声，百狗狂吠，世界恍若末日。

太平已经听不见狗叫，它的牙齿在愉快地撕扯，哪是同类，分明是野兽！在那些狗的纷纷退让与叫喊声中，太平突然感到它又懂了不少：只要你拼命，城市犹如大山，没有什么能够抵挡得了你。

但是，面目狰狞的范家一气歪了鼻子和帽子，手拿着一根把狗皮打松的铁条，朝笼中一阵乱捅，巨人的唯一一只好眼给捅瞎了。太平看见那根捅条刺中了巨人的眼睛，再一猛力地拔出，那喷起的鲜血就刹那间布满了笼子，好像笼子里在下一种红雨。这“红雨”救了太平——太平本已被范家一刺中了几下，几次都刺进了体内，好在太平的皮因狩猎传承了它祖先的厚度，又未刺到动脉。就在它无法躲避时，巨人的血遮挡了范家一的视线。范家一见巨人因瞎了双眼趴下了，还发出老人般的号啕声，就更烦了，大喊道：

“把你宰了！狗日的！宰不光你们！”

那范家一要与巨人斗争到底的样子，人犟了比狗还犟。范家一就用一根极像猎人用的挠钩，打开笼门一钩一个准地钩住了瞎眼的老巨人，老巨人知道了自己的死期，就张开那所剩不多的牙齿去咬挠钩，牙齿又在挠钩上碰掉了两颗。其他的狗这时不是趁机跑出笼门，而是缩向笼子深处，给巨人让路。那老巨人就给钩拽出来了。可是老巨人不会束手就擒，一阵垂死挣扎，又刨又咬，似乎知道自己是被打入地狱去的。在被摁上台板时一口咬着了一个挥刀的十五六岁的年轻屠夫，那年轻屠夫吮着自己的手指，就势一刀屠去。狗软是软了，只见抽搐，却不见出血，甚是痛苦地在台板上挣来挣去。范家一骂骂咧咧，夺过徒弟的刀，在自己的裤子上荡了几下，再一刀捅去，再抽出来，那血终于通了，喷泉一般往外飙涌。徒弟拿盆去接狗血，那巨人也就平静安详地了结了一段尘缘，回苏格兰它的故乡草场去了。

笼子又重重地关上。

五

程大种捏着那卖狗的钱出来，没敢朝后头回看一眼。虽然一阵轻松，毕竟悲伤多于轻松，为自己的那狗。狗千里迢迢跟他来到城里，却被他卖给剐狗人剐了。那是一条灵犬呀，甚至有点灵异。他伤心着，吃了一大碗红油的湖南米粉，还加了荤。辣出了几天未出的汗，把伤感赶跑了一些，就又去了武胜路劳动力市场。

昨天他还要求解木——只拉大锯，今天他就不这么坚持了，甭说昨天，昨天的昨天在此游弋的人，数天在此游弋的人，都没找到工作。

市场旁汽车们正在灰蒙蒙的大街上飞速运行，喧腾有如涨水时的河谷。一辆大卡车撞瘪了一辆小汽车，死人血淋淋地从车里拖出来。刚才还是个活人，瞬间就成了死人，比山里的野牲口吞噬人还快呀！一溜的红色救火车催逼人心赶往一个地方；两个在人行道上行走的男人无缘无故地打了起来，打得头破血流，看热闹的人刹那间围了过去，像一群见了甜的山蚂蚁。城市里充斥着无名的仇恨，挤满了随时降临的死亡，奔流着忐忑，张开着生存的陷阱，让人茫然无措。

可是我已经没有了狗啊，没了累赘。

一无所获的程大种晚上找到了专为找工作的乡下人准备的仓库旅社，两块钱一个铺位。空气污浊，臭不可闻，可没有寒冷的北风。在这两块钱一个的铺位上，程大种躲过了这一夜更加凌厉的寒潮，心中涌动着对“床”的感激膜拜。多好啊，床和被子，磨牙声、打屁声、紧跑慢行的哼叫声，在半夜里恣肆横行。程大种好好地睡了一觉醒来天还没有亮，上了一趟厕所。再一闭上眼迷糊，那狗太平就向他奔来……

狗死了，可我得找工作啊。睡了个好觉，就早起了，第一个来到劳动力市场。风依然很大，吹得人清鼻涕直下。有两个招工的早候在那里了，缩着脖子抽烟，看他背着个背篓，就知是从大山里来的，就问他挖不挖土？二十块钱一天。程大种就说干，干。就跟着他们走了。

城市新的一天又在喧腾中开始，大车撞小车，小车撞行人，来的，去的，车大喊大叫，人不言不语。城市比起那每每天天安静如初一模一样的山里，还是蛮有活力的，像七岁八岁狗也嫌的男娃子。

程大种来到的是一个修路工地，在几丈深的泥水里挖稀泥埋涵管。程大种不知道，是两个死人给他们让出了空缺——昨天这个深坑旁的挡板垮塌埋下了两个民工，再把他们挖出来时已一命呜呼；这事儿惊动了电视台，还有一个什么领导也亲临现场指挥挖人。程大种他们没有看电视，对这儿的事一无所知。因死了人，挖土的民工跑了大半，工程又叫得急，包工头只好去招了程大种等五六个新民工。

别人给了他一把锹，他就和新来的民工跳到昨天死人的泥坑里去挖泥。那泥坑少说一丈深，两边有人在锤打着安装护泥板，但泥巴还是簌簌往下掉。赤脚站在刺骨的泥水里将泥挖进一个筐中，升降机就将那筐抬升到地面倒掉。

在城里的第三个晚上，太平就挤在了一堆待宰的城市病狗和流浪犬中间，挤在屠笼里。范家一暴虐生气戳给它的血洞除了灌满疼痛外别无其他。狗们堆叠着来抵挡寒潮中的北风，因为饥饿，体内的热量所剩无几，一只只狗都有气无力的，像一群难民，在黑夜中张着无望的眼睛，或是闭目如死去一样。这些自私的城市狗每个都各自顾着自己，巴不得削尖身子往深处钻，就像钻进自己曾经十分温暖的狗窝，就像太平钻进那个丫鹊坳的草垛。

害着狂犬病的无尾杜宾狗本就肮脏，它淌下的口涎散发出恶臭，不停地滴到太平的身上。太平嗅出它的病，这十分危险；它因为口渴，不停地发出求水的呻吟。太平必须躲开这条狗，它就干脆让出了有利的位置——因为它身坯大，那些狗都贴它而卧，这为它阻挡了寒风。现在它从狗堆里爬了出来，更多的狗就顺势挤占了那个空间。太平出来，可这又很危险，离笼门太近，就是离死亡和屠戮更近。范家一不会认谁，反正都是野狗，开了笼子，抓钩钩出来一只就杀。但是此刻是深夜，离天亮后的杀戮还早。它钻出狗堆，寒冷是寒冷，就像从火笼屋抛身旷野。屠宰场腥臭的风没遮没拦地恣意横行，数十个铁笼子和拴在墙边的狗们在绝望和苦难中吠叫呻唤，好像是在呼唤着亲人们来解救自己，或者向无边的黑夜申诉。

太平因疼痛而清醒。它在狗们那待宰的状态里突然获得了一股强烈的求生期许——逃亡！这种意向紧紧地攫住它，或者说它紧紧攥住了这根生命叛逃的绳子。对主人愤恨还不是这条狗所能具备的。它只是渴望着逃出去，与主人会合——那个在城市的街头，背着显眼的山背篓的人，那个程大种，时常对它喝吼，还给了它致命两锹的人，过去却对它很好很好给它吃喝还时常要抚摸它的人。逃出去！逃出去！向那最广大的世界奔去，在渐入昏冥的城市灯火深处，海洋一样幽深的陌生世界，那无尽的神秘和诱惑，突然给它旷世的激励！

因为寒潮的到来，狗肉火锅火爆起来了，这是屠宰场的屠夫们没有料到的。凌晨四点多钟的时候，屠狗声就撕心裂肺地在这个城市的角落响起来了。太平打了一个盹，梦见了神农架的森林，睁开眼睛一看，影影绰绰的屠宰场已经有了叮当的快刀声和将狗们抬上厚厚的台板过刀的闹吼。那些城市的狗在生命的最后一刻，只是可怜巴巴地叫着，虽然十分凄惨，但并不愤怒悲壮，没有多少像狼一样的叫声，没有穿透力，仿佛这种赤裸裸的杀戮是很正常的，不是一场罪恶。一块活着的肉与刀亲吻时总会那么浅浅地叫上一声，就变成了一块无声的平静的死肉，血糊汤流地扔进肉筐。再一块活肉再叫上那么几声相同的调，在刀下又平静了，分解了，即将变成寒潮来临时餐馆的美味，说，大补啊，御寒啊，提气啊。狗肉不过是一种菜，一种时令菜，这个大家都清楚，除了狗。

太平醒过来之后，就开始拼命地往狗堆里扎，虽然饥饿、寒冷和疼痛缠住它，但它有着足够的力量，把那些沉睡的狗们掀往两边，劈波斩浪地躲进了范家一的铁钩钩不到的地方——至少第一钩抓不到它。因它的奋勇冲击，笼子里突然闹嚷起来，好在范家一没有听到，他在与徒弟剥另一些狗的皮。太平扎进狗底，那些狗用爪子、用身子践踏着它的痛处，并用牙齿咬它。太平蜷缩着身子，以减小目标，可那些狗爪狗嘴仍持续地、尖锐地制造着它的疼痛。后胛有一处非常痛，像被人用刀在里面搅。太平看到那只叫门槛的黄毛獭犬用尖齿咬着它的皮肉不放，就像在夺一块咸肉。太平回睃了它一眼，可那獭犬十分机灵，一双贼眼似乎还带着神秘的嘲笑，在晨光中明幽幽的，仿佛看透了太平的一切。太平想用腿踢打它，但这獭犬堆在狗的最高处。好在这条狗只是只流浪犬，没有病。太平费了好大的劲一点一点地把自己的皮肉从它的嘴里拉开，又拉出了一条口子，太平恨得牙痒痒。机会是在吃鸡鱼下水的时候，借助混乱抢食的那一会，太平瞅准了时机，一口咬住了獭犬门槛！它的噬咬野兽的牙齿插进门槛的皮肉犹如梭镖插进敌人心脏。那门槛在争食的吵闹声中一阵悲惨的汪叫一点都不引人注目。也许是太平的肆无忌惮和狠厉，先来的那些狗虽然见识了太平作为一条山里猎犬的优秀品质，但是后来者矮三辈，这匹粗野的山狗不仅咬了先来的狗还抢夺笼里少得可怜的食物，于是，那条极像大狐狸的金色沙米狗终于站出来对太平呛声，双爪伏地向太平张开了怒斥的大嘴。一时间，无尾杜宾狗、乖乖，连八格牙鲁等高烧得糊里糊涂的几条病犬也一起向太平发动了进攻。为了争夺食物这些城里狗也焕发出从未有过的英雄激情，大不了决一死战，反正死到临头了。与其死在异类范家一手上，不如死在与同类的战斗中。与其冻饿而死，不如捞一口成个饱死鬼！

昏黄的太阳此刻已经露出来了，在一片低矮建筑的屋顶上，灰霾在阳光里呈现着迷蒙的灰蓝色。范家一正在屠板上喝早酒，脸上笑眯眯的。太平抢占了一个有利的地形将尾部和右边的身体紧靠在笼齿边，以防四面受敌，又能看清范家一的一举一动。然后，它向领头的金色沙米发动了空袭，先是一嘴将它掀成侧身，再快速咬住它裆里的睾丸——这是对付野牲口的绝手。这样的速度也只有在与野牲口搏斗时才可能出现。现在，伤痕累累的它实现了，在没有主人也没有枪支做后援的情况下，在笼子里，它又一次出猎，并且飞快地躲过了一只狂犬对自己的张嘴偷袭。太平咬住金色沙米的睾丸，它只是想教训一下它的，可不知怎的，当它抬起头来去看范家一时，发现所有的狗都张大了狗眼望着它，就像看一个异物。它这才发现，它嘴里是一个腥臊的东西——那沙米的一个睾丸。它把那东西吐出来，看着沙米在那儿汪汪地抽搐，就像犯了病一样。太平猛然发现自己已变得不可理喻残暴无情了，它变成了一只野兽，不是来到城里，而是没入了大荒。可这分明是城里。

太阳在悠扬地上升，在血水成河的屠宰场。一个范家一的徒弟牵来了几条狗，这几条狗没有被立即宰杀，它们因为有绳子，就被拴在了墙边的木桩上。大小狗的宰杀是搭配的，拴在墙边的几条狗因为胡喊乱叫，被范家一烦了，一个不剩拉去宰杀了。太平它们的笼子一直到范家一宰杀第二十条狗的时候，一直到下午五点，还没打开过笼门。虽然那个被太平咬掉了睾丸的狗嘶叫了一整天，也没有人光顾它们的笼子，对它们的死活痛苦不闻不问。

五点钟过后，又是一阵鸡肠鱼肚加上烂白菜死鱼臭虾的降临。太平津津有味地抢食着，对于它来说，这就是美味佳肴了。在山里，这些年出猎越来越稀少，它除了自己去撵一两只老鼠外，其余就是主人给它的残羹剩菜；骨头不多，最多的是在猪圈里与猪一样咽糠菜。现在它吃着，那些城市狗虽然本能地去抢了一两截肠肚，可对于它们来说，是难以消受的。这些曾养尊处优的狗，这些曾在主人的呵护下过着奢华生活的玩具狗，就算流浪过，就算重病在身，还是无法适应这笼中的环境。在这人间地狱，它们依然显露出它们的矜持，但饥饿很快会狂扫尽它们的尊严。面对下三烂的食物，它们只有适应并吞下去，才能保证悲惨生命的苟延残喘。

吃了一些或者没吃饱一些之后，又一阵冷水来浇透。范家一的自来水管就势将笼里的狗一个个清洗了一遍。狗们趁机大口地舔咽着冷水，又躲着冷水的冲击，一个个像落汤鸡，被寒风一吹就像进了冰窟，狗们奋力地耸着身子，想把那水抖落干净，但这是枉然。狗一个个打摆子般地抖着，大汪小叫。每个笼子都在重复着同样的骚动和命运。

又一天就这么过去了。

六

早晨到来的时候，太平拿眼睛去搜索那哼叫了一夜的金色沙米，看到有两条狗趴在它的流血的裆里，正呼呼大睡哩。当太平站起来想伸个懒腰时，看到那金色沙米的狐狸脸朝它愤怒地瞪着，瞪着。太平没有防备，也没有想到那沙米狗还会有一跃而起的力量，带着复仇的狂怒向它扑来，与它一决雄雌。太平本能地狂吠起来，赶快迎敌，可那沙米狗估计也是野性未泯，或者在难耐的疼痛中磨砺出了斗志，反正一口就咬破了太平的皮肉。那太平也是个伤病狗，在与己拼命的狗面前没几下就露出了自己的软肋。两条狗在笼子中撕咬着，其余的狗都夹着尾巴嗷嗷求救。太平看到魔鬼范家一向这边跑来了——他听到了打斗声和满笼狗的叫唤声。这下要遭罪了！太平想停下来，要那个“狐狸”不再发怒，否则将是它们共同的末日——末日在早晨时就突如其来了！

提着大棒的范家一这次不是拿捅条，而是拿大棒，拉开笼门就朝里面一阵乱打。那笼子是个大笼，棒子有挥舞的空间。太平只觉得头上、身上落下了雨点似的棒子，整个就打蒙了。一笼的狗都被打得汪汪直叫，一条从棒缝里逃出来的狗当场被打死了，口鼻流血。狗们被打着，趴着，跳着，窜着。也就是在这时，太平的命运发生了奇迹般的变化。

范家一嫌还打得不过瘾，就把太平和那条沙米狗牵了出来（太平脖子上已套了截绳子），再一顿好打。两条狗被打得奄奄一息，鼻子上冒着血泡。范家一又大声地骂着指挥徒弟要他们来帮忙把这两匹狗趁早宰了。

太平在棒下想寻找逃生的路几乎是不可能的，它想躲闪也不可能，只能在棒子砸下来时以瞬时的扭摆来保护致命的部位。可它也在奋力地上蹿下跳，想一口气挣断那根绳子。

“住手！住手！”

一个年约五十的、头发花白的男子一把拉住了范家一的手，并狠狠地拽住太平颈上的那根绳子。

“这狗休得要打，老范！”他喊。

气急败坏的范家一一看，是住在不远处的徐汉斌，徐汉斌用武汉话愤愤地骂道：

“个板妈，我信你的邪！这狗是么事狗你晓得啵？这是赶山狗，神农架的赶山狗，哪个送来的？”

范家一平时对说武汉话的人是不敢马虎的，他是个粗人，乡下人，在城里占了块地盘杀狗，还不是武汉人的地盘，虽拿着刀子，对武汉人还是毕恭毕敬的。

“拐子，你说么事呀！”范家一别着一口不成形状的武汉腔说。

那徐汉斌就蹲下身来摸着被打得体无完肤的太平，说：

“你还不如这条狗，姓范的，它叫赶山狗，连山都赶得动的！你看这一身的紫铜毛，哪里找得到？我都三十年没见啦！你不识货呀伙计，个板妈这是真正的猎狗，咱湖北最好的猎狗，咬得死狗熊和老虎的！守家防盗那也是最好的！熊都咬得死强盗咬不死？！哪个送来的？”

“我也忘了，”范家一说，“病狗么。”

“没病。个板妈，从哪儿搞来的？神农架离咱汉口两三千里，这狗平原地区见也不会见着的，生就是山里的狗，昨天晚上我刚好梦见我那条赶山狗，今日就见着了，怪呀！……”

“拐子，你喂过这种狗?”范家一问。

“我是下放到神农架的老知青你不晓得?！老子是知青！”徐汉斌拔下台板上插着的砍刀猛力一剁，“我把它带回去！”

“一百五给您啦！”

“个板妈你杀肥羊啊！送条狗我死了人！”

“我买来两百，拐子啊！”

徐汉斌见这人不爽快，想了想，好难受地从他的陈旧羽绒棉袄里深深地掏着，掏着，掏出了所有的钱，就是百把块钱，塞到范家一的手里：“行了行了，个板妈不懂味，小气得像打屁虫子。”

“我如何牵回去?”他又说。这老知青拣起范家一的大棒，突然向太平的头上敲去，敲了两下，这两下，太平就晕了。等它再清醒过来，就已经到了徐汉斌的家里。

“……一九七六年的时候，粉碎‘四人帮’，我招工啦，我说，大刀啊大刀，再见了，我不可能把你带到武汉去。怎么办呢?我把大刀托付给了康大爹，我说我马上就回来看它的。可是大刀咬断绳子跟上了我，我不能走啦，个板妈，这狗恋我啊。我招工了，要飞出神农架，心里甭提多高兴了，如脱笼之兔，哪能带条狗。我想啊想啊，走了二十多里快出山了又带狗回来了。我想了想大刀是条好赶山狗，我没吃的它给我抓过好多锦鸡、竹溜子。我一定要让它没痛苦死去。我回来后就晚上下夹子夹了三只竹溜子，打死，提着，再走。走到野竹崖，我嗖唤大刀，扔下第一只竹溜子下崖，大刀是极听我的话的，我想它去抓我扔的竹溜子，就会冲下百米悬崖。第一只它没冲，对着崖下狂叫；第二只我又扔了，拍打它，要它去抓，它还是没冲；第三只，最后一只啦，我就高高地一扔，大刀看着我，它似乎知道了我的心思，是要它永远地留在神农架的，它眼睛湿湿的，恋恋不舍地看着我，就义无反顾地往崖下跳去了……”

这个人在讲另一个赶山狗的故事，太平不懂。它只是虚弱地看着他老泪纵横。可它被这个人打了两棒，现在，他蹲在它对面，给它好吃的火腿肠和猪骨头，哭着，喊着一个它似乎听起来熟悉的名字——叫大刀的狗很多，在神农架。他叫它道：

“大刀，你是我那大刀么?”

它不是大刀。它叫太平。这个人不知道。

“大刀，呜，喔，大刀，大刀……”那个人不厌其烦地唤它，给它摆弄那骨头上肉多的地方让它看清。

可这个人的老婆并不欢迎太平。这人的老婆是个个子矮锉说话尖声的女人，极度害怕狗。

“哎哟，哎哟，你把它捆紧没有，死东西！”

“个婊子养的，哪儿拖回的一条疯狗啥，你发狗疯?！自己都没得吃的一个下岗工人还给这大条疯狗吃火腿肠？你是发神经是吧?！”妇人说。

“它是神农架的赶山狗，我下放在神农架你晓得啵?！”那个人吼。那个叫徐汉斌的人，一吼，额上、颈上的青筋就像蛇一样鼓胀起来。

“赶山狗，你没看它的架势？你在武汉见过这样的狗?！”

“还不是把它丢了。”

“偷的！这样的狗你会丢？咬得死老虎的狗！”

“你看见过老虎吧？你看见它咬死过老虎吧？在汉阳动物园?！”

“滚！”那个男人说不赢那个快刀嘴女人，气得喉咙里滚动着无边的恨意，咕噜咕噜直响。

“把它扔走，莫让它咬着我了！”女人把一个桶往门口一顿，发出清脆的爆破声，桶一定裂了口。太平一惊。太平已经服帖了，两棒就被这个男人打服了，任何一点尖锐的响动都会要它的魂。

武汉的老知青男人是不会屈服女人的，他给太平洗毛刷毛，给它伤口擦药，还给它颈上安上了一个皮套一根链子。这样虽然皮肉之伤还未愈合，但狗的架势就雄赳赳地出来了。这真是一条与众不同的狗，它很怪，似狗非狗，似狼非狼，洗过飘柔二合一的紫铜色毛像森林一样蓊蓊闪闪，高挑的腿，紧巴巴的腹部，竖起的耳朵，就算它十分虚弱疲惫，就算它眼中充满了恐惧忧郁，它站在那里，它出现在人们面前，就会让人大感讶异。

这是一定的。

“……汉斌，好呀你，你的狗?！”

“这狗，老徐，这狗！啧啧……”

“徐师傅，好狗呀！牵紧点，不是狼吧……”

徐汉斌走在大街上，认识他的人争相向他打招呼。他只往有熟人的地盘上走，就是要的这个效果。

“吃皮蛋，鸡巴！它不吃皮蛋！你给火腿肠……”

“个板妈，不认识，神农架的赶山狗。纯种猎狗，专咬老虎豹子和狗熊的，它咬死过三头老熊！……”

徐汉斌坐在有些阳光闪出的小巷口的店铺板凳上，跷着腿，抽着烟，接受着人们的赞赏和议论。许多人给太平投来食物。一个年轻人还将手上提的一块牛肉完整甩过来，太平三口两齿就给吞进去了。它不知道它为什么会得到这么好的食物，被这么多人围着观看和议论。

这个晚上在一个风沙弥漫的大排档里，几个当年的知青抱着太平，高唱着“大刀向鬼子们的头上砍去”。他们唱着：“亲爱的江城，我的故乡，我哪年哪月才能回故乡？雄伟的大桥，横跨龟蛇山，想起了故乡我泪水流……”

这几个人有一个是刚从牢房里放出来的；有一个刚割了瘤子；有一个坐在助动车上，是个瘫子；有一个是刚做了奶奶的女人；还有一个当了青山区某街的城管队长。他们喝着白酒，眼睛红红的，有的还从眼里挂出了两串泪水。泪光闪烁在高楼传递过来的霓虹灯光下，风掀动着他们无力的、花白的头发。太平望着他们，听他们在说：按神农架的喝法，敬一个，回一个。徐汉斌一时面前堆了一大堆杯子。太平知道这种喝法。它还闻到了苞谷酒的香味，这多熟悉啊。

“汉斌，这狗是从哪里来的？”从牢房里出来的男人两眼凶巴巴地问。

“实话说了吧，从屠宰场救出来的。”徐汉斌说。

“那屠宰场又是从哪儿搞来的呢？”城管队长正正威武的大盖帽问。

“还不是收来的。”徐汉斌说。

“这狗来路不正啊，”那个当了奶奶的女人用婆婆嗓说，“莫非宜昌、十堰就没有么？这狗一看就是恶斗过的，满身抓咬伤，性恶啊。我那嫂子会答应你养吗？”

“哪让我养。欧阳，你牵去帮我养几天？”徐汉斌说。

坐在助动车上的欧阳卫东大嚷：“我自己都养不活，还养只狗啊！嘿嘿！”

“那你养。”徐汉斌指另一个。

刚从牢房里出来的凶巴巴的人说：“鬼！我还找人扯皮呢。”

大家问扯什么皮。那人说：“老子出来就是要报仇的。”

大家就劝他忍了，好好安心过日子。

"这狗难上户口，还得去打防疫针。这狗恶，我在神农架时最怕的就是狗。"女人说。

"你那时才十七岁，见什么都怕，小女生啊。"大盖帽声音怪怪地说。

"你们把什么都忘了。"徐汉斌失望地说。

后来，太平听着徐汉斌以哭似的、绝望的、怪异的声音唱着"大刀向鬼子们的头上砍去"，一路晃晃悠悠地回家去了。

七

"两百？啊?！两百?！"

"一百。"

"人说的两百。"

"把我砍了我也没两百。我荷包里何时捂过两百块钱啥?！我是天下最可怜的人。"

"这狗也不值一百，你竟敢花一百，还请客……"

"我的狗回来了我不请客？"

"你的狗?！"

"我想了三十年！"徐汉斌"叭"的摔碎了一个杯子，这就镇住了他的老婆。

一个人想了三十年，你是拦不住的。他老婆愣了半晌，打开门就冲出去跑了，不回来了。

徐汉斌看着狗，狗看着他。

"个婊子养的！"徐汉斌骂。

"我又不想搞女人，又不想赌博，又不想抽烟喝酒，我就想一条狗！……个婊子养的！……"

一个内心枯竭的人，突然因一条狗，泪腺像干涸的泉眼复活了，许多感情复活了。一条狗，就像一场甘霖。狗的到来打乱了他的生活。回忆像魔鬼，缠住他不放。

"我于一九七三年一月十九岁插队落户到神农架野马河……"

"我响应伟大领袖毛主席知识青年到农村去，接受贫下中农再教育的号召，如今，我已老了，一晃，就老了……"

回忆像海潮，不可遏止，铺天盖地。像一场大病，高烧不退，谵语连连。

老知青徐汉斌为了弥合、敷衍与妻子的关系，偷偷地把太平牵到了八楼顶上，在一个角落里撑了张雨布，给它安了个家。

到了晚上，思念主人和故乡的赶山狗太平终于发出了凄厉的长鸣。这是寒潮加深的某一个晚上，太平的脖子上勒着短短的铁链，它无法习惯这么一根链子，在山野，在它的丫鹊坳，它是自由的，奔放的，散漫的，脖子上除了毛就是吹拂着的村风，还有温和的阳光。它在链子里紧巴巴地睡着，虽然没有了同类的觊觎和争斗，没有了大棒和杀戮，可从楼顶望着满城迷离恍惚的灯光，它悄悄地淌下了眼泪。这是孤独的时刻。它想念山冈。黑沉沉的森林。奔流汹涌的峡谷。到处柔嫩的苞谷茎秆。它想念日落时分。早晨。这是什么地方啊？主人程大种为何要将我带向这儿，让我遭受九死一生？暗无天日的日子。孤独。离别。无法交流。灯火像星空一样，带着诡异和狞笑，无声地跳动在大地的深处。更远的地方是什么呢？于是，太平像一只狼一样嗥叫起来。它哭泣似的悠长的声音在夜晚的上空刺入城市的心脏。连它自己也说不清为什么会有这样的声音。是呼唤，还是哭泣？是长叹，还是悲号？

那一夜，汉口前进纱厂宿舍区里，听到一阵阵毛骨悚然的狼嗥，就像一种十分阴暗的东西直往人的寝榻而去，在人们睡梦的边缘固执地游荡，犹如阴魂。

第二天晚上又是如此。第三天愤怒的人们找到了那个楼顶上的声源，一起手拿棍棒来厉声质问徐汉斌。这些人都是他的左邻右舍同事上级。他于是牵着太平逃也似的离开了这个厂区，将狗交到了瘫子欧阳卫东手里。

欧阳卫东是一个自己的生活都无法料理的人，老婆自打他无缘无故地下肢瘫痪后（一觉醒来就这样了），带着女儿离开了他。徐汉斌虽振振有词说给他找个伴儿，可欧阳卫东被生活压榨得几近绝望。他去摸那狗，狗就虎视眈眈地看着他，极度不信任他似的，那阴森森的眼睛里藏着一万个野兽和森林，并且，在晚上发出狼一样的嗥叫。使他想起几次迷路山中饥寒交迫的知青岁月。

欧阳卫东说：狗啊狗，我没法养你，我给你找个好人家吧。他就把太平绑在助动车后面（因车内太小，装不下这狗），发动车子，带着狗往江南的青山区而去。

太平跟在一辆冒着黑烟的呛人的助动车后面，昏天黑地地奔跑起来。助动车的机声异常刺耳，车轮像峡谷的流水一样急遽。太平系在这么一个比鸟飞得还快的家伙身后，四条腿只好没命地迈动。它知道，稍有闪失，它就会完蛋，被这水泥大马路拖成一副骨架。

车上了长江二桥，宽阔的大桥上几乎没有汽车，只有它在铁链的牵带下奋力奔跑着，既不能跑得太前，也不能太后，那链子的长度让它吃过几次苦头，一个趔趄跪地，腿关节就会被路面锉开一道口子。它跟着车子跑啊跑呀，来到了长江南岸的武昌。车还在发疯地前行。不知跑了多久，车才慢慢停下来。那车上的人将它牵到一个楼房里，上了楼梯，去拍门。门半天才开，原来是那个戴大盖帽的城管队长。瘫子欧阳卫东拄着拐杖在门口说：

“二毛队长呀，给你送大刀来了。”

那叫二毛的城管队长没让欧阳卫东进屋，拦着门说：

“给我送狗？我何曾要过这×狗？”说着就唤出了一条狗。那狗扑上来就要咬欧阳卫东和太平，那狗毛耸耸的，像条大狼，嘴里发出空旷凶恶的叫声。好在被城管队长拽住了。

“这是条什么狗啊？”欧阳卫东惶惶地问。

“藏獒，纯种藏獒，全国就三百多只。”

“这要多少钱啊？”

“上十万。”

“你买的？”

“我只要歪歪嘴，就有人送上门。”队长得意地说。

欧阳卫东拄着拐杖下楼来，坐上坐垫，掏出下身向城管队长的楼门射了一泡尿。摸着太平，摇着头，几乎快哭出声。边淌泪边给太平叮哩哐啷地解链子，说：“大刀大刀，你向贪官污吏们的头上砍去吧！”那助动车发动了，突然一个急转弯，便自个往回路一溜烟地开走了。

现在，太平的身份是一只流浪狗。跟那些范家一笼子里关着的狗一样，身上布满了灰尘，四个爪子上全是黢黑的煤炭——那是在垃圾堆里刨食弄成的。

对着滚滚的长江，对着长江对岸灯火阑珊的汉口长吠着，它是从那里来的。在长江边上的一个破棚子里，是它跟一条破脸狗的家。

是破脸狗把它带到这里来的。破脸狗也是一只乡狗，高大正常的身体，不像城里的那些怪模怪样不成器的玩具狗。可只因为它脑门子上有一撮雪白的毛，乡下叫破脸狗，好哭死人。也就是说，这种狗的叫声像半夜的哭诉，于是这条可怜的狗就被它的主人带到城里给扔掉了。第一个晚上，太平和破脸狗在一家餐馆的大门口，在一个冰冷的石狮下，互相依偎着度过了寒冷的一夜。它们不知道，这家餐馆的大字招牌就是“狗肉火锅城”。太平第一次尝到了友谊的滋味，一个真正向它示好的同类。它们流浪在青山、武昌的大街小巷，共同啃着一块骨头，共同寻找着栖身之所。因担心危险，两条狗来到长江边，那里荒草稀疏，沙滩野静，在月朗星稀夜风如刀的深夜，太平向着汉口的灯火长长地吠叫着，破脸狗也莫名其妙地号哭着。江水在无声地东流，灯火的波影把城市的梦境拉曳得妖娆奇诡。两只狗嗥叫够了，又找到了一具被波浪送到滩头来的死猪，为了填饱肚子，在黑暗中撕扯着吃了起来。

可它不能留恋，太平。有一个影子，一种气味正在向它招呼，那就是主人程大种，狗的本性使它没有能力恨抛弃并殴打了自己的主人，它依然要向他的气味走去。在某一个夜晚，对那个气味的依恋最强烈的时候，它从寒冷的梦中被唤醒，悄悄惜别了破脸狗，沿着长江二桥，跑向了汉口。

它穿过无数的街道、小巷，在一个高架桥头，它看到了来城里的第二夜与主人一起躲避寒潮的桥洞。那个独腿的好心老汉正一如既往地蜷缩在大衣里，无声无息。它迎着那渐渐强烈恶心的血腥味，找到了那个屠宰生灵的集贸市场，又听到了它的同类们在笼子里发出的撕咬声和在屠刀下的惨嗥声，在深夜，那声音悠长刺耳，让它闭上眼睛就是一连串的噩梦。

主人，你在哪里？

它期望着主人程大种重现，重现在那个集贸市场的门口——他就是从那儿消失的。

尽管狗的嗅觉异常灵敏，能嗅辨出成千上万种气味，可是，森林中的气味是单纯的，冷静的，连风也不会无缘无故地乱吹。在这里，在这气味大混杂的城市街头，气味稍纵即逝，要抓住一种气味并跟踪它，牢牢地把握它，这是根本不可能的。太平躲在隐蔽的角落几天守候主人的出现失望之后，它决定在这个浩大的城市里去寻觅那微小的、像一粒蚂蚁般的气味，主人的气味。它必须行动，坐等是不行的。赶紧趁空气中那一丝气味还没有彻底消失时（谁知道呢），尽快抓住它。

那天晚上（最好晚上行动），它从下水道里捞出了一些腐烂的下水（有狗的，也有其他生灵的）吃饱了肚子，就开始了搜索和寻找。

八

城市道路修建委员会的官员们以及包工头们，为了不破坏城市的美观，将施工现场用塑料布严严实实地包在了里面；现场其实泥泞不堪，大小土堆像山一样，挖土的民工像一个个活动的泥塑出现在深坑中，机器杂乱无章，电线像一团乱麻；民工们住的工棚里臭气熏天，吃饭、拉屎都在塑料布里，塑料布外写着“我为城市增光添彩”等鼓舞人心的标语。两个民工还专门用水管子冲洗着塑料布外面的道路，使之光亮如初，让城管人员看不出塑料布里正在施工的乱象，以避免污脏了城市而罚款。

程大种开挖之后便秘了三天。三天里他认识了与他一起来的两个老乡；讲着与他近似的土话，一打听是宜昌兴山人，这就攀了老乡。晚上，他用卖狗的钱买了三瓶啤酒，就着工地食堂的榨菜肉丝（肉丝占十分之一）请他们喝酒。下工后，他们还在一起斗地主。民工们的工作异常辛苦，晚上十点了还在挑灯夜战，一双脚已经被城市深处挖出的脏水泡出了一个又一个大红疙瘩，奇痒难耐。工地包工头后来给他们一人发了一双深筒套鞋，但必须扣除他们一天的工钱。三个人用家乡话骂着穿皮鞋的包工头和城市道路建设委员会的监工们。那两个老乡一个叫大嘴（只因嘴很大），一个叫王长清。三个人年龄相当，经历相近，都是为了给娃儿挣钱读书，都是在山里。对喝啤酒不太习惯，想喝地封子酒，就是苞谷烧。说，最好是有党参酒喝，那才是提热气哩。

三个老乡有时在深坑里挖土埋涵管，有时在上面拉葫芦（提升土筐）和往土山上运土。其实这样的劳力活很容易适应，摆正心态是很重要的。程大种想着每天的二十元钱，刨去吃喝和那双套鞋，每天可以落个十多块，一个月就是三四百元。可恼的是不出五天，坑壁又塌了方，又埋进了一个河南人。等大家把他挖出来，双腿都断了。河南人在医院里上了夹板，就拖回了工地的工棚，每到晚上，就凄凉地悲号。大家每晚不能睡觉，白天又是繁重的劳动，就想把这个河南人赶出去，并要求包工头发发善心把他送到医院去打止疼针。可包工头骂骂咧咧道：“我这段工程转了三道手，还死了两个人，又伤了一个，我哪有钱让他住医院？如今住一天医院抵老子们一年的吃喝，我亏了血本啦！”

这个河南人慢慢地开始发臭，两个露在外头的光脚都变黑了。程大种为不让他悲号，给他买了瓶“驴子尿”（啤酒）。但是他喝了依然高亢地悲号，估计是疼得受不了了。没几天，便头发深长，口腔溃烂，人已瘦成一副骨架子。等到他的双脚开始流脓，包工头才把他弄到医院去，听说双腿都要锯掉。这才让大家舒了一口气。就在这天晚上，喝了一顿好酒的程大种起来小解，在工棚门口，看到了蹲着一只黑影庞大的狗，那狗呼哧呼哧地喘着气，身上散发出一股恶臭，脏得就像那个要锯腿的河南人。

“这不是太平吗？太平？！”

太平把夹了多天拖地的尾巴吃力地、一点一点地翘卷起来，向主人摇动了两下。

“你不是被宰了吗？你是怎么找到我的？！”

太平抬起沉重的头，眼角里挤满了眵糊，嘴巴脏得像一个下水道，牙齿上沾着血，估计是与什么东西搏斗过。

“你还活着？爹爹！”

狗的一只腿骨外露了，白瘆瘆的，可狗还是靠着这可怕的伤腿行走，终于找到了主人。主人给狗包扎，给它清洗，看着它，泪水哗哗流个不停。狗哼哼着，很轻很轻，很压抑，想把许多只有它知道的东西，轻轻地表现出来，或者是藏着。狗静静地舔着自己的伤口。主人望着这条狗，狗却眼里像没事一样，就像刚刚离开主人一会儿，懒懒地看了主人一眼。

“狗啊！”程大种说。

三位老乡吃着烟，决定保守秘密，暂不说这条狗的来历，只说是收留的一条流浪狗。这条狗回到程大种的身边，这让他感到匪夷所思，也让两个兴山人啧啧称奇。“狗是这样的。”他们后来承认这个现实之后说。其中的大嘴说：“赶山狗赶山狗，就是有名。”他说他们村有个打匠（猎人），就是在神农架买的四条赶山狗。那赶山狗不仅记路，还英雄啊，跟豺狼虎豹斗起来，没有服输的，咬得脖子断了肚子穿了也不服输。有一次两条赶山狗追一只獾子，那獾子也烈，追得走投无路了，就跳下了天坑。天坑几百丈深啊，那两条猎狗也不怕，也跟着跳下了天坑，两狗一獾，在落下的途中，还死命追咬哩，你说那狗性烈不烈?！大嘴说，这事之后，那打匠跪在天坑口足足哭了三天三夜，比哭自己的亲娘老子还凶，没见过这样的赶山狗啊！瘦瘦的王长清也说，他舅子一条赶山狗，白雌雌的长毛，是个白化种，在从神农架回来的路上捡的，别人说不吉利，他不在乎，这狗长大后，常从山里拖回来麂子啊山狸啊大飞鼠啊回来吃。有一次他舅子去镇上赶集，搭的是林业站拖树的拖拉机。坐上去了，那狗就把他咬下来；坐上去了，那狗就把他咬下来，不让他上车。他就没上车。结果，到晚上听说那个车半道上翻了，一车人全死了。你看这狗，不与神通是什么！这么说，大家一致认为把这狗养着，又听说狗被程大种打了，卖了，可狗还是找来了，就说着包工头的坏话，说包工头不是连狗都不如么，一点人性都不讲。

说这些话时他们是在下雨的塑料雨棚里，三个人身上湿漉漉的，雨棚很矮，只能让人坐着，棚顶上汪着水，雨打在顶棚上，包工头要他们干活哩。多了条狗就多了份粮食，那狗嘴比人嘴还大啊。三个人商量要包工头先预支点工资。程大种卖狗的钱也花完了。三个人斗地主，输了的就输了，赢了的买“驴子尿”。他们去给包工头说，连抽烟的钱也没有了。包工头很烦，朝他们鼓着眼睛说：“别带着狗来一起吓唬我，你们快把狗赶走！”包工头说：“我已经忍无可忍了！在这个工地上，一只这么大的高脚狗吊着一两尺长的舌头在我面前晃来晃去，我还有威信不？是你们的工地还是我的工地？”

程大种又得想着怎么处置这条狗了。城里容不下一条狗。可狗费尽千辛万苦找到了他。狗跟他出来，是没有罪的，先挨了两锨，又给卖了，让人去剐，但不知怎么又出现了。这未必是太平的魂么？程大种总是盯着他的狗看，越看越陌生。他摸着太平，摸着它身上的累累伤痕，不是他的狗是谁的！他只有一阵阵心疼和忏悔。如果回去，讲给老婆和娃儿听，他们会相信吗？如果我讲给包工头和城市道路修建委员会的官员们听，他们会相信吗？不会说我是在说谎，诓骗他们？

我只求他们把这条狗留下，就是讨米要饭，也把这条狗留下，最后，完完整整地跟我一起回丫鹊坳。

程大种牵着歪歪倒倒、一走一瘸的太平在半夜里去找食。狗已经很会找食了，对钻垃圾桶有着丰富的经验。城市的垃圾堆得各种各样：有的是垃圾堆，太平几拱几拱就能拽出一块骨头或鱼刺，在黑暗中嘣嘣大嚼；有的垃圾是在烂竹筐里，有的是在铁皮桶里，有的是在高高的塑料桶里。有时候塑料桶冒着滚滚的浓烟——那是未烧尽的煤点燃了塑料。但太平却能毫不畏惧地、神速地从火堆中扒出一块食物来，而不致身上和爪子烫伤。程大种看着太平的寻食本领，十分惊讶和敬佩，他感到这条狗真有能力在这个大城市生活了，完全能在茫茫人海中找到他。这狗在城市似乎比他多生活了十年甚至二十年。它的老到，它的生存能力和生存经验，已经让程大种望尘莫及。真是士别三日啊。

狗吃饱了，就跟他回来。

有时候，他不用牵它出去，放了链子太平也会自己离开工地去找食。有时半夜他担心这狗，去找它，突然从暗处跑出太平来。这狗为何躲在暗处呢？程大种看到垃圾箱那儿有个捡破烂的。再仔细观察，太平总是躲着捡破烂的。但只要他们在垃圾箱翻箱倒柜过后，太平就会神速地冲过去，去找食物。捡破烂的都拿着一种两齿耙，估计会对着与他们争垃圾的流浪狗狠狠一耙，两个耙齿洞就会留在狗的身上。程大种观察，这些捡破烂的常常有着怪异的举止，衣不遮体，或是身上挂着几十个塑料袋——都是些神经有问题的人。但是，面对其他流浪狗，程大种看到太平总是英勇无畏的：它先是两只前爪伏地，喉咙里像闷雷一阵滚动，然后，发出城里狗们没有听到过的恐怖瘆人的狼嗥。就是狼嗥，夜半山冈的狼嗥！宽大的尾巴紧紧拖着，拧满了警惕和决斗的意志，然后，扑上去用牙齿驱赶它们，把它们远远地逐出垃圾堆。程大种看着太平的觅食表演，真是赏心悦目，惊心动魄。但面对走路颠三倒四、动辄向路人乱咬的狗，太平总是让着，并在程大种身边保护他，防止那些狗咬到主人。那些狗是有病的狂犬。

尽管如此，太平还是饱一顿饥一顿，甚至可以说基本处于饥饿状态。因此营养不良，面目全非，瘦骨伶仃，紫铜色的毛没了一点光泽，像一堆发黄的茅草披在身上，全身的骨头都尖削突出，肚子瘪得像一张纸，随风飘扬。加上它必须不停地与其他饿狗争斗，耗尽了所剩无几的脂肪，最后只剩下皮包骨头了。

工地的伙食差得不可再差，程大种自己都吃不饱，还要进行高强度的劳动，没有一口饭给这条狗吃的。道路正在向前延伸，可修路的伙食却越来越差。有一天，太平终于犯了一个大错误。就在那天，一个叫马二剪的工友吃饭吃到一半，气胀肚子，想去厕所解决问题，就把半碗饭放在了一个土墩上，回来见程大种收留的那条大狗正在代他舔碗呢，马二剪是先来的，底气足，气得青筋暴暴就拿砖头劈狗。

这条可怜的狗已经被人打够啦，程大种见了，就大声说了几句。可马二剪正在气头上，要程大种赔饭和碗——碗让狗舔了那还叫人碗吗？两个人不知怎么就动上了手。马二剪的同伙就去劈狗，狗在工棚内外，被打得东躲西藏，落荒而逃；两个兴山老乡将程大种拉开保护了。并且在情急之下说出了这条狗是程大种从神农架带出来的，是只晓人世的猎狗。可愤愤不平的那些人一直要求把这条狗宰了煮汤喝，工地上天天萝卜汤，这狗就算光骨头也总有狗肉味。包工头早就烦了，听两个兴山人这么一说，就对程大种下了最后通牒：有狗无程，有程无狗。要不，把你们赶走。

马二剪的人都在斥责这条狗的不是，说这条狗还是什么猎狗，就是条癞皮狗，扰乱了大家的生活。这么大的骨架子，眼里全是腊月的冰块，半夜时还有事没事像狼一样嗥叫几声，听着都骇人。

已经与马二剪打得鼻青脸肿、衣衫破碎的程大种在工地尽头的一堆木板缝里找到了太平，它正躺在角落里呜呜地舔着被砖头劈开的伤口——臀部破了两三条口子，流出的血被它自己一点点地舔干净了，可是伤口却不能舔合拢，依然悲壮地裂开在那里，像无声抗议的嘴巴。程大种说什么好呢？恨它？爱它？都没有了。他只想着怎么办，可有一种意绪是：不能让这些人宰了，范家一都没能宰，这些狗日的民工们更没资格宰。他们跟他一样面黄肌瘦，口叉黄土背朝青天，真说起来比狗还不如哩，狗还能在垃圾堆里刨到骨头吃，他们跟他一样，一个星期吃不到一次荤。也不能让裆里满是恶疮的黄牙包工头宰这条狗。不能！这条狗大难不死，必有后福。这条狗一定要坚持住，跟我回去，回丫鹊坳去！

程大种扪抚着太平的伤口，太平看到主人的眼里在黑暗中有闪动的泪光，在城市的灯火下。因为疼痛，寒风挤着伤口，伤口似乎在无限扩大，要把它的身体扒开，扒一条能走汽车的大缝。其实，它拥有许多，当它泡在疼痛中回忆的时候。那深夜的山风正在森林中呜咽蹒跚，草垛吹得飒飒直响。那只因为没有主人在家而安然熟睡的狗太平，细匀深沉的鼾声正应和着一阵阵山潮哩。它撵花栎林中的社鼠。它吃猪槽的食。它梦见峡谷尽头落日的余晖。它狂吠不已，那是因为它想吠，没有任何原因。早晨的山冈上满是露水打湿的鸟声和牛铃声。它还有一个家徒四壁的屋子。它有着两头哼哼哈哈的猪，有三只羊，有一只黑白相间的猫。有两个娃儿，一个叫狗儿，一个叫毛丫；狗儿大，毛丫小。它与他们一起上山割猪草，挖柴胡，剥杜仲，下菜园。它还有主人老婆，一个整天忙里忙外吆三喝四的勤快女人，她害着鼻炎，鼻子不停地抽气，发出悦耳的响声。深夜，优美的深夜，一无所想的深夜。夜太长，在柔软的草窝里，它强闭着眼睛一次又一次地进入梦乡，日子一天一天美美地过去……

可它已经来到城市。它已经误入城市。它的眼里滚出了大颗大颗的泪珠，没让主人看见。

它听见主人说："唉——"

主人说："我们走吧。"

九

这一次，主人为了狗而离去，使他自己最终遭到了厄运。对于太平来说，也当然不是一桩什么好事。

天气转暖了些，程大种已有了些经验敢再一次回到武胜路劳动力市场撞撞运气。他是想能找到更好的工作，不再在泥水里，在深深的泥坑里挖泥，两只脚都泡得稀烂了，十个趾缝里流着臭水。他尽量想修路的坏处，包工头和马二剪那一伙人的坏处。想有一个能让太平存在的地方。这样，他就来到了劳动力市场。

坚称还是要干锯木活的程大种最后被一个嘴上栽花的男人带走了。那男人说："人是活的，活儿是死的，只要工钱对，锯不锯木又有什么卵要紧！"并讨好地称赞他的太平是条好狗，他一定帮程大种养狗。

程大种坐着一辆乱七八糟的车两三个小时后才到一个乱七八糟的地方，一个怪味刺鼻的黑水大湖。程大种要去的工厂坐落在湖边，厂子里也怪味刺鼻，进了一个生锈的大铁栅门时，那嘴上栽花的男人就要程大种把太平交给门房的一个哑巴，那哑巴胡子拉碴。程大种把狗交过去后，才看到门房旁的一排平房雨廊里，拴着两条大狼狗。哑巴拿来一条绳子，就势套住了太平的脖子。

太平面对凶险的未来不是没有预料，当它在挣扎着别让哑巴的绳子把自己勒得太紧时，那送走了程大种转来的嘴上栽花的男人此刻露出了狰狞的本相，只等那狗脖系进粗壮的绳索之后，挥起一根钢筋，照太平的脑袋就是一下，太平来不及哼喊，就打入了地狱。

为什么这样对待一条狗呢？为什么对这条狗有如此深的仇恨？这些人是不是与它结下了孽，或它冒犯了他们？什么也没有。原因只能说是恐惧，一条太大的狗会横亘在这些人的心上，让他们寝食难安。如果是一只小狗，命运可能就截然不同了。人们恐惧这条怪模怪样、师出无名的乡狗。如今它又因为饥饿与磨难而更不中看，简直像从非洲跑过来的一条饿狗，病入膏肓，颇有侵犯人的意图。人们只求赶快了结它的性命。那哑巴也是个天才，刚才还对着电视里的小品咧嘴傻笑的，现在却磨刀霍霍，拿出一把切菜刀来，就地想把太平的脖子切开。这是那嘴上栽花的男人的“指令”——这男人是该工厂的老板，他要哑巴“切了算了”，同时朝自己的颈子一比划。哑巴没有杀狗的经验，但有杀狗的豪情，一点也不害怕，刀刃在太平的身上荡了两下，又在太平的颈子上比试了两下。太平因躺在地上刀不好下手，那哑巴就试着用刀尖去给太平翻身。刀尖一戳着太平的身时，太平这时竟一跃而起。对刀的反抗使它残存的生命得到激活。它是不会死的，神农架的狗有无边的神力，因为它是在深厚的石头上长大的，生命与山冈和森林一样古老顽强，这是它故乡的大地赐给它的神奇力量！

——当它跃起的时候一口咬住了哑巴的手，菜刀当啷落地。哑巴用悲惨短促的号叫来证明这一切，并且捂住流血的手拼命摆动。两匹狼狗这时突然像两座黑暗的大山压过来，将苏醒过来的太平制服了，压在地上。太平看到两匹大狼狗的四颗卵子在头上雄赳赳地晃动着，它多想跃上一口咬掉它们，可两条狗把太平像钉子钉在地上，顾不得它只剩下半口气，用它们罕见的大锐齿撕开它的皮毛，怀着滔天的好奇，要看看这只赶山狗肉里面的秘密。它们一点点撕扯着，就像在表演拉面。那个哑巴一阵奔跑止痛过后，还是提刀来朝太平的身上一阵乱剁，那血就喷得哑巴满身满脸，两条狼狗也止不住地兴奋呻唤，加上哑巴的快意嗥吼，几股声音在天空中缠绵回旋，在这清冷的工厂里恣肆穿梭。太平淌着大滴大滴的泪珠，动弹不得，又一次昏死过去。

太平是在夜间逃跑的。因为被扔在地上，它的身子沾上了地气，就会从死亡中活过来。地气有一种让生命复活的伟力，只有在大地和山冈上生长的狗，才能接受到这种地气的灌注，死而复生。对地气的无比敏感和依赖，是那些赶山狗生命力会出现奇迹的根本；它们像一株株植物，承接着、汲取着大地的养分，它们的身体里有这种聚集吸收的根须。它们的生命属于遥远的山冈和无处不在的大地。

深入骨髓的持续痛感在一阵哀风的猛刮下苏醒过来，太平看见了链子锁着的那两条狗绿荧荧的狗眼，而它却没被绳子拴着。他们以为它已经死了吧。

太平摇摇晃晃地站起来，大地推了它一把，将它撑持了起来，四条腿，一一给了它平衡的力量。大地说：你是不死的，你是罪恶城市的邪火中的金刚；大地说：你必死在故乡，安然长眠在阳光的森林里，山冈上的马尾松和清风必是你送亡的见证人。一只蜜蜂在杓兰的紫花笼中为你嗡嗡念着悼词，山坡草地上的芍药是你铺满夏天的白色挽幛。鸟声啁啾，那是天上的香雨，一直穿透你的忠魂，飞入云端……

太平依托着大地站了起来，满眼泪光闪烁。那是感激的泪光。它开始寻找着逃跑的路径。

狼狗开始叫了，它不能再耽搁了，它要逃出去，逃出这个魔窟，这个静静的魔窟！

哑巴因为被太平咬了疼痛难忍不能入睡，吃了三颗安定才进入梦乡，两只大狼狗的叫声一点也没震醒他。加上有很高的墙和带电的铁栅门（一到夜间铁栅门就通了电），所以哑巴很放心地入睡了。

太平试着走了几步，刚挨着铁栅门，就被一股力量掼了回来，重重地摔在地上，所有的伤口都强烈地醒了。它又爬起来，一步一步沿着围墙和灯光的暗处走着——它寻找主人程大种时学会的一系列隐藏术又一次用上了。就像在凶险万端的大街上行走一样，它走得慢，走得无声。但是，越接近那嗡嗡作响的车间越让人头晕脑涨，刺鼻的气味像一记记闷棍朝它的大脑打来，比神农架森林里夏天那令人惊骇的瘴气凶悍一万倍，顿时刺进它体内的每一寸地方，把它泡得稀烂，浑身无力。它还是坚定地、固执地找着它的主人，它屏着息，在一个灯光模糊的大房子里，它终于看见了许多人——有它的主人程大种！那刺鼻的气味就是从那里面出来的，里面热气蒸腾，毒气一团团一阵阵向屋外涌出来，里面劳动的人在大池子周围运动着，行走着，一个个像一张张薄纸。两个人看管着这些劳动的人。那两个人脸上戴着一种突出的面罩，就像两只嘴腮突出的野兽。太平看着它的主人，主人好像病了，脚踩着浮云，在梦游一样。当他蹲下去的时候，那两个“野兽”突然在他的头上给了狠狠一棒，主人程大种发出尖锐的悲叫。捂着头站起来的程大种，只好又开始拿起一根沉重的棒子在池子里搅拌起来，那腥黄的厚重的热气一下子吞没了他。

太平心疼地看着自己的主人。就在这时，狼狗突然离它很近地狂吠起来，同时响起了叱喝：“抓住他！”荒草密布的院子里出现了奔跑的人影。狼狗向这边奔来了。一个人被打倒了，发出呻吟声。太平赶快寻路逃跑。真是慌不择路，它看见一条汩汩向院墙外流淌的臭水沟，穿出墙洞，那墙洞也就只能一条狗通过。它纵身跳进沟里，臭水滚烫，浑身的伤口如千万把刀割，如万箭穿心，皮肉在嗞嗞地烧灼着，腐蚀着。它游出了院子，吃力地爬上一个草滩，全身的灼疼使它禁不住想狂嗥，可它忍住了，牙齿咬出了血。它知道不能吠叫。

昏昏沉沉中，风把它吹醒了。它逃了出来。疼痛已经使它麻木、绝望，烫热的泪滴也像那奇怪的臭水，淌出时让脸面灼痛。它像死了一样趴在草滩上。天空群星如蚁，银河依稀倒悬。远远的城市灯火依然不舍昼夜地荡漾。这是哪儿？这噩梦一样的地方，主人和我为何会来到这样的地方呢？美丽平和的丫鹊坳为什么把我们推向这样的地方？主人程大种为什么要遭受这种惩罚并且牵累我？

肮脏的大地它也是大地，腥臭的大地它也是大地。太平用肚腹紧贴着沁凉的泥土，汲取着深处的干净的能量。它站了起来，回过头看着那黑魆魆的院子，那蒸煮着地狱沸水的院子，这莫不是传说中的地狱？

有一片小小的林子，在一个高高的土台上。它向那儿爬去。它爬了上去。在那儿，居高临下，能多少看清楚院子里的事情。太平的眼睛还灵锐，虽然嗅觉已完全被这汹涌的异味破坏了。

它在那儿等着，盼着，盼着它的主人从那个生锈的铁栅门里出来，带着它，回到丫鹊坳去。

十

它晚上出去找吃的，白天，就在自己用爪子刨出来的一个土洞里养伤、休息、避险。有泥土的慰抚，伤口在时间的流逝中慢慢愈合。不过，那被下水道的奇怪臭沸水浸过的伤口，有几处始终不能封口，往深处溃烂，形成窦道，流着黄水。

湖边有许多死鱼，也有扔弃的死猪死猫。为了生存，它必须学着吃那些腐物，刚开始，它不停地闹肚子，但闹过一阵，它挺过来了。再吃就注意吃口感稍微好一点的烂货，或者多跑点路，去寻些新鲜垃圾。等身体好转之后，它就在土台周边、湖边和小树林逮老鼠；这里的老鼠泛滥成灾，而且肥硕无比，一只只比狼还凶，也是吃腐物的，可它们的肉质却十分鲜美。

吃老鼠的事缘于一天晚上，它在土洞里被一股森冷的风吹醒，预感到有危险，接着就听到一阵吱吱乱叫的声音。睁开眼探出头往外一看，我的天！有几十只壮如猫的老鼠已围在它的洞口。老鼠们缩着丑陋的鼻子，一排排尖锐的啮齿向太平发出了示威——很显然，这些老鼠是有备而来，准备在洞里围歼太平以吃掉它的。

就算它们凶狠如竹溜子，就算它们是一头头狼，搏斗，与这些不知天高地厚的城市老鼠的搏斗会激发它体内的征服激素，求生的意志也使它的牙齿和爪子再一次有了剑吼西风的英气。那些老鼠不知道太平是一条与众不同的狗，是一条神农架深山里的纯种猎狗，在这个小土台上的战斗，简直不值一谈。于是，太平不顾一切地冲了出去，一个一个地咬死它们；先咬死，再吃它们！老鼠们以为这是一条静静等死的病狗，阳气全无了，可一阵狂风卷来，一会儿就鼠尸狼藉，鼠们被咬死了大半。它自己的伤口再次哗哗震裂了。可是，对敌人的杀戮使它获得了自信。它知道自己是不败的，因为它是一条赶山狗。山都不怕，何惧土台！

喝了老鼠青春的血，体力恢复得很快。它常常望着那个院子里的车间、衰草和人，想悄悄地潜进去，救出它的主人。

春天正在悄悄地到来，在这个城市不被人注意的边缘，在土台和湖边，各种绿色的植物被一阵夜雨染绿了，不知名的野花顶着鲜艳的颜色摇荡起来，腐臭的水边也有不知情的水蒿和芦苇的芽子依然娇嫩地窜出身，显得尤为壮美。竟然还出现了青蛙的叫声。野蜂和鸟都在各自自由地飞翔，而它的主人却在里面暗无天日地受难。

那些天，到了深夜，终于看到那铁栅门打开了，有轰轰作响的汽车开进去，然后汽车再开出来，大门就被那鬼鬼祟祟四处张望的哑巴急急地、重重地关上了。狼狗牵在他的手上。那两匹狼狗会在半夜从院子里嗷嗷乱叫，偶尔，也能听见人的惨叫声，其中有它的主人程大种。

害怕是肯定的，那种种的惨叫声会让太平听得阵阵发抖，心有余悸。每当看到那个哑巴，它就会莫名地战栗一阵子，好像患了疟疾或遇上了寒潮。

哑巴守着的大铁门是千万不可进去的。好些天，在晚上，太平围着那个院子长长的、泥沼黑臭的围墙转圈儿。唯一可走的依然是它急中生智随水流出的那个下水道。可是，望着那卷着泡沫、冒着热气、怪味难忍的黄水，它就怵了。它试着把爪子探下去，爪子就一阵灼疼。最后，它憋足了劲，屏了一口气，还是勇敢地跳入水中，拼命地向洞里游去。

程大种已经病了三天，不知道是什么病，那个嘴上栽花的男人给他吃了几颗什么药片，他就昏昏沉沉地睡了。宿舍没有窗户，难闻的气味凝滞在屋子里。他的皮肤发痒，一抓一个水疱，流出难闻的黄水，跟下水道的水一个样。恶心，呕吐，眼睁不开，呼吸困难。他感到他快要死了。他身上盖着从家里带来的被子，已经很脏了。可是那被子上的红碎点的花使他的眼前出现了幻觉，老婆陶花子就在那红碎花点中间，纳着被子朝他笑着，有时又骂着。骂得十分难听。

“陶花子！……”

他冷得不住地打着牙磕，身子痉挛成一团，胸口堵得慌。

“我可能……回不去了……还有一个……躺在那儿哩……”他的手给陶花子指指说，“老板不让、我们走，你只要说走……就有人拿大棒打你……”

稻草角落里爬着一群群大老鼠，对面床上的那个工友的脚趾已被啃了，在那儿成天哀号，估计又昏死过去了。老鼠估计又在啃他的脚趾。程大种抬起头，想去看看，在黑暗中，忽然看到有一排排荧荧闪闪的小眼睛，这么多的老鼠！是不是它们嗅到了这个工友快死了，准备来饱餐一顿?!

“老鼠！……”他想喊，可喉咙堵了，声音像从墙缝里发出的一样。

他吃力地够着床底自己的鞋子，终于拿起了一只，用尽力气朝老鼠砸去，一阵吱吱的响声，老鼠不见了。

其实他什么也没有看到，看什么都模模糊糊，头沉得像箍了个铁箍子。

他突然想那些老鼠该不会啃自己吧？我也快死了，还管别人！他感到那些老鼠还待在屋子里，正在伺机行动，它们正向他的身体爬来。他昏昏沉沉地想着这事，手脚拼命动弹着，生怕一停下来老鼠就会张出啮齿来啃他。

就在他本能地舞动着四肢时，手触到一个毛茸茸的东西。

“老鼠！”

他吃力地收回手来，吃力地把眼皮撑开，分明是一个大大的长毛的家伙，狗！是厂里凶狠的狼狗？不是，它舔着自己哩，是太平？是我的狗，是太平！

狗像久别的亲人一样用湿漉漉的身子紧紧地摩擦着他，舔舐着他，温热的舌头像故乡的阳光。狗尾巴不停地摇摆着，嘴里发出呜呜的呻吟。并用嘴咬着他的衣服往外拖拽。这狗是在救我，想让我出去！狗啊，它要救我逃出去！一阵感动，接着是一阵虚脱的晕眩，程大种手脚顿时冰凉，晕厥过去。那些脚头等待的老鼠这时候疯狂地扑上来，就啃程大种的脚趾。钻心的疼痛传来了，程大种一声尖叫，太平就引起了警觉，嗅觉丧失了，眼睛却一下子逮住了猎物。只见它用极低沉（怕人听见）但很震慑的声音怒吼了一声，就像一只大鸟跃起，朝床上的老鼠罩去。顿时，屋子里飞蹿起一只只笨重的老鼠，纷纷落到程大种的身上、被子上、头上。老鼠在被咬死时，竟发出一种令人毛骨悚然的惨叫，使人知道无辜的死亡是多么可怕。

程大种已无力坐起来。老鼠在屋里疯狂逃窜，叫声一片；它们撞在墙上，撞在门上，撞在天花板上，被撞被咬得鲜血四溅。

“好样的，太平！你真是好样的！”程大种在心里赞叹自己的狗。

一阵狼狗高亢的叫声像风暴在院子里刮过来，还伴有哑巴那含混不清、仇视一切的吼叫。

“快跑，太平！……快！”极度虚弱的程大种在黑暗中摸到狗，用尽最后的力气猛拍它一巴掌。

太平正在亢奋地咬着老鼠，它愣了一下，马上明白了。主人的指令就是一切。

就在狼狗和哑巴赶来时，就见一道粗壮的黑影像闪电蹿出门外，飞进院子的荒草中。两只狼狗马上朝草丛里扑去。哑巴没看清是什么，在那儿正搜寻着想看个明白，忽然一阵狂风，一个黑影罩来，他的腮帮子就被撕掉了一块，发出“噼啦噼啦”的声音。“啊！”哑巴惨痛地叫唤，人竟跳起了三尺高。两条狼狗急急追去，那黑影跳进滚烫的废水中，沿着下水道钻出了院墙。

太平再一次潜入院子是在五天以后，它看见它的主人程大种已经死在床上，七窍流血，骨瘦如柴，老鼠已经啃坏了他的脚趾，两个耳朵也没有了。它躲在那一人多高的野蒿中间，看到哑巴和另几个人把它的主人抬上汽车，然后车开走了。太平潜出来后，追赶着那辆汽车的尾尘，可是到了一个三岔路口，它辨不出车去的气味，空气里的浓郁怪味绞杀了它的嗅觉。

它在城里找了几天，后来它来到了一个火葬场，在空气中似乎嗅到了一点点它的主人的气味，那高耸的烟囱上正飘过一缕缕的白烟，它的主人程大种随那缕白烟飞走了。

“故乡！……”它在心底里大声说。它喊。它，太平，一条狗。一定是回到故乡去了，它的主人。那缕白烟正向遥远的天际飘去，在很远的地方，在川、陕、鄂交界的那一片山冈上，总有这样的烟云，像透明的梦境，从它的眼际飘过！还有一种更醇厚亲和的气味，不是这儿死亡的冷漠气味，那气味突然从很深的地方泛了出来，还没有死去，它蛰伏在太平的心灵深处。那气味使它回忆起了过去的一切；那气味拉拽着它，牢牢地拴住了它，让它不可遏止地带着坚定的步伐，向那儿走去！

它跟着缥缈的主人，跟着云端里的呼唤，在星星的指引下，嗅辨着那若断若续的来路，向回走去。

越过了千山，涉过了万水。不停地行走，不停地寻找着那从小就熟悉的气味。它已经走掉了身上的毛，走秃了脚爪，尾巴被围攻的野狗扯掉了半截，耳朵拉开了口子，一只眼睛也被顽童戳瞎了；它见过了世面，伤痕累累，流泪成河，可脚没有停下半步。它死了，又活了；活了，又死了，九条命（猫狗九条命）已经用了八条。还有一条攥在自己手里。它走着，走着，已经不是一条狗，是一个行走的魂。

在一个深秋，在百果摇曳，万树如火的日子里，狗儿和他的妹妹毛丫看到山路的尽头走来了一匹歪歪倒倒的狗，狗一走一瘸，浑身裹满了尘土，身子已像一个纸糊的架子。这狗熟啊，这不是咱家的太平吗？

“太平！妈妈，太平回来了！”他们忙向厨屋里的妈妈大喊。

听到喊声，那个厨屋里的女人陶花子从里面出来，在抹腰上揩了揩手，揉揉被灶火熏红的眼睛，朝那匹远远走来的狗看着。

"真是的！太平！太平回来了！"那狗不紧不忙地走了过来，睁着唯一的一只眼睛望着他们，面色沉静，没有表情，尖削的嘴紧紧咬着，眼神怠倦，好像是从一个深深的山洞里走出来似的。

"太平！太平！他爸呢？大种呢？太平！他没跟你一起回来吗？！……"

女主人陶花子蹲下来一把抱住了它，摸着它瞎掉的眼睛和开叉的耳朵，摇着它问着。狗依然没有表情，一声不吭。这时候，陶花子看到它的眼睛里滚出了一滴一滴的泪珠。

生活还在继续，因为日子还在继续。

丫鹊坳和神农架的人都在谈论着这条叫太平的狗，这条神奇的神农架赶山狗。这件事刊登在200×年10月的《湖北日报》上。

报道说：

狗的主人程大种（化名）音讯全无，狗却千里迢迢回家了。

我希望程大种也能像他的这只神犬一样回家，因为他的亲人们在日夜盼望着他的归来——假如他还活在这个世上的话。

马嘶岭血案

我就要死了。活着也就跟死了一样，脑壳瘪瘪的，像一个从石头缝里抠出来的红薯。头上现在我连摸也不敢摸，睡觉不是坐着就是俯卧着，九财叔那一斧头下去我就这个样子了，当梨树坪的两个老倌子把我从河里拉起来时，说，这是个人吗？这还是个人吗？可我还活着，我醒过来了，指着挑着担子往山上跑的九财叔说：“他、他、他要抢我的东西！”我是指我们杀了七个人后抢来的财物，又给九财叔一个人抢走了。医生在给我撬起凹进去的颅骨时说：“撬过来了反正还是得崩。”还有一个寡瘦的护士给我扎针时说：“你还晓得怕疼，我的天，到时一枪下去，那么大的洞看你喊疼去。”我疼得天昏地暗，这不是报应吗？九财叔砸我，我砸了别人，别人都死了，我却疼痛地活着。

就这么等死的时候，前天老婆水香捎来了儿子的照片，一张嫩生生的照片，背景是红的，是在镇照相馆刘瘸子那儿照的。儿子在向我傻乎乎地笑着，咧着没齿的嘴巴，眼泡肿肿的，耳朵大大的，活脱脱一个水香，活脱脱一个我。

现在是深冬了，早上放风出去地上有凌。再有一个月我就要与这世界再见了。

今年的秋天，九财叔来找我，让我跟他一起去当挑夫。我当时想都没想，就答应了。一个月三百块钱呀，不少了！尽管是到很高很远的马嘶岭。

我记得那个秋天早晨的山路是多么安详，水香的声音在干爽暖和的山路上飘荡着，还带着一股子挥之不去的乳香，紧紧依着我的鼻扇。临走的那天晚上，我糊糊涂涂地就要爬水香了，水香说，别压坏娃子哦。我说不压，不压。我忍了几个月了，可这一走一两个月，我实在忍不住了。水香在下面说，别压坏娃子哦……那个早晨的山道上红叶似火，天空像一张豁然张开的大嘴，瓦蓝瓦蓝，温馨的风像狗毛一样骚扰着脸颊，水香的声音就在那儿荡漾着，像山岚一样娇软若无：“别压坏娃子哦……”这声音只有我一个人能听见。我嗅吸着声音里的乳香，在前头怏怏地走着。我不想跟九财叔走一起。分别时，九财叔睁着那只没眼皮的右眼睛，瞪着我跟水香道：“快点上路！”

九财叔也在死劲地嗅吸着，他是在嗅吸空气中霜打过的野柿子的甜味。我给站在石坡上的水香挥手，水香穿一身紧身红袄，肚子鼓鼓的。我在想，一个月三百块，这次去当挑夫，我是为水香挑的，为水香肚子里的娃儿挑的。

我们两天以后才到了马嘶岭。

马嘶岭是南山里面的野岭，燃烧得更加炽烈。茂密的冷杉林，鲜红的桦树，高挺的山毛榉，英气逼人的岩上松，还有那么多枫、栌、槭树和灌木的金黄色，喧红色，到处的秋花，野葱，兽迹，让人看得呆哑无言。五十多岁，戴着眼镜，头发爬顶的祝队长拿出一个仪器来，说：“到了，是这儿。”另一个姓王的小王就拿出一张地图，指着说：“正是这儿。”又问九财叔说：“这是马嘶岭吗？”九财叔说不清，小王又问炊事员老麻，老麻也是我们当地人，他说这应该是马嘶岭，他说他听打猎的讲过，马嘶岭到处是野葱野蒜，“这就是了。”他扯了一大把野葱，他说以后我们就有野葱吃了，特别好吃的，用盐渍了最好吃。他掐着野葱的根须，一根根把它们分开，放到鼻子下闻闻，又让那些人闻。小杜就接过去闻了，她是踏勘队唯一的女娃子，她说：“好香，好香。”

我们就这么住下来了。他们住一块，我们住一块是三个人，炊事员老麻、九财叔和我。老麻后来嫌我们，住到厨房小棚里去了，在灶口柴窝里铺一床絮，比我们强多了。我们冷，头一夜就跟睡在冰岩上差不多。我一床被，九财叔一床絮，搭伙的。他的絮又破又烂又薄，怎么也隔不断冰冷的地气，第二天我去割了几捆巴茅垫在下面，才略微暖和些。我们的棚子是塑料纸的，而祝队长他们是帆布的，还没有缝隙，完整的帐篷，像一个屋子，里面还有间隔，那女娃子小杜就睡在最里头。

刚开始我们知道他们是找矿的，第二天就得知他们是专来找金矿的，是为我们找金矿的。也许就是那个该死的“金”字，这黄灿灿的让人想到荣华富贵的“金”字，开始撩拨了我们。不对，应该是撩拨九财叔了，撩拨他心中早已枯死的那个欲望了。本来他都老了，两条腿虽说能挑个百八十斤儿的，但常也有蹒跚的样子了，眼睛也没什么神了，内心快坍熄了，只等哪一天一场大病，或是喝酒喝死，阎王爷安静地把他收去。

第二天就听到祝队长说："这就是我们的踏勘靶区。"他指着马嘶岭和岭下的马嘶河谷，声音洋溢着一种喜悦和轻松，好像来这里是玩耍的。其实这里荒无人烟，崇山峻岭，巨大的河谷吞噬着天空，马嘶河和雾渡河在这儿汇合，流淌着的河水在秋天通体泛红，好像一头巨蟒吐出的信子。我听见小杜那女娃子说："好美呀，太美了。"还拿着一个很小的相机咔嚓咔嚓地给他们拍着照片，也让人给她拍。小杜这女娃子长得像山里的洋芋果，圆圆叽叽的，个头也不高，爱笑，爱唱歌，我就暗自给她取了个洋芋果的诨名。那个身子单薄的小谭长得像根峨眉豆，他的刀条脸和身子，不是峨眉豆是什么。我听见他们说着那周围的岩石，祝队长指着河谷说："这就是开门金。"他比划说，"河流骤然变宽了，流速减慢了，上游带来的泥沙、砾石、砂金都沉积于此了，看见了吧，开门金！"他说了几遍开门金，说过去这儿因为没有人烟也没被开采，可能有小量开采，因为这周围是土匪窝子，没人敢来，就算淘出了金子，也会被抢被杀。

我的心那时有一种豁然开朗的感觉——开门金！我忽然对这些产生了兴趣，仿佛也成了他们中的一员，完全忘了我不过是他们的苦力和挑夫。祝队长是头儿，他总是站在中间，那几个人站在两旁，听他手拿着小锤敲打着岩石讲解，那个常在他手上的有数字跳闪的东西我也知道了它叫 GPS，卫星定位的。后来洋芋果小杜给我说它是用十二颗天上的卫星定位的，我们现在站在哪儿，经度多少，纬度多少，海拔多高，它一下就显示出来了。她说我们现在站的这个地方，马嘶岭的海拔是三千四百零九米高。我问她这个东西值多少钱，一头牛钱吧？她当即就哈哈大笑起来，把我笑毛了。可我之所以敢问她，是那天大家喝了点酒后我在他们的怂恿下唱了几个山歌子。她说我的山歌子唱得好，当即就把我的山歌录下来了。我知道那是录音机，可没见过那么小那么薄的录音机。我还问过她关于剥夷面的事。她指着祝队长指过的河谷对岸，高耸入云的一扇巨大石壁，光秃秃的。我只能隐约知道"剥夷"是怎么回事。剥夷面上，经她的指点，我似乎看到了一条石英矿脉，因为在夕阳里那儿闪着耀眼的光斑，还有云母。她说在它的顶上，也就是台面上的塔状溶岩，很好看吧，是一种碳酸盐岩。她说她们去看过了，那儿曾有炼过硝盐的痕迹，地图上有个地名叫晒盐坡，估计是那儿。她说你们这地方保存了第四纪冰川地貌，也就是七八十万年前的，那刃脊，冰斗，冰蚀槽谷，还有漂砾。“你看，”她指指河谷中那些巨型的石块说，“那些石头不是原本在此的，是从别处搬运来的，谁有这么大的力量？就是冰川，冰川就是神仙，力大无比。你看那三角面，很清晰的冰川流动时削磨的痕迹，把巨石从远处搬来了。”

她轻描淡写地给我说着这些，我却觉得她的话撼人心魄，在那个晴朗无风的傍晚，无数玄燕和蝙蝠滑翔的河谷上空，我听到了冰川轰隆隆运动的声响，而当时的山冈是寂静的，旷古的寂静，这女娃子的话让我热血沸腾，浮想联翩，仿佛眼际滚过了那个壮观的七八十万年前的场景。我真的佩服他们。这女娃子跟我跟水香一般年纪。可我没读多少书，初中没读满就辍学了。我爹是个“八大脚”，八大脚就是抬死人的杠夫，他除了抬死人，挣几双草鞋钱，没屁的本事。

这天晚上，西南方的山坡上突然射出了一道强光，有如电焊的弧光，一直刺入云天，把周围的山坡、沟坎都照得如同白昼。那边帐篷就有人惊醒了，问是谁在照。大家都起来了。忽然那强光变成了两个光点，一上一下。大家以为是野兽，五六只电筒一起射去，那光点一动不动，祝队长就叫大家操了家伙跑过去扑打，不见了影形，也没有什么野兽，遂回到帐篷。而这时那光点又只剩下一个了，在帐篷顶不远的崖上直射我们。

“这莫不是鬼么？”九财叔说。祝队长他们那一夜都没有睡着。早晨起来去山坡上查看，什么都没有。方圆百里无一个人，无村庄和电线，这么强的光是从哪儿来的呢，又是什么东西所为？这个问题困扰着我们，祝队长宽大家的心说，你们不要怕，长期在野外生存，什么神秘的事儿都有。这个地方，听说过怪事不少。九财叔坚持说是野鬼，还说是什么独眼鬼，见了我们这些人稀奇。他说南山里不仅有几丈高的红毛大野人，还有鬼市。你们不知道鬼市吧？有一年来南山采药的一群人，晚上在老林里看到了一条小街，好不热闹，什么京广杂货都有，买货卖货的人把衣裳都挤破。几个采药人也去买了些东西，有买鞋子的，有买衣裳的，便宜得不得了。第二天早晨一看，鞋子变成了草鞋，衣裳变成了棕叶，店家找给他们的钱全变成了冥钱，再去找那条街，哪儿找去，莽莽森林，除了树还是树，什么都没有。做饭的老麻也附和道，他们隔壁村也有过怪树的，有棵叫水洞瓜的树，是千年老树，从来只结籽不开花的，只要六月开花，这年山洪暴发，开花的时候，树心里面就传出叮叮哐哐的锣鼓声，天一放亮就没了。说有个小娃子去上面掏鸟窝，掏出了三双草鞋云云。事情越说越玄乎了，说得大家脸色发白，倒抽冷气。祝队长就严厉制止道："老官，老麻，你们不要在这儿瞎说了。老官，你要是信鬼，今晚你跟我捉一个来，如果捉不到，你就走人。"

一开始祝队长就不喜欢九财叔，九财叔本来就不是一个讨人喜欢的人，所以祝队长就想赶他走，这是九财叔恨祝队长的始因。另外，那个一听九财叔说话，就从喉咙深处发出一种怪笑的姓王的博士也不喜欢九财叔。姓王的博士总是干干净净，头发方寸不乱，油水很厚的样子，不过他那个头就像个大田螺。他说："别吓唬我们了，我们这些人都是久经沙场的，别看你们经常在山里转悠，但也比不上我们在野外生活的人。"

九财叔没有捉到鬼，踏勘队就响起一片嘲笑之声。我们跟在他们屁股后面，挑着一两百斤的东西随行。我们挑夫挺苦，一天十块钱，赚得很难。挑着一两百斤的东西，翻山越坎，过河上坡，他们徒步都困难，更何况我们这些挑夫。一头是他们刻槽取样的石头，剥离的石头，一大块一大块的，就往我们箩筐里丢。有时候，扁担上肩，腰却挺不起来，咬着牙，腰椎一节一节地压趴了，人站起来了，腿都在哆嗦，心想，这就是命。担子的另一头有石头也有一些贵重的东西，那个像夜壶一样的家伙，是个什么水准仪。水准仪不止一台，有一台是日本的家伙。这些仪器常被分成几段拆卸后放进箱子里，再装入箩筐。祝队长虽然讨厌九财叔，可还是信任他的力气，认为让他多挑贵重的东西牢靠些。

两天后，祝队长和小谭去了一趟山外。为了防止野兽和坏人，他们上山来时配了一杆闪闪发亮的双筒猎枪，还给他们每人带来了一把跳刀，祝队长的绑腿里原来就插了一把美国猎刀，一尺多长，听他说，是一个外国同行送给他的。我慢慢才知道祝队长其实是去替他们领钱去的，还买烟买电池买扑克，给洋芋果小杜买来了许多糖果和女人用的东西。小杜把祝队长喊祝老师，小谭把他喊祝教授。听说祝队长是小杜的导师，小杜是他的研究生。小谭不是，只是祝队长手下的一名工作人员。他下山是去给他在乡下读书的妹子寄学费去的。我听小杜问他："寄了么?"他说寄了。这是与钱有关的事。每当这时，九财叔的耳朵就支棱得很长，好像是与自己有关的。他晚上愤愤不平地告诉我说："他妈的他那娃子一个月就能赚两千多块钱。"他说的是瘦小的小谭，我们都知道他是个山里娃子，与我们口音相近。我问那祝队长不更多?九财叔说，听说他有好几个金矿。我说他有金矿?九财叔说是人家的金矿，他会找金子，人家就拉他入伙，叫技术股，那金矿他还不占一份?这儿若找到了金矿，他又有了一份。听说他光乌龟车就有两部，有一部现在停在县城里，是他自己从省里开来的。我不知道九财叔是怎么知道的，你别看他平时闷声不响，瞪着一只永远也关闭不上的可怕的眼睛，可他知晓别人的事来，好像他长了好几个耳朵。

祝队长回来说到那怪光的事，说调查了，周围没有电焊的，说山下的人说了，南山山里是有一种奇怪的光，学大寨那会儿，山下一个村里有一块田也有发出过怪光，也是贼亮贼亮的，像探照灯。他说是否与我们踏勘的岩层有某种关系，比如是一种石英，反射了太阳的光或者别的什么光，透明石英也就是水晶。离这里不远据说有几个水晶洞，而且可能还含磷。在那个剥夷面上，你们看见没有，有许多水晶亮点，在早晨尤其清楚，已经可以断定，这是石英脉型的金矿。那边的剥夷面，花岗闪长岩与石英闪长岩的身边，与金矿最密切，所以，这是金矿给我们的强烈信息。他转过头来对我跟九财叔说："有了金矿，当地政府开始开采，你们这儿的经济就会大发展，农民就会富起来，公路就会修通，这儿，说不定你们说的那个鬼市就真变成了现实哟。"他对九财叔说："你会顿顿有酒喝。"祝队长罕见地给他开了个玩笑。这种未来的憧憬把老麻说得一愣一愣的，老麻对我们说："祝队长是给我们做好事来了。"

晚上他的菜做得格外有味，野葱拌上了更多的香油和野花椒，加上祝队长与小谭提回来的两瓶酒，我们一人分了一杯。九财叔和老麻看到酒，眼睛就放光，他们眼里充满了对祝队长的感激。上山来的这几天，我，九财叔和老麻，跟他们六个踏勘队的人是分开吃的。我知道他们的饭比我们好，每顿都有肉，做的时候我和九财叔就闻着香味，直咽口水。我想要是我们天天吃上他们那样的饭，也就等于做上了城里人，跟他们平起平坐了。

下山了，我那想做城里人的想法，让那一担沉沉的石头压得无影无踪。

我们要挑出他们取样的石头，到山下一个地方交给后勤分队，然后再挑回大米、面粉、菜、油盐。下山就是出山，得来去三四天。当你挑着那么沉重的石头走无穷无尽的石头时，你的心里就像压着一块石头，脚上绑着两块石头。石头缠上了你，百多里的路，峡谷，险峰，乱石滚滚的高地，龇牙咧嘴的悬崖，全是石头，石头，石头。我们上山时还行，与九财叔下去，两担石头，两个无声的人，走在茫茫的石头上，走在深深的石缝里。从出生以来，哪儿挑过这么沉重的东西呀，挑的是石头。九财叔一句也不吭声，我在苦巴巴地想着家里待产的老婆水香，欲哭无泪。我在想着人与人差别真是太大了，过去在家不觉得。原以为一月三百块的工钱，是抱金娃儿呢，而人家小杜、小谭、王博士他们一月就能轻松拿好几千。我们村长听说一个月才拿一百五呢，大家还羡慕得要死。今年天干，庄稼没啥收成，羊也渴死了几只，我挑了石头就能生娃子，我挑了石头就能给家里交税，还能给水香和娃儿买吃的穿的。就为这，我也要挑啊。

那天晚上，我累得开始屙血。

我给九财叔说我屙血了，九财叔不相信，到草丛里一看，九财叔叹着气，说屙两天就好了，人的力气都是压出来的，不压不知道过日子的滋味。九财叔说，你知道祝队长有两辆乌龟车吗？我问他是听谁说的，他说总有人给他讲。他躺在葛藤攀附的石头上，望着林子上面的天空，用石头敲着石壁，说："村里的吉普是村长三千块钱买回来的，那他的两辆乌龟车不要几万么？"我们那儿的人把小车都叫乌龟车，因为它们都像个骚乌龟。我没有搭理他，我在想水香肯定不知道这会儿我在荒郊野地屙着血，对着一担死石头无可奈何。她以为我是到外头寻快活见洋广去了。没有我在身边，水香肯定是眼巴巴地望着念着我，被子里也空凉凉的。她嫁过来，我还没离开过她，她也没离开过我。我揉着自己已经开始磨烂的肩膀，看着箩筐里的那些石头，想着想着，泪就出来了。九财叔吃惊地看着我，那只没有眼皮的眼睛像一颗苦桃一动不动，突然从他背着的垫絮里"哧啦"撕下一块棉絮，过来垫到我渗出血水的肩上，又抱出我箩筐里的一块石头，"哗啦"丢进了沟壑里。

我一见慌了神，喊："甩不得的，甩不得的。"我顾不了一切滑进深沟去捡那块石头，“这不能甩，这编了号的！”

我抱着石头爬上来，九财叔还是那么瞪着我：“蛋毬！”

“这是编了号的！”

九财叔什么都不知道，人家在石头上写了字，也在他们的图纸上记下了的，画了好多图。可九财叔什么都不懂。

我把矿石重新放进箩筐里。“这是矿样！”我对九财叔说。

“这不就是石头吗，蛋毬！”九财叔说。他没有文化，我跟他是说不清楚的，只当跟猪说。

“好，你屙血，屙！屙！”他恶狠狠地说。

他不理我，他挑上石头一个人上前走了，我也只好又把石头上肩，扁担在磨破的肩上吱咯，吱咯，吱咯……

我正在埋头一步一挨着，听见前面一阵响声，我猛然一抬头，看到九财叔握着扁担，站在那儿，一动不动。前面的箭竹丛里，窜出来一群野猪，就在九财叔不远！

“上树！”九财叔一声喊，我甩下担子就往最近的一棵树上爬。我还没有看见过那么多拖儿带女黑压压的野猪群，我往上爬，踩断了一根枝丫，从树上掉下来，摔得屁股一阵锐疼。我看见九财叔非常紧张，可他又不能动，只能对峙在那儿。我这摔下来的一声，让野猪们引起了警觉，一个个竖起毛刺刺的耳朵，亮出尖尖的豁吻和寒光闪闪的獠牙对着我们。我接着又往树上爬去。“叔，你上啊！！”我拼了老命喊。这一喊，野猪们出击了，箭竹丛一阵哗哗的骚乱，滚滚黑浪就向我们卷来。

“你混蛋！”

九财叔拉下我就朝陡坡下跳去，至少有三米高的陡坡，我落到地上，卡在一个石缝里，脑袋好像撞上了什么，一阵迷糊。野猪的吼叫声在岩上面，过了一会，我头脑清醒了，听见九财叔说：“治安，治安，你在哪？”我说：“叔，你在哪？”九财叔爬过来替我翻了个身，恶声恶气地说：“让野猪把你吃得干干净净！”我摔得不轻，懒得跟他论理，他又吼我要我快抽出开山斧来。我在腰里抽出了开山斧，我们谛听着头顶，野猪们急吼吼的，但并没往下面跳。我们贴在石头下，大气不敢出。“得亏没有血腥味。”九财叔说，他是指我们没有摔出血来，野猪没有对我们继续追击。我看九财叔，已摔得鼻青脸肿了，那只没眼皮的眼睛里充血，红森森的，脸上、手上有深深的划痕。我知道自己也摔得不轻，浑身疼痛。天渐渐黑了，我们不敢上去，就着石崖，点燃了一堆火。这深山里的秋夜，寒气浸人，又冷又饿。九财叔说千万别动，野猪是很有头脑的。坐了一夜，第二天天亮后，见没什么动静了，我们手拿开山斧小心翼翼地爬上岩去，看到我昨天爬的那棵树，已经被野猪撞倒撕烂了，我们的箩筐也被掀翻，矿石、我们的被子践踏得脏乱不堪，沾满了臭熏熏的猪屎。我们收拾好石头，只好慌乱地逃出这个野猪出没的野猪坡。

这一趟，少了两块石头，是九财叔担子里的。他不知祝队长都标了记号，回来签收单上都记下了。估计是在野猪坡被猪拱翻后弄丢的。为此祝队长又狠狠批评了九财叔一顿，并且宣布扣他两天的工钱。为这两块石头，九财叔这趟白挑了。九财叔言语不多，没有解释，只是瞪着那只没眼皮的眼睛看着祝队长。我给他们解释说我们遇到了野猪群，可能是野猪把我们的石头掀到山下了，我们还差一点没了命。可是办事认真的祝队长说这不是理由，这些矿样比生命还珍贵。

“你以为石头跟石头都是一样的？”姓王的博士歪着田螺头给祝队长帮腔说。他们不相信我们的话，以为我们是故意丢弃的。

“你这么一丢，我们这么多人至少一天的劳动白费了。”洋芋果小杜笑着想缓解气氛。

事实上那天的气氛并没有缓解。那天晚上吃饭的时候，小谭还给了九财叔一杯酒，说是请他“代”了。九财叔把酒喝了，连谢也没谢人家，倒头就睡了。

我怀疑那石头是他故意丢的，在半道上趁我没注意把它丢掉了，以减轻肩上的重量。

深秋的马嘶岭夜晚，寒风比白天严厉千百倍，有时候飘下一点小雪，有时候飘下一阵细雨——雨是由浓雾而来的，滚滚的浓雾时常淹没我们。在夜晚的深处，马嘶岭万马嘶鸣，它们从天庭滚过，践踏得森林嗡嗡直响。这种马嘶的声音，就像有无数鞭子鞭打着它们。而那几天，我听到的却总是黑压压的野猪在奔跑和狂叫的声音，仿佛它们就在我们头顶，不断地来去，不断地聚散，没有停歇，让我噩梦连连。老麻听了我们的故事啧啧称奇，说：“我不信，你惹了野猪没被吃掉，这说不过去嘛。熊比虎狠，猪又比熊狠，这谁都知晓，你们就损失了两块石头？哄鬼。”我说：“钱就是用命换的嘛。”老麻就劝九财叔说：

“有命在，二十块钱就不算啥了，留得青山在，不怕没柴烧。说不定哪一天，你们在这山上能捡块狗头金回家呢。”

没有灯，我们坐在火堆旁，火堆是抵御这凶恶寒夜的一道温暖的屏障。用盐粉揉着一盆野葱的老麻来了兴致，说给我们讲一个狗头金的故事。

老麻那天说的是他们雾渡河上游上辈子人的事。他说马嘶河沿途是有金子的。他说的是旧社会。他说有个人捡了一坨金子，刚开始只觉得是块石头。他把话岔到九财叔丢矿石上去，说，你看起来是块石头，他们看起来里面就有金子，听说含金量还蛮高呢。他说有这么个人，是到河滩刨地刨的一块石头，黄黄的，也没作金子想，捡回去丢到猪栏屋里了。晚上起来拉尿，看到那块石头闪闪发光，就知道有内容了，找人一问，我的娘耶，是块狗头金，这么大——他比划有一个狗脑壳大——于是就到宜昌去，换了足足五百大洋。他揣着这么多叮哐乱响的洋钱，就想到窑子里去嫖一嫖。问好了，有个宜昌城最有名的婊子，长得闭月羞花沉鱼落雁掐得出水来，于是就寻去了。嫖过之后，两人互问籍贯姓名。那婊子一听，知道遇上了自己的亲生老子。为何呢，因这男的生了五六个妮子，后又生了一个妮子。这妮子长到六七岁时，家中无力抚养，便卖给了别人，哪知这妮子长大后误入妓院。虽然与父母姐妹分别时还小，互不认识了，但那妮子还记得自己的老家，记得亲娘老子的大名。于是在生父离开时，在他一双备用鞋里插了根针，针下附了一信。那男的离开后，到晚上在一客栈里洗脚换鞋，一穿便扎了脚，细细查看，发现鞋内有一根针，还扎了一张信笺，展开一看，上写：您是我的亲老子，做了不该做的事，云云。这人读完后觉大事不好，赶去那妓院，一问，知自己的女儿因羞愧难当，已经投江自尽了。

讲过这些故事后，老麻对我们说：“你们天天跟他们一起出去挖，说不定走狗屎运，真挖出一坨金子，也有可能。运气来了，门板都挡不住。”九财叔苦笑了一声，沉默了。我给老麻解释说：“你以为这石头是狗头金啵？听说最富的矿，一吨石头才能炼出几克来，”我用手指抓了一撮冷灰示意，“就这么多。不过，也有的一吨石头里含一斤多金子的，但这少而又少。”九财叔横了我一眼道：“你懂！”我拿出枕头下的一本书给他们看说：“这里面全有，”他们就像看生人一样看着我，我便有点得意了，“是小杜借给我看的。”

的确是她借给我看的，是一本《金矿地球物理找矿》。我跟她出去有几天，我们是分两个组，我帮小杜她们挑东西。小杜给过我一种糖吃，不知啥糖，吃到口里一股烟锅巴味，我就问这是啥糖，她说叫巧克力。“很难吃的。”我说。“一颗抵你们小卖部一斤水果糖的价。”她对我说。这么贵！怪不得包得这么精精巧巧的，我就把那红色的玻璃糖纸留住了。她之所以给我糖吃，是听了我唱歌。她有个小机器，里面放一张薄薄的闪亮的圆盘，然后就戴上耳机听，估计里头也是歌。

有一天她要我再唱，我就给她唱了两句“阳呀阳坡的姐，阴呀阴坡的郎”。我说，我再给你唱几首五句子吧。我想了想就唱了一首五句子：“吃了中饭下河游，一对石磙顺水流，你要沉来沉到底，你要流来流到头，半路丢郎短阳寿。”“很好听，”她说，“也很有意思。”我就又唱了一首：“吃了中饭巴门站，泪水滴得千千万，可惜泪水捡不起，捡得起来用线穿，情哥来哒把他看。”她一个劲说好，我胆子就大了，就唱起邪一点的：“吃了中饭下河耍，河下公鸭撵母鸭，公鸭撵得喳起个嘴，母鸭撵得叫喳喳，扁毛畜牲也贪花。”小杜和大家都笑了。小杜用那小机子把我的歌都录下来了，她还边听边记下那词儿：“为什么总是以‘吃了中饭’开头？”是啊，这一问问得我也有点傻了，我说我不知道。王博士却说了：“这还不简单，饱暖生淫欲，饥寒起盗心嘛。吃饱了饭没事干，就想那公鸭撵母鸭的事，听说这山里的女孩子是很性开放的喔。”我说：“也不见得吧。”我说可能是与我们这儿只吃两餐有关，我们这儿早上起来是不吃不喝的，洗了懒就出坡干活；洗懒就是洗脸，因为早晨起来人容易懒，吃了喝了更懒。干了一气活，太阳当顶了，才回家吃中饭。所以，人吃了饭，才有劲，才想唱歌做别的。因小杜要听我的歌，还把它录进她的机器里去，我的胆子就大了，见到丢在她旁边的一本书，就拿起来翻。她们测量，刻槽，取石，我没事，就看那本书，全是怎么找金矿的，后来她就借给了我。

在我得到那本书以后的几天里，山岭却是极安静和明朗的。白云们在天空如影随形，有时候，一股小风吹过，会带来一种混合的、但印象强烈的野果成熟的气味，野柿子啦，五味子啦，鲜红的茶果啦，咧着大嘴傻笑的“八月炸”啦，还有吊在藤上快撑不住了的沉甸甸的猕猴桃啦。我钻进林子中去摘，我把五味子、“八月炸”给小杜，把酸不拉叽的猕猴桃给两个背测杆的杨工与龙工。把不软不硬的野柿子给王博士。他们吃着，不停地点头说：“嗯，好吃，酸，好吃。”我又给他们唱了一首：“吃了中饭肚里嘈，要到后山摘仙桃，七尺杆杆打不到，脱了草鞋上树摇，摇得仙桃满地抛。”

那天小杜、王博士和小谭他们出去了，回来时每人都弄到了大大小小的水晶，就是那种透明得像玻璃和冰块的玩意儿。小杜还意外地弄到了一块红水晶。原来他们是去了一个水晶洞。那块通体透明红如胭脂的水晶让大伙啧啧称奇。可是祝队长却把他们几个人熊了一顿，说他们是胡来，说我们要把一个完整的矿山留给县里。祝队长因为激动两腮都出现了红疹子，摘下眼镜蒙眬着眼瞪他们说是搞破坏，当场就把小杜说哭了，大家也就不敢吭声，连晚上吃饭的时候也鸦雀无声。那块红水晶是否被祝队长没收了，我不知道。

一般来说，我们是早出晚归。每天天刚亮，祝队长的哨子就响起了，“起床了，起床了！”大家惺惺忪忪地起来，不辨滋味地把稀饭裹着馍馍吞下肚去，就灌水，就拿上馍馍，拿上腌野葱野蒜，摇摇晃晃地走了，到了傍晚我们就回到营地，几乎每天如此。这群人——祝队长他们，无论男的女的，就像我们村头磨苞谷的水磨子，不停地干活，爬坡下坎，下坎爬坡，写写画画，然后收了仪器，抱来石头丢进我们担子里让我们挑回来。

好天气并不是经常有的，没过几天，寒风就缠在岭上、河谷间不走了，黏黏的浓雾悄悄地泛上来，与寒风一起，搅得天昏地暗。但是即使能见度非常低，祝队长还是催促大家出去，他的要求是：赶在大雪封山之前完成此次踏勘。在雾里我们挑着仪器以及他们中午的饭食，甚至还有睡袋，还有我们的被子，往勘测点走去。等到中午难得的太阳出来的一会儿，赶紧工作。如果晚上回不来，走得太远了，就随便找一个岩洞住下来，住一晚。在那样的晚上好歹他们会给我们一张塑料布，也不能抗拒石头上的砭骨冰凉，人像赤身裸体丢在冰窖里。他们虽然有睡袋（是鸭绒的），睡袋下又有油布，拉上了拉链就隔开了寒风，可我看见他们还是在睡袋里瑟瑟发抖，像打摆子的瘟鸡。这些城里来的知识人，还真能吃苦呢，虽然抖，第二天一爬起来，又有了精神，又抖擞着活了，而且他们还啥病都不生呢，我却因受了风寒发起高烧来，浑身滚烫发热，还咳嗽。小杜小谭他们给了我几颗药吃，老麻还给我熬了些姜汤。我时冷时热地躺了一天，天一放亮，祝队长就进了我们棚子说：“你们得挑粮食去了哦。”

挑粮食就意味着又要挑石头下山，听到这话，我骨头都软了，我看见九财叔的脸也阴沉了下来。可那是跑不脱的，堆在帐篷里的那些石头，迟早得要我们把它们挑下山去。我就说，那就走吧。我往箩筐里装着石头，杨工和龙工记着数，记着，然后将记了的纸装入一个信封，封上口，让我们带着一起送下山去。

我们正准备要走的时候，小谭突然说要跟我们一起出山，他说他请了个假。是不是又要给他上学的妹子寄钱呢？当时不知道，走到半道上，他才说是想下山去打个电话，问他母亲的病怎样了。小谭穿着一双旧旅游鞋，披着油布（又防下雨又可垫着睡），背着旅行包。他说他母亲得了绝症，做了手术，家里欠了许多债。他说他早就不想在祝队长这儿干了，才两千块钱一个月，他早联系好了深圳那边，一去就是八千的月薪。可祝队长留他，说不能缺少他，他是看祝队长的面子才留在他身边的，祝队长对他有知遇之恩。当他说深圳有八千块钱的月薪，着实让我有点吃惊，我们那儿也有人去深圳打工的，不就几百块钱一个月么？来去的车费一除，也就跟在宜昌打工差不多。我说起这，小谭就说：这就是知识值钱。他说他们那儿也是穷山沟，他家有五姊妹。他是他们乡第一个大学生。他说他上大学的那天，全村的男女老少都来送他，一直把他送了十几里地，还放起了鞭炮，就像过年似的。他问九财叔几个孩子，九财叔说三个女娃，老婆死了，还有个八十多岁的老母。他问我为何没读高中，我说没钱嘛。他说他母亲之所以得绝症，是因为卖血给他读书，他说他还有个姐姐，成绩很好，为了他，就辍学去打工了。九财叔在后面暗暗地对我说，别听他说得可可怜怜的，他是防我们呢。我不解，九财叔就说：很明显么，我们两个，他一个。可是我不信，回来的时候我见他眼睛红红的，看来电话是打通了，他说他母亲不行了，他抽着鼻子，说等这次踏勘完了就回家去，还不知能不能见上母亲一面。

好在来回都没有再碰到野猪，多了个人，胆也大些。我因为感冒，四肢无力，回来时挑着挑着就实在挑不动了。我挑着两袋共八十斤面粉，一袋五十斤的米，加上蔬菜、肉鱼，足有两百斤。小谭说：“看你这瘦小的个子还真能挑啊。”我说哪是能挑，还不是为了一天十块钱。你们是知识值钱啊，我们这儿也有个说法叫力大养一人，志大养千口，而我连力也不大，唉。我挑不动了，就让他们先走，反正有床被子，挑到哪儿睡到哪儿。九财叔说不行，你一个人，碰上野猪和其他野牲口了怎么办？我们出山的那天，在野猪坡的箭竹林里虽没遇见野猪，但看见过一头老熊，可能快冬眠了，躺在竹窝里没理我们。九财叔说：“万一不行小谭你就先走，我跟他慢慢来，你反正知道的，跟祝队长说一声，小官他病没好，路上要耽搁一些。”小谭说：“我倒也不怕，一个人走，我身上又没有钱，连手机都没有，就一块手表，还是电子表，十几块钱的。”这话是说给我们听的，意思是跟我们一样，穷鬼，让我们打消打劫他的念头，他已经暗示过无数次了。他说的也是实话，那么多人里，就他没手机，那些人都有手机，是他告诉我们的。他说手机是个寻常物，城里一人两三部也不稀奇，而且淘汰很快，年把就得换个新式样的。小谭说还是大家一起走吧，安全些。他把我箩筐里的那袋米背上，这样我就轻了许多。但腿还是软的，又加上咳嗽，人一咳，就气喘，气一喘，心就慌，心一慌，身子就飘，一步不稳，歪下了沟坎去。

这一跤人没摔坏，爬起来，面粉袋子摔破了一个，白花花的面粉撒了一地。我很害怕，说：“小谭，你得给我做证啊。”九财叔把我从沟里拉起来，又去收拾面粉。小谭说：“这不是你们的错，面粉就算了，树叶石子的，收起来也没法吃。”

好在有小谭做证，本来我又是带病，祝队长没扣我的工钱。可到营地我就倒下了，有种快死的感觉。八大脚我爹说人死就是一口气，一口气上不来，人就死了，就归他抬上山了。如果就一口气的有无来证明一个人的死活，那死就是很轻松的事。为什么有的人临死前疼得清喊辣叫？为什么有人死时流着不断线的泪水？我认为我那一次体验到了死亡，在那个垭口，三两里地外的营地在向我招手，可是我再也挑不动了。“你真的不能挑了吗？”小谭问我。我说我挪不动了。他说时间还长啊。意思是你这个样子，不能跟我们干到头啊。我一想，又怕他们赶我走，不要我了，我就咬了牙，不让担子歇下来，一歇下来，担子就成了座山。我走，那两个筐子就像有两个魔鬼一前一后使劲扳着你的扁担。筐脚还时常绊着石头或者树枝、葛藤，脚下又是沟坎又是悬崖，每当筐脚碰一下，手抓住的绳子就会拧圈儿，人就晃悠，就像无常鬼来拽你的命让你进地狱。脚下没有弹性，扁担就没有弹性，就会东磕西绊，这是挑担的人都知道的。看着破了的面粉口袋，祝队长一言不发。小谭真的就为我说话了，我终于等到了一个主持正义的人，他说小官病得不轻。我坐在地上，浑身汗泥，真的病得不轻了。

祝队长挥挥手说："好吧，好吧，赶快吃药。"

祝队长没有扣罚我的工钱，这刺激了九财叔，他大着胆子去找祝队长说："能不能不扣我上次的二十块钱？"

"这次与上次无关。"祝队长说。

"可我这次什么也没撒呀！"

他在表功，他在把我做错的事与他作为对比。这让我十分恼怒，再怎么我们是一起来的，还是你的表侄，你这个表叔哪像个长辈？你的意思是不是说，该扣的要一起扣，一视同仁？他就是这个意思，九财叔。九财叔就这样让我看轻贱了他。

然而过了一天，又要我们下山。说是我们搭回的信上说，就这两天就有发电机了，是山上要的，要我们去挑上来。

祝队长催督我们，是因为头一天晚上那该死的怪光又出现了。我们的营地黑咕隆咚，那光白龇龇地出现，照过来，就像被坏人，被土匪团团围住似的，十来个人无路可逃了，末日来临了。

"大家拿上家伙！"

半夜就听见那边的帐篷里祝队长他们吼叫着。我们操起了开山斧——一般我们都是插在后腰的木叉子里的，山里的每个男人都这样，每天出门上山都要带上，可以砍葛藤荆棘树枝开路，可以对付野牲口，还可以对付歹人。我们拿着开山斧出去，老麻拿着一根棒子。就见一道白光从崖顶直射下来，令人睁不开眼睛。一声果断的枪响，那光倏忽消失了。祝队长提着枪，大家的电筒一起照着，手举刀棍跑过去，中弹的地方什么也没有，是一块石头，上面留着清晰的弹痕。姓王的王博士接过枪去，又朝林子深处开了一枪，大喊道："有种的出来！"

"出来！出来！出来！"大家齐声喊。

没有东西出来。祝队长就说，赶快把发电机挑上来。

九财叔要提条件了。因为他有气，所以他提出了条件。他说要把那管双筒猎枪给我们带着，因为野猪坡野猪很厉害，人命关天。另外能不能少挑一点，下山后再叫两个挑夫来。没有一个条件能让那个古板的祝队长答应的。祝队长说枪不能带，队里只有一杆枪，要保护那些仪器，还有这多人。他说你们两个在山里钻惯了，多留个心眼没事的。九财叔说，那要是有个三长两短呢？祝队长火了，说，你们的开山斧是吃素的么。可是，再要是碰上那群野猪，甭说是开山斧，就是枪也没用，野猪横了，一头猪顶三只虎两头熊。我和垂头丧气的九财叔就商量着怎么样躲过野猪坡，九财叔说反正这命要丢在马嘶岭了，回不去了。那怪光缠着我们不走，野猪又来撵我们，未必来这儿就是命？九财叔就对着山磕起了头，他拜了几拜，也没说话，站起来，从背后抽出开山斧，朝一棵红桦猛地砍去，哗啦啦，红桦上飞出了两只大鸟，哇哇地叫着消失在林子上空。我看见红桦淌出了乳白色的汁液。那大鸟凄厉的叫声萦绕在山冈上，久久在我们心上盘旋。

我们走了。九财叔好像攥着一把劲，匆匆走在前面。我心里好害怕，只得紧紧跟着。走了一气，九财叔在前面歇下来了，把扁担横在两筐上，坐在上面，敞着怀，吼着气。我们已经过了河谷，望不见营地了。九财叔说，见了野猪别跑，这还要我教吗。我点着头，九财叔又说，光是对他们来的，我算了算，我们熟，他们生，要害害他们，他们这么不讲道理，还是读书人，种田搓泥巴的就不是人么？我也替九财叔说话，我说他们是要不得，我们命都快丢了，他们还扣二十块钱。九财叔恶狠狠地说："有独眼鬼干脆把他们都吃掉！不讲理！"在枯死的箭竹林里，光秃秃的风发出翻来覆去的沙沙声，好像也在恶咒，好像有无数的野牲口和野鬼来了，被九财叔召唤来了。"来一个敲他们一个！来一个敲他们一个！"我听他说。他一定是很恨了。忽然，我听见"哗"的一声，抬起头一看，九财叔把一箩筐石头全倒出来了。

"九财叔，你这是干什么！"

"嘿嘿，"九财叔干笑了，九财叔踢了箩筐一脚，那颗快蹦出来的眼珠子对着我，"我找狗头金。"

他好可怕，我跑过去，站在他的前面。他真的在石头里扒拉着。

我赶快给他把石头往箩筐里装。他说："你不要怕，你何必这么怕他们。"我说："我不是怕，我怕哪个，我是想平平安安回去，弄完了我们好回去，我去伺候月子。"九财叔说："二十块钱哪，你晓得，二十块钱！"他仰天长叹，我看见他那只不能闭合的眼里流出了浑浊的泪水。我的心里也沉重起来，我知道这二十块钱对他来说是个大数字；我知道他家徒四壁，三个女娃挤一床棉被，那棉被渔网似的；我知道他常年种洋芋刨洋芋用一张板锄一张挖锄，第三张锄是没有的；我知道他家房里作牛栏，牛栏破了没瓦盖，另外也怕人把他家的牛偷走了，这可是他家最值钱的家当；我知道有一年他胸口烂了一个大洞，没钱去镇上买药，就让它这么烂，每天流出一碗脓水；我知道去年村长找他讨要拖欠的两块钱的特产税，他确实没有，村长急了，铲了自己一嘴巴，说：“我他妈这么贱让人磨，我给你付了。”二十块钱对祝队长他们来说也许什么也不值，可对于九财叔来说，那可是十年的特产税啊。

菩萨保佑，这一趟出山还顺。我已经不屙血了，肩膀和脚上的血痂也慢慢好了。这次回来时我们挑着小发电机，汽油，小心翼翼地蹚河爬垭，翻山越岭。我们大多走兽道；兽道是野牲口们走的，野牲口爱走熟路，走多了，就有一条道。回到马嘶岭之后，晚上发电机一响，电灯亮了，营地有了从未有过的生机。

整个马嘶岭好像也有了生机，天气彻底地晴朗了，灌木丛和森林红艳艳地拥挤在一起，远处的山脊从红绿相间中跳出来，惨白惨白，像涂了一层石灰似的。一切都显得那么幽深，壮丽，清晰，懒散，而更远的群山如黛，连绵不绝，像一些晾在阳光下的绿绸子，环绕着我们。河谷里的流水也越来越明亮，越来越光滑，细得像一根绳子。

不过这次回来后，有好几次，我就发现九财叔站在祝队长的身后，也不说话，也不动。他也站在我身后过，不动，把我吓一跳。他是不是想说那二十块钱的事？不得而知。祝队长爱坐下来抽一支烟，眯着眼望群山。祝队长似乎知道九财叔站在他身后，有时慢慢转过头来，看九财叔一眼，表情平静，这时候，九财叔就会走开。祝队长有时候也摆弄他的手机，按去按来的，因为这里没有信号，不知他摆弄什么。老麻说，上次那两个人给祝队长又带上来一个手机。他伸出三个手指，表示有三个手机，“啧啧”了几下，说：“有五十多个电话找祝队长，可找不到他，都是要他下山去。他说他不理会这些，在春节之前把这次踏勘搞完了再说。”老麻说，我们可能还得待一两个月。我愕然了，说：“那我媳妇就要生了。”老麻说：“多一个月是一个月的工钱啊。”

老麻显然心安理得，可能为多待一些时日暗暗叫好。这老麻顶多是跟别人整零席的红案师傅，平时也没啥人找他，在这儿吃了喝了还拿工钱，又不挑又不扛，又不早出晚归又不吹风淋雨，他当然喜欢了。

好像要下雪的样子。这天半夜果然下起了雪子儿，然后就是雨，这场雨来势可凶猛，雨夹雪霰，打得我们的塑料布顶像要穿洞了一样，正迷糊间，雨水漫进了我们帐篷。我是做梦梦见掉进了村里的那口深潭，腆着个大肚子的水香硬是不来救我，她就站在潭上面。我冷啊，醒来一看，我们已经泡在水里了。外面已经闹哄哄一片。

“快转移！快转移！”

许多电筒的光柱在那儿横来扫去。我们出去一看，崖上的雨水就像瀑布一样朝我们泻来，非常急遽。我们按指挥把东西挑往一个不远的小山洞，先到洞口的杨工和龙工说刚才洞里出来了一头野兽，但我们没有看见。他们说像羊，进去后里面果然有一些野牲口的粪便，根据我的经验，好像是灵鬃羊，个头挺大的那种。洞里本来就有水流出来，现在更大了，我们把他们认为贵重的东西搬进去。搬完东西，就生火烤衣裳。可烟雾出不去，熏得大家都受不住，特别是九财叔，那只不能关闭的眼睛里就哗哗地淌泪，他后来干脆就出洞去了。他披着雨布，坐在洞口，那只眼睛亮晶晶地看着远处我们被淹的营地。我们就睡在门口，其实是坐，裹着湿漉漉的被子，坐等天亮。

天亮后又因柴火全湿了，没有吃的，他们给了我们一人一块压缩饼干。九财叔说：“这石头一样难啃啊。”老麻说：“他们有凤尾鱼。”我已经看见了，是一种铁盒罐头。我们闻见了鱼香。

中午太阳出来了，我们抱被子翻晒，拉垫絮的时候，从絮里抖出一个红红的东西，我一看，是个女人的发卡。这是小杜的，小杜夹在前额上的，是其中的一个。小杜有两个，那两天我看见她只夹了一个，原来这一个到我们絮底下来了！那东西抖落出来后，九财叔就飞快地抢了过去，对我说：“你小子别管。”他藏进了内衣口袋，把个破毛衣领拉得大大的，往胸里头塞。他露出宽大的烟牙，嘴巴就不由自主地缩到了耳根，耳朵也突然变得很紧了，那只可怜的右眼珠好像要跳出来，变成一颗落地的秋板栗，会发出“叭”的一声。这使我不再敢惊讶，装着没事的样子，继续晒着被子。不管怎么说，小杜的红发卡都是很漂亮的。小杜长得不漂亮，但不知怎么，夹上那两个红发卡在右前额的头发上后，就显得好洋气，头发还是黄的，染了的，黄发加红发卡，跟咱们山里人夹发卡又不一样，夹在不该夹的地方。

我明白九财叔是在暗中弥补他的那二十块钱。他要把它补回来。吃饭的时候他死胀，一碗一碗添。人家要四个馍他要五个六个。“我能吃，怎么的?”他说。若在家里，顶多一碗洋芋就解决了肚子，他是个铁骨膘，瘦，肚子并不大。他吃得直翻白眼，嗳气，打嗝，我都看不下去了。踏勘队的人已经看出了他是在闹情绪，他故意夸张地吃饭，是在与祝队长作对，是在表示他的抗议和愤怒。

就在我们遭水劫没几天，好消息传来了，祝队长他们在那剥夷面的西南，发现了一个厚度达三十多米，斜深达千米的富金矿，说还伴生有黄铁矿、铜、锌、铅等多种矿物。这是初步证实的结果。祝队长说，最保守估计，以后一年可以给县里带来几百万的财政收入。那天营地真的是一片欢呼。姓王的博士在回来之前还用红油漆在那儿的石壁上写下了“我来也”三个大字。祝队长余兴未尽地用望远镜望着河谷对面，望着小王写过字的地方，说：“证明我当时的推测没错。”我记住了他们那天所说的“斜卧矿柱”。我没有望远镜从远处看他们的发现，河谷总是雾霭蒙蒙。我在想象这个斜卧矿柱的巨大，它哪一天站起来，像一个有生命的东西站起来，站得比马嘶岭还高，浑身是金黄色，金灿灿的，该是一种什么气魄啊。

“关你鸡巴事！”九财叔对我说。他拍了我一下肩。他在我的傻傻的表情上看出了高兴——分享着踏勘队的喜悦。他忌恨地说：“咱们后山的磷矿也说是国家的，给谁包了？给乡长的一个朋友包了，金子再多，会多给你二十块?!”

我说：“这总归是好事呀。”

老麻说：“老官的气还没顺。我说，矿是肯定给人包的，但承包款和税收是每年得给当地政府交的啊，祝队长说的财政收入，是指这个。”

九财叔讽刺他说：“你是乡长的口气咧。”

老麻说：“有一说一嘛。”

我说：“我不管金矿银矿，他们早点结束了，我们就可以早点滚蛋了。”

我想的是这个，我真的想这个，想回家，想水香，想她那么沉甸甸的肚子。我只想水香生娃子时我在她身边，我拿了踏勘队的工钱，我就去县城给水香买一对那样的红发卡，穿了洞的小树叶一样的，也夹在水香右额的头发上，怪好的，怪经看的。黄连垭的人都不知道这种夹法，也没有这么漂亮的发卡。九财叔的三个妮子虽然长得还不错，可一个发卡，看他给谁夹。我们水香脸型好，眼睛、嘴巴都比小杜好看，皮肤也比小杜好，又不戴眼镜，怎么看都舒服。别看山里人，山里人喝的水好，人就是灵醒。小杜的胸奶也不大，我看比野柿子大不了多少。早上不吃，大家笑她减肥。这么不肉气的妮子为什么还要减肥呢？城里人真搞不懂，蛮好笑的。我突然想到我买了红发卡还要给水香买一条红牛仔裤的，就像小杜身上的那条。可我想了想县城我见过的衣摊，似乎没有红牛仔，只怕是要到武汉城去买。红牛仔裤真是很亮，贴身贴肉，裹得屁股大腿怎么看怎么舒服。我真的有愧于水香，什么都没能给她买过，她跟上我了，吃没吃什么，穿没穿什么，在家里地里忙这忙那，去了集上，买这不敢，买那没钱。几个小票子捏出水来了，回来时，还捏着，还是没用，还对我说："不要买，街上尽宰人，哪儿都贵！"

踏勘队遭了水劫后，许多图纸淋湿了，丢失了不少数据，祝队长为此闷闷不乐，说时间又耽误了，要加紧补数据。他的情绪影响了踏勘队。踏勘队的人都木着脸干自己的事，一点儿笑声都没有。那一天他们去补数据，我们就在姓王的博士的指挥下，在营地加固帐篷，主要是把帐篷四周的土堆堆高夯实，以防崖上的雨水再下浸。小王不让我们进他们的帐篷，这没什么。他守在帐篷的门口，看着我们挖土，挑土，培土。那天天气尚可，雾渐渐开了，他就搬出一个仪器来，许是没事，就摆弄那玩意儿，朝河谷和河谷对面看着。这小子一定是在观察祝队长他们。远处的森林浓如烟霞，依山势的爬高而呈现出陡峭的层次，树干白得耀眼，山壁黄得瘆人，天空云彩斑驳。我们的一双肉眼看到的就是如此。不知怎么，九财叔被那个仪器引诱了，他想看看让王博士入迷的东西究竟是什么。于是趁姓王的去山崖边解溲时，跑过去瞄了那仪器一眼。估计他还没看清楚仪器里面的东西，身后就传来了排山倒海的一声怒吼："干什么！"

又说："这个值几十万！"

九财叔腿一软，当时脸都白了，人吓人，吓掉魂，有这句老话。九财叔就赶忙跑到一边去了。几十万哪，九财叔还真没把它碰倒，碰坏了，他拿什么赔？

九财叔躲到了一边去挖土，锹怎么也插不进去，没力了，整个身子都软了。一种深深的委屈和愤恨从他的那只眼里射出来，像刀子一样，让人心尖发寒。到了晚上，他开始发烧，躺在床上，身子发着抖，还四肢抽筋，发出喊叫，像被鬼掐了喉咙一样。

他说："快去给我收魂。治安，快去喊我的魂回来！"他从头上扯了一把头发下来，让我用一张树叶包好，烧了，放进他装水的碗里，喝了，用一块石头刮着空碗。他把碗交给我，说："你就这么刮着到外面去，喊我的名字，要我回来。"他指示我往黑夜的深处走去，越远越好。我走着，喊着：“官九财，回来啊，回来啊，官九财。”我在向深邃无边的黑暗走去，到处都是鬼魂，昏暗的星星，恐怖的森林，陌生的荒野，还有一些绿荧荧的野兽的眼睛……我喊着，浑身寒毛倒竖，鸡皮疙瘩鹊起，我看见了在森林里游荡的九财叔向我走来了，有一群高矮不一的野鬼簇拥着他，有两个鬼拿着钩子，两个鬼拿着刀戟，寒光闪闪，好不骇人！黑无常头戴“天下太平”的帽子，手拿绳索；白无常头戴“一见生财”的帽子，撑着破伞；夜叉豹眼，猪腿，手拿催魂鞭；贵神长舌，鹰爪，腰扎障眼巾……我的魂好像也要同他们会合了，我喊着，又不敢大声，我跟着大神小鬼送九财叔的魂回棚，我刮着碗，吱啦吱啦，吱啦吱啦……后来我丢下了碗，发疯一般朝棚子里狂跑，大叫一声，与老麻撞了个满怀，顿时委地瘫痪了。

唤魂的事让老麻说出去了。祝队长气急败坏，说：“好啊，你们在这儿装神弄鬼，这还得了，这是什么地方？这不是你们的村子！”他拿我们没有办法，他那些东西要挑，他只能发发气。奇怪的是，九财叔的烧不吃药就慢慢退了，这作何解释，这是啥原因？

这以后，九财叔又盯上了王博士，只要姓王的背对着他，他就会不顾一切地站到姓王的后头，就那么站着，跟站在祝队长身后一样，等姓王的回过头，他又什么事都没有的赶快走开。有一天，在踏勘休息时我看见姓王的拿着一个钱夹子大声追着九财叔质问：“你看什么嘛？你看什么嘛？”王博士并不知道他吓掉了九财叔的魂，只当是他爱看个稀奇。祝队长就说：“这老官，有病。”王博士晃动着他那个钱夹，意思是没什么钱，钱夹里夹有一张照片，与一个女的合影，两个人戴着那种方帽子，从上面还坠下黄璎珞。听他们说那就是他的老婆。不过我心里清楚，九财叔不是想看稀奇或者好奇才站到他后面的，那是九财叔一种无声的示威。他恨，执拗的、单刀直入的愤恨。一个不能表达，无从表达，不敢表达的人，很快就将一般的成见变成了仇恨。这太正常了，可是，也许祝队长和王博士未有察觉，这非常危险。为什么不让他表达出来呢？可怜的九财叔，沉默的九财叔。他这以后真的就像掉了魂似的，躲在一处抽烟，发呆，丢三挪四，爱理不理，眼神恍惚。

我的印象也被搞坏了。我给九财叔唤了魂的，装神弄鬼也有我一份。我发现小杜都懒得理我了，他们瞧不起我们。那天晚上，当我把书去还给小杜时，经过他们的床铺，他们问我干什么，有什么事，我说给小杜还书，他们要我丢在那儿，可我又想再借一本，我就说我亲手交给她。我就进去了，我感到他们的目光像针扎在我的背上，让我变成了一个刺猬。那些目光是审视的，冷漠的，也是不屑一顾的。我那天知道不该闯入他们的帐篷，但我那天实在好想再弄点东西看看，特别是关于“斜卧矿柱”的内容，书上肯定是会有的。我进去后看到洋芋果小杜在一个本子上记着什么，已经偎在她的睡袋里了。她见了我，像被火烫了的一样往里缩，慌乱地“哦”了一声。我说我是来给你还书的。我再没敢说什么，便飞快地出来了。前面的火塘边，祝队长他们正在分烟说着话儿，看了我，也像看一个怪物。我本来想好了，出他们帐篷时有一句客套话“你们歇吧”说的，可出来根本轮不到我说，因为我不存在，我是个很让人小瞧的乡里人。

外面一片漆黑，马嘶岭上荒凉的夜嘶声像老妇人的呜咽，像受难的马在马槽里惨叫着。那天我真希望神奇的怪光出现，照着我，我就要向它走去，告诉它这里的一切，向它讲我心里的话。我什么也不会怕的，我在心里喊：“光，光，你怎么还不来啊！”那像利剑一样的骇人的光，刹那间照彻了这深广黑暗的光，刺中了什么，还真是一种惊异呢。我真希望这儿多出现点怪事，冲冲这里的压抑，冲冲人心里黏稠的东西，让人振奋得发一下抖！我走进我们那塑料布吹得呼呼乱响的棚子，摸黑钻进被子，听见九财叔磨牙的声音多么响亮，就像在磨一把斧头！

其实，我知道踏勘队的他们是对着九财叔来的。他们对九财叔有些警惕，他们就把我们一起防了。这些都让老麻无意中说出来了。有一天老麻弄了几个套子，套了一只经常出没在坡上的麂子，弄了一锅热气腾腾的麂子肉汤，结果祝队长不但不领情，还硬要把老麻赶走，说是“两个山字一垛，请出”。老麻好心办了坏事，祝队长从不吃野味的。老麻背着行李卷就只好走了。但是踏勘队其他人替老麻求情，因为做这么多人的饭是件大事，炊事员一走，工作就乱了。于是劝好了祝队长便去追赶老麻，把老麻从路上截了回来。老麻好像知道他们会来截他，在山道上紧走慢走哼着歌儿，见他们赶来，故意说，缺了我这个烂萝卜，还整不出酒席来，再请个好厨师，比如说老官，可以给你们做饭蒸馍呀。姓王的博士就说，你就别假客套了，你明知道我们不放心那个老官。

老麻重返营地拿起锅铲的那个晚上，在棚子里他对我们说：“读书人认死理，犯牛倔。我在镇委会给镇长他们做饭，点着要吃野味，县里的干部下乡来了，也是说：老麻，今天吃啥呀，有没有鲜一点的炉子（火锅）？你看人家！山上的野牲口，不是吃的是干什么的？我们镇长最有能耐，为了把家鸡混成野鸡，他可以把鸡脖子抻到一尺多长，乍一看，就像野鸡了。上头来的人也不知道，放了一把花椒，以为就是野鸡，就说：还是野鸡鲜。我们镇长真是个天才。”老麻给我吹嘘说：“我说不回来了，他们几个人拉脱我的袖子。我说，衣裳拉坏了是有价的，他们就说，拉坏一件赔你两件。嗬咳！不是我说，你叔走，他们还巴不得呢。”

老麻得意了好几天，把姓王的说的话全透给了我。他还唱歌：“远望姐儿穿身白，擦身过去不认得，鹞子翻身掐一把，桃红脸儿变了色，如今的姐儿挨不得。”他唱起歌来，棚边的几棵拍手树就一阵乱响，像喝倒彩。他剁着砧板边剁边唱，我的心却乱了。我不能把那些话告诉九财叔，告诉了就会乱套，说不定九财叔会做出什么出格的事来。我只好也恨起了田螺头王博士来，九财叔他做了什么呢，不是你吓他，他会站在你后头？每天给你们担着担子，这么辛苦这么可怜，你们还提防着我们，发烧了叫个魂还不是没药吃，又没碍你们什么事。这老麻就他妈话多，你得意个什么呢？我要是告诉了九财叔，你那颗黄姜鼻子只怕要搬家。

九财叔不是不知道，其实九财叔是个非常有心的人，他肯定感觉到了，他在想着怎么扭转这个局势。

短暂的秋天就像一片浮云欸乃而过，马嘶岭白天的风跟夜里的风一样不分伯仲，凌厉凶猛了，落叶像波浪一样翻滚在山坡上，整个山岭笼罩在死灰色的烟幕中，密匝匝，枯蔫蔫的箭竹丛在北风的打压下发出荒凉如梦魇的声音，与河谷呼啸的风声一起遥遥呼应着，天空，山冈，森林都在哆嗦。而我们的营地好像要被彻底掀翻了，要掀下河谷去，落到乱石累累的地方，摔得粉身碎骨。

踏勘队的两支队伍合了起来，变天后他们主要圈定矿体的边界线，还要什么圈定“矿化富集地和蚀变带”。早晨起来，冒着风出去，走得很远很远。

好像要下雪的样子了，早晨起来，有厚厚的霜，到处一片白。雪没有下时，大雨呼呼地来了，来了还不走，还很绵很赖的，圈定的活儿圈不了啦。

大雨不急不躁，从河谷里腾起的浓雾霎时弥漫了山岭，所有的植物都在雨水中无奈地蔫耷着，高的，矮的，粗的，细的。森林一片昏暗，千万年的山崖和天空死气沉沉。两天之后，河谷的水满了，河道消失了，狂乱的水流在巨石间粗野地激荡着，把河岸推向角落，山与山之间的联系湮没在一片啸声中，远远地制造着深沉的恐怖。

在风雨的摇撼中踏勘队龟缩了三天，大家坐在火堆前不停地抽烟，去外面看雨势和水势。但情况如故。

接下来的就是，没有粮食了。没有菜了。要断顿了。

九财叔不等祝队长他们安排，就说要下山挑粮食去。

他们也不是傻瓜，这一河的滚滚河水，插翅也难飞过。祝队长看着九财叔，像不认识似的，说，你怎么过去？九财叔就说是到四川那边去买米。“那，谁陪你们一起去呢？”九财叔说不要谁陪，他跟我俩去。祝队长说：“把钱给你你去买？”九财叔说，是啊，我们买，我们挑不我们买？但是祝队长扬起的眉宇间有无数个问号。九财叔根本不知道祝队长不想把钱交给他，九财叔还以为他们会笑眯眯地送我们上路的呢，九财叔肯定在想他筹粮的高招，以为他们会感谢他，改变对他的看法。可是祝队长就是不同意，说不行。他一定是以为我们要偷懒，少挑一趟石头下山。但到四川虽然远点，可以不过河谷，马上弄到粮，路上还可以收一些老乡家的腊肉与鸡。这确是一个好点子，老麻破天荒地与九财叔站在了一起，但就是祝队长不松口。他说他想办法送我们过河谷。

那就过吧，看他们怎么让我们过。他们还是要我们带点钱下去，帮他们买香烟之类的东西。在祝队长进去拿钱的时候，九财叔突然出现在祝队长面前！九财叔看见了祝队长长期捆在腰间的一个大腰包，那里面的三部手机和四五千块钱全暴露在九财叔的眼皮子底下，那是踏勘队的所有经费。过了几天九财叔就把他看到的告诉我了。当时祝队长想掩藏已来不及了，他把钱退回腰包，可由于慌乱，怎么也塞不进去。他朝九财叔说：“我没叫你，你进来干什么？”喝退了九财叔，祝队长又在帐篷里弄了半天，出来时他拿出来的不是钱，而是一封信。他把信裹了几层，用塑料纸包好了，对九财叔说：“交给下面，他们会买齐的，买齐了你们带回。”他又说，“快去快回，别把大伙饿死了。”

他们有雨靴，我们没有。九财叔的力士鞋还破了后跟，他用一根布条把鞋捆好，这样的鞋一上路就会湿透，这么寒冷的天气我们要穿两天的水鞋。好在，他们给了我们一个电筒，一个换过电池的三节电筒。他们几乎倾巢出动了，说是能把我们送过河谷，我和九财叔都知道，这是枉然，我们是当地人，我们还不知道这样的河谷在连阴大雨中是一个什么情况吗。到了河边，那真是望河兴叹了。溯河而上，他们也绝望了，就开始砍树，他们说要临时搭成一个“桥”。树放下了，树扑倒在河里，眨眼间就无影无踪，被湍急的河水卷走了。接着他们又砍了一棵更长的树，又放倒河中，但是树一头扎进水中，离对岸还有好远。就算搭上了，谁敢往这样的“桥”上挑担过去？谁不要命了？

折腾了一整天，晚上一个个浑身泥水地回了营地，他们中的有些人就开始倒向九财叔了，可祝队长还是不表态。小谭自告奋勇地说：“我陪他们一起去四川。”祝队长摇头不同意，就发动大家一起上山去挖野葱，采野菜，野果。吃了两天野菜，大家意见大了，逼着祝队长来跟我们说：“去四川吧。”

我们便怀揣着他们给的三百块钱，踏着采药人隐约走过的路，像两头野牲口没入了雨雾茫茫的无边荒岭。

又是一趟生死路。

那一天我们遇到了许多可怕的事儿，我们走进一个峡谷时，在一个凹进去的石崖边，遇到了一群躲雨的鬣羚，怕有百十只。鬣羚胆小，见了我们，就开始逃跑，只有一条窄窄的崖路，那些鬣羚朝我们跑来，我们贴着石壁给它们让路，九财叔那件破烂的棉衣还是给一只鬣羚角挂住了。我看见九财叔一下子飞了起来，箩筐也飞了起来，好在九财叔那衣服不经拉，“刺啦”撕了个大口子，重重地摔在了地上，后面的鬣羚从他身上跃过去，竟没伤着皮肉。九财叔叹他命大，骂着要捐下鬣羚的角来，“那倒是一味不错的中药呢。”他说。

我们想走进一个山洞中休息，生点火烤干衣服，黑黢黢的山洞里扑棱棱飞出了一大窝秃头老鹰。进得洞去，一股腥气，也没在意。生了火后，又有老鹰窥伺在洞口想往里钻，我们烤着衣服，火越烧越旺，九财叔突然指着我身后说：“那、那是个什么？”我回过头去，妈耶，一副骨头架子朝我们走来！

我们爬起来挑上箩筐就跑，跑出山洞，跑了两里开外，跑得天有些开了，峡谷矮了，才停下来。

“那真是鬼么?”我问九财叔。

九财叔到底比我有山中经验，说：“那不是鬼，是一副被鹰啄净了的骨头架子。”

九财叔说，不是冻饿死的就是被人害了。他说，鹰子吃腐物。山里头什么事都会发生，没事谁愿意到山里头来呀。我就问到四川还有多远，九财叔说他也不知道。我说：“九财叔，那三百块钱，你给我一百五十块了我回去吧。”九财叔听了痛骂我：“命都快赔了你就值这一百五?！桩桩件件的，你就值一百五?！你这没出息的，这点钱打瞎你的眼睛!”我说：“那总比被老鹰啄吃了强些。”九财叔就说：“我要走，我给他抢完了走。”我说你抢哪个?他说我总不能就这么走。他就溜出了那话：“光一百元的就有这么一扎。”他用指头示意。他说出了祝队长腰包的秘密。他说：“你不想把它抢过来?为什么他们那么有钱，而我们啥都没有。”我说咱是农民，人家是大学搞研究的，不能比。九财叔却说：“咱受的苦比他们多，都是一样的人，不该这样啊。”我直笑九财叔愚笨，认死理。我知道他不懂，他没想过来。我说，人家的钱与我没有关系，我只想回家，水香要生了。九财叔说，抢，我们抢他个精光。你未必不要钱吗?我说我要钱，我咋不要钱?他说那就抢。我说抢不来的，他们人多。他忽然说他想了个好法子，看那边有没有老鼠药，把他们毒了抢。我说这是犯法的，抓到了咋办?他说你胆子咋这么小，麻雀胆也比你大呀。这里人不知鬼不觉的，这次不干以后就没机会干了。你还到哪儿碰到这么有钱的?他还说那个值几十万的家伙，有好几个，不得了。其实那个家伙，王博士说的值几十万的那仪器，就值两三万块钱，是王博士吓唬我们的，唬我们这些乡下人的，如今进了监狱，我才知道。当时因为恨吧，在路上没事，就胡乱商量着怎么抢，我说还是不要抢的好，偷，偷了就走。九财叔说：“你能飞走?他们一赶来，咱们就被抓住了。”他说我想好了，就这么做。我说没有老鼠药呢?他就不吭声了。过了一会儿，他回过头举起开山斧对我说：“一不做二不休，杀，杀了抢。要得你安逸，就不得他安逸。”九财叔想横了，想窄了。我只是觉得他是开玩笑的，心里恨，才这么说，图个嘴巴快活。

不过那些钱确实让我有些兴奋，九财叔认真的撩拨让我在这荒岭寒雨中有些走神。二十块钱的不满已经演变成了抢劫更多钱财的企图，不，是决心。我感觉到我将要与这个九财叔大弄一笔了，可这是冒险，如果真能做得万无一失也未尝不可以干干。听有打工回来的说，外头这年头都是撑死胆大的饿死胆小的。抢的，偷的，骗的，拐的，杀人的，海了，有几个抓住了？又一想，九财叔，哼，你胆大，你这个熊样子，你也什么都敢？我不信。在他动手的那一刻，我都没法相信他是那种敢出手杀人的人。

九财叔与我走在寒雨霖霖的山岭上，挑着湿漉漉的空箩筐。九财叔的湿球鞋不知轻重地一走一咕，一走一咕，他脚上的肉已经裂口了，从里面流出鲜血；胡子拉碴的，鼻子里喷出的团团热气变成水珠子，挂在他花白的胡茬上，那只不能关闭的阴冷的眼睛向远处看着，好像多有不甘似的，有一种念头燃烧在他眼睛深处。我好像重新认识了一个人，这个人不是那个死了老婆、家庭负担蛮重、蔫不拉叽、又脏又烂的九财叔，不是的，是另一个。大前年，九财叔老婆只感腹疼，一阵抽搐，还没等到抬去医院，就半道上死了。死了女人的家里还有什么好呢，三个妮子整天在那儿哭着，他八十多岁的老母亲还得给他们烧饭和喂猪呢。三个妮子是被他打着去山上放羊的，后来又打着她们去山里采药，去山里割猪草，去地里刨洋芋种苞谷。就这样，三个妮子越长越像人了，老婆坟上的草也越长越高了。九财叔就不爱理人了，瞪着眼看山，坐在地头打盹儿。后来他家里就放进了牛，牛就在房屋中拉屎，屋里就飘出了畜便的气味，被子越来越薄成了渔网，一直到两块钱的特产税也交不起了，让村长大骂他的祖宗十八代。家里并不因此就没了热闹，三个小妮子突然间脾气暴躁起来，只要九财叔不在家就大打出手，为一点小事都打得鸡飞狗跳，捅妈捣娘的，抓头发，蹬裆，样样有。九财叔从地里回来，常常看到三姊妹的脸上大窝小坑，已无完肉。又没读书，又无娘调教，村里的人都在想，这三个妮子咋办啊，送一两个去学校也好呀，三个女人一台戏，这戏太早了点。可别这么说，她们打归打，长着长着一个个就水灵湫湫的了。家里的羊啊，猪啊，不比人家少，菜园里该长白菜的时候长白菜了，该长辣椒的时候长辣椒了，该生火做饭的时候屋上有烟了，该点灯的时候窗口有亮了。村人就说，如果这三个妮子脾气改一点，慢慢长大，九财叔的好日子就会来了。可惜的是，日子很慢，三个妮子还远没有到谈婚论嫁的年龄。因此，造孽的还是九财叔，一个人扶犁，一个人还得背篓，一个人赶集担柴，一个人还得照秋收秋。脸也黄了，皮也松了，他多大的年纪呀，跟他同庚的八大脚我爹，见了都不敢喊他九财弟，恨不得喊叔。八大脚我爹对我说："九财，三个酒坛子是泥巴捏的，难出头啊。"

我们披着雨布坐在冰冷的石头上，九财叔说："腰酸。"他揉着两边的腰，我怀疑他是肾有问题了，他脸上浮肿，眼珠发黄。我扶着他找了个背风的石坎，想拾点柴生火，这个念头被吸一锅烟取代了。九财叔费劲地点燃烟锅，递过来要我吸。我就接过吸了几口，那种冲人的辣味差一点把我呛翻了。我咳嗽了一会，又犯起了迷糊，竟坐着睡着了。再醒来，天已经大亮，我浑身似乎都没了热气，脚已冰凉得失去了知觉，雾，雨，风，冷冷地包裹着我们。好在不一会我们闻见了柴烟，就知道有了人家。

我们见到的第一个人是个女人，后来也只见到她，没有其他人。这女人在家煮猪食，头脑不太清醒的样子，她回答我们这儿没有粮食和腊肉卖，她甚至说不出她是四川还是湖北的。我们只好再继续走，可是，没走多远，就听见前面的九财叔一声尖叫，接着响起了枪声，九财叔中了安放在大蕨丛中的垫枪。

那垫枪先从箩筐穿过，再擦过他的小腿肚。只见九财叔一个前仆，箩筐就丢了，倒在地上喊："我中枪了！我中枪了！"

血从九财叔的裤腿里流了出来，他抱着腿左顾右盼，我一时也愣在那里不知如何是好。我听见他呻吟，就去找枪，九财叔大喊道："别动枪，别动那枪！"

他自己的手里抓了一绺破茎松萝，水淋淋的，他掸着水，慢慢捋起裤子，把松萝往流血的地方按。肯定很疼，按得他歪了嘴，眼珠子凸得更厉害，眼里全是浑浊不清的念头和绝望。雨还在下，雨挂在他凄凉焦黄的脸上。我扶他拖着腿坐到扑过来的箩筐上，坐在一棵大树的背后，他才说："把那该死的垫枪给我取出来。"

我慢慢走进大蕨丛中，找到了绳子。我解开绳子，再找枪，是一杆只有铁管和木头枪托的很简单的土铳。这就是垫枪，它绑在一根树桩上，专杀游走的野牲口的。我把枪递到九财叔手上，九财叔没细看那枪，他的心里好像还平静，他从头上解开宽宽的帕子，去缠伤口，他小心翼翼地缠着伤口，血还是往外渗。我问他究竟怎么样，他摇摇头。

就在这时，我们的面前出现了一个男人，这个男人要死不活的，问我们是干什么的。口音是四川的。九财叔见了他眼睛就绿了，知道是他的垫枪，九财叔看样子要暴发了，要跟他拼命了。可他的腿又负了伤，还加上没睡，没吃，显然他在克制。他对那个男人说："这里是四川么？你的枪打着我了。"那人说："你们是干什么的？"我给他说，我们是探矿队的，是从马嘶岭过来的，是来买粮食的。那人"噢"了一声，想走。九财叔喊住他："你卖点粮食给我们，我们用钱买。"他这么克制，是想用他的枪伤来换取那人卖给我们东西。那人想了片刻，就点头让我们跟他走。那人在前面走，走了一截，在前面转过头等我们，并不想帮我们一把。

到了他的家里，也就是遇见那个女人的家里，这男人就很热情了，他解开九财叔缠伤的帕子，用熊油给九财叔抹了伤口，又用干净的布给九财叔包扎，并吩咐他老婆给我们一人炒了一大碗香喷喷的洋芋。我们已经看见了他堂屋里堆着的一大堆洋芋，个儿很小，估计是剁了给猪吃的，但卖给我们就能解决问题。

我们吃了洋芋，烤干了衣裳，就被安排到他的牛栏屋的楼上，那上面堆着柔软干爽的苞谷衣壳子，还盖着他给我们的一床被子，美美地睡了一觉。就在我们睡觉的当儿，那个人给我们准备了一担洋芋，只准备了一担，因为九财叔有伤，他的箩筐就空着了；担子里还有他们种的一些水菜，如茄子和芫荽。芫荽不多，只有一把。我们醒来后见到那担洋芋，九财叔又问他有肉吗？他说真要的话他可以杀一头羊子给我们。我们说要，他就把一头山羊牵来了，一刀下去，羊就倒了，就剥皮，掏肚。把肚里的下水煮了一锅，让我跟九财叔吃了。九财叔看着那满满一担问他多少钱，要他说个价，他说，你们看着给吧。九财叔想了想，说八十块钱。那人说随便吧，就给了他八十块钱。九财叔又问有没有"三步倒"，那人说，你们要"三步倒"干什么？九财叔说山上老鼠太多。那人找了半天，出来说没有了，用完了。那人又给九财叔砍了根拐杖，问他碍不碍事？九财叔拄着拐杖走了几步，还行。交易完后我一直想提醒九财叔，让那人打个收条，但九财叔似乎不给我机会，我以为他会记着这事的，因为祝队长交代过，但这事好像让九财叔忘了个一干二净。

回程的路上，我就问这事，九财叔不置可否，含糊其辞。问急了，九财叔就说，到时我们做个证就行了。他对我说："我们讲一百二十块。"我说："为什么？"他说："你二十我二十。"他就先把二十块钱给了我，要我拿上。他不打条子是想黑踏勘队的钱！我说这干不得吧。他说天知地知你知我知。他说："老子把那二十块钱终于搞回来了。"九财叔的表情已经是一种很舒畅的表情，甚至把腿伤都忘了，虽然拄着拐杖，但走得比我还雄壮，他说他们难不倒我，他说你做初一我做十五，老子也不是好惹的。他在雨水和泥泞中瘸着腿兴奋地絮絮叨叨，带着凯旋的气势。二十块钱终于愈合了他心中那撕裂的巨壑般的伤口。九财叔骂那个人道："他妈的，这毬人，我还没找他付医药费呢。"他说："他为什么要杀羊给我们，还不是理亏了，送给我补枪伤的。"他要我估这一担的价，我摇摇头，估不好，他说怎么估至少也得一百五吧。

我们在半路上意外地碰到了老麻和小谭，他们等不及了，说大伙都饿着。老麻说话很不利索，原来他一边接我们一边沿途采野蘑菇，为试蘑菇有没有毒，把舌头试麻了，毒蘑菇是麻舌头的。

回到营地，听说九财叔绊上了垫枪，都来看他。洋芋果小杜还来给他治了伤，擦了药，用白纱布包扎了。但是九财叔的伤红肿了，他们说这叫感染。九财叔吃了他们的药。晚上大家吃羊肉，吃洋芋，非常高兴。虽然没能吃上大米，但那些瘦小的洋芋果也是九财叔差一点用命换来的。看来他们对我们的印象就要好起来了，九财叔这只腿的血流得值。

但是事情总是莫名其妙地凑巧碰在一起。就在这天的晚上，发生了一桩意想不到的怪事。

我们回来后就雨如瓢泼，还响起了罕见的冬雷。我们正脱衣睡觉时，就听见王博士喊我们："你们都过来！"我和老麻披衣过去，不知道发生了什么事，他们的帐篷里没有光，熄灭了灯。有人打电筒，也被喝令关了，他们手上都攥着东西，有刀，有枪。等大家都安静下来，祝队长在黑暗中说：

"刚才听见了枪声。你们没听见吗？"

他问我们。我们就竖起耳朵来听。果然，有隐隐约约的枪声。后来枪声越来越大，好像在周围的山头，还能听见人的喊叫声，好像有一伙人！

"都听见了！我们怎么办？"姓王的博士说，声音有点颤。

接着又响起了一阵轰隆隆的冬雷声，还有风雨声，呜呜的，一阵一阵地扑向悬崖。加上河谷里澎湃愤怒、捶胸顿足的水声，还有那本已存在的马嘶声，尖声的、固执的马嘶声，现在全来了，在我们吃掉了一只羊后全来了。

“你们真是买的吗？”祝队长突然这时说出了这么一句。

我忙说：“是，是买来的。”

“带上重要的东西，赶快撤退！”祝队长端着枪说。

枪声东一阵，西一阵，是不是有人包围了我们呢？我们在密集的枪声里赶快带上东西，特别是仪器，他们包上重要的资料，往后山一条隐蔽的路而去，那儿通向一块高岩。上去有个一线天，易守难攻，一夫当关，万夫莫开。九财叔因枪伤和发烧，就留在了棚子里。我心里挺纳闷的，我们花钱买了东西，人家来找我们什么事啊，未必是打劫的？那时候我没时间想了，我给他们挑着东西，往上爬着。人没休息，又出怪事。来打劫就打劫吧，反正我们没啥。就在我们往上走时，枪声模糊起来。小谭说：“这只怕是个误会。”我听见小杜说，这可能是个自然现象。也许是杨工也许是龙工在黑暗中说：“马嘶岭没马，为何能听见马叫？我看都是风声作怪。”王博士说：“马嘶岭之所以叫马嘶岭，据当地的地方志说，是因为过去这山上有许多野马。”

争论不休时，祝队长一声吼说：“都不许说话！”

我们选定了一线天的一个凹处，那儿背风，避雨。坐下来后，他们又忍不住继续说话了。有说是风声，有说是自然现象，说是一种什么磁铁矿现象，因为这一带过去打过不少仗，土匪火并，官府剿杀，恰好打仗时遇打雷下雨，把那些枪声喊声全录进去了，以后一打雷下雨，这声音就出现了。他们争论我们无权插嘴。不过我心中支持这种说法，这等于是替我跟九财叔解脱，不然就会让祝队长怀疑我们，以为我们是偷了别人的东西，让人追赶来了。不相信我们的还有王博士，他对那种说法反唇相讥道：“老官中了枪也是磁铁矿现象？”

哦，我明白了，枪声加上九财叔腿上的枪伤，这一串起来，我们就完蛋了！难怪难怪！我们成了嫌疑人，这一趟是黄泥巴掉到裤裆里，不是屎也是屎了。我好一阵绝望，这些人咋就不信我们？这些人还是有文化的人呀，咋就跟乡清算队的横子们一样蛮不讲理呢？事情就问到为什么没让对方写个收条。这事我们有愧，这事都是九财叔的鬼点子。我就只好说我不知道，是九财叔办的。这事我不能多讲，免得两人讲的对不上。我只是说羊子肯定是买的，我们要人家杀的，全部是一百二十块钱。

“我们可没有偷羊啊！”我喊道。

“或者，你们是不是跟山里的人说了这儿的事？说我们有钱，有物？”他们问，“你们暴露了我们。”

我对他们说：“我们什么也没说，我们只说我们是探矿队的，在马嘶岭探矿。”

“问题是，你们没有打收条。”他们说。再问收我们钱卖羊卖洋芋的那一家姓什么，我也回答不出，我们真没有问人家姓什么。在我们山里，吃过人家的饭不问人家姓名很正常。你走累了，一声大哥，一声大姐，就可以找人家借宿，吃饭，然后只记得“松树坡”“柏子岩”“赵家坪”这些地名，并不知这家姓甚名谁。

越问我越说不清，他们就越不信任我们。是偷的，抢的，哄骗来的，要追杀我们，老官已经负伤了，他是逃脱的，人家又追过来了……这些狐疑正在我们那里悄悄蔓延，我已经嗅到了那种气味。

我在恐惧中坐着，我希望出现一些有利于我们的结果。

下半夜还没有动静，他们要我去“侦察侦察”，我就下去了。我急急去棚子，九财叔躺在那里，发着高烧，眼睛瞪得贼圆贼圆，嘴里吐着火红的热气，脸颊像泼了一桶猪血。我给他额上溻了个冷毛巾，他醒过来恍恍惚惚地看着我，说：“红薯都收不回来了……”

“你说家里的红薯吗？”我问。

“地里的……”

他记挂着他地里的红薯，肯定想着这么大的雨他三个妮子怎么去挖红薯。他问我怎么人都不在了？我说你不知道？我问他听见枪声和喊声没有，他摇摇头。他烧昏了，他肯定没听见，他可能梦见了家里还未挖的红薯地。我弄醒了他，我说坏事了，你中了枪，周围又响起了枪声，没打收条的事他们又问得紧，是不是他们知道了那四十块钱的事？我心里很害怕，就把二十块钱掏了出来，塞到九财叔手里。九财叔不接，说：“到哪儿知道去？你这成不了大事的，你就死咬着一百二！”

雷声似乎在很远的地方响着，枪声偃息了，秋雨无力地打在棚顶上。可是我忽然听见了天上有巨石滚动的声音，一阵阵向我砸来，这让我心惊肉跳！我惶顾四处，终于弄清了声音来自我自己的心跳，轰隆隆，轰隆隆，轰隆隆……

天亮了，雨住了，几只猕猴在树上发出了呼唤太阳的安静唳叫。东边，有一晃而过的朝霞，只有浅浅一线，但很爽眼。接着我又看到了一只漂亮的锦鸡在我们前面不远的坡地上跳舞。它亮出了它锦缎一样的通红的腹部，橙红的颈子，金色的冠毛，在晨雾中美艳至极，它亮开清亮的嗓子唱着："茶哥！茶哥！茶哥！"爽脆得就像一对铜镲。视野渐渐地开阔起来，我等着踏勘队的回来。没有事的，他们没有事，我们也没有事，没有什么来打劫他们的人，全是雨天的怪现象，这马嘶岭就是这样的奇怪，不过是虚惊一场，他们没有发现那四十块钱的事，发现不了的，一切随着白天和天晴的到来都会过去，他们要忙他们的去了，会把这一切忘了。我这么祈祷着，祝队长他们果然回来了。

整整一天都平安无事，阳光亮得人晕晕醉醉的，风也温暖柔和起来。睡了一天，那些人神清气爽了，呼朋唤友，要打牌了，要唱歌了。哪来的侵扰我们生活的劫匪和捉拿我跟九财叔的农民啊。没有！我真高兴。

平安无事了。他们吃着我们的洋芋，也无话了。

他们继续在周围圈定矿体边界线。

那天傍晚我们回到营地时，却没见炊烟袅袅，厨房冷火无声。这就奇怪了。大家紧张地走进营地，去厨房一看，翻了天，老麻和九财叔双双躺在各自的铺上，两人头破血流，老麻最可怕，嘴张着，却掉了几颗牙齿。

他们两个打架了。九财叔先动的手，他为什么要动手，他肯定有他的道理。是在替老麻择菜时，老麻伤了九财叔那易伤的自尊。老麻像个领导喊九财叔过去择菜，他是想埋汰九财叔几句，因为那些茄子是些收尾的茄子，又有筋又有虫眼。老麻说："老官哪，你碰见了鬼市吧？"九财叔眼就直了。老麻又说："这像是鬼市上买回来的菜。"他显然不满意这些菜。九财叔就没好气地回了一句："我买的羊肉呢，你切的时候是不是变成了人肉？"老麻一听就打寒噤，这营地没人，就他们两个，老麻可能因为害怕而觉得要在气势上压倒对方，便说："老官你有什么资格凶啊，我说你碰见鬼市又不是我说出来的。""那是谁说的？"九财叔当时就浑身乱颤得不能自持，他又问："你说是谁说的？"他要问个所以然。他忽然就站起来揪住了老麻的衣领，唾着老麻的鼻子说："我跟你说，你不要仗势欺人，你跟老子一样，出苦力的，你得乐个什么？这些东西是我拿命换来的，用命换的，你知道吗?!”他可能越想越气，一拐杖扫过去，老麻就倒了。老麻做垂死挣扎，抓到锅铲就铲九财叔的头，九财叔差一点脑袋搬家，一拐杖再横扫过去，打到了老麻的嘴。老麻哇地号了起来，他喊：“让省里的领导来判你的刑!”

他把踏勘队的说成是省里的领导。最后“省里的领导”祝队长他们决定扣老麻三天工资，让九财叔挑上箩筐回家。

这是打架后的第二天早上。九财叔听了那个决定，眼珠子就要掉出来了，他的嘴唇嗫嚅着，想说话，说不出，后来终于哭号起来：“为什么要我走?为什么要我走?!”

所有人都蒙了，看他哭。祝队长说，因为你打掉了人家的门牙，这儿不准打架，不是放牛场。因为是你先动的手，为了维护踏勘的正常秩序，经研究，只好让你下山了。可九财叔不走，只是哭，哭得鼻涕都流了下来，埋着头，用一双锉子般的手揩着涕泪。他不接工钱，不签字，坐在那儿，好不伤心。

这事就僵了，也没人再说什么。可老麻急，老麻肿着牙床和腮帮，眼巴巴地要等着九财叔走。他没有等到那个激动人心的时刻，他看见九财叔还在这里，赖着不走。他不服啊，不解气啊，就用猛烈的剁刀声表示着他的态度。等人散了，九财叔偶然抬起头来，看一眼厨房，眼里全是刀子!

“叔，你怎么办?”我问他。

他没回答我。嘴巴在动着。后来我听清了，他在说：“我给妮子筹几个学费……”

我听见了“学费”这两个字，我听得很清楚。他未必还想让三个妮子去读书?我后来突然想他真的会的，他多少天来都是这么想的，他一定会这么想的。就冲着那一个红发卡，冲着那些手机和钱，冲着小他一辈的人对他的吼叫，他迟早会下决心把孩子们送到学校去的。

“你是说，让她们去上学?”我问。

他点点头。

看来他们真的想要他走了，我也不想待了，我更加思念我身怀六甲的水香，我拼命地想她。我就对九财叔说：“算了吧，要走我们一起走。”可九财叔摇着头，摇着头。

这样僵持着怎么办呢，九财叔竟挑起箩筐跟踏勘队一起外出了!并没有要他去，再说他的腿还没有痊愈，走路还有点瘸。小谭就出来说老官你不能做，你的腿挑不起。这样行不行？除了不少你工钱，还补助一百块钱，你走吧。这不少了。我想九财叔会同意的，可九财叔不表态，以沉默作答。这更坚定了他们要赶九财叔走的决心。我当时不知道，踏勘队一致认为九财叔是个危险人物，在这样的荒山野岭，必须要提高警惕。种种印象加迹象表明，九财叔对踏勘队有威胁，并非是个善良之辈，这一次斗殴就是一个证明，是一次暴露。

多难受啊，九财叔和大家。大家干着活，九财叔挑着空筐跟着他们。我把我挑的东西分给他挑，他感激地看着我。这一天非常难熬，非常漫长。

而老麻在营地整整一天都在盼着九财叔灰溜溜地回来，乖乖地卷起他的破铺盖滚蛋。老麻甚至用老虎钳子将九财叔的碗夹掉了一只角，并在那个缺碗里撒了一泡尿。老麻看着黄灿灿的尿液，咧着没齿的嘴黑洞洞地笑。到了夕阳西下时，九财叔也没一个人孤零零地出现在老麻面前，而是跟大家一起回的。老麻于是将那些烂了的、长了芽的小洋芋果都煮进了锅里。结果可想而知，那天晚上大家吃了这些毒洋芋后，一个个都拉起了肚子。

在拉肚子的热闹中大家把九财叔忘了，我和九财叔什么都没拉，肚子好好的，我们扛得住。老麻对他导演的这出戏可高兴了，“看你们都吃了什么！”他说，“我也没办法，就这些洋芋了。”老麻把责任推给了九财叔和我，煽动踏勘队对我们的仇恨。九财叔在晚饭吃洋芋的时候吃出了一股尿臊味，可是他没有说什么。即便是大家不停地拉肚子，也没把怨气撒到我们头上，至少没有公开撒到我们头上。老麻就开始索赔了。那天晚上，老麻高声在营地说着：“一百一颗！”

他要九财叔赔他的牙齿。若是一对一，老麻是不敢在九财叔面前这么嚣张的，九财叔那只右眼里透出的寒气，让人见了会不由自主打三个激灵，但老麻仗着祝队长们对他的暗地支持，有恃无恐。算算，我们来马嘶岭有二十一天了，也就二百一十块钱，九财叔扣掉二十，只有一百九十块钱，要按这个价赔老麻的两颗牙齿，九财叔还得倒贴十块钱。当九财叔听到他还得拿出十块钱来，他的脸一下子就垮了，他是多么无望。他张着嘴看着祝队长和在灯光尽头豁牙暗笑的老麻，除了乞求之外，看不出他要大肆行凶的念头。他的嘴巴两边稀黄的胡子和皱折成了一个大大的括号，宽大单薄的下巴就托着那个“括号”，十分无奈。那只鼓起的眼睛现在只是一个浑浊的晶体，充满了惶然，另一只有些坍陷的眼睛眯缝着，满是意想不到的驯良。

九财叔走出来，他一定是很难办，他算了算，他走，工钱加上踏勘队补助一百，还有个两三百块，不走，赔了老麻的，能剩多少？但现在老麻又不让他走，要索赔——他走又不能走，留又不能留。

晚上的风很大，依然是北风，河谷的冬汛好像在做最后的挣扎，在宽阔无边的河床上扑腾着，整个山岭到处是它们的腥味。九财叔在吃着什么，我闻到了一股刺五加果的味道。九财叔摘了不少的刺五加，那种豌豆样大的黑果子。这两天因为他无法安眠，就吃这个。

“把他们杀了！”

这天晚上，九财叔做出了最后的决定。他狠狠地嚼着刺五加，开始看他的斧头。

“你，咋说？”他问我。

“我，我……”

“事情成了，我们就安逸了。”他说。

“你跟我搞。”他鼓着劲说。

“搞了，我们就过安逸日子了。”他这么说。

“叔，你声音小点行么。”我说。

“不要怕的，跟我搞。”

我也觉得九财叔进退两难的时候他是会什么也不顾的。他的这个决心让那些钱和财物如此逼近我们，好像就在手边，唾手可得了。我在被子里，闭着眼睛，那些钱啊仪器啊就在我的头顶飘荡，还有红牛仔裤和发卡和小小的薄薄的录音机，还有好多手机。它们飘呀飘呀，它们穿行在蓝色的天空里，像一些鸟飞着，穿梭着……我看见水香穿着红牛仔裤，别着红发卡，站在马嘶岭河谷的对面向我喊着：

“回来啊治安，治安快回来！”

我的梦被惊醒了！我听见了真实的男人的喊声：“有东西！有东西！”

睁眼一看，营地亮如白昼，瞬间，又倏地进入了黑暗。怪光又出现了！这光总是在晴朗的晚上出现！有人敲起了脸盆搪瓷碗，并且放起了枪。马嘶岭是一片恐慌中的混乱。

“注意隐蔽，不要面对它！”有人喊。

光没有了。

“这东西把我们折磨得太苦了！”祝队长啐着，“怪事，他妈的！”

大家一字排开在门口，要死守我们的营地。老麻抱出了柴火，说：“点火吧？”

“点！”火就点起来了。因为没了汽油，已经有几天都没发电了。火点了起来，半干半湿的柴烧得啪啪乱响。

“是不是有什么东西把远处县城或镇上的灯光反射过来了？”有人说。

“别想那多，把火加大些，烧！去砍树，砍棒子给我们！”祝队长敞着羽绒衣，哑着喉咙在那儿指挥。我就跟九财叔去坡上的灌木丛砍树了。大家打着电筒，有的举起箭竹做的火把。找准了树，一顿砍伐，一根根胳膊粗的树棒就到了大家手里，树枝就被他们抱去投进了火里。

在砍树时九财叔很兴奋，我听他说：“来了，来了好！都来都来！”我们砍了一会，回到棚子里，祝队长他们的帐篷里全是削砍木棒的声音，是在把木棒砍光滑。老麻一个人也在厨房里砍，还发出“嘿嘿”的虚张声势的声音。九财叔一头的汗，对我说：“机会来了，一定要搞！”

“咋搞啊？”我说。

“一斧头一个，你管那么多！”他说。

我说：“不能啊，叔，这是犯法的。”

“鸡巴法，”他说，“跟我搞。”

“现在就动手么，叔？”我真的好怕。

他说：“迟早的事，要趁他们分散，下狠手，让他们连哼都不能哼。”他咬牙切齿地说。

我松了一口气。他说的是白天趁他们在野外分散工作时下手。

他躺下来又说了一句：“搞一次，用一辈。”

九财叔呀，你害了我！我又想，跟着这种胆大的人，说不定真能一下子翻身呢。谁不想翻身啊，有这个机会，说不定是老天促成的。咱们黄连垭的人没这个机会，我跟九财叔有这个机会，为什么不干呢？

“要是山下的人知道了来找他们呢？”我担心地问。

“我们早就走了，山下的人又不知道我们是哪里的。我估了估，马上要落大雪，大雪封山，进不来了，雪一埋，一直到来年的五月，野牲口都会把他们啃干净了。寻不到，还以为他们跌进河里淹死了……”

早晨，在水沟边洗脸时，眼睛充血的九财叔转过头来问我：“今年七月你家的羊渴死了几只？”我说三只。他喔了一声。“我两头种羊全渴死了。”九财叔说。他摸着包头的帕子，帕子上有斑斑血迹，那是头被老麻打破了流出的血。

我正准备走，他突然叫我：“你磨磨。”

他要我磨斧！昨晚所说的一切又在我头脑里响了起来。他还是要杀呀？我看看他，就蹲下身在水边磨起斧来。我在问我，我要杀人吗？今天的天气没有什么不同，气氛也没有什么两样。开山斧本来就很快，我无力地磨着，瞅瞅旁边的九财叔，他无事一样，好像很平静，没有什么恶念。

一切都跟往常一样，我庆幸一样。这天继续圈定矿界。

早晨的雾气很大，我们出去四面都没有路，到处烟雾腾腾，像着了山火一般，我们摸索着走路。九财叔跟上来了，他箩筐里的东西不知是谁装的。“带上了么？”他小声地问我，是指我的开山斧。开山斧本来就在身上，每天都插在腰间的。我感到他这天真要动手了。我借故扯鞋跟，落在了后头。我忐忑地走着，雾越来越浓，有人在路上说着话，我什么也没听见。

到了工作地，雾还是很浓。我到处找九财叔，我希望见不到他，可还是看到了他。他袖着手，干坐着，抽着烟，烟锅在雾中忽闪忽闪。我们的浑身都被雾打湿了，雾里有很稠密的鸟叫。这天只要雾散，肯定是个焦晴焦晴的天气。我在想着我怎么办，我浑身不自在，心上巨石滚动的声音又响起了，轰隆隆，轰隆隆……好不容易熬到快中午的时候，突然有人喊我，要我到祝队长那儿去一下。当时我就快昏厥过去了，我在想完了，他们发现我们的计划了！我冒着冷汗，不由自主地摸着腰上的斧子，好在还有雾，喊我的龙工没有看到。到了祝队长那儿，祝队长若无其事地说：“明天，你们挑石头下去，水退了。”我没说话。祝队长又说：“老麻也去，他说他要补牙齿，他去补完牙齿，再挑东西回来。”我放心了，就说：“行哪。”我又问：“那……我表叔也下去吗？”祝队长说：“下去，怎么不下去，你们三人一起下去。”当时他们做了决定，把九财叔交给山下后勤分队的处理，这比较安全些，他们带了信下去。可我不知道，我当时只是说：“他们在路上打起来了咋办？”祝队长说：“你们前后走嘛，不要一起走。”我说：“三个人怎么走还是一条路，老麻也不情愿的。”祝队长就说：“你劝劝他们嘛。”我说：“劝不住的。”

九财叔正伸着颈子在坡上等着我。见我来了，他哼了一声，说：“没用的，留与不留都没用了。”我给他说：“他们要我们明日下山。”他却说：“没用了。”我说老麻也要跟我们一起下山。他说你别给我说这个，没用了。我就骗他说，他们要你挑。他从鼻子里哼了一声，削断了一根树枝，他用手拭拭开山斧的刃口，说：“没用了。”他站起来，用斧头砍进一棵树，一棵糙皮松里，我看到新出的太阳正好照在了那把斧头上。

雾渐渐开了。九财叔的手指头有血珠子滚了出来。他放进嘴里去吮吸，我就开始吃早上带出来的煮洋芋，吃得冷揪揪的。九财叔也吃，木木地嚼着，从嘴角往外掉着洋芋渣儿。

雾全开了。这每天金贵的好时间他们就抓紧忙活起来。我正在搬仪器，就听见有人在树林里大声说：“你干吗老跟着我？”是树林中的一个坎子下，而当时并没有人，我没看到人。但循声看去，坎子上却出现了九财叔。说话的好像是王博士，我没见到他的人。我正在找是不是王博士，总算看见了那个田螺头，黑油油的头发在白晃晃的巴茅里，像一只头朝下的鸭子的尾巴浮在水中。就在这时，只见一道寒光一闪，那黑油油的头发就不见了！我听见了什么东西倒地的声音，有点像鹞鹰拍击着翅膀的声响，估计是压下了一些树枝和草丛。

九财叔动手了！

九财叔已经冲到了我面前，握着开山斧，脸色惨白地说：“搞！”

我的第一个反应是：王博士已经不在了！九财叔拽住了我，他是在“告诉”我发生的事，指令我赶快行动。他拽着我向另一个地方跑，说：“快！”

我的大脑无法反应过来，就已经被他拖下水了。事情来得太突然，已经出了人命，一条人命跟十条人命是一回事，必须赶快灭口。这容不下我多想，也容不下九财叔多想。就听见有人喊：“小王，小王！”话音未落，斧头就落到了祝队长头上。只见祝队长头上有白花花的东西飞溅出来，眼镜弹到一棵树干上，手晃晃，就倒地上了。不知为什么，九财叔并没有再给他一斧头，而是挥舞起斧子在树丛中左右开弓乱砍一气，见什么砍什么。

“九财叔！”我喊。

九财叔转过头来，注视着我，他醒了神，丢下斧头就蹲下地去，拉祝队长腰上的那个腰包。没有声息了的祝队长这时候突然在草丛中动弹起来，一只手捂着头，一只手捂着包，不让拉。我看到祝队长睁开了血淋淋的眼睛，九财叔在地上摸起开山斧，祝队长用颤抖急迫的声音对九财叔说：“你、你放了我，我给你一、一辆小汽车。”

九财叔大声问：“在哪儿？”

祝队长气短，半天才说出：“在……县城。”

因为祝队长捂包的手死死不松开，九财叔就与他争夺着，回头对我吼道：“快来呀！”

我的开山斧已抽出来了，可我迟迟下不了手，我看看祝队长说：“叔，他给你乌龟车啊！”

我的话让祝队长听到了，他睁开一双血淋淋的眼睛向我求救：“你、你、你……”

“还不快动手！”

九财叔的一声断喝，让我手起斧落，我闭上眼睛就是一下，我听到祝队长在我的斧下一声惨号，就像年猪在刀下的惨号一样！我再一睁眼，祝队长的口里就冲出一块黑红色的血块来，并从嘴里发出“噗”的一声，脸突然变成紫茄色，头坚定地歪向了一边。

九财叔拉开了那个腰包，果然掉出来手机，他又抓钱，完全是钱，全都是一模一样的大钱。他要我解祝队长腰包的带子，我去解，解不开，他就用斧头一刀割了，割开了，他把钱再塞进那个腰包。此刻祝队长已经三魂缈缈，七魄飘飘。九财叔抓上那个黑色的腰包，还抽出了祝队长绑腿里的那把美国猎刀，要我提上遗弃在草丛中的仪器，那个像夜壶一样的数字水准仪。我们又去搜王博士的口袋，搜出了手机，还有钱包。没有多少钱，有一张他经常看的照片，他与他老婆的照片，戴方形帽子的照片。

“咋办，叔？”我浑身哆哆嗦嗦地问。

九财叔把箩筐倒空，然后装那些搜来的东西，我也学着他把资料和石头倒出来，只装仪器。我们挑着担子往营地跑去时，就撞上了那四个人。离营地不远，在一个岗坡上，估计全在那儿。杨工和龙工这两个烟鬼都含着烟在小声嘀咕并记录什么，都蹲着的。九财叔向我一招手，丢下箩筐就隐过去了，照那两个人一人一斧，像敲岩羊的头，两个人手上的东西一撒手，就仰面倒地了，烟在草丛里还冒着烟。

这时可能让小谭听到了什么，他突然站起来，像一只受惊的兔子，伸起脖子朝我们这边看了看。他看到了什么？他看到了两个杀红了眼的人，两个农民，手上提着山里人特有的开山斧，他还看见了两个倒地的人。他拔腿就跑！洋芋果小杜还弓着背对着仪器看什么，她背对着我们，她耳朵里塞着耳机，她什么也没听到。小谭撒开脚丫子跑时也没喊什么。他跑错了方向，一堵石崖拦住了他的路，他想爬崖，却又转过身来往另一个方向跑，九财叔已经离他不远了，他就一头迎了上来，从绑腿里抽出一把跳刀："我跟你们拼了！"我听见他这么从喉咙里大吼道，声音是一种哭声，一种类似于哭泣的愤怒的声音，从牙齿缝里射出来的声音。我一转头忽然看到了一双好柔亮的眼睛，是小杜的眼睛！她带着诧异的眼睛！她一定看到了撂在坡上的倒在那儿的杨工和龙工。她一定惊诧，那些低矮的巴山冷杉的枝条把她看到的一切都割得零零碎碎。

"你死了！"

九财叔向我喊，高声骂我。他的声音也变了形。我转过身去看时，他已经与小谭扭打在一起了，我看见血花飞翔，就像有无数只红色的蜻蜓从风中溅了起来，一定有人中了刀！

九财叔完了，我就完了！我拼命向他们跑去，树枝一路抽打着我的脸，好像全是在与我作对，整座山，全在反抗！我被抽打着，脸上火辣辣的，眼睛都花了，我不顾一切地冲了过去。我看见了一只龇牙咧嘴的猴子，薄薄的刀条脸上全是汹涌的血水，现在已经扭曲得像根秋扁豆了。

"你们这些土匪！"

他来夺我的斧，我不能让他夺我的斧，我的斧举得很高，只是没有砸下去。可九财叔不知出于什么原因，一把将小谭推到我怀里。他手上的跳刀就刺进了我胸口，我一阵尖锐的疼痛，本能地一让。听见了一声尖细的叫喊。是发生在那边的，九财叔的斧敲中了小杜。我看见小杜摇晃着抓住了一棵树，头发散开了，一眨眼，那头又埋在了九财叔的手上，好像是在咬他。

我这儿的事依然在发生，面前的小谭再一次用头向我撞来，我一个趔趄，后退一步，站稳了。他全身都在淌血，像一匹发了疯的野牲口。我看看胸前，棉衣破了个小口，没血出来。我听见九财叔在狂骂我，他用手挡着小杜，向我挥着开山斧，好像在示意要我用家伙。我又闭上眼睛，朝小谭的头上砍去。斧背砸瘪脑壳的声音真的很难听，短促，沉闷，哑声哑气，就像砸一个未成熟的葫芦。我干完了一件事，我握着开山斧站在山坡上，我看到的小谭扑倒在地上，抱着一块大石头，好像要亲吻。这个山里娃子就这么完了。接着又响起了小杜的几声连续的尖叫，油嫩嫩的声音。后来就没有了，我知道小杜也完了。我最后看见九财叔直起了他的腰杆，在扬眉吐气，手上拿着一个红彤彤的东西，是一只发卡！

我抹了一把脸上憋出的汗，心尖又疼。我瘫坐在地上，看到旁边的小谭正怒目直视着我。他没有闭眼。我想把他的眼珠子挡住，我没有力量了，我只好自己闭上眼，泪水突然从我紧闭的眼里往外咕噜噜冒出来。我怀疑冒出的是血，是从心里流出的血，又从眼里流出了。我不想证实。那一摊摊的血在我的眼前恣肆飞旋，我一阵恶心，胃里似有千百条蠕虫搅动，胃液顿时冲天而出。

我吐得一塌糊涂。我无力地抬起头，看到九财叔正在拉小杜红裤子前的拉链。

"别这样，叔！"

我冲过去就拽住了九财叔的手，"叔，别这样！"我死死地拽着，我一掌就把九财叔推出了老远。九财叔在地上爬着，支棱起脑壳不解地望了我一眼，他手上拿着许多东西，估计洗劫得差不多了。他恶毒地骂了我一句，就说："快！快！"他挑上了箩筐就跑。

我跟在他后头，我看到了前面不远的树丛间出现了一群红腹锦鸡，好多好多！这些林中的舞女，发出一阵振聋发聩的聒叫："茶哥！茶哥！茶哥！"这时，天已经大晴，西坠的夕阳突然间挂在万山空阔的天边，苍山滚滚，晚霞滔滔，好像在洗浴那一轮夕阳！我回过头，马嘶岭上，那几个或蜷或卧的人，都在夕晖里透明无比，像一块块形状各异的红水晶，静静地搁在那儿，神奇瑰丽得让人不敢相信！

我被这壮观的景象惊呆了，我站在那儿，手拿着开山斧，脚下像生了根一样。我发现我另一只手在裤兜里紧紧攥着，好像捏着一个东西，拿出来一看，是一张玻璃糖纸。那时候我听见河谷的风吹过来一阵喧哗之声，好像一个窥视的人一样，那声音在山岭上曲曲折折地游动，又折回了河谷，在群山间回荡，就像一阵惊叫！我发现我的泪水像泉涌一样不可遏止，澎湃而下。

我在后头慢慢走到营地，九财叔正在往箩筐里装东西，他要我快装。老麻不在了，我四下寻找，在一个坡前看到了倒下的老麻。

"装啊！装啊！"九财叔喝令我。

“装，你要什么？装！”他说。他问我。他要给我分钱，还丢给我一把好跳刀。

我说：“我不要钱，我不要刀，我只要那个录音机。那里面有我，有我唱的歌！”

他不听我的，硬是把一些乌七八糟的东西塞进我箩筐里。他教训我：“你这个小杂种，你想跟老子过不去？”

我只好挑上他给我装的满满的一担。他还说：“睡袋也是好的，他娘的，他们睡这么好的褥子。”

我们挑着东西，开始往河谷溯水而上。我发现九财叔从离开马嘶岭起就已经神经错乱了，他在前头急急挑着，不停地说：“装啊，装啊，装啊……”

九财叔时不时回过头来骂一句：“蛋毬！蛋毬！”不知道骂谁。他目空一切了，那只杀人不眨眼的右眼环顾四周，真像一个独眼鬼。我陡然觉得那奇怪的白光就是从他的右眼里发出的！

我们在河谷转悠的第三天，天空乌云滚滚，九财叔突然甩下担子，纵身跳进河中。他飞快地划着水，在水中又拍又打，他真的疯了。好在他没被河水卷走，我喊着他，把他从河里拉上岸来，他浑身抖得不行。那天傍晚，我们又遇见了几头野猪，九财叔毫不惧怕，抽出开山斧就杀入野猪群，奇怪的是，那些凶猛的山中之王，那天被他砍得哇哇大叫，四散奔逃。九财叔砍跑了野猪，又在地上拔食野草。

确实没有吃的了，我只好跟着疯了的九财叔啃吃野草，吃蛐蛐菜，鹅儿肠，云雾草。我们在山里转悠了九天，衣衫褴褛，饥寒交迫。第九天的夜里，山里飘起了大雪，这一场大雪一下子就没了膝。九财叔不让我歇息，不让我们进山洞，那个大雪纷飞的晚上，我们不停地在森林里转圈，早晨到了梨树坪河边。白雪皑皑的黄连垭已经在望了！已经快走出森林了，快到家了！我给他说快到家了，我说：“九财叔，那是黄连垭。”我指给他看。九财叔恍恍惚惚地看着远处的山冈，看看我，又看看自己挑着的担子，停了下来。我们坐下，他好像清醒了。他问我：“我们是到哪儿去的？”我说是回家呀。他说我们从哪儿来的？我说是马嘶岭啊。他左看右看，说：“我们杀了他们是吧？”我说是的。他说：“这是他们的东西？”我说是的，我就拿出他给我的钱来说这是你分给我的。他问多少？我数数说三千多。

“三千多？”他说。

我说："还有这些东西。"我翻出藏在睡袋里的三个手机说："还有这个。"

他想起了什么，就去翻自己的箩筐，也翻出了手机和钱。还有那两个红发卡，还有一些仪器。他指着我的东西："都是我们两人平半分的？"

我说："是啊，平分的。"

"我们杀了人，你也杀了人，我们都杀了人。你杀了几个？"

我忙说："我没杀人，我没有！"

他说："这些钱够你用了。水香生了么？"

我说："我不知道。"我说："他们不会沿我们的脚印找来么？"

"你看看哪有脚印？"他说。

我去看来路，雪真的掩盖了我们走来的脚印。森林里一片恍白，阳光在云中模模糊糊，好像天要晴了。

"你发财了。你没杀人却发财了。"

"我们一起干的！"我说。

"你是个无用的卵货。你这家伙。"九财叔说，"我肚子饿了，你能弄点吃的来么？"

到哪儿弄吃的去？前面梨树坪我记得是有个代销店的，在福利院门口。我说："前面能买到吃的了，快到家了。"

他说："我们商量这些仪器先藏哪儿？"

我说："随便吧，叔，先找个山洞藏着吧。"

他直直地看我，好半天，笑了，说："今年过一个好年了。"

我说："我心不安实。"

九财叔就站起来，重新挑上了担子。走了几步，他忽然指着河里，对我说："看，水里是什么？"我放下担子就去河边。一阵狂风袭来，我的头上就落下了重东西——九财叔在背后冷不丁给了我一斧头，用的是斧背，就觉得脊椎一阵压榨，我的颅骨顿时瘪进去了，脚一失重，扑通一声，跌进冰冷的河里，就什么也不知道了。

我没想到九财叔会对我动手，他是想独吞那些财产——他清醒过后后悔了，那么些现钱，也不排除他想彻底地杀人灭口。我根本没防备。所有的经过就是这样——我被人救了起来。

九财叔被梨树坪的几十个村民围着搜山抓住了。那也保不了命，他和我一样得毙。我等待死期来临，等着当八大脚的爹来收他儿子的尸骨。

八大脚我爹怕是没想到，他会从这么远的县城抬回他的儿子。又一想，小谭得绝症的母亲假如还活着，她又未必想到会这么远从南山抬回她的儿子——这全乡第一个大学生，魂都丢在了南山的马嘶岭。

高墙外的那轮太阳照着铁窗，我无意间从兜里掏出了那张糖纸——这是唯一没被警察搜走的东西。我把糖纸放在眼前，对着那轮可爱的温暖的太阳，天空全变成了红色。我又想起那个让我惊讶的傍晚，我们离开马嘶岭的那个傍晚，那些红水晶一样的透明无声的死者。我的意识突然觉得，结局只能是这样的，他们最后只能在那儿——在那个时刻，安安稳稳地躺在那里，永远地躺在那里。

这是为什么呢？这种想法让我至死也弄不明白。

木材采购员的女儿

吴三桂跟着她的爹乘轮船溯江而上，过了宜昌，进入西陵峡，然后，换了一只木船，进入碧绿碧绿然而波急浪陡的长江支流香溪河。他们要到神农架去。在那个巴山和秦岭交界的莽莽大山中，正进行着一场前无古人，后无来者的伐木运动。上千年的大树随着香溪漂出来了，轰轰隆隆的浮木像一群群巨兽把香溪河堵得水泄不通；被岩石撞碎的木渣儿满河乱飞。吴三桂父女的船时常得躲着从河底里射出来的木筒。河越往上，纤夫们的脚越吃力，他们可着喉咙，唱着恶狠狠的、短促的纤歌，四肢爬地，贴岩而行。走了一段，一个个干脆脱得精赤条条了。吴三桂的爹对不足十七岁的女儿大声呵斥，让她躲进船舱里去，别把眼睛丢在外面。而外面的景色让人目瞪口呆，新鲜异常。在她的眼中，纤夫们因短裤印迹印出来的黑白分明的屁股，毫无邪意，它与险山、陡水、荒河一起，倒是让人肃然起敬。

进了神农架，植物密不透风，头顶阳光稀少，浓雾诡秘，大树身上的青苔一寸多厚，好像一个个不吃不喝站了千年万年。这少有人触动的地方，少有人目光触动的地方，敢情都生了苔啦。阳光一来，万山空阔，葱郁如海，金丝猴们披着纯金色的长毛披风，在林中如箭镞呼啸而去，成群的鬣羚因为炸山伐木的惊恐，在哀鸣声中飞跌而死，悬崖万丈，鲜血沥沥。麝獐在逃跑途中释留了奇异无比的香味，让山林异香扑鼻，刺激得人直打喷嚏。木材采购员吴忠拉着他的女儿吴三桂，穿行在一群又一群伐木者中间，一个又一个伐场中间，油锯间飞起的锯末覆了他们一身树脂的清香，绞盘机把一根又一根大木从山坡底下拉起来，集材机把它们又汇拢了拖走；一些人将砍成数段的圆木钉上防裂器，涂上沥青膏，喷上防腐剂，用铁丝捆头，一声声的“顺山倒”从森林里扑棱棱飞来，吓得人抱头鼠窜，避之不及……

吴三桂十分不解，刚才枝繁叶茂离天三尺的大树，刹那间就倒地成了光秃秃的圆木。她问她的爹：“他们为什么要砍这些树呀?”她的爹说："有用呗，打家具呗，铺枕木呗，做房呗。不砍了它，长在山里又有什么用？一文不值。"他的爹叉着腰在山头骄傲地说："看，这就是建设者的风采，这就是胜利果实。"

在江汉平原的一个小镇林业站当采购员的吴忠，近水楼台先得月，他的家里早就储备了几根来自神农架的青枫圆木。吴三桂尤其喜欢那个"枫"字，这个初中毕业在镇供销社饮食店临时端盘子的姑娘，私下将自己的名字改成了吴枫。她的爹吴忠说，你没有看到大青枫在山上是一副什么样子。"大青枫，大青枫！"被大青枫的风景所蛊惑的女孩吴三桂吴枫，此刻就站在那些大青枫之下，赶在伐木工人下手之前，她捋到了许多青碧小巧的三角形枫叶，她想当夹进书页后它们就会像秋天变得通红，她要回去送给她的好友们，或者自己一个人欣赏，作为一种留念。这时候她的爹吴忠要她去更高的山垭，他要去采购更多的青枫大木。

他们上了乱云垭。在那个地方，要经过简直没有天空的树林，悬崖坠在头上，一条看似有许多兽迹的碎石路刚刚开通，在滚滚乱云中扶摇直上。吴三桂在一些她不认识的树木间穿行，那些树像一些冷鬼恶魂，黑鸦鸦地站在简易公路两边。天似乎在下雨，其实是湿漉漉的云雾，碰到身上便成为雨帘，树枝间飞飘着一绺绺的云雾草，像树的百年老胡子。她的爹指着山顶说："哈，我看到一棵直通通的青枫了，通到天上了，像天梯一样。"这时候雷声轰鸣，突降暴雨，哪来的大青枫呀。他们躲在一个石岩边，裤腿已经精湿。好半天雨住了，许多黄嘴的乌鸦开始鸣叫，一队红腹锦鸡拖着秀丽的长尾从林中的空地上滑过。正在结果的荚蒾，粗粗细细的亮叶桦和一根并不太高的紫色连香树都突然间从沉雾里挣出来，向她表现着明媚的感情。青枫林就站在它们的后头，在伐木工们的喊声里瑟瑟发抖。这时，从一棵造型漂亮的青枫下走来一个男人，三十多岁的年纪，显得苍老、野蛮，他挎着一把有防震架的磁电机油锯，敞着跟岩石和树皮一样颜色的棉衣，一阵尖锐的空响从油锯口传来，千千万万的雨珠子突然间都似乎因害怕而贼亮贼亮，睁着无数双眼睛看吴三桂父女怎么与那个人会合，说话。空气，虚无缥缈的湿漉漉的空气，脚下的泥水和苔滑。吴忠没说什么就交给了那个人一张纸，是一张工单。那个人在晦暗的光线里看了看，就揣进衣兜里，那个人看了看她——吴三桂。吴三桂的目标并不很大，也不光鲜，因为她个头不高。那个人把他们引进了云雾中的工棚，一个和几个连起来的垛壁子油毛毡屋里。那个人让他们坐在火和烟雾同样猛烈的火塘边，不知从火堆里刨出了什么，要他们吃。吴三桂看着她的爹龇着外露的牙齿恶狠狠地把那些带壳的果实夹在板牙中间使劲咬着，然后吃着。再然后，他们就吃起了麂子肉。他们和工人们一起吃麂子肉。他们用刀把肉削成一片片，蘸上些盐粉，用两把树枝摊在火上烧烤，他们吃的是烤麂肉。然后，那个人就要吴三桂留下来帮他们烧几天火。那个人说，炊事员因为拉肚子到山下去了，他们只要有一个烧火做饭的，保证吴忠这五十方青枫一个星期交货。那个人姓蒋，大家都叫他蒋队长，那个人说他叫蒋明孝，是一个说话算话的人。蒋队长把一把油锯在椅子旁顿了顿，用长满老茧疙瘩的手试着锯齿。蒋队长说就只七天么，你下山去给我们袁总带信，我负责完成任务。

在这样的时刻采购员吴忠已经没了辙了，仿佛是一条唯一的道路，吴忠就把她如花似玉的女儿留在了这高寒的山上，留在了一堆男人堆里，就像把一只羊丢进了虎狼窝。可他为何当时爽快地答应了呢？他说："蒋队长，你真保证能一星期拿五十方出来？"他说："我就将我女儿交给你了。"他还说："你们让她住哪儿呀？"手拿着一本印有"上海"字样的缎面日记本的吴三桂，懵懵懂懂地就留下来了。这是哪儿啊？这些人是什么人啊？这是何年何月啊？猿啼虎啸，狐奔熊走，群山如浪，云雾如海。她烧饭给他们吃，烧水给他们洗，她用山泉洗锅，择天葱做菜；她看他们伐木，晚上睡在一张不知谁睡过的、充满了烟屎味和脚臭味的湿漉漉的大棉被里……

七天以后的一个晴朗日子，百鸟和鸣，阳光如箭。一阵汽车引擎的声音爬上了乱云垭，吴忠带着四辆南京嘎斯来拖木料和女儿了。木料倒是齐了，都打了标记，高高地、整齐地码在简易公路边，可是吴忠的心依然忐忑并有预感。他在喊女儿的名字冲进工棚时，看见一个女性的身影一闪就不见了，再也找不着了。

"你出来呀，三桂，吴枫！"

他大声地喊着，跳着脚，到处搜索，没有女儿的人影。那个叫蒋明孝的人对他说："你女儿是不得跟你回去的。"

采购员吴忠知道他要爆发了，上山来之前的几个日日夜夜他就有预感，他是来爆发的，他是来杀人的。他要杀人，他要让血洒乱云垭，他要拼个鱼死网破，万一女儿有个闪失，被人侵害了。

事实出现了，恶劣的事实出现了。吴忠喊：“你出来呀三桂，你跟我回去！你告诉我出了啥事！”

“反正她一时不会跟你回去。你再来，她再跟你走。”

“她死了？”

“她没死。”

“她没死你就给我交女儿来！”吴忠一头撞向手拿红色油锯的蒋队长。若不是被几个人拉住，他的头就会锯开瓢了。他向工棚后山的老林眼泪巴娑地喊：“三桂，你这是为什么呀，你为何不敢出来！”然后呢，这个平时心高气傲自视为高人一等的木材采购员竟一膝给蒋队长跪下了：“你放我女儿一条生路吧，你这是干什么，你想与她成家，你也要合理合法地办手续，明媒正娶……”

吴三桂永远记得那个枫林如吼的夜晚，她被两杯苞谷酒放倒了，她摇摇晃晃地被蒋明孝架进她的板壁房，黑灯瞎火，混乱中他就用胡须扎人的嘴堵住了嘴。“不，你给我点灯来，你放开我！”她如何能容忍下那一张嘴，那一个人，与神农架的黑山恶水一起骇人的男人的一切，力量、气喘和侵略。她又没有防备的经验，她虽然感到了虎视眈眈，她虽然恐惧，在离开了父亲之后的第二天一早，整夜未眠的她想一个人跑下山去，可路野，林深，云乱。那些人对她还不错，可全是一些山野气息浓重的陌生人，跟一群山兽为伍没有两样。大青枫在他们奇怪的武器下一根一根无缘无故倒下了，然后他们就要伐她了吗？

吴三桂没想到事情来得这么快，这么突然。那个人用膝盖死死地抵住了她的腹部，扯开了她的皮带，像剥树皮一样剥下她的裤子，那个从来没有显露在男人面前的光滑如玉的少女下身被人压住了，然后，一个粗暴的东西像木橛子戳入她的体内。天，为什么会是这样，为什么会是这么一种下场。在厚厚的棉被下还有一个重重的人，像油锯一样要锯她的身子，伐了她，要把她剁为三截，落下的青枫叶子像无数的三角形噩梦。她将被压成一张纸，捣成一堆烂泥。用木板拼凑的床铺发出了比她更难受的声音，持续不断，愈来愈猛。后来的情形连她也不清楚她为什么要发出呻吟，来释放那心中的恐惧以承认这个无可奈何的现实。那垛壁工棚外的树吼也许是一个原因，陪伴着她，像她的亲人无望地呼喊着她。恶魔似乎早就存在在这个屋内，跟他们火塘边所谈的山精木魅野人一样，一起，制造着新的情节，让她成为故事中的一部分。妖媚的漆树姑娘、山洞的母野人、狐狸精、花花蛇、女鬼……人在那样的环境中突然感到她成了那妖氛弥漫的大山的一部分。她后来眼瞪着黑漆漆的油毛毡屋顶，看树枝在风中错打在顶棚上，树一如既往地吼叫着，掩饰了她的尴尬，出丑，痛苦，孤独无援，求生不得，求死不能。

"我该死，你抽我吧！"他说。那个姓蒋的酒气熏天的男人说，他抹到一把吴三桂的眼泪。那是女人的眼泪。这个恶魔有些心慌了，他就铲自己的嘴巴。他就给吴三桂下跪，要她别往悬崖下跳……

吴三桂羞于见她的爹，她听爹哭喊着离开了乱云垭，她没有哭，她横过脸来严厉地对蒋明孝说："你要我跟你呀！你除非把我杀了。"

跟也得跟，不跟也得跟。姓蒋的说了，你要是跑了，跟你爹下了山，我半道上截住，我把你们父女一起杀了，用油锯锯为三截，喂老熊。

这天晚上，吴三桂被蒋明孝拉着，一干伐木工人，在山下的香溪河边会集，领了头头"吴司令"的命令，人手一个炸药包，去炸另一队伐木工的一号头头"黄司令"，为了争神农架林区的"第一把交椅"，心狠手辣的"吴司令"开始了血腥的暗杀。可怜的对方"黄司令"，沿着香溪河从兴山县回来，坐一辆颠簸的吉普，正待从一座木桥过河时，突然桥上亮出了一排火把，紧接着几个炸药包就扔了过来，把"黄司令"和他的车炸得飞上天空，尸骨无存。

在紧张的黑夜里，这一次新奇的历险，绝不亚于她的失身。她的耳朵都快震破了，一个晚上都嗡嗡直响，在一团火球中吉普车分解的那一瞬间，吴三桂在寻找黑暗中的一只手，那是恶魔的手，现在却需要它。她太害怕了。这样的爆炸只在电影中看见过，在《地道战》《地雷战》，在《董存瑞》和南斯拉夫电影《桥》中见过。这个神农架的深山里确实怪呀，怪人、怪事、怪日夜。有谁喊："撤呀！"接着黄豆大的雨点就砸下来了，还有冰雹，好像有人砸石子一样。这完全是一场战争，就像打仗，像行军和逃亡。吴三桂纤细的小手在一只大手的紧拽下高一脚低一脚往山里跑，往山上跑。她不知道往哪儿跑，她只知道必须不停地挪动脚步，不能停下来。没有灯，也没有目的。那场雨所聚起的声音似乎想冲毁后面发生的一切，抹平它们，爆炸和伏击，车毁与人亡。这是为了什么？这些人，这些当地的和从各处而来的伐木者，这些男人和女人们，他们为了什么，要跑这么远来扔炸药包置人于死地？

整个后半夜在惊悸和动荡中的睡眠刚过，乱云垭就乱了起来，听说当地驻军已开拔来搜索和追抓凶手了，省里还出动了直升机。跑！快跑！吴三桂从朦朦胧胧的梦里被拎起来，像拎一只小鸡小羊，又跟着蒋明孝往山谷里跑了。

“你干什么呀！”“你干什么呀！”“你干什么呀！”

吴三桂连喊了三声，三声喊完时，他们已经钻进了一个飞泉直漱、苍苔茫茫、朽木连横的石槽。

“你跟我回家！”她听见他恶狠狠地说。

石槽顶的刺叶栎和木通互相纠缠得遮天蔽日，华钩藤和毛药藤像从斜处蹿出来的魔手，撕扯着吴三桂的衣服和手臂。蒋明孝说：“快跑啊，快跑啊！”他的脸被刺划出了几道深深的槽，耳朵淌着血。这是地狱，这是往地狱的门，更远的地方是哪儿啊。更远，她怎么能想到更远。

山越来越深，天越来越野，远离了人烟和地球，那从山岩缝里挤出来的一点儿苞谷和田土，是野人点种的还是虎狼点种的？吴三桂在两天的逃亡中记得她进了村子，又重入森林，走入谷底，又再进深山。山像时死时活的记忆，像一个又一个陌生的噩梦。山原来就是这样，随便一踏就是一条路，随便一踏就是一条险途。

吴三桂走进蒋明孝的村子时，是第二天已近傍晚时分。她腕上的上海女表停了，只记得太阳哗啦啦地往一座山头撞击，寒气骤然降临，人不由自主地哆嗦起来，烟岚跟着她的裤腿走进一个突出的山嘴，七八家用黏土堆起来的人家，臭气熏天的畜栏似乎是她全部的记忆。狗在疯狂地、富有激情地咬着他们，被咬的是一个女人，一个从山外闯进来的女人，她的那一件腈纶的秋装和翻领熠熠闪光，她的脸是金瓜似的有轮有廓的脸，不像那些村里人的脸，全是从山缝里扒出的地瓜似的脸，极不规范，形态各异。她腕上的手表也极为抢眼，没有皱褶的化学裤子，荡漾，笔直，一双有胶底的平绒布鞋，虽然已经沾了泥水，可她的胶底踏着石子小路时依然噔噔直响。她的嘴角是矜持的，蔑视的，不与人为伍的，眼神也不同，虽然眼中没有岁月的沧桑，沧桑值几个钱呢？在迎接她的那一双双沧桑的眼里，不是全都填满了自卑、羡慕甚至莫名其妙的、与生俱来的歉意吗？可怜的“八人刨”，这就是蒋明孝的村子，它叫八人刨。是八个人刨出的村子，是三家人，是很有些年头了的古代三家，一家姓韩，一家姓陈，一家姓蒋。来自陕西、河南和四川。一共八个人刨出了这片外人绝不知道的炊烟。因为开垦，除了几只鸟，所有的野兽都没有了，水、风、稀稀朗朗的树，都服务于这群灰头土脸的人。土地在斜坡上，被水冲得干干净净，连一个细菌也没有了。要想长庄稼，只有不停地养牛和猪让它们沤肥。因此，猪圈和牛栏里，常年有一尺多深的粪水，它们泡烂了牛蹄猪脚，让猪和牛的肉里浸透了粪便的气味。整整一年，吴三桂看见他们桌上端出的猪肉就作呕。

啊，蒋明孝带回他的媳妇啦，这真是好事，看看人家伐木带回来的媳妇吧，小得像他的女儿。看看人家身上的工作服和机油，看看人家的头发，走路的样子。虽然失魂落魄，可现在的蒋明孝因为手里带着一个女人（他们竟然手牵手！），村里的人完全没想到他是个逃犯。他的父母全是猜不出年纪的人，他的母亲与猪食的气味近似，他的父亲与石头的气味近似。麻木，即使高兴也麻木，高兴令他们更加麻木，像一些被风吹雾罩的植物，摸头不是脑。倒是他的叔叔，一个住在他们家后山坡不远的鳏夫，提着一只毛锦鸡来了。他说这是我用钉耙打的。接着他又端来一碗他做的野猪肉，在堂屋还没有开饭的桌上，烟熏火燎的屋子里，只有吴三桂那一排微微启齿便露出洁白的牙齿闪烁着。蒋明孝的叔叔手端着一个像从灶里扒出来的土碗，满满地盛着的一碗野猪肉端送到了吴三桂的面前，也不说话，只是由衷地傻笑着。

“你吃，这是野猪肉，这是腊野猪肉。”蒋明孝示意吴三桂接过来。吴三桂看到的是一碗用灶灰裹着的菜，是一碗不辨颜色的、烂同污泥的动物的尸体。蒋明孝说，我叔叔不会说话，你看他嘿嘿地笑了吧，他只是会笑。蒋明孝叔叔的一只大黄狗也向吴三桂摇着芦花穗子般的尾巴，张着大嘴，舔着长长的舌头，好像说：“你吃吧吴三桂，可好吃了，我刚才也吃了一大碗。”这就是狗食，吴三桂终于明白了，她不接，誓死不接。接着听见了一阵鞭炮声，蒋家放鞭炮欢迎他们的媳妇了，接着全村的人都跑来了，人们再一次看着这个山外来客，这个标致的女孩。蒋明孝的叔叔这时退到了门外孩童般地笑着，而蒋明孝的弟妹这时候忙得都像陀螺似的。他的弟弟在饭熟后要拿鞭杆去放羊，屋里的人说：“吃了再走嘛。来，吃，吃，怎么不吃呀，这是野猪肉，这是芫藿炒猪心，这是黄豆炒猪尾……”苞谷酒的酒香从来没有像今天这样，能替蒋明孝说话，满屋子的空气都似乎像老实、宽厚、劝说的嘴巴，要吴三桂留下来，认了这一切。

鬼城似的峡谷，一望无尽的山涛，黑森森的白天和晚上，多么可怕啊。吴三桂紧紧被蒋明孝防着，守着。他的家人问他："这妮子怎么一天到晚哭哭啼啼？"蒋明孝说："她爱哭让她哭去。"当别人问他是不是回家休息的，他不耐烦地说：你们别管。有一天，吴三桂到屋后那个天然石臼搭成的茅厕解溲，一条巨大的蟒蛇从灌木丛簌簌地爬出来，朝她吐着一尺多长的血红信子，她提着裤子出来下石阶时，摔到了石岩下，连吓带摔昏死过去。

"爹，你来救我吧！"吴三桂在心里一遍遍呼唤。她要爹带蛮多蛮多人来，带上够对付蒋明孝和他们一家的人，带上民警，带上解放军，带上伐木队的领导来，先把蒋明孝捉拿回去，然后她就堂堂地出山了，她就回去，不怕人的闲话，回到小镇的平坦路上去，回到有照相馆，有电影院，有瓜子摊的生活中去。总比在这儿让鬼吓、蛇咬、蒋明孝的摧残好呀。在那个夹有青色的青枫叶子的笔记本里，她写下了许多渴望，写下了许多骂蒋明孝的话。可是有一天，她发现她怀孕了。她不停地呕吐，吃什么吐什么，下身干干净净，仿佛不是女人了，没有了三十天必来的那些红水。当蒋明孝一家人都知道后，一家人就愣在那里，跟一堆糟木头没有两样。

"看着这些苕货，这些木头一样的人！他们就是一根根木头，哪像人呐！"她在心里发疯地喊。

蒋明孝要他的老娘蒸蛋给她吃，贴洋芋饼给她吃。他们把洋芋煮熟了，搅成稀泥与大便一样的东西，然后贴在锅里用油煎。吴三桂不吃，吴三桂誓死不吃，"我不吃大粪！"她高喊。她已经无法吃了，她瘦得皮包骨头了，两只烈女子的大眼睛更加大，像两个牛铃瞪着眼前的一群人，里面顽强地燃着怒火。

"你跑啊，我放了你，我服了你。"蒋明孝说。

他是怕出人命？他还怕出人命吗？他不是积极地拿着炸弹去炸"黄司令"吗？他果真放我一马？吴三桂就开始往外跑，她早就知道了有一条通往山外的路，她细心记住了许多人走的路，从他们的言谈中知道了哪儿可以通往很远很远的山外。可是，没有走上几步，她眼一黑，腿就委下来了，人就百事不知了。

过了两天，吴三桂的爹吴忠神仙下凡一样地突然出现在蒋明孝家的门口。正从地里背了洋芋回来的蒋明孝听说山外有人来找他了，吓得丢了背篓就从后门蹿出去往山上的老林里跑，以为是有人抓他来了。然而来的是木材采购员吴忠，还有吴三桂的小舅舅。亲人来了是有预感的，那一天，久没有上发条的上海女表突然在枕头下嘀嘀嗒嗒地走了起来，屋后村子里老是鸦啼不停的声音，突然在早晨传来了一只喜鹊的聒噪，她从潮湿的床榻上支起沉重无力的身子，一眼就看到了她的爹和小舅。父女俩抱头痛哭。这当儿，门楣垮塌、台阶失修的屋外面一下子围上了二十多个人，还有十几条大大小小的饿狗。八人刨平常枪打不到一个人，这下竟然把全村的男女都集中起来了。他们是来阻止吴忠带走人的。

“她要生娃儿了。”蒋明孝说。

“看把我女儿折磨成什么样了！姓蒋的，你好狠心呀！”吴忠指着自己的女儿又点着姓蒋的鼻子说。没有说上几句话吴忠的手就薅上了蒋明孝的领口。吴忠用头猛撞蒋明孝，说：“老子今天就死在你这里算了！”吴三桂的小舅上去拉开了大打出手的吴忠。那时候蒋明孝并没有还手，他的衣领拉破了，头发好像也被拉掉了一把，鼻子上抠掉了一块皮，正在往外渗血。蒋明孝说：“她生了娃儿回去。”

“三桂，你就死在这里算了，我要是你，我早就一根绳子吊死了！”

吴三桂去追她的爹和舅舅的时候，被很多帮闲的拉住了，有男有女。蒋明孝那时候赶忙往背篓里放腊肉，那些生了绿毛的腊肉，在神农架是家家都有的，无论多穷，肉是有吃的。他对吴忠说：“你上次说你们那儿缺肉，我跟你背几刀腊肉出去。”蒋明孝背了满满一背篓的绿毛腊肉，跟在吴忠他们身后。吴忠骂他个不要脸的流氓，坏蛋，说谁吃你的腊肉。可蒋明孝亦步亦趋。走一截吴忠回过头来赶他一截，像赶一条狗。可他一直跟到长江边，一直赶到长江边。第二天蒋明孝回到了村里，用一只肩膀挎着一个空背篓。他的腊肉是被他的愤怒的岳丈丢在了山里还是丢进了长江，以后一直都是个谜。

再坚硬的石头总有一天都会被时间风化或被雷电击碎的。吴三桂又一天在山坡的沁水窝洗脸时，对从林中蹿出来喝水的斑羚大吼了三声，并拾起一块石头来向那野物狠砸，又吼又叫，硬是把那几百斤的野物喝退了。她突然感到自己有了对付山野的办法和力量，然后赶仗的人拿着枪和开山刀顺着斑羚逃跑的方向围过去，竟然一口气打死了两只斑羚，一公一母。蒋家因为吴三桂发现斑羚的功劳，分了一大块好肉还加上一些羚肝羚肺什么的，吴三桂那天自己在锅里放了一大把野蒜，当地人称为天蒜，在神农顶最高峰采得的。她说，我为什么不吃呢？我为什么要把自己饿死？她说："给我盛一碗！"这个江汉平原的小女子开始指挥蒋明孝了："给我盛烂的，煮烂一些！"她大声说。然后蒋明孝的那个不怎么说话却很会傻笑的叔叔，也提来了一只毛色灰得无比高贵的竹鼠，足有五斤重。这位叔叔手上缠着厚厚的破布，显然是被竹鼠抓伤了，他抹着一鼻子的灰，手指甲里全是血，那是刨竹根下的洞刨的。"看喏，看喏，牙齿，牙齿。"这位笑得像孩童一样的叔叔一个劲说着竹鼠的牙齿。大家就说这"竹溜子"太好吃了，比老熊和豹子肉都好吃，豹子肉有一股狐骚味，老熊肉就像木渣。说汤好喝，那就喝汤吧，喝。竹鼠在被宰杀时却跑了，那个叔叔赤着一双脚满村里捉它，真是无比的滑稽，许多人都来捉那"竹溜子"。

重新逮那个竹鼠给八人刨整个村子带来了欢乐，有人为此打破了脑壳，有人挂破了衣服，有人手上沾满了竹鼠的血，最后还是蒋明孝叔叔从一蓬刺棵里爬出来，竹鼠的两颗大铲齿咬住了他的手，蒋明孝的母亲在一旁惊慌地喊蒋明孝，蒋明孝把那个垂死挣扎的竹鼠一棒打了下来，一刀砍断了它的喉咙，吓得吴三桂浑身筛糠似的发抖。蒋明孝的母亲诚惶诚恐地端着竹鼠肉和汤伺候着卧在床上的吴三桂，生怕她把碗摔了。她的胆子还没有大到这种地步。她只是吃，或者不吃，以此来表现她的心情。她大快朵颐的时候，肚子已经膨胀了，娃子已经出怀了，娃子需要营养来成长，为了肚里的娃子，她也要吃那些过去见都没见过的，在神农架也变得很稀罕的野物。她要吃遍神农架。吃竹溜子，吃野猪火锅、斑羚、麂子、九节狸，吃野菌、灵芝、五味子、鸦巴果、木通、猫儿屎，吃娃娃鱼，吃石蛙，吃蕨菜芽子、芫藿、天葱天蒜、洋鱼条子（一种鱼），喝桦树汁，吃野柿子，啃拐枣，嚼山楂，用山牡丹的根、皮煮鸡，用紫苏煮懒豆腐。天上飞的，地上跑的，山中长的，全吃。

"这太好了，这太好了。"蒋明孝的母亲时常给家人报告吴三桂的情况说。

什么结婚，什么门当户对，什么志同道合。吴三桂盯着房里那口立柜上不知哪个乡村木匠胡乱画的一幅喜鹊登枝图，就糊里糊涂地生了个女娃子。五个月的冰封雪埋终于盼来了不肯解冻的春天，寒冷还在心上、床上，路是没有了，太阳好像温热了一些，落叶的阔叶树好像开始打苞了，出芽了。生娃儿就在那张狗窝般的昏暗的床上，火塘里的火可算是猛烈巨大，烧得火星盈帐，火气和痛苦差一点把吴三桂闭了气。她喊她的娘，娘呀娘呀。哪儿能抓到她娘的手，她抓住的是床沿，仿佛能帮助她的只有那床沿，娘的手就是那硬硬的木头，她喊呀喊呀，娃儿出来了，肚里空了，人软了，像一堵墙被人掏空了里面的泥巴，要坍塌下来了。她不知道是怎么支撑着走进梦境的，她浑身淌着冷冰冰的汗看见一个淡蓝色的森林里全是金色的阳光，她抱着一个小娃儿，一放下地，那娃儿就在森林里跑了起来。娃儿能跑啦，娃儿是她的，她喊她什么。后来她醒了，她看看身边，有一个娃儿，被一些稀奇古怪的山里人传来递去。那是她的娃儿？她有娃儿了？娃儿叫什么名字呀？她努力地去回忆梦中她唤的那个名字，好听的名字。啊，是什么枫吧，蒋小枫，她就叫蒋小枫。不管跟哪个姓，我不管她姓什么，我要叫她小枫。就是小枫，青枫的枫。她的男人蒋明孝用湿漉漉热乎乎的毛巾给她抹着身上，往下身垫草纸，说："还是喜欢青枫呀？"吴三桂就哇哇地哭了，从别人的怀里夺过她的女儿，紧紧抱着，先喊娘，再喊小枫，呜呜地哭得好伤心。然后望着烟熏火燎的椽子、屋梁、有缝隙的青瓦，眼睛死鱼一样。她的奶水出来了；这么快就出来了。她喂她的孩子，擦干了眼泪，看着自己的孩子吃奶。

有一天她看着山外明丽的蓝天，从那儿飘过来一朵又浓又小的云，就像一封信，像一个友人走过来一样。山上的树依然在沉寂着，庄稼和土地也在沉寂着，没有什么两样，而那天的蓝天和她感觉空了的肚腹给了她回到父母身边的激励。她那一段时总觉有一种无言的喜悦，不知发自何处，好像是从身体上发出的，当她意识到那个累赘似的孩子从肚里掉出来使她彻底轻松后，她就想到要离开这大山、峡谷的打算了。有一天她给他说了，在一番假惺惺的缱绻以后，她说："你让我走吧，娃儿我留给你。"那个人，那个男人，蒋明孝，明白无误地告诉她：不许可。

"那我要跑我早就跑了，你追不着。"

"你跑得看看。"

吴三桂再一次哭了起来，她决定绝食，不给女儿奶吃（早就差不多无奶啦，三个月就断奶啦）。她说：“让我跟娃儿一起饿死。”可她的婆母——蒋明孝的母亲却用嘴巴把饭啊菜啊嚼烂，再嘴对嘴地喂给孩子。这多么恶心啊，这是什么世界什么生活啊。你们的碗哪一只没有被狗舔过？你们的灶上灶马子（蟑螂）和老鼠跑成阵，猫在锅里抓饭吃，你们是原始人吗？是畜生？猪狗一样？让我饿死吧，让我饿死吧，不放我走，我就饿死，我把孩子给你们了你们还不放我走，把我关在这里等死啊，我不习惯这里，我不满意这里，你们为什么把一个小女孩关成了小妇人，还不放？还要把她的尸骨关下来，埋在这鬼不生蛋的地方，这深山老林里？你们也是有儿有女的，蒋明孝，你也有妹妹的，若你的妹妹被人强奸了，关了，你会不会去拼命？你们为什么干这种伤天害理的事呀！吴三桂狠狠地用头撞泛碱的墙，撞床头。她是发誓要死给他们看的。那至少有两夜，她不停地哭喊，不吃不喝，把这八人刨村里的狗也搅得一夜夜不安生，整夜整夜地狂吠，好像村里要死一百个人一样的，鬼魂都来到了这个阴暗死寂的村里。好吧，好吧，小先人，放你走，你走，你这烈性女子，江汉平原的女子就是烈。走吧走吧。他们给了她二十块钱，给她一个大蓝花包袱里装满了一些茶叶、蘑菇和腌熊胯等一些乱七八糟的东西，给她做了一套花花绿绿的布料的新衣裳，给她买了一双解放鞋，就这么想急匆匆地把她送走了，像送瘟神一样。吴三桂拿着二十块钱说：“蒋明孝，你好黑心，你把我一辈子害了，就这二十块钱的赔偿？”蒋明孝说：“我是在伐木队上班我就有钱给你。”吴三桂说那你为何不回伐木队？蒋明孝说抓了那么多人判刑，我回去不是送脑壳让人剁？吴三桂说：“蒋明孝呀蒋明孝，我走了，你好好管你的妮子吧。你有心送我，把我送到公社，把小枫也抱去，让我跟她照张相。”

三个人一行走到公社，已是傍晚，敲开照相馆的门，央求他们给照了一张母女俩的照片，又要求他们给赶洗出来。那个照相师傅起先一口回绝，吴三桂和蒋明孝说了许多好话，后来又把包袱里的一包蘑菇拿出来给他，才勉强答应了。他们一家三口那时候在只有十来个房子的公社土街上。蒋明孝要去登个旅社，吴三桂不肯，说：“从今以后，我是死也不会跟你一个床睡了。”她那时虚弱得十分厉害，天气也突然变冷了，飘起了不大不小的雪花。吴三桂看到蒋明孝快哭起来，在饮食店买个干硬的馍馍谁也没吃一口，他却掰下一块要嚼了喂给女儿，吴三桂用仅剩的一点气力大吼道：“不要这样喂她吃了，让她饿死了还好些!”终于拦到了一辆车，一辆到秭归去的运木材的南京嘎斯车，司机也停下来了，说只能带一个人，吴三桂便往车上爬，蒋明孝说：“你不要相片了吗?”吴三桂说：“我不要了!”

她生怕蒋明孝会爬上来拉她的，会像在乱云垭一样，像一头野兽向她扑来，没有任何余地用绝对的暴力征服她，把她压碎，让她痛苦地叫喊并成为了一个女人，一个什么滋味都尝过的女人，一个真正的女人。可是没有。这一次没有，蒋明孝站在原地，他把那个包袱甩给她，恶狠狠地拍拍手，站在那儿。司机要吴三桂进驾驶室去，可她不去，她就在外头，在车厢上。她已经害怕并领教了这深山老林的陌生男人。大雪在此刻就降临了，仿佛是一种报应，昏暗的天色和迷蒙的雪在汽车的引擎声中搅成一团，跟随尾气的气旋向后闪去，天真冷啊，她穿在内里的还是一件过去做姑娘时的毛衣，她自己织的。车拐了个弯儿的时候整车的木材发出倾向一边的挤压声，恰好这声音引来了女儿小枫的尖声哭叫——假如没有这个急转弯的平坡和一车木头的倾轧，她不会听见那么悲恸、可怜的女儿哭声，那声音在风雪中愈来愈响，愈吹愈亮，整个山壁山谷都是，散乱在每个角落，那哭声亮晶晶的。

“师傅，停车！师傅!”

她拽着包袱往回跑去的情形她多年以后再也记不住了，那冰冻的路，那看不清的路边的悬崖，她为何没有掉落下去?为何没有摔跤?——她究竟摔跤了没有?她是如何追赶上向峡谷里摸黑走路的蒋明孝父女?她自己呢?没有一线天光的那个夜晚，她如何向八人刨的方向追循而去?她一路流了多少泪?

这一年的春节来临时，吴三桂的身体缓过一口气来了。但她依然不能远行。回家的事就暂时搁置了。而蒋明孝说：她那边的平原家里肯定是缺肉的，山外边都是凭肉票，过去她的父亲吴忠说是不要，那是上了霉的腊肉，这是冻好了的鲜猪肉，我跟你家背半边去。我就去了，给你报个信吧。蒋明孝在腊月二十四过小年的那一天动身，将半边猪肉放在背篓里。神农架的年关早就壅了数场雪，雪有两尺多厚，早晨起来，最上面的雪都冻成了硬壳。这个人执意要去，吴三桂没有阻拦的理由，那就去吧。蒋明孝顶着一张塑料布就上了白雪皑皑的山梁。雪一直下到腊月三十，三十的那天蒋明孝的弟弟和妹妹以及父亲轮流去几里外的隘口接蒋明孝，都没有接着。到了傍黑，大家都吃了团年饭，蒋明孝才一个人晃晃悠悠地从风雪里归来了。那个背篓断了背绳，只有一边绳子是好的，见到蒋明孝的时候，看到他身上全是猪油，油晃晃的衣裳都冻成了硬壳，原来背篓坏后，他把猪肉就扛在了身上。这样大约在腊月二十七坐船坐车和步行才到了吴三桂的那个小镇。吴三桂的爹吴忠总算收下了那上百斤的猪肉，还请吴忠喝了一顿酒，喝酒途中，喝着喝着，吴忠一个酒杯砸过来，砸破了蒋明孝的眉骨，不是他躲得快，一只眼睛就瞎了。吴三桂知道这件事的经过是在没人的时候，蒋明孝说："你爹砸了我，还说，你要是拿我的女儿出气报复，我就哪天去把你的女儿掐死。三桂，我拿你出气了吗？我不拿你出气，他把猪肉收了，我就浑身轻松地回来了，流这点血算什么。"吴三桂一想，他还真没有拿她出过气，没有打过她，没有让她做农活，让她保持了一个城镇女孩的体面与闲懒，她的感觉就是在亲戚家做客。对的，就像做客。这一次，当吴三桂看到眼前这个一路风尘有些憔悴的男人给她讲她家里的事情时，她忽然熟悉了他，一下子就熟悉了这个人，她忽然感动了。她抱着自己的女儿，那个因罪孽生出来的女儿，她感觉到她是在渐渐认可这样的生活环境和现实。一切都是顺其自然的。

女儿小枫一活过来，就有了看相，完全不像本地孩子，一双乌溜溜的眼睛贼得跟水晶石一样的，吴三桂按照城镇人的发式给她梳头，给她梳许多辫子，扎用红毛线、绿毛线缠了的橡筋，不让她跟那些村里的孩子一个打扮，让她干净，脸上没有泥痕和鼻屎印，头发用肥皂洗，不让生虮子。这也是她自己保持的一贯的习惯，勤洗头与身子。她还在公社买雪花膏，自己擦，也给女儿擦，擦得香喷喷的，红嫩嫩的，不允许这深山老林的野风野雪往脸上刻痕迹。让风成为她心中柔软的风，像江汉平原上的杨柳晓风。

可是，她得分家，这表明她住下来了，她要与那一大家人分开，她让有伐木经验的蒋明孝到山上去偷伐山林，弄来了穿架子、椽子、檩子，还把香柏、青檀这些木料做桌椅板凳。蒋明孝有半年全是在与山林作对，挥着板斧，带着他的弟弟和那个憨叔叔，将放倒的木头运下山，运进村来，并搭起了三间干打垒的结结实实的房子。房子建起了，满屋的树脂清香中，吴三桂又生下了一个儿子，取名蒋曼军。曼军这小子就胖了，眼珠子灵活得像鼬獾的眼睛，一身的白肉哪像山里人的肉呀，白得谁见了都想啃一口，说："我我我吃了你，乖乖！"曼军这小子是来给蒋家添福添喜的，蒋明孝哪还要吴三桂做事呀。他一个人把山上的活全包了，还养了两箱蜂子（当时生产队只允许养两箱），闲时就上山去打点野物，采点药材，然后偷偷背到公社去换点钱。可是这一切还是没有在伐木队来得快，队上的口粮总是很快地吃完了，蒋明孝还要无休无止地到大队上水利，到河边码石头，砌梯田。然而报酬少得可怜，挣来的全是工分，回到生产队分红，一个工值不过两毛多钱。最难解决的是，两个孩子没有户口，吴三桂的户口不在这里。她试着写信回去，要她的爹问问能不能为两个孩子上户口。给家里写信是非常少的，家里只有她的一个妹妹偶尔给她写封信来，而这封信也是寄给在上中学的妹妹，由妹妹转告给她爹的。过了不久，妹妹回信了，说爹去问过，根本不行，说吴三桂的户口在几次清理中都要下的，不是她爹托人说情，早就给下了。妹妹信中说，她也给爹说了许多好话，可爹提起这个大女儿就恼火，说，不认这个女儿了，说那生的什么孩子，不就是生了一堆神农架的红毛野人吗。吴三桂看了信，把信搁在了抽屉里。村里是答应给蒋明孝的两个孩子上户口，那户口有屁用，农村户口，吴三桂顶着不让办，她说政策是孩子跟母亲上户口，我的户口是城镇户口，孩子在这个八人刨，那不刨一辈子地吗？我真还不知道神农架有这么苦，这哪儿是人住的地方，是野兽住的地方，狼住的地方，狐狸老熊住的地方，人就跟野人一样，就是红毛野人，我不能毁了孩子，我总要把他们的户口上到我那边去的，我去磕头，去喊冤，也要把他们上到那边去。

生产队长是蒋明孝的本家，还是按人头给了两个孩子的口粮，算是承认了，有了临时户口。在吴三桂接到妹妹的信之后，她闷闷不乐地在床上躺了两天，有一天早上起来，对蒋明孝说："你去找伐木队，你要回伐木队去。"

她硬是把蒋明孝逼上了去伐木队的路。在一再追问他当年丢了炸弹没有，蒋明孝明确说他没有丢，那颗炸弹他还把它带了回来，果真他在一个新房的墙洞里抠出那坨土制炸弹，已经有了几年了。于是吴三桂和蒋明孝就揣着那颗炸弹去了很远很远的伐木队。哪知这个曾异常凶猛的人却在那儿成了软蛋，站在那个山坡上望着望着就不敢走了，就说他们会抓我的。吴三桂说，既然你没丢炸弹他们为何抓你？你把你的狠气拿出来，把害我的那阵勇气拿出来。蒋明孝说什么也不敢往伐木队走，他让吴三桂先去打听打听，吴三桂只好夺过那颗炸弹，只身前往了。

队里还有认得蒋明孝的人，听到吴三桂介绍，就说，这不是那个曾被蒋明孝强暴的女子吗？她现在却为蒋明孝说话？她对队长说：“我是蒋明孝的老婆，他没有扔炸弹，他应该回来上班。”说着啪的一声将那颗炸弹放到队长的办公桌上。队长说：“还不扔到操场上去!”一个小队员赶忙抓起炸弹，就从阳台上扔出去了，只听“轰”的一声，炸弹爆炸了。队长说：“新官不理旧事，何况你丈夫本来就是亦工亦农，并没有转正。”事情就是这样，吴三桂纵有一副旷世的伶牙俐齿，也说动不了那个满脸灰黄像患了肺结核的队长。

“他即使没炸人，他当年强奸妇女，我们还未找他算账哩。”队长说。

“那不是强奸，是我愿意的，我不愿意，我今天来找您？”

“你父亲来告过，我见过材料，我这儿备着案了，你父亲强烈要求把蒋明孝绳之以法。”

“不是的，那是我父亲恨他，不是事实。蒋明孝是个好伐木工，他的技术是过硬的，他比好多人都强。”

在那个山洼里的两层木结构灰楼的队部，吴三桂无计可施。从那个冷清的楼上往外望去，好像伐木已近了尾声，许多伐木工背着树苗和铁锹，不是去伐木，而是去栽树。那个刚才被炸弹炸过的操场上，其实已经杂草丛生，过去停过许多拖木材的南京嘎斯车，解放车，还堆着山一样的粗大的圆木，这一切现在都没有了，一颗炸弹扔过去除了炸碎一片死寂，连人毛也没碰上一根。而那一年，采购员吴忠就是在这栋楼里派了伐木工单，带着自己的女儿吴三桂去乱云垭的。

他们不知不觉地就上了乱云垭的路，灰心丧气的蒋明孝要去看一看队友，或者能不能在分队想想办法，做做活。乱云垭哪里还有伐场？乱云垭剃了光头，小小的青枫树苗正从伐过的大木桩子底下冒出头来，一些混蛋的灌木如杜鹃、蔷薇和荚蒾正横布着它们的身板，岔七岔八地成了山头的霸主，荚蒾和蔷薇的果通红不已，灰雉和锦鸡在凄凉地叫着，云雾深重。他们走进了那个垛壁房，四处都是窟洞，四处都是鬼影，七叶一枝花顶着几颗黑色的果实从墙角里耷拉出来，人多高的蒿茅正在那里面繁殖着，密集得像一片队伍。厕所被一种蛇葡萄爬满了，找不到门了。悬崖宛在，劳动后零乱的宁静亦宛在，就是没有人了，没有油锯和喊“顺山倒”的人了。乱云垭是鬼魂的乱云垭，是野人打尖的乱云垭，过去的一切都不复存在。吴三桂眼睛在寻找什么，她的眼睛直瞪瞪地瞪着那张现在长了半寸厚青苔的床。她瞪了好半天，她突然看见了那个在上面挣扎的她，呻吟的她，一次粗暴的进入，一个人一辈子就完蛋了。

“蒋明孝，你害得我好苦呀！蒋明孝，你害了我一辈子……”

乱云垭陡然之间响起了悲恸的号叫，这阒无人迹的地方，一下子被一个女鬼冤魂般的声音给充斥了，搅翻了。吴三桂一把鼻涕一把泪坐在地上哭诉的时候，蒋明孝远远地望着那个伤心的女人，像块石头僵在了那里。

吴三桂走回故乡的小镇完全不是出于自愿和召唤，完全是为了她的两个孩子。她看着在地上抓鸡屎吃的孩子，掉进猪栏粪窖的孩子，可爱的孩子。特别是她的儿子曼军，这小子要有多可爱就有多可爱。这小子从小就要抓着她的耳朵才能睡着。她只好让他抓着耳朵，他捻着捻着就睡着了，再一醒来呢，又哭着要耳朵，你送一只手指，送一把头发他都不要。这小子不到一岁就能在黑暗中凭手感知道是不是耳朵，是耳朵，万事大吉，睡得比猪还甜。后来吴三桂尝试让蒋明孝的耳朵给他抓，捻，慢慢奏了效。她是有意慢慢锻炼的，然后，她就走了。

她揣着当地政府的各种各样的盖公章的证明，生怕遗漏了什么。她这一次回去，已是两个孩子的妈了，头发也没有光泽了，脸皮也不细嫩了，腹部也凸出来了，她穿得是如此的丑陋，完全像一个山里人，走路的样子也不同了，敞着外衣，急急匆匆，脚上的球鞋因为山石的教训弯弯翘翘的，背上像背了块石头，没有了那种轻松的挺拔，眼睛对一切陌生景物现出了警觉与卑谦，像一头放野了的兽突然进入马路和人群。还哪来的亲切感？山外的世界早变得一塌糊涂了，时局变了，人们的穿着变了，街上出现了许多个人开的商店和餐馆，小孩们含着塑料管的放了色素的饮料，餐馆里有人在吃凉拌脚鱼；不要粮票也可以买面吃了，多好听的音乐，《军港之夜》《太阳岛上》。年轻人的裤脚好大呀，叭啦叭啦地用裤脚扫着大街，有录音机提在手上了，跟红灯牌收音机一般大小，可是能提在手上，里面放着一种奇怪的、直往心里去的柔软的音乐，你根本不知道是什么乐器演奏出来的（后来她才知道那是电子琴）。山里是什么样的太阳，简直是长了苍苔一样的太阳，发霉的太阳，缠上了许多令人咳嗽打喷嚏的花粉的太阳，沾着野猪毛、板栗毛、大蓟毛的太阳。到处撒着甘蔗皮贴着电影海报的小镇，河上漂浮着鸭子和塑料泡沫的小镇，到处是人的热气，连地上都冒着热气，不是山里的石头，死了千年一样的，参天大树就像老鬼，峡谷像个死尸，村里的房子像牲畜野物躲雨藏身的洞窟，一年三百六十天烟熏火燎，因为太没有热气只好不停地烧木头以取暖，那些红泛泛的眼睛简直不是眼睛，是一个个伤口。吴三桂大口大口地吐着气也吸着气，她终于找回了一点感觉，在那些气味中回到了过去，她是这儿的人，不过外出玩了几天而已。她回来啦！她一身轻松地回来啦。她的爹、妈、妹妹几乎都欢迎她并且原谅了她，不计前嫌，不旧事重提，见到人了就把往事一笔勾销了。人还是过去的人，没有少什么，虽然有了些生分，可总算回来了，笑意吟吟的，虽然这笑里有了些憨笨，成了成年人的笑，乡里乡气的笑，可毕竟，人完好无缺地回来啦。

那你是怎么回来的？他们没有拦住你吗？没有打你？你是偷偷跑回来的？你在那边究竟受了什么苦呀？你跟那边生的孩子呢？这些问题最终是不得不问的，她妈，一个老实巴交的家庭妇女，还有她的打扮得十分鲜亮的妹妹。然后叹息，皱眉，无计可施。吴三桂那身后长长的阴影像峡谷一样紧紧压过来了。她的爹跟她没说一句客气话就私下领了她妈的吩咐，拿着一大堆盖章的远山里的材料去跑路子了。这样，忧伤和焦虑和沉闷就笼罩在了刚刚团圆的一家人的头上，弥漫在人们的脸上和心里。她原来不再是她了，她有了一双儿女，还是乡下的，她是乡下的婆子，她的镇上同学，谁谁嫁了一个好丈夫，在哪儿上班，谁谁还没有结婚，谁谁考上大学了，谁谁那可是穿金戴银不得了啊。你怎么呢？你一双山里的儿女，还没有结婚证，没有正式结婚。三桂，你还是待在家里吧，好生待在家里，哪儿也别去，让你爹给你跑跑再说。你反正不能去那边了，孩子户口能上不能上，你都别去神农架了。孩子也是那边的亲生的孙子，又不是别人的，他们会亏了那两个小冤孽？吴三桂问："那要是两个孩子都上了户口呢？把他们接来？"

这一问家里的人有了一种不怀好意的愿望，那就是希望两个丢在山里的孩子最好别上这儿的户口，上了不是吴家的负担和累赘么？两张嘴巴不要吃要喝还要住？女大当嫁，嫁出去了怎么又回来还带两个孩子来娘家吃老米？这是万万不可能的。

爹从外面每天带回的消息一忽儿有点希望，一忽儿又完全没有希望。有希望的那天，吴三桂明确表示：如果给孩子上了户口，她接过来，不要爹妈养，她自己想办法。她的爹突兀地嚷着对她说："你还想把那个姓蒋的杂种带过来哟！"

"我不能不要孩子。"

最后的结果一点都不意外。"没有戏看了。"那天她的爹吴忠回来冷冷地说，"我当爹的做到仁至义尽了。"

她的妈和妹妹要她死活别再走了，再找个人嫁出去。

她又慢慢地适应了过去的生活，可是在晚上她总是在黑暗中瞪着眼睛想，过去在深山老林的生活是一场噩梦？她摸着自己松弛的腹部和乳房，摸着曾经经受过摧残的肉体，摸着被石头摔破的膝盖，被寒冬冻伤的手背，被一双小小的手捻过的耳朵——她感觉到那耳垂开始痒了，发痒了，在黑暗中，强烈地痒，折磨着她。可爱的痒，丝丝入心。在那张潮湿的老林里的床上，在用獐子毛充填的漾满麝香气味的枕头上，谁在含混不清地呼唤她？一双胖乎乎的小手，有时候，更多是吵夜的烦躁，恨不得把这个屋子掀翻，恨不得趁着夜幕尽快逃离这深山，越快越好，插上翅膀最好，还要掐死他们，掐死这两个一大一小一女一男的两个小冤孽，跟着她来到这荒山野地里受罪，掐死那个男人，那个夺走她贞操，把她改变得像一根草一样的男人。唉嘿，我过的是什么日子呀，我的娘哟！可是孩子是没罪的，那是她的血，她肚里的血掉出来的。摇摇晃晃的曼军我儿不会被狗咬了命根子吧？山里的狗见什么都咬，八人刨就有一个男娃子小时候被咬掉了命根子，长大后像个女的了，尖声尖气。小枫呢？蒋明孝那狗日的会不会让她上山去割猪草？把他们姐弟俩放在家里，扑进火塘里了咋办？那火塘一年四季燃着，燃着，八人刨有个孩子，没脸皮了，没耳朵没鼻子了，就是不小心，从椅子上扑进火塘里，烧得面目全非了。八人刨啊八人刨，刨我的心哪！

家里的情况并不能遂她的心意了，过去的欢乐和祥和都离她远去。她在家里住了四个月，决定再重回神农架去，她想看看她的孩子，那是她的血亲；她将什么东西遗失在那儿，在深山老林，她偶尔一次的迷失，竟然丢下了比自己的生命还珍贵的东西，而自己，她觉得她是可以忽略不计的。

八人刨对多一个人，少一个人并没有什么反应，这是一个麻木的山谷。吴三桂走到自己的家里抬头张望着那熏得黑黢黢的堂屋，重新拨燃火的时候，发现门跟过去一样，没有关上，一只草狗打着呵欠向她摇了两下尾巴。她的男人蒋明孝回来了，她朝他笑笑，就像赶了一个集一样。她从火塘上吊着的炊壶里倒茶，喝着，然后吩咐他去爷爷婆婆家接小孩过来。她看见了孩子，然后给他们擦鼻涕，要他们脱下踩湿的鞋子，叹着气埋怨姓蒋的男人，用篙子从墙上取腊肉来切，从菜园里砍白菜，摘一把辣椒，把菜园门带好，防止猪或者鸡跑进去。切菜，到小水窝边淘洗，没忘了把毛巾、孩子的鞋也一起洗刷了。炒菜的时候把灶台上的枯饭粒、菜屑、老鼠屎扫掉了，把灶膛烧满的灰扒出来了，把火塘里的灰也扒出来，倒进粪坑。然后呢，给儿子买来的皮球、胶鞋，女儿的漂亮发卡、红色的拼绒贴荷包的春装，姓蒋的一条常德牌带点甜味的香烟，还一顶有耳护的绒帽子。然后他们一家坐下来，要重新开始考虑生活了，她怎么办？孩子怎么办？姓蒋的怎么办？她认为希望还是有的，小孩的户口，主要是没有钱，需要送东西，那些平原小镇上的干部有了胃口，你一点东西他还看不上眼。姓蒋的告诉她，要搞责任制分田了，过去生产队造的梯田，门口的十几亩当家地、挂坡地，估计全得归他们，而责任山也得划分，他们一家可以分到至少一百亩，还有些经济林。很便宜，一亩一块钱，甚至更少。姓蒋的男人给吴三桂说："会有好日子过的，小孩的户口就在这里也不怕，山是咱们的啦，有耳山（制木耳的花栎林）有材山，经营好了，是有出头之日的。"

形势的发展真是很快，老爷垭子那边的上好材山，一百多亩，划到了蒋明孝的名下，因为村长与他有点拉挂亲，再则蒋明孝有过伐木队工作的经历，曾经是"国家"的人，在村里让人瞧得起，就分了一百多亩的阳坡山洼林木，里面有不少一人合抱的桦树、漆树、紫杉、水杉、油杉、青檀，还有大量的经济灌木和药材。

老爷垭的山对面，发现了磷矿，有许多人正在赶修简易公路，时常听得到用小炸药炸石头的声音。吴三桂领着她的儿子曼军在老爷垭自己的山林里采蘑菇、寻猪草时，总能看见山头上黄烟阵阵，人声鼎沸。公路渐渐有了形状了。吴三桂看着自家山林的各种树木，这个木材采购员的女儿，把眼前属于自己的木材同那条简易公路和山外联系起来。在别人都还没有反应过来时，她对蒋明孝说："肉焖在锅里也是烂了，还不赶快把它换成钱。”蒋明孝说：“这些木材哪个要？”吴三桂说：“那你过去在伐木队认识的一些朋友呢？”

商议了一个晚上，蒋明孝天亮就启程了。他去寻找过去搞木材销售的朋友。事情很顺利，他办好了采伐证，还从伐木队借来了一把油锯，请了几个下手，热火朝天的伐木就从这鬼不生蛋的老爷垭开始了。砍倒的树又砍成一根一根的门方，当堆砌在山崖边的时候，村里的人以为蒋家疯了。过了两个月，磷矿的开采就开始了，许多人在掏洞，挖出灰白色的石块，或者黑色的石块，拖拉机就开始上来了，从八人刨都能听见那隐隐约约的拖拉机声。蒋明孝雇请了村里的人将那些门方背过老爷垭，翻了一道山梁，过了一道河谷，就将门方放进了拖磷矿的拖拉机中。

蒋明孝和吴三桂夫妇开始了大量收购门方，只要门方，现金交易，两块八一根。票子哗哗地甩出去了，却不见更多的票子又回到了蒋、吴手中。钱赚得并不多，可家庭境况小有改善，生活突然有了希望，人也忙得不可开交了。蒋明孝要押运这些木材一直到秭归或者兴山县城去，吴三桂在家收购、结账。

进入了干冷冬季的那一年，雪下得并不大，但路上全冻出了油光凌。蒋明孝押车出山时，在翻越皇界垭的路上，拖拉机滑下了公路，翻进百米深的山谷。

命是捡了回来，却摔断了大腿，压断了三根肋骨。吴三桂得知消息赶到镇上医院的时候，已是第三天了。那个医院冰凉的住院部是一排破旧的土房，死气沉沉比山洞都让人难受。吴三桂与她的叔子进了病房，她看见被白纱布缠得血迹淋淋的男人，看见他偎在一床脏兮兮的被子里，露出的两只手肿得像淹死了的死尸的手，上面血痂累累。那一刻，她想些什么呢？她只觉得好流眼泪，眼里的水塞子坏了，就是想哭，见到蒋明孝就哭着抓着他那双可怕的手说：“你这是报应呀蒋明孝，你干了伤天害理的事，你活该报应哪！”

她为什么说这个话，她为何这么诅咒自己的男人？在场的医生和护士都一头雾水。她痛骂着自己的男人，骂着这个惨遭车祸的人，她又用手去擦那个人的脸，额头，要小叔子倒热水用毛巾为姓蒋的抹头发上的泥巴，耳朵，脸，身子，手。那个人躺在床上口里不知喃喃地念叨什么，又不能说话，也是眼角往外滚泪珠子，张着嘴。

“你哭什么呀，蒋明孝，你是个什么东西，你还有眼泪！”吴三桂给他喂蛋花汤喝，给他抹泪，把泪揩在他绑着的白纱布上。晚上，吴三桂用自己的身子把蒋明孝焐热了，蒋明孝终于清醒了，能说话了，说："三桂，我们的一车木头……"吴三桂听见他说话了，吴三桂惊喜地盯着这个男人说："蒋明孝，你还活着?！蒋明孝，你认得我呀！"这个人是个什么人，这个人是块山里的石头，有鼻子有眼的石头，凶狠的石头，蛮不讲理的石头。这个人当年好凶恶哟，说，不许你走！你就不敢走了，乖乖地跟着他，连与爹见见面也不可，说：你要是走了，我半道上把你们父女都杀了。这个人手拿着砍树的斧头，砍树砍顺了手，什么都砍得下去。人和树又有什么两样呢，在一个伐木工眼里，在这个满山长苔，连空气都长苔的神农架，什么东西没带点野气?这个人跟她生了一男一女两个娃，长得还算标致，是她的安慰与牵挂。可是他死了，那就塌了天哪！吴三桂把蒋明孝紧紧地抱着，喊他的名字，他抖，她也抖。她说："蒋明孝，你可不能死呀，你死了我们母子三人靠谁去呀！"

姓蒋的男人的生命力还不错，两个多月后被人用滑竿抬回八人刨时，家里又是一场空了，连烧火塘的杂木棒子树蔸子都没有了。老爷垭那坳子里的山林砍得七零八落，所有的木材都化作了蒋明孝的药费。拖拉机司机死了，那个救他的恩人（在悬崖下把他背上来的人），想去感谢，也只买了两瓶高粱酒。家里的那几亩地好歹让父母兄妹叔叔帮忙，种上了麦子，因为缺肥，生出的苗也稀稀拉拉。刚能下地干活了，蒋明孝发现他那摔断骨头的大腿那儿，溃了个小口子，老是不停地流水，似脓非脓，似血非血，骨头还隐隐作痛。蒋明孝寻了些去腐生肌的草药拿来敷，可溃口总是不干，不愈合。到镇医院一看，医生说他患了骨髓炎，给他开了些药回来吃。吃完药，骨头不疼了，也不红肿了，可就是不收水，不愈合。蒋明孝缠着破布头去出坡干活，也没觉不适，只是家里的破衣烂衫全被他用完了，缠了伤口。

这病还得治啊，吴三桂在以后的几年里，陪着这个人，这个从悬崖底下捡来的，半死不活的男人，四处求医。他们找过四川奉节、房县及兴山的一些草药医生，神膏药医生，也去过宜昌的大医院。卖狗皮膏药和一包包草药的医生都说能治好，可就是没治好，城里的医生说这病治不好，只能采取保守疗法，打针吃药，万一严重后，只有截肢。而事实是，蒋明孝能吃能喝，跟好人一样，饿了的时候啃生玉米一气啃掉五六个，吃起生红薯来，嘴里发出的咀嚼响声，跟猪一样响亮，做起事来，能流大汗，出大力，一年可能犯一次红肿，发烧，除此之外，就是那个老伤口处形成了一个窦道，流水，红不红，绿不绿，清不清，浊不浊的。后来听一个病友介绍，大荆山里有个医生，专治这种病。吴三桂和蒋明孝就乘了几天的车、船，找到了那个医生。关于疾病的诊疗没有什么好说的，那就是打听，行走，吃很差的饭菜（有时咽一个干馒头或者啃一块粑粑），喝生水，找投宿的地方，洗干净千人用过的盆子，把垫单翻过来胡乱地对付睡觉，然后见医生，听他胡说，看他开药，算钱够不够，然后将信将疑再踏上回程的路。借钱的历程比这更艰难，借钱跟去大荆山看病，那才是……才是另一次生命的冒险和体验。借钱之前，蒋明孝看到叔叔的一头牛老了，就说把它牵到镇上卖给屠夫吧。他的叔叔总是像看一件山外尤物看着吴三桂，多少年来都如此，一如既往，永远新鲜难解地望着她，朝她善意地微笑，像永远看到一个第一次进山的外地人。

要牵叔叔的牛的那天早上，吴三桂起来就看见蒋明孝的这个不善言辞的、智力低下的单身叔叔早就起来了，正在给那头老牛喂昨天的剩饭。他让老牛吃剩饭？吃饭？他用手把饭捏成一团一团，喂到老牛的嘴里，老牛浑身没有光泽的乱糟糟的毛和肮脏的眼睛就像这个叔叔，两个可怜的东西，他们是不可分开的。她甚至看见了牛在麻木地流泪，心中凄惶，而那个叔叔却在凄伤地笑着。一脸惺忪叼着一支烟的蒋明孝挥着手要他的叔叔递给他牛绳，吴三桂把那牛绳从他的手上抢过来了。蒋的叔叔张着没牙齿的大嘴笑望着吴三桂，以为是小两口在他面前亲昵地开玩笑呢。吴三桂却说不能要叔叔的牛。吴三桂就这么走到了兴山县一个木材商的门前，他曾是蒋明孝在伐木队的同事，后又跟他们做过木材生意。

这个男人是另一条狼，先叫了她声嫂子，然后就要拥抱她。吴三桂已经有了经验，吴三桂已不是过去的吴三桂，当她踏上兴山那条路的时候，她想起了第一次在枫叶哗哗的夏天踏上神农架乱云垭的情景，第一次被一个荒野的男人粗暴摆弄的情景，四周的苍苔和云雾以及云雾草在眼前摇晃，把记忆提炼着，教训着她。嘿，她在那个木材商的加工大院转了三圈，坚定了她的信念，充满自信地迎着任何危险向前走去，有十七岁时乱云垭的那杯酒垫底，什么样的酒不能对付？她在那个充满着霉气与树脂香的混合气味的工棚里，推开木材商说："明孝的好朋友，给我水都没端一杯呢。”那个左颧骨上长着一颗闪亮的大疣子的男人，满身烟味的男人，龇着门牙嘀嘀大笑说：“什么水都有喝的，你要喝什么水。”吴三桂说：“我男人快死了，你还不救他。”那个木材商说：“那他就早点死吧，早点死了我们商量我们的事情。”“还是谈正事吧，吕哥，你是蒋明孝的好朋友，你会帮他一把的。”吴三桂说。那天晚上姓吕的木材商无缘无故地把她带到了镇上的旅社里，因为天实在太晚了，姓吕的家伙等待一个客户送支票来，又去银行取钱。有多少呢？三百。我的天，三百块，简直是一个天文数字，只是挨到天黑时他才肯拿出来，他觉得有点希望了才拿出来。一个漫长的夜晚，他有能力把这个女人摆平。许许多多擒获女人的技巧都装在他的脑海里，一个不行另一个，一步一步，步步为营。女人总有发昏的时候，那样就成啦。不过，他很清楚，这是要有经济基础作保证的。他先给了一百，然后说还有两百第二天一早等管账的来了给她，她就可以走了。这个姓吕的在乱云垭时曾给她做过吃的，给她采过五味子和木通。在她陷入蒋明孝的魔爪后，曾以同情的眼光看过她。莫非好感就是在回忆中暗示给她的吗？或是一种报复？在那个香溪河下滩的咆哮声中，她叫唤了吗？她懒得想了，巨大的水声是她的发泄？在八人刨，在那个干打垒的房子里，只用一口立柜隔开的她与孩子们的房间，她不知道什么是一种肉体的释放，一切都得小心谨慎。这个姓吕的过去的熟人却赶紧捂着她的呻吟的嘴说：“三桂，这不是在家里，小心服务员听见了。”她躺在寂静的简陋的旅社，远处的悬崖山影似有麂子的叫声。带着山露的通红的五味子，在她的意识中一闪，再一闪。一串串的五味子想起她是一个女人，一个还很年轻的女人，一个山姑吗？一个背着背篓的山妮子？早晨的时候他说：“我只盼蒋明孝快死。”那个人说。那个人还说了什么，那时候，她说：“你好脏。”那个人就在冰凉到极点的冷水管前冲澡了，一个冰凉如石头的身子，这就是后来的一切吗？太阳的确温暖，鸟的叫声藏在树上，到处是树。那个人说：“蒋明孝没死，就只当我损失了半车好青枫。”他说的是青枫？最初的激动和诱惑。那你怪谁呢？三桂，吴枫，还剩有一匹变红的叶子夹在那个笔记本里吗？笔记本到哪儿去了？

窦道封住了。他们不知道，那个大荆山的医生使用了一种铅丹，让伤口周围的肌肉蛋白质硬化，强硬封住了伤口，而深处的炎症并没有消下来，还有细菌在里面繁殖，过不了一年，顶多三年，那个地方就会再次溃破，重复过去的流水。可是，至少在目下是好了，水不再流了。他吃着带回的药粉，然后又去邮寄药粉，她听见他说："吕××是个好人。"她就说："你吃药吧，你快吃药吧。"

他们的屋里，终日飘着药粉的气味。

那一天是什么日子呢？那一天他们的儿子，横长直长都越来越漂亮的儿子，遭到了雷击。女儿也越来越漂亮了。那时，他们的女儿快小学毕业，儿子也送进了寄宿的乡小学。可是他死活不愿上学，有时候高兴了还得拉着吴三桂的耳朵才能睡觉。在学校里，他经常逃学，失踪，跑到狼牙山的山顶上去，住在山洞里三天两头不回学校。那就不上了吧，村里的人说，曼军这娃儿迟早要被狼吃掉。可他就是没被狼吃掉，赤着脚，总是偷偷地窜回八人刨家里来。回来不进屋，在门上画几个大字，写他的名字或者在门口放一捆柴火（他从山上捡回的）。表明他还活着，在逃学。这样，只好让他回家了。有些娃子天生不是读书的料。

那一天是天狗食日，在地里看见没了太阳的蒋明孝夫妇，一阵惶然，突然间就大雨滂沱，雷声滚滚，整个峡谷伸手不见五指，鸡往人家的屋顶上飞，狗像狼一样嗥叫。就在此时，狼牙山上滚下一个火球，落到树顶上，一声震天霹雳，八人刨所有的屋顶都揭了盖子，瓦片飞溅如火山爆发，村头的大青枫从中劈开，一条丈余长的大蟒腾空而起，如火龙一般，后重重摔在河滩上死去了。天开日出，雨住虹现的那一刻，蒋家的土屋里跑出来一个冒着烟的火人，大家认出那小子是蒋曼军，逃学大王，举着双手大喊道："妈呀，妈呀！"

儿子还是好的，除了烧掉一身衣服和一头头发。这儿子却打木了，木头木脑的。蒋氏夫妻把他揽回屋里，清理他的身上，给他涂些熊油时，他的眼睛是直的，两颗眼珠子在长长的睫毛下像两粒死鱼的眼睛，看着一处，又没看着一处，像在想心事，又没想心事。

"儿呀，曼军呀，我的儿，你看看我的手。"吴三桂用手晃晃。可她的儿子像没看见一样，只是笑，又把脸绷紧了，露出极度的恐惧，说："雷！雷！大蟒蛇！"

儿子就此丢了，不死也丢了。弄了许多药来吃，请了许多神婆，敬了许多山洞和石头，石精树鬼山魈，全敬了，儿子还没能复原。儿子在晚上连三桂的耳朵都不晓得捻了，睡觉的时候，直瞪瞪地看着屋檩和瓦。吴三桂说："你睡呀，曼军，我的儿。"曼军打出了鼾声，可眼还是睁着。半夜，总会大喊："雷！雷！大蟒蛇！大蟒蛇！"

鬼精鬼精的儿子怎么一忽儿就变成这个样子了呢？吴三桂无法明白这世界的蹊跷。吴三桂骂着蒋明孝说："雷公菩萨是到屋里来打你的，你这一辈子做了太多坏事，让你的儿子替你背了。我儿子没有做坏事呀，老天爷不公呀！"

老天爷哟老天爷，这个儿子如何是好？他哭着望着自己的儿子，他见了谁也不认识，不笑，经常从眉宇间泛出那一天惊雷劈出的恐慌。他玩火，经常偷出火柴，要点自家的和别人家的柴垛、畜棚。他从火塘里拿起燃烧正红的火棒棒，把点得着的东西点燃。点衣服，点没有搓的苞谷，点猪身上的毛。他点着后，看着猪毛烧得浑身叽叽的响，到处乱窜，他就高兴地拍手跳起来，唱一些古怪的歌曲，唱"二丫虎，赶母猪，一赶赶到宜昌府。扯块咔叽布，缝条岔裆裤，脱下来，滤豆腐"。

这个儿童纵火犯已经让村人大伤脑筋了，许多人家都吃到了他的苦头。蒋明孝没有办法，用绳子把他拴着，趁吴三桂不在的时候，把他送到了屋后的一个山洞里，那里养着蒋家的一头牛。吴三桂从外面回来了，她在找自己的儿子时，发现儿子与牛关到了一起。她一拍桌子说："你们让他死啊！"这娃儿两脚都是牛屎，身上爬满了牛蝇，瞪着两只大大的招人疼爱的眼睛。吴三桂把他抱出来，给他洗净了，对蒋家人说："你们把他关在山洞里，他就真的不得好了，我是要救他的，只要有一点救，我是不会放手的。"

她天天牵着他的手，下地干活，寻猪草，下河洗衣裳，都带着他。她给他说故事，哄他，让他认一些过去熟悉的东西，认天，认白云和树，这个树，那个树，认庄稼，认人，认家畜和鸟。她百遍千遍地教他，让他重新开口说话，让他恢复记忆，让他从旷世的恐惧中回到现实中来。"说呀，我是你的妈妈，说妈妈呀。"再也不会有那种巨大的雷声和太阳下的黑夜。可是乌云来了的时候，遮住太阳的时候，她会捂住儿子的眼睛，她说："不要怕，乖乖曼军，妈在这儿，妈跟你在一起。"打雷的时候，她把他放在被子里，给他揿手电筒玩，让他看见光线，给他唱歌，唱《洪湖水，浪打浪》，唱《军港之夜》。她还要捉住他的手，让他捻她的耳朵，不停地捻，一捻一整夜。

为防止狠心的蒋明孝再把儿子关进山洞，吴三桂进行了防范，还一次一次进行着斗争。蒋明孝还想让吴三桂给他生一个，吴三桂说："我不会再生了，我就这一双儿女，我死活都跟他们在一起。"

晚上的惊恐已经慢慢地少了，雷和大蟒蛇的记忆在慢慢地退却消隐。深夜少了惊叫，鼾声多了起来，儿子也胖了，眉头里正在剔除那残暴的灾变。为了防止儿子再纵火，家里的火塘熄灭了，冬天也不生火，一家四口瑟瑟地发抖，大雪封山的日子，整天偎在被窝里，连狗和猫都冻得抽筋，为了取暖，它们不停地打架，不是狗咬猫，就是猫咬狗。对火的狂热儿子也在慢慢消减，终于有一天，他认出了妈了，认出了吴三桂，他笑着羞涩地说："妈。"那是一个夕阳如花的傍晚，他的妈给他摘回了一大篮子他爱吃的五味子。他的妈站在门口，背对着夕阳，散乱辛劳的头发在夕光里一丝一缕地闪亮，透明如蜜，那手上的一串五味子呢，红色的，变成了金色，在夕阳中，一颗颗像玛瑙，她说："曼军，乖乖，看这是什么呀？"他伸手就去抢。可吴三桂不干，吴三桂把五味子举到头顶，引诱他说："喊我一声妈，喊妈，妈——"他就喊了："妈。"他准备了很久，仿佛这是一个灾祸，他把安全守在嘴唇里面，十分艰难地、固执地不让它冲出来，可某一刻，在等待了许久许久之后，一不留心，让它滑落出来了，那就是"妈"。啊妈，一个巨大的字。吴三桂丢下手中的所有的五味子，跑过去抱住了自己的儿子，紧紧搂着他，泪水噗哒噗哒往下掉。

初中刚毕业的女儿决定到县城去。这是吴三桂和蒋明孝商量好了的，到一百公里外的县城，那儿人生地不熟。可是吴三桂自有她的想法。她有让女儿只身去县城的办法，她传授给女儿小枫的是：对谁你都死活不同意，不让他近身。天下的男人没一个好东西，你要对他笑，心里却在痛骂他。笑是假的，骂是真的。女儿忽然之间就长大了，来了月经，害羞的时候脸是红的，不害羞的时候脸也是红的，绯嫩，跟她年轻时一个模样，不，比她漂亮，喝了这神农架的水，脸上哪有一点杂质呀，一个痘痘也没有，一颗痣也没有，干净得像天空。这样的姑娘她是不会让她待在这峡谷里的。一个来这儿检查工作的姓关的乡党委委员，答应给这妮子去找份打工的活，说在一个单位的招待所做服务员。吴三桂看到关委员是个老实巴交的机关办事员，就把女儿交给了他，她凭着一股没有异味的直觉，认为女儿应该到县城去。她怀着希望，把目光投向了很远的山外。在那里，生活才是真实不虚的。

可爱的女儿，聪明伶俐的女儿，紧守着自己的女儿，像一朵花一样的女儿。她在给女儿的信中说：你只记着我的话，你不是乡巴佬，你的妈妈是城镇人，你不要自卑，比天下的女人和男人都强，你只有这么想，你才能混出个样子来。果然，小枫的一举一动都没掉一点份，好像她天生就是这县城的人，她哪是从八人刨那老山里长大的妮子呀，看她的衣裳，她的打扮，连头发的发卡，也是十分新鲜的。三个月后的一天，吴三桂去了县城，见到了她的女儿。呀，女儿洋气得连她都不敢认了，没有轻佻，只有青春洋溢的成熟。“妈，我买了胸罩。”她对妈说。她给妈吃一种叫话梅的东西，妈说：“妈什么都吃过。”吴三桂故意轻描淡写地说。她还说：“这里的县城抵个屁，这里的县城抵不到江汉平原的一个小镇。怎么都土气，你比他们差些！你只管扬起头来，哈哈。”吴三桂说到这里猛地示出一个大指头给女儿，说：“等你赚了钱了，把妈也打扮一下。”

小小的女儿，可她长大了，而我老了。吴三桂在招待所的镜子里打量自己。面对许多在女儿面前晃来晃去的男人，她为女儿担心。后来又释然。我是对的，她说，我的选择是对的。在那儿，一晃我不就生活了十多年吗？我不过是借八人刨的老林孵蛋，儿孵出来了，我要带他们出来，现在她出来了，我也应该出来呢。可家里有两个病人。如果不是，我会离开那死鬼和儿子，或者带上儿子，在县城的路边搭个小棚卖茶水，也比那黑暗的峡谷老林强些。

看了在县城打工的女儿，她感觉到自己也年轻了许多，或者本来就年轻，还不老，县城熙熙攘攘的生活唤醒了她蛰伏多年的渴望，那是一种曾经无数次蠢蠢欲动的叛逃心理，又小心翼翼地把它无数次压下去了。这一次，她好好在县城看了两场电影，仔细地在商场挑了一瓶雪花膏。她认为擦脸还是上海的儿童营养霜好些，儿童能擦的东西，大人更能擦，又便宜，气味又正。当她和小枫走在街上的时候，她觉得与女儿是一对姊妹，而不是母女。这种感觉非常愉悦地装饰着她，浑身上下，便给了她很鲜嫩的憧憬，就像在很深的土里翻出了一粒种子——它要开口笑啦！

女儿是一个小女子，白白的小脸，小而圆的屁股，在县城收拾后穿上牛仔裤，没有人爱她才怪呢。想到这里吴三桂也一阵阵伤心，转眼女儿就有人爱啦，人就这么快把一生混过去了？这真是一个巨大的悲剧。女儿在她的来信中并没有说谁爱上她。回家来休息，也没有说诸如此类的事。可是事情会来得很突然，那一年春天吴三桂在自家的一亩多茶园抢摘雨前茶，还寻思着女儿小枫能回来帮帮她就好了，果然有乡政府的人给她搭信，让她速去县城。吴三桂一听就要晕倒了，她想到女儿，莫非女儿……这是唯一一个好女儿了，女儿有个三长两短那可怎么好啊！好在搭信来的说你女儿没有事的，关党委交代了没事的，生了病，让你去看看就是了。吴三桂被她的男人蒋明孝扶着一直走到了乡政府的镇上，她都走不动了，好歹拦上了一辆个体户的车，深更半夜地才到了县城，到了医院。

这一辈子，她吴三桂离医院太近啦，她为何与可恶的医院结缘？她进了死气沉沉如火葬场一样的医院，问有灯光的住院部。问像幻影一样在值班室打盹的护士，才看见了她的女儿蒋小枫。

“你怎么啦我的妮子？你出了什么事呀？菩萨保佑我的妮子。”那个白白净净可可爱爱的妮子从睡梦中惊坐起来，揉着因陷入枕头而通红肉亮的小团脸，然后“呃——”的一声，母女两个抱头大哭起来。“我的乖呀我的乖。”吴三桂左翻右看女儿没有少什么，一切都好好的，为何住进了医院呢？她的女儿还真是少了一点什么，她的女儿遇见了一位游手好闲又是离了婚的三十岁男人。这个男人引诱女孩的技巧是拿着一本时下流行的琼瑶书给小枫看，如果小枫还想看下一本的话他就说你跟我到我家里去拿书。第一次的拿书和第二次的拿书之后就变成了送一张电影票给她，在那个嗑瓜子、啃甘蔗和抽烟的电影院里，那个男人紧拽着小枫的手并侵犯她的胸脯和下身。那是手的侵犯，有一阵子她就不理他了，而他就道歉，又慢慢让她放松了警惕。然后他说，他要做木地板生意了，他给她买来一些零食，话梅和农民提篮卖的炒熟了的松子，有时是一毛钱一个的大柿子。有一天她跟他吃着柿子走到了县城咆哮的河边，他不知怎么就迅速出击抱着她一阵一阵把她吻得摸得惶乱。但是她的妈吴三桂说过或暗示过她你不让脱裤子就什么事都没有了。然而事情哪有这么冷静和简单。她在感冒时吃着那个男人端来的石鱼汤和香菇汤时，她怎么来处理这一场“友谊”呢？她说你做我的叔叔，我做你的侄女好了。好呀好呀！那个男人说是这么说，一倾诉起来那可怜巴巴的样子恨不得把小枫当娘了。女孩子拿什么来怜悯一个男人，一个头发乱糟糟的胡子拉碴的男人，一个有工作有工资在县城生活的男人？孤独呀孤独呀，可怜呀可怜呀，不要脸的老婆跟人跑了呀，他一个善良的男人戴了绿帽子呀，儿子也不认他了呀。而小枫听到的是说这个男人打起女人来那可是下得蛮的，满嘴的尖牙齿把过去老婆的身上咬遍了，鼻子都咬掉了一截。她是哪一天成了俘虏，被他脱掉了衣服？日后她是坚决不同意跟他再好下去并结婚的，她说她还小，而他这么老，又是二婚。这个男人由可怜的单身汉变成一条凶狠的癞皮狗。想想一个离婚了的进入三十岁门槛的男人在得到了一个十六岁少女的肉体后他会轻易放弃？特别在得到后又被拒绝了，这不是刚挑起他的毒瘾又把它扼杀了么？丧失了理智的那个男人在一个星期天的深夜，招待所既没有客人也没有其他人的时候，硬是撞开了小枫的门，并强行脱下她裤子但在依然遭到反抗厮打时，他终于张开了锋利的牙齿，把小枫的阴部咬掉了一块。

“那你就回去吧。”她的母亲吴三桂一次悄悄地对女儿说。

“我不要回去！我不回去！”

然而这是不可以的，她的父亲蒋明孝隐隐地知道了女儿干了伤风败俗的事，他不允许一个女孩儿无依无靠地在这个危险遍地的县城待下去。他要找个人把女儿嫁出去算了，至少早一点定亲。可是吴三桂绝不同意他的主张，她质问道：“你把她嫁给乡下？嫁给一个跟你一样没出息的扒土吃的男人？我受够了，我这辈子被你给害惨啦！我要把她带回娘家去，就是在这里嫁给一个乡长，还不如在江汉平原嫁给一个捡破烂的枯老百姓！”

吴三桂做出了这个决定，她硬着头皮第一次把自己漂亮但遭到伤害的女儿带回小镇去，她要向娘家人求情，把小枫放在那儿。她原想不向爹妈低头的，并发誓永不再回到娘家。两个孩子因娘家人的不努力，使得成了农村户口，她跟那边谈不上感情了。可是，她现在只有放下她的硬气来，自己的一切算得了什么呢，孩子的事才是天大的事。为了孩子，她愿意改变自己一千次。变成一条狗也可以。

漂亮的外孙女回来，让吴三桂的爹吴忠由冷漠渐渐转暖了，那时候，吴三桂的妈已经死去，爹因为肺气肿和高血压，已经老态龙钟。可他有丰厚的退休金，吴三桂的妹妹早已出嫁了，这样蒋小枫找到了待在小镇的理由，这便是照顾外公的饮食起居，给他做饭，洗衣，给他捶背，倒大小便，还给他唱歌，唱山歌。尖锐的如山溪一样的嗓子唱着：“郎在园中薅蒜苗，姐在屋里烙火烧，冷水和，热水调，擀杖擀，油渣包，锅里烙，灶里烧，火钳夹，棒棒敲，手袱子打，汗巾儿包，隔墙抛，郎接到，吃了火烧攒劲薅。”这个神农架大山里来的外孙女，就像仙女一样令人不可捉摸，她灵灵醒醒，她毫不懒惰，她能烧饭，能洗菜，洗出的衣裳干干净净，没留一点污迹，她还能做出一两样酱菜、泡菜来。有一阵子，吴三桂的妹妹也就是蒋小枫小姨妈的孩子无人带，交到了小枫手里，有带过弟弟经验的小枫，把这孩子，老的小的伺候得眉开眼笑，服服帖帖。哪来这么能干的丫头呀。我要给她买好衣裳穿，她小姨妈给她许多自己不穿的衣服，还买了一些羊毛衫、旅游鞋之类。她外公给她买全套的新牛仔，给钱她自己去买的。她的外公老吴忠喜欢上了这个孩子，拖着自己肺气肿的老朽身子，跑到当地的政府找过去的领导，非要把这外孙女搞来顶职。他早退休了，又不是自己的下一代，隔了一代，如何顶职？顶职不成，却答应干上了临时工，在林业站拉皮尺，填单，还帮着烧开水。年轻的站长说，先搞一段再说，有指标再转正。这丫头片子在站里也得人缘，在家里也什么事都做，依然早晨给外公端豆浆油条或自己熬稀饭，晚上给外公做红烧肉，老外公吃得油津津的，情不自禁地夸奖道："小枫，你比你妈年轻时能干。"后来老外公对外孙女说："万一不能转正，就让你妈把她的户口给你，反正她的户口还搁在这里。一个换一个，你妈无所谓了，户口成了你的，以后就好办了。"

户口不户口的，也不算什么大的问题，吴三桂看到有许多山民搬到了乡政府所在的那条街上，县里的油渣路已经修到了镇里，来来往往的车和人也多了，她想也在镇上做一间或者租一间门面，到沙市去进服装在这儿卖，她相信自己的眼光比当地人都强，她进的服装一定好卖，因为她从来就不是乡下人。这么想时，她听到了一个消息，说乡政府的两层楼招待所想找人承包，因为过去经营不善，亏得一塌糊涂，房间里老鼠成队，床铺脏得没人敢睡，上头来了客人，还得找个体餐馆去开席。"我能做这个事！"她对自己说。过去她在镇供销社干过，她端过盘子，也炒过菜，当时的饮食店与旅社是在一起的。她知道如何收拾房间让客人住得舒服。她对舒服的理解与山里人迥异。她睡过平原上用棉花塞的松软的大枕头，盖过每年一弹的絮。她爱整洁，喜欢叠床，打扫卫生，消灭蟑螂。

为一千块钱的保证金，吴三桂再一次走到兴山那个姓吕的木材商那里。吴三桂又能怎么办呢。她的男人已经被那个骨病折磨了多年，时好时坏，随着年龄增大，很可能会完全丧失劳动能力，又要经常吃药，而她的儿子曼军也得经常吃药，远在老家做临时工的女儿的那点钱如何能用得？女儿总要找个男人出嫁的，她自己用钱的日子在后头。而吴三桂呢，她自己呢？越来越感觉到她要赶快走出去了。有时候，为那个男人清洗创口，为那个发痴的、下雪天也站在屋外面的儿子擦鼻涕和洗内裤，她都快支撑不住了，她有时候真想一脚一迈就跑了，不管他们了。当她说要出外借钱，她的男人蒋明孝一听就火冒三丈。女人去经常找自己丈夫之外的男人，在村里会受到指责。何况，没有不透风的墙，过去的事已有风言冷语传到了蒋明孝的耳朵里。还有一次，小枫明明说在她那儿妈只玩了两天，可吴三桂回来却说玩了三天，那另外的一天她去了哪儿呢？她在神农架这方圆八百里之地无亲无戚。另外，关于上次借钱看病的三百块钱，姓吕的说不还了，其理由很让蒋明孝怀疑。那一天晚上为钱争论得四目泼血；吴三桂本来不想明说是去吕老板那儿借钱的，后来她想说出来还强些，只管理直气壮，不藏藏掖掖，哪知蒋明孝并不相信这些。他说："穷就穷，穷总比卖×强！"

"你说什么，那你是强奸犯！"吴三桂没什么怕他了，她把自己的生命给了他。这些年，他除了没有打她以外，什么也没给她。而她并没有在这种恶劣的环境中沉沦下去，让自己的生命黯淡下去，混同于一个八人刨的乡下的家庭妇女，不让自己邋遢，不让自己麻木，不让自己成为一个可怜之人，虽然她时常都可能成为一个让人怜悯的人，但是她不能够，不允许自己这么。她面带富庶的平原人的微笑，抹雪花膏，勤洗勤换，不像别人把鸡笼放在堂屋里，不让苞谷虫往床上飞，墙上贴有年历画像，用大号的电筒，穿套鞋，用T恤配牛仔裤，等等。我可怜吗？比我更可怜的大有人在，所以我不可怜，我要快乐，总有一天……这一天不是有希望在招手吗？

"我不是为了我，为了我自己我早跑了，管你们这些残兵败将！"

当蒋明孝在劝阻无效，自尊心受到损害时，摔碎了一个很漂亮的青花汤碗，含着泪收拾碎片的吴三桂这么说。她相信她是对的，不跟他计较。

"离婚都可以，我不怕，何况我们根本没扯结婚证，十几年，不过非法同居了一场，我还有在老家的城镇户口，你甭想吓我。我不为自己，我这辈子该受的罪，也不怪别个。"

吴三桂在鸡叫三遍的时候，点灯炒了一碗枯现饭吃了，小声地做着，然后给猪把食，给牛喂水，趁天没亮，打着电筒，踏上了去兴山的路。蒋明孝并没有赶来阻拦闹事。那个早上她是下了巨大的决心的，心中充盈着一种激励和力量。早晨的浓雾尤其寒寂，人像走入一个四面失火的环境中，似乎你永远也走不出去了似的。头上的树丛滴落着露水，有野猪或者别的野兽在两边林子里走动。村庄就那么在后头了，往外的路总是有一种永不熄灭的诱惑，不管千难万险。她那时候忽然想，人在这儿就等于是一个鸟窝，天一亮，人应该飞出鸟窝去觅食，愈远愈好。可是，这儿的人觅食为什么总是要在这周围转悠呢？他们为什么要圈囿自己，他们内心里为何有一种与生俱来的外出的恐惧？莫非他们都是树托生，不肯挪动半步？

一千块钱，她想着的是让吕老板算一股，作为投资，反正那招待所是跑不掉的，赚钱没赚钱，找这儿的镇政府一问便知。如果他现在不在乎千把块钱，只答应还钱便也行了。到时候，她要当着男人的面，还下这笔钱。再呢，她害怕他不再借钱给她，他也许找到了另外年轻的女人，嫌她老了……

一切都证明在漫长山路上的胡思乱想是多余的，她，吴三桂——这个女人是有魅力的，这是一个与众不同的女人。她坚持让他作为入股。她给他讲着那美好的生意前景。镇上不光有公路通过。镇旁边还发现了一个大溶洞，报纸上都登了，是一个巨大的、从没有人走穿的溶洞，估计二三十里路，这儿要开发成旅游区啦，将是神农架新的景点，来来往往的各级领导都招待不赢。姓吕的并不关心这个。他听着她谈着，一种不怀好意的淫荡的目光里突然闪现出一丝儿理解、贴近和怜爱。这个一身铜臭味的人在审视什么，又在打什么鬼主意呢？她听见那个姓吕的这么说："算了吧，三桂，我知道你也可怜，你这辈子害在了蒋明孝手里，"他说，"你说这多有什么用呀，快拿了钱去买一双鞋吧，看你的鞋上的泥巴！"吴三桂拿着钱出来的时候，还是坚持说："你也算一股的。"姓吕的挥手让她走了，让她去买了鞋再说。吴三桂在商场买了一双二十块钱的便宜的胶鞋。她在商场外的台阶上换下她那一双爬山的泥糊满面的旧胶鞋时，心想我咋没有觉得我是穿的一双见不得人的破鞋呢？我是不是不自觉地开始过山里人的生活了？虽然我一再警醒自己，可是，在那些有钱人的眼里，我是不是又老又旧，成为山里的婆娘了？吴三桂一边抹着泪一边换鞋。好半天，她系着鞋带子，趸趸脚，穿上新鞋，心里轻松了，流了泪，心里也清爽了，望着街上热闹的人与车，穿着漂亮新潮的人们，年轻人，中年人，她没有太多的悲观，就是有，伤心，也是一过性的。“走着瞧吧。”她说。她又说：“算了吧老吕，我断送在谁手里？我哪个也没有断送在哪个手里，我还是我，活到现在我知道我怎么活下去了。”一路上她对自己说。

大概到了第四个礼拜吴三桂就把蒋明孝和儿子曼军接到镇上去了。她做事真是风风火火，不到一个月，就把个招待所搞顺了。她请了两个非常能干的人，一个厨房的大师傅，善做火锅，而她自己则善做一些酱菜；另一个是个妮子，很能干，有住宿的招待住宿的，还在餐厅负责上菜、摆碗筷，手脚勤快，人也灵醒。然后呢，将所有窗户的玻璃都换好了，所有水龙头开关修好了，所有的抽水马桶也正常了，所有的被子、垫絮，请了一个弹匠，全部弹过一遍，杯子洗得不留一点茶垢，房间没有一点蛛网。再然后呢，从并没有禁山禁猎的周边县里弄来了一批野猪肉、麂子肉。放了大把从八人刨搞来的野山椒，自制的豆瓣酱和大把野葱的野味火锅，不仅让住宿的客人吃得满意，上头来镇里的人，镇里的头头脑脑，谁吃了都会不由自主地再一次请客时往这里走。蒋明孝来之后可以帮忙择菜，劈柴火，收收拣拣，也可以把儿子照看照看，免得他到处乱跑。儿子曼军现在是很安静了，在招待所看那台唯一的黑白电视机。对电视的好奇使他坐在那儿像一个听话的学生。他能认识自己的父母了，能吃，能讲卫生。晚上的时候，偶尔还是要抓住母亲吴三桂的耳朵才能睡着。

试营业的三个月已经摆脱了亏损，然后，就是完完全全的承包了，订了合同，一订五年，合同上写明五年后吴三桂继续承包有优先权，除非本人放弃续包。招待所的招牌已经改过来了，改成了由县城专门制作的烫金招牌：大溶洞饭店。吴三桂还把后院开放，成了镇里通往县城的汽车停靠点。这样，她的饭店俨然成了镇的中心。她还在合同上承担了五六个镇委机关的单身汉们的生活——饭店成了他们的食堂。这些远离家庭的小伙子们，十分高兴与这个“吴大姐”或者“吴老板”同吃一个火锅。她给予他们诸多的照顾，免费为他们供应苞谷酒，以最便宜的价钱让他们与她像一家子那样，往一个大杂烩火锅里撮筷子，然后大家吃得汗冒额头，饭后以烟相赠。至于洗衣服呀，钉扣子呀，更不在话下。休息时，打来了一些石鱼，也拿来一起煮了下酒。

噢，可真是累人，什么时候，她成了一个忙得团团转并且很有本事的女能人啦？什么时候，从哪儿走出来的？一个在八人刨村里守着日落月沉过日子的外乡人，一个没有户口的，被人胁迫来的女人，一个命运不济，穷得发抖的女人。她很高兴每天看到镇上各个单位的头头脑脑们，有钱的个体户们。看到他们在这儿啃野猪喝苞谷酒然后签个单了就走。看到他们没一点架子给自己的那个坏了腿的男人敬烟，说：“老蒋，来——”然后大家都互相把烟点燃。在点烟的时候，那种像水一样流动的友情无孔不入地萦绕在大溶洞饭店的客厅里和台阶上。司机也来这儿吃饭，也喝一瓶啤酒，吴三桂说：“师傅，给我带十斤牛肉，三斤鱿鱼回来。”去县上的班车师傅“嗯”了一声，也不需先给钱，东西回来了，再给算账。或者不算账，反正师傅售票员是常吃并住这儿的；县里来的班车，总是晚上得歇一宿，然后再早晨装人了开车回去的。她确实很累，可是，当来了一个陌生的人说住宿，那人同她微笑的时候，给她说后山的山好高，有没有野人与野兽的时候，她就很高兴；厨房的砧板响，锅铲响，火锅满满地冒着热气端上那些互相礼让、客客气气、谈笑风生的大圆餐桌时，她就很高兴。她高兴起来了还会跟他们喝一杯。那些人——还包括镇长说：来，吴老板，我敬你一个（杯），吴三桂就会大大方方地过去，还带点成年妇女的撒娇与放荡与爽朗与主人姿态的复杂表情，说：要喝就喝个鸳鸯杯。勾了手，一饮而尽。“你跟多少人配了鸳鸯？”他们笑着抹了髭上的酒水说。“我只跟我们家蒋明孝配了鸳鸯。”“原来咱们都是假的？哈哈！”“来真的你也不敢。你家里有老婆管你。好好，你们慢用，你们慢用，我去忙去了。”她说着就走了。恰到好处的时间走了。留下那些继续喝酒的人对她的背影议论说：“一个能干的女人。”并且对初来的外地客人小声介绍说：“这是被咱们这儿一个农民强迫带过来的，人家是有城镇户口的。十几岁就跟了他，一辈子竟没有跑掉，就在这里了。”然后指着那个腿有点瘸的汉子说：“喏，就是那个。”外地客人看了，大家都不住地叹息，说：“这世上的事就是怪，能做她爹么。”

吴三桂当然不知道别人在怎么议论她，她没有闲空想这些了。又过了半年，一切都顺畅之后，还掉了姓吕的一千元钱之后，她决定把女儿小枫接回来，帮她打理饭店的里外事情。过去的事已经过去很久了，这个世界就是这样，风头一过，一切平静。她相信人们的遗忘，还有原谅的心。一个好人总会这样的，你并没有侵犯他们，仅仅是一件别人的事情。而且，女儿灿烂的微笑，姣好的面容，小眉小眼的稚童般的举止，一定会让人喜爱多于议论。我的小姣姣，我喜欢她，那些事又怎么样，有钱加能干才是让人佩服的根本，一切我都不在乎了。

这一次，轮到她的老父亲吴忠反对了，他极力反对女儿将外孙女弄回神农架去，他有几分把握可以将外孙女的关系转正，但是吴三桂执意要让女儿回来。旅游开发的热潮正在这因过度砍伐而一度沉寂的神农架掀起来，有许多背着包的山南海北的人莫名其妙地走到这里，走到大溶洞，在吴三桂的饭店里歇脚，有时半夜时分还有人拍门，不知他们是如何在山里窜的，就跟很多年以前这山里的野兽一样——现在这野兽们没了，瞎窜瞎跑的游客却多了，真是世事难料哪！

女儿回来，给大溶洞饭店增添了一道闪亮的风景。这不是吹的，女儿像一朵永远开放的鲜花，像一朵行走的花朵。女儿在冬天因为指挥人卸菜卸炭时擤鼻涕的姿势都是优美的，因天寒脚冷跺脚的姿势都令人看了想入非非。这个妮子呀。她回来之后，整个小镇一条街的女娃子们的服装都要变了。她们不认识这个小娘们，哪儿来的小妖精呀，八人刨的，可她有多洋气，她是从平原回来的，人家在城里（！）干过，人家的外公是城里人。哈哈，小枫，就是这么成了她妈的最好的帮手，心灵手巧，会做生意，会待人，不会吃亏，又不张扬，安安静静，甜甜蜜蜜。现在肯定是这样的，谁也不会骗到她了，她经过了，她有身边父母的靠山，很近很近。在镇上，吴三桂成了纳税的先进个人，成了全县的优秀个体户。事情的结局就是这样的。她准备将这个饭店贷款了买下来，已经有了意向，这个新兴的小镇，人也越来越多，门面也越来越多，饭店也越来越多，虽然比不上她的规模。至于户口，镇上的百分之九十九的人是周边乡下的户口，还有一些从外地来的生意人，卖衣的，卖药的，开餐馆的。她已不在意户口不户口的了，户口对她已经没有了实际意义。她把家从八人刨全搬来了，几亩责任地和一块山林交给了蒋明孝的弟弟代管。房子呢？八人刨的房子锁住了。两年以后，她回去过一次，那是蒋明孝的叔叔过世。她一定要去，蒋明孝要她别去，可她坚持要去送送这位叔叔。她不会忘记在她第一次被强行带到八人刨那个老山坳里时，那一双善良的眼睛和一碗热气腾腾的野猪肉。叔叔那儿透给她的一点人心善良的光，才是她没有绝望的根由。她让人背去了二十盘万字响的鞭，一套西服加皮鞋作为寿衣寿鞋，并在镇上请了最好的丧鼓歌师。还挑去了一大担猪肉，海带和海味。这是一个寒冬的季节，神农架的游人也少了，上面来的领导也少了，饭店的生意也少了，吴三桂才得以抽身。雪下有三尺厚，道路不清，山皆覆白，落叶乔木全落尽了叶子，一副灰不溜秋的秃子景象，只有红桦树露出它们的红通通的皮骨，显得有点生气。死寂沉沉的八人刨因死了一个老人更加苍茫无声。可是吴三桂的到来和操办使这里的人知道了什么叫排场。一个孤老头子，他的侄媳妇为什么这么好待他？生前就待他不错，好烟好酒都是从镇上搭回来的。这是为什么啊？那些人不知道，吴三桂却要这么做。鞭炮声把四周山上的野兽都炸跑了，把所有的鸟都炸惊飞了。千百年的鬼魂都炸得没影了，人们的胆大了，兴奋了，都跑过来看热闹，闹丧，吃喝，八人刨成了狂欢的场所，一个老人的死亡成了前所未有的狂欢节日。这个死人哪有这么好的福气呀。吴三桂没有说什么，她什么也没有说。蜡烛、纸，不停地烧，鞭不停地炸，把叔叔热火朝天地送上了山。

那个寒冷的夜晚，吴三桂比蒋明孝多在自己的空屋里住了一夜。她没要火，她偎在被子里，两间房子里就她一个人，空空落落的到处游荡着山精木魅的鬼影。山里的夜晚安静得像地狱，寒鸦从冻僵的梦中醒过来，时常“哇”一声两声，接着是风，风吹打着结冰的竹园和树枝，又吹打着薄膜幔着的窗户，月亮倒是格外地亮，照得窗外一片银白。她先想到的是，在镇上买一个地基，做一个楼房，或者买一栋旧房也可以。房子是非常重要的，有了房子，就有了家，家就可以说完全安在镇上了。她的心情如此平静了吗？一晃，老人们都死去了，而她将成为又一代老人？不不，时光是非常缓慢的，她想拉住时光，她感到她现在有一股劲，用一点儿力量就把时光的尾巴拽住了。这是她很释然的一点。现在，时光开始越来越慢了，她可以从从容容地过她的生活，谁都不求，谁都不靠。靠的是自己的双手和头脑。

早晨起来，她用冷水洗脸，锁好了房子，把钥匙放在了蒋明孝的母亲手里，像往常的任何一次出门一样，甩着手，往半山腰的通往峡谷外的路走去。一切都是那么亲切，没有了初来时的恐怖和以后漫长难熬的焦躁。嗬，这里是她的家，她的另一个家，这一辈子最真实的感觉。而十七岁之前的所有感觉都不真实了，像一场梦。你看到树、墙、石潭、哪家的狗、篱园、坟山以及荒草，那都是与你的家紧密相连的。她感觉到她还会一次一次地回来，并且深深地喜欢上了这里。因为，周围的空气里有一种叫着“亲切”的东西。她很想奔跑起来，脚下很有劲，石头、峡谷的深旷以及一些未凋的乔木都在往她的脚板下注入力量。她穿着长筒牛皮靴，围着长长的、厚厚的羊毛围巾。她背着一个非常小巧的花背篓——这是山里人的标志。她就是山里人了，她感觉到那个背篓贴在背上，背绳箍在肩上，就像一个可爱的孩子攀趴在她的肩头。就是这么，这个人在山路上独自高兴地走着，像一个极不起眼的行路人，从她嘴里吐出的大团大团的热气在她面前马上就消散了。她下到谷底，再翻过一大块有人烟的田畴，你完全不知道，她在笑着向哪个熟人招手哩。

松鸦为什么鸣叫

忽然下起了大雪。伯纬已经踏上了雪线之上的公路。传说过去翻过皇天垭，再翻过韭菜垭，便有一条通往房县的古盐道，伯纬没有走过。那得走上几天，要经过杀人冈、打劫岭、百步梯、九条命——这是实实在在的地名；九条命是九个背盐工的命，而韭菜垭六十年代发生的杀死七个人事件却是并不遥远；两个房县挑夫杀了来神农架踏勘的林业部和省林业厅的技术员们（有的才大学毕业，刚刚结婚），那两个挑夫就是沿着那条藏在原始森林的路，挑着抢劫来的钱财往房县逃窜的。现在，那条路已经湮埋在荒无人迹的深山老林中，眼前的这条大道取代了它。深厚的冰，还有路边石崖上的冰瀑，这一线，那一堆。雪花大且夹杂着生硬的雪霰。从这里四下望去，整个皇天垭露出森严的气象，遥不可及的山头和山坳间蒸腾着深蓝色的雾气，连枫杨树也因恐怖而竖起了干瘦的枝条。只有落叶松在舞蹈着，展开玉色的裙子。看久了，它们会成为一群树精。伯纬发现，公路上有影影绰绰的人正在冒雪砌护路的水泥墩子。

这是好事情。伯纬甩了一记羊鞭，怕羊群在人群和沙石堆里走散了。还有一些临时工棚。他很高兴。他看了看那些已经砌好的护墩，先用石头，再周边用一个框子灌水泥砂浆。因为那些木框子就摆在路边，很大很大的一个，简直像些棺材。不过伯纬掂量这样的墩子是否能阻挡得了出事的汽车。小车马马虎虎，大车一样会把它们撞飞了坠下山谷。

山上没有草，雪线之上的山头，雪把草都覆盖了，羊没啥可吃的。他赶着羊下了山，他要把这儿的情况告诉家人。

“山上全在砌护路的水泥墩子。”他对他的老婆三妹说，对女儿、女婿和孙子说。

“羊还在叫嘛。”他的老婆三妹从厨房里出来，吃力地睁着被冬天的火塘熏得红肿糜烂的眼睛。

没有谁理他，没有谁在乎他说的这件事：砌护路墩。

他坐在火塘边，开始抽烟。从野外拉屎回来的狗顶开门进来了，伯纬还以为是一只因为饥饿窜进来的羊呢。狗的身上沾满了浮雪，爪子是湿的。伯纬呆呆地吃了几口烟，闻到一股焦煳味。是狗，把自己的毛给烫了。

“如果护路墩这么修下去……”可是他的心情并不那么美观，尽管那些影影绰绰的人和零乱的工地给了他整个冬天的惊喜。雪会越壅越厚，羊的叫声会更难听。砌墩子的工人们会龟缩在工棚里然后将那些石头和砂料遗留给翻浆的春天，成为一桩有头无尾的工程……然而事情总在变化。但他已经老了。他吧嗒着烟，吧着吧着，一颗牙齿吐了出来。

早先的伯纬还是十分完好的，光溜的面孔像刚刚换了皮的红桦，两只手十个指头一个也不少，牙齿整齐、耐看，单眼皮，没有多少心思，劲很大。这大概是二三十年前的概况了；有一天，他研究着皇天垭通往村里的那个挂榜岩。油光泛亮的挂榜岩上面传说是一部天书，说谁研究出来了谁就可能招为皇帝的驸马。这儿的人总爱谈论皇帝，但是他们不知道离皇帝有多远。千百年来，这个傻笑话还真让一些人上当。清朝同治年间，举人坪的红、白、黑三个举人，硬是在这里坐死了。伯纬这天终于看出了点门道。他看清楚了至少有两个字，一个是草写的“路”字，一个是草写的“缘”字。于是，伯纬跑回村里对人说：

“那上面我认出了两个字！”

村头的皇榜庙已经改成队部了，上头有许多毛主席语录和“大办民兵师”之类的标语。门口总是坐着一些老人和面相疲软而实质凶恶的狗，还摊晒着一些腌制的猪头皮，一些药材如升麻、扣子七、淫羊藿、头顶一颗珠等。狗和大胆的山猫、松鼠在那个小石潭边饮水。这时候，几个老人就笑他，并唆使狗朝他狂吠，他们看不顺眼他，以及他身上不知从哪儿弄来的绿军装。他们说：“伯纬，你认得几个字？”他们手头拿着手抄的歌本如《七姐思凡》《黑暗传》，嗤笑这么一个敢胡说的不知天高地厚的年轻人。“草写的？草字不合格，神仙不认得。是怀素的草书呢还是张旭的草书？嗬嗬，哈哈……”“如果你也把字都认出来了，皇天垭不知要出多少状元。”

第二天出坡之前，背着大挖锄的伯纬又偷偷地去了挂榜岩，那两个字——“路”“缘”清晰地向他迎来。的确是这两个字。满壁都飞动着这两个字：路路路路……缘缘缘缘……

二十多岁的后生娃子伯纬背着挖锄并不在乎村里那些人的嘲讪，这没有什么。他若是没认出来，他也不会相信这种鬼话。

皇天垭村从山下牵来的路像一条汪亮的绳子，看着那条小心翼翼、大弯大拐的路，人们的眼睛有时会无缘无故地湿润起来。小路爬上了坡上的人家，可它不声不响。溪水跌跌撞撞地把路冲断了，而溪水却依然发出那种不卑不亢的、干干净净的声音。紧接着，路又蹿上了悬崖。一个在路边耕地的农民和他的牛一起摔下了悬崖。那一天晚上，伯纬哭了一整夜。他问自己：“莫非我失恋了？”其实伯纬没有女人，没有接触过。

过几天，伯纬就要到红旗岩修路了。

这完全是一种巧合。

公社要人去房（县）兴（山）公路建设指挥部修路，每村至少要出两个壮劳力。队部的庙台上，正在议论伯纬和另一个地主子弟王皋去修路放炮炸石头的事，几个老先生恶狠狠地说，让伯纬去修路，让石头砸死他。

早先，神农架可没有这样恶毒的人，现在这种人出现了，他们就像伐木队的恶狠狠的斧头，见什么都想砍一刀，其实他们并无什么恶意。他们看见伯纬和王皋背着行李卷儿离开村子时，打着招呼说：“去京城啦？你娃子真有福气，果然要当驸马了。”

伯纬和王皋懒懒地沿着山脊的小路走，这是一次寂寞的旅程。要过很多山，要过很多河。要不停地脱鞋，卷裤腿。要认方向，还要砍树砍藤子才能找到路。

天黑的时候他们只找到了一个岩屋（就是浅岩洞），只好在岩屋里铺了被子过夜。中午的糁子已经吃完了，再没有吃的，汗在身上作祟，山里全是野兽的嗥叫。伯纬燃起了火，王皋掏出一瓶辣酱来拧开盖子，递到伯纬面前，对他说：“你吃这个吗？”伯纬知道王皋一天都没有拿出来肯定是珍贵的，他就在黑暗中把辣酱倒了一点在口里，真香，辣，辣得香。又趁黑暗往口里倒了一些，呱叽呱叽地嚼着。伯纬说你妈做的？王皋说三妹做的。三妹是他新婚的妻子，田三妹。伯纬说嫂子的辣酱做得这么好！看着看着就要辣出汗了，就要浑身通泰了，王皋却突然哭起来：

“咳咳，这回我死定了。”

“你如何能说这种话，怎么死定了？”

“他们不是说要砸死伯纬吗？”

“砸死伯纬又不是砸死你。”

“反正我死定了……”

山里的风像一把雕骨的刀子，卡在石头缝里的松树和冷杉，发出了野狼般的荒吼。伯纬发脾气了，他记得他那一天怒火中烧，狠狠臭骂了一通王皋，击退了鬼怪，以后才捡了条命。而鬼怪附了王皋的身。

“……你是在说屁话伙计！你饿昏了头么？你趁早闭住你的臭嘴，好好睡觉！”

王皋说：“我总觉得我这次是去死的，我真的有这种感觉。可我不能反对，谁叫我是子弟呢。”又说：“兄弟，如果我死了，就剩下一把骨头，你能够用双手把我捧回去吗？”

“好，好。这行，这没有问题。”

“如果你跌了一跤，把我的骨头弄散了呢？”

“够了！散了我捡起来不就得啦！”伯纬冷汗直冒。

“假如都掉下了悬崖呢？”

“我实在忍无可忍了，伙计！”伯纬说，“我把你背回去不就完啦，我死了卵朝天，我不找你。睡一会儿不行吗？你看月亮到哪儿了！”

“那我们起个誓吧。”

“睡一会儿不行吗?!”

第二天继续赶路。走到第三天，到了工地。

报到后，两人就分到工程四队去炸岩了。

炸岩就是炸岩。男人炸岩，女人刷边坡、挖水沟、铺路面。炸岩早晨背了炸药、雷管、钢钎、八磅锤出去，晚上带一身硝烟味回来。全在悬崖上吊着过日子。

王皋怕，他是个胆小鬼，怕炸药又怕悬崖，他曾经说过，我吓也要吓死。上了工地，系安全带、领雷管的时候，先是两个腿发颤，然后全身哆嗦。“我能不能唱一个歌呢？”他唱了许多的歌。王皋有一副好嗓子，可他唱歌就像打摆子。王皋本来想凭他的嗓子去宣传队的，但因为他是子弟，去不了，没人要。刚开始的几天王皋连唱都不敢唱，后来，他的胆子大了，开始唱歌了，先唱《好不过毛泽东时代》，又唱《做人要做这样的人》，再唱："妹妹住在对河坡，喂条黄狗恶不过，别人来了动口咬，哥哥来了顺毛摸，狗儿也爱有情哥……"这是偷偷地唱的，只与伯纬在一起时；神农架的情歌也像丧歌，是如此的哀伤悲切，味儿深厚，但不悠长，好像随唱随忘那歌中情感似的，好像不让人知晓，一个人偷偷唱给自己听似的。

伯纬找后勤组弄了个炸药箱装东西，上把锁就是很好的衣物箱了。王皋不要，王皋宁愿趁休息时去山上砍树，找木工组做了个箱子。他的那一瓶酱，自上工地就不给伯纬吃了，放在自己的木箱里，躲着伯纬偷偷地戳几筷子。

四队是专在崖上打点炮的，就是在崖上打了落脚点，炸宽了，让二队来放坑炮，也就是打竖井。四队干的是下地狱的活。四队差不多全是子弟，还有不少从宜昌来的劳改犯。因此工地上就流行一个歌子："洋二队，土四队，不土不洋是三队，久经沙场数一队。"

王皋学会了这首歌，就天天拉长喉咙唱这首歌。他一定是在感叹自己的命运。有一天晚上，睡在另一头的王皋蹬醒伯纬说："我梦见了死人，全是死人。"

伯纬说："你是醒着的呐。"

"我梦见河里伸出好多手来，拉我们崖上放炮的人。要死人了。"

"你分明睁着眼睛说梦话。"

"我一眯着就全是那些手，肯定要死人了。"

"我看你要发疯了。"

"我估计也差不离……"

第二天，在竖井里放炮的二队，炸飞了六个人。对面的崖壁上到处贴着炸飞的肉，树上挂着炸飞的膀子和腿。

四队跟二队隔着一点距离，听到地动山摇的爆炸声王皋就吓软了。两人在悬崖上一个掌钎，一个甩锤。掌钎的王皋把钎就吓掉了，掉进了万丈深渊。那些炸飞的人伯纬他们都见了，看见一些人的肢体飞到对面崖上去，有一个脑袋——就一个光秃秃的脑袋，往崖上飞去，好像要啃那儿的一棵倒挂香柏。伯纬定眼看，那脑袋果真啃住了香柏，没有身子，切切实实的一个脑袋。接着，松鸦就铺天盖地来了。这些松鸦，它们先前藏在哪儿呢？说来就来了。

松鸦的叫声又嘈又乱，还有那些嗡嗡作响的爆炸回声。王皋的钢钎又掉下了崖，两人只好荡绳回到半山的一个凹处。

“伯纬我们还活着吗?”伯纬就听见王皋用几乎是被石头埋齐脖子的声音沙哑低细地说。王皋的手抠在一个石缝里，另一只手抓着伯纬背上的绳子。

“你唱，你现在正是号丧的好时候。”

“我不想唱了，活着比死了还可怜。”

峡谷里黄烟不散，一股股浓郁呛人的火药味让人忍不住咳嗽，风好像也突然没有了，风也炸蒙了，松鸦们的翅膀在烟雾中扑腾，看得到它们灵巧的头，黑色的羽。渐渐地，硝烟散去，更多的松鸦正在石壁上寻找那些血腥和碎肉，它们四处乱撞，哇哇哇哇，你可以听出是一种慌慌张张的狞笑，一种不能自持的幸灾乐祸，哇——，哇——

他们静静地、无望地听着。看着那棵香柏上的头掉下去了，一群松鸦利箭一样地跟着，笔直地插入峡谷深处。

伯纬那天听见王皋自编了一首用“哭嫁歌”唱出的歌子：

神农架山高坡又陡，
羊肠小道难行走，
一年到头修公路，
修到何时才出头……

伯纬说：“你还不如唱‘狗子也爱有情哥’。”这时候，伯纬看见王皋的腿不颤了，正拼命地伸出一只手往悬崖边挤!

王皋想干什么?王皋前面有一块花布，挂在悬崖边的一蓬匍地蜈蚣上。在这样的时刻出现一块花布，在这么荒僻之处，在上不沾天，下不沾地的地方。伯纬想阻止王皋去得到那块来历不明的花布，可是王皋的手上已经攥到了那块花布。是从哪儿飘来的呢?王皋兴奋地说一定是头上砌护坡的女工掉下的，而伯纬想，说不定是咬着香柏的那颗人头上飘下的呢?

没有血迹，所以他高兴，也不发抖了，大嚷道：“给三妹做件小褂子还有多的。做娃娃服最好。”娃娃服就是女人们当时穿的一种胸衣。

王皋把花布揣进了怀里，这天回到工棚，王皋就把花布悄悄放进了箱子。

追悼会和誓师大会是经常开的，不过像这一次这么多棺材还没有过，还出动了直升机，听说是从武汉飞来的，停在山顶把一些伤员运走了。王皋见死了这么多人，就不敢晚上出去尿尿了，找后勤班弄了根废板车内胎，剪断，从床边的棚壁上挖个洞，通到外面。这一下屙尿方便了，可是没两天，那日晚上屙着屙着，尿漫上了床铺，王皋在半夜时分大喊："是哪个坏蛋搞了破坏呀!"原来，有人开了个玩笑，在外头把他的废内胎打了个结。又过了两天，王皋打开箱子时，那块花布不见了，成了块桦树皮。王皋当时愣在那儿半天，脸白了，气急了，对伯纬说：

"我碰上了岩包精。"

那一天王皋就恍恍惚惚的了，丢三落四，上工去的时候竟然没穿鞋子，队长要他领五个雷管他领了八个。那天他的任务是挑竿炸石。就是竹竿上挑一包炸药，在隐蔽处贴悬崖炸，炸出石窝子能踏脚后，再去打眼。王皋用竹竿挑了炸药，荡下绳子就下去了。他点上了火后炸药不响，他以为自己未把引线点燃，从岩边伸出头去看竹尖上的炸药，头一伸出去，炸药响了，他的半个头也没了。

伯纬那天在崖顶作业，他伤了风，又腹泻，与一些姑娘运石渣。死人的事是经常发生的。工地大了，死个把人不稀奇。但死的是王皋，这就不同了。晚上他对木工班两个专门做棺材的师傅说："王皋的棺材就不做了，我背他回去的。"

他把事情的原委一说，指挥部就准了他几天假，要他把王皋背回去。

因伯纬与王皋打伙同睡，他留下了王皋的棉絮，拆了包单子，将王皋一裹，用麻绳捆得严严实实。这之前，木工班的师傅给王皋雕了半个木头脑袋安在他头上的缺损处，再用一条劳保毛巾一缠，也看不出缺损了什么。就这样，伯纬背着王皋的尸体就上路了。

太阳牛卵子热，农历九月的太阳为何还如此浓烈呢？不过你只有爬山，背个百把斤的东西才会觉得太阳还存在并且有夏季的企图。其实太阳是不动声色的，是你冒犯了太阳。只要你坐下，山风一吹，又凉了，背脊上、胯子里的汗变成了恶作剧的凉水，就是这样。

烘热的秋天是因为山要成熟，山要把东西蒸熟，只剩下最后一把火了，或者火烧完了，要焖一焖，要等它跌气，东西就能端上桌了。

所以伯纬有时歇下来摘“猫儿屎”吃时还是发涩，五味子又酸，苦李苦、唐梨像木渣。能摘到一串好五味子，他就连籽带皮都吞进去。

进了河谷的时候，他数了数，至少有七八只松鸦跟着他，在他的前后左右怪叫。它们闻到了死尸的腥气。伯纬不敢肯定，这些松鸦是不是从他启程时就跟上了，盯上了，还是在半路上招惹了它们？伯纬望着它们，比它们的叫声更响亮更悠闲地说着话：“别开洋荤啰！我会把王皋给你们吃？”

九月，连老林子都是明亮的，空气里流溢着干燥的、带点酒味的气息，像谁的酒坛打泼了。山楂和红枝子、蔷薇都成熟了，一串串地打着他的脸，它们喧宾夺主的气势把空气都映红了，并且让人精神抖擞。第一天走得还算轻松，说轻松，是因为王皋已不能说话了，这使伯纬觉得他背的并不是一个人，而是一捆山货，药材啦，苞谷啦，门方啦。想怎么背着怎么背，横着，顶着，扛着，夹着，都可以。过去背门方时，一根至少有一百八十斤，可小小的王皋满打满算不过一百一十斤甚至更少。第一天下坝店，过响水河谷，再走庙埡，邱家坪，到了赵家屋场——不知不觉已经近晚了。他才想到，他得喝水，他得吃东西，烧两个苞谷也可以，最主要的是，抹汗了睡觉。

这怎么睡呢？他在赵家屋场的山脊上看着那山坡上的两三户人家。没有炊烟，狗正在远远地朝他吠叫。我总不能背个死尸进门讨歇吧。我把他藏在人家菜园边，放在老林里？半夜被野兽啃了那我不白背了，我怎么好跟王皋家人交差呐！

正在犯难的当儿，他看见了不远的石崖下有一汪水，在暮色中泛着美妙的白，他先不想那些，就走下石崖去水坑里喝水。他埋头喝了一气，直喝得打出嗝来，再洗脸，洗身上的汗，人就轻松多了，恰好水坑边有人点种的矮苞谷，掰了几个，半生不熟，汁儿也是麻涩的。吃到后来，吃出点味来了，竟把个肚子撑饱了。再下面，有一个牛棚，他把王皋背起来，钻进去，找了些干草塞在自己的背下，一躺就睡着了。

年轻的伯纬一觉睡到大天亮，醒来时霜色镀银。他迷迷糊糊地不知自己在哪儿，回头看到那捆被被单裹着的东西，想了半天，才想起是被炸死的王皋。

“王皋！王皋！”

他赶快看王皋被野物啃吃了没有，翻来覆去后，总算松了一口气，心想，今晚一定放到人家里去，保险些。

早晨，依然照晚上的办法，吃苞谷，喝水，然后准备翻猴子垭。

再想背起王皋，背不动了。

我昨天背得动，而我今天就背不动了？伯纬十分诧异。我还是我，为什么我今天就背不动了呢？这样的问肯定会把他问得挺起腰杆来。背了几步，又背得动了。

天是晴的，而且是大晴天，晚上好像下了一场小雨。

“王皋，你不要吓我呀，我是把你背回去的，你不要耍鬼板眼，我晓得你喜欢开玩笑的。你再一用劲，老子就把你丢下崖去，让你喂老熊了。我把你丢下去，哪个晓得，给你妈讲，给三妹讲，说是把你埋在半道上了，死无对证，你把我有什么法!”

这样一说，王皋就不在背上作怪了，服帖了。趁着晨风背了三里地，就闻见了臭味。

昨天的七八只松鸦还紧紧跟着他，而且老飞在他的前面，好像知道他该怎么走。伯纬说：“叫吧，叫吧，让你们饿死!”他放下王皋休息，发现被单里的王皋发胀了。“怪不得这么死沉的。”他说。

上猴子垭的路有时候陡，有时候平，有时候还有那么点儿下坡。喘口气的下坡，迂回的下坡，死尸在背上就很轻松，还有弹性，伯纬就会感谢他。再上坡，又沉了，伯纬就吼了：“不要作法，啊!”伯纬想到兜里有王皋的一个酱瓶子，瓶子里还装着由花布变成的桦树皮，他是把它紧紧盖着的，现在他想把它打开——当然是在看到对面坡上有两个人干活的时候，他把树皮取出来，为了压邪，在皮上吐了口涎水，插在捆王皋的绳子里。

“王皋，我晓得你哪个都不怕，就怕岩包精。”

这么说着，浑身的皮肤有点发紧。他把桦树皮又抽出来，放在地上，狠了心，咬破了一块指甲皮，挤出两滴血，滴在桦树皮上。

没有什么变化，没有现原形。他对桦树皮说：“我是不怕鬼的，你只管管好王皋这王八日的，他怕你。”

他这下狠狠地把桦树皮插进了绳子，拍拍王皋，扛起他来，分量的确轻了许多。

路时阴时阳，时阴的地方一色的高山栎和刺叶栎，青枝绿叶，长得比春天还好。时阳的地方混杂着灌木和小乔木，落叶的，不落叶的，浆果、核果、坚果，什么都有，都在加紧与太阳勾结，圆满自己的野心。

只有令人头晕的死寂留给了山路。伯纬就对王皋说：“伙计，你唱点什么好？”

尸体没有任何动静。莫非他要激将？于是戳着包单子，说：“几只鸦雀也比你唱得好，至少，它不会像你总是吓得屁滚尿流的。”

想到了什么，伯纬哈哈大笑起来。伯纬换了个肩继续说：“我不喜欢你唱鸡娃子的洋二队土四队，洋二队又怎么样？死的人比咱们多。我还是喜欢你唱‘狗儿也爱有情哥’……狗子也爱有情哥？那是想舔他的卵子……你个哑糊苕，唱出这样的歌来，我唱一首，包比你的有味。”

伯纬突然扯起喉咙就向山冈上喊了起来：

十八姐儿二十岁的郎，
一夜摇断九张床。
打一张铁床摇断榫，
开一个地铺蹬倒墙。

伯纬喊得青筋暴暴，声音是直的。伯纬发现泪水沿着他的面颊往下淌，伯纬腾出一只手来揩泪。伯纬稳稳地踩着石头。伯纬下陡坡了，伯纬说：

“王皋，你一句话，就让我今天要背你。昨天我也在背你，明天也要背你。明天背得到家吗？王皋，我答应的事我做了，我不骂你，算我倒霉了，臭得稀烂也要把你背回去的……”

伯纬越想越伤心，把王皋往地上一扔，指着他说：“我臭了你会背我回去见我的爹娘？为什么我硬把你丢不下？听听吧，听听天上是什么在叫吧，已经两天了，我又没有枪。我用石头吓唬不了它们。你死了，我疯了。我前世欠了你八斗，还是欠你五吊？……你还是个饱死鬼咧，你鸡娃子跟标致的三妹睡了，你还是个子弟都跟她睡了，我贫下中农没摸到女人一根毛。你鸡娃子今天给我老实交代，你跟三妹摇断了几张床？……”

苍蝇出现了。他看见了苍蝇，在松鸦混乱持久的叫声中。那些个顶个的苍蝇，跟吸花蜜的蓝喉太阳鸟差不多大。

他重新背起了王皋。

从东南隘口吹来的风简直像一千头怪兽，横扫千军，把身体的热量一下子掏空了，人歪歪欲倒。怪模怪样的巴山冷杉吐出了怪模怪样的嚣叫声：呜——呜——，头上的那些松鸦也在怪叫着斗风前行。它们因为无处下口被激怒了，加上这阴森的风，让它们突然变成一些可怜的小飞虫，没有吃食，疲惫，绝望，不耐烦了。

伯纬前倾着身子，他都扛不住了，背上还压了个死尸。他想今晚在这个鬼地方非得借宿了，不然他会冻死。前两个月那么炎热的天几个四川来的采药人，就在凉风垭遇冰雹冻死在山洞里。神农架的夏天冻死人并不稀奇，何况现在已经到了深秋。

只有绕一里路到杨爹的家里去。杨爹一个人住在东坡，捐木为火，挖芋为食。听说他有个儿子，但谁都没见过。

一颗亮星出来了，猛一抬头，又看见了一轮满月。天空呈捱黑前的蛋青色，单调寥廓。天的确要黑了，还没有见着杨爹的屋影，就听见“嘣”的一声，麻耳草鞋的耳子断了，鞋散了。他把王皋放在一个坡上，四处去寻葛藤，用藤子把草鞋绑在脚上。走了几步，不对劲，硌人，比石子硌得还疼。只好停下来。一只有鞋，一只赤脚，伯纬欲哭无泪，走不了。此时冷月隐藏在冷杉林间，像一只鬼鬼祟祟的豹猫。伯纬对搁在树干边的死尸说：“王皋，碰上老虎，我只好把你扔下了。”嘿，这时他瞅见了王皋脚上的一双鞋，是解放鞋，指挥部给死者发的寿衣寿鞋，不管三七二十一，就去扯他的鞋，“嘿嘿嘿，伙计，借我用一下，我背你，又不是背我自己，费鞋。”扒了王皋的鞋，两人互换了，让王皋穿上那双破草鞋，自己套上新解放鞋。耶，夹脚，蜷起趾头凑合，踏在地上舒坦，摸夜路也不怕鹅卵石子了。

一匹疯狂唁叫的狗也无法阻挡他去拍杨爹的门。杨爹的门没有关，他一头闯了进去，并麻利地把王皋塞进了门旮旯里，神不知鬼不觉。

杨爹在吃什么或者已经吃完了，他放下筷子打量着进去的伯纬。他是一个五十岁，也许六七十岁的荒废了的老头儿，头发荒了，眼神荒了，动作也十分荒凉，牙齿外露，微笑，不停地咀嚼。

“喔。”他说。

“我从红坪来。”伯纬对他说。

于是伯纬坐下了，看着他的碗。碗是破的，筷子一支红，一支白。他的衣裳是破的，手也是破的，结着血痂，还有许多泥渍。他站起来，有点步态不稳，用巴掌的下部揩着鼻涕，同时唤狗。狗来舔他的碗，舔干净了，他收了碗放到窗台上，摇摇晃晃地钻进床铺睡下了。

没有灯。伯纬只好把火塘的火加大，吹火，又从墙角的一个畚箕里抓了几个洋芋埋进火里。

“你就这样睡了吗？”伯纬朝他说。

那个人没有说话，好像在整理床铺和衣裳，发出木板压榨的痛苦响声。

“我莫非今晚要坐一夜？我也要睡觉！”

他赶紧翻洋芋吃，生的熟的半生半熟的就那么吞。然后找盆子洗脸，也不管主人的毛巾有多腻多脏了。他舒舒服服地洗汗，发觉狗盯着王皋！

“嘁！嘁！”他用毛巾小声而严厉地赶狗。

门没有闩，他索性把门大打开了，用手示意狗出去。

狗并不出去，哑哑糊糊地望着他，又朝那被单里捆着的东西淌涎汁。伯纬想着怎么把狗赶开，他跨出门槛，在台阶上故意退下了裤子蹲下。这一招很灵，狗以为伯纬要拉屎了，赶快跟出去候在伯纬身边。伯纬瞅准时机，冲进屋里，把门关上，狗被关在门外了。

他摸索着上了杨爹的床，试试探探地挤出了半边被窝。他睡着了。突然，在洪荒烟云的梦中舒服解乏的伯纬感到身上的某一个部位焦辣火疼，醒了，抽着冷气想想哪儿不对劲，是卵子，喔，是卵子。可恶的杨爹把他蹬醒了。他听见那老头结结巴巴地说：“你你你好臭……好、好臭……”

我好臭吗？伯纬完全清醒了。他妈的，我好臭？黑暗中，他也闻到了一股从哪儿飘来的臭味。伯纬只好坐起来，因为横蛮的杨爹将他快要蹬下床去。

这样的哑糊苕还能闻出臭味来，证明他过去是打猎的，鼻子跟狗一样灵敏。他抱着双膝，狗不停地在外面啃门，并发出求救的呜呜声。杨爹的耳朵是聋了，要不然，狗一进来，什么都完蛋了。

他听着狗啃门的声音，缩在床头的一角，再试着重返被窝。睾丸疼，迷糊了一会，天发白了。他只好下床，喝了一瓢凉水，揣了一大兜洋芋，背上王皋，开门就走。

晨鸟的啁啾不一会被远远近近的松鸦声代替了。松鸦又与他会合了。这一口气走了几里地，穿过了阴魂岭、八人刨、锅厂河，又上了狼牙尖。嫣红的晨光全贴在狼牙尖上，灿烂夺目。因此群山向阳的一面该白的白了，该红的红了，该黄的黄了，该绿的绿了，袒露出它们坚硬的气派来。而在背阴的一面，一切似尚在沉睡中，被梦魇陷得很深很深。

“嗬嗬，”他对王皋笑着说，“我为你鸡娃子背了黑锅，害得老子差一点没得后代了。喂，听见没有，你说怎么补偿我吧，我没有别的要求，我不要你整十盘八碗，也不要你提烟提酒，借你的三妹陪我焐一夜脚……不同意？不表态？……嘿嘿，小气鬼，一瓶酱都舍不得的，还舍得把老婆别个睡……”

天又变了，下了一场呼呼啦啦的雨。天又晴了。但是雾气上来了，两米开外不知是人间还是地府。他在寻脚下的路，扑通一跤，跌了个嘴啃泥。在雾中摸那个长长的包裹，不见了。

雾越来越浓，一时半载摸不到那个人了。他喊：“喂，王皋，你躲在哪儿了？你还有心思给老子躲猫迷！”

伯纬的膝盖不听使唤，破了，流血。雾慢慢消散了，他顺手就扯到了几根地锦草，又捋了几片南星叶，放在嘴里嚼烂，敷在膝盖上。血止住了。他又用一片南星叶盖住伤口，找了根藤子系住，再去找王皋。

王皋掉到悬崖下去了。

不过不是直陡的，又有树可以攀爬。就往下蹚去，从一蓬华钩藤刺蓬里扯出了王皋，扛起，往上爬。这一趟损失了伯纬的许多气力，上了崖人就虚脱一般冒黄豆大的汗珠。而松鸦的叫声现在变得更凄厉了。在这没人的老林中莫非它们要作法了唤什么东西来加害我？

伯纬一定要甩开它们，伯纬发了狠，要走得比松鸦还快，要甩开它们，甩开它们！

老林的阴影只会越来越淡，天空会豁然开朗。他的腿有劲，像风钻一样要钻透恐怖的老林。

他跑，他拼了命。有时候把命赌上了，风就呼呼地向后面倒去，再沉的东西都没了分量。看不见任何东西：鬼、怪、老林子、野物、陡坡和河水。

松鸦在前面等着他。松鸦在出一个隘口的树林上叫得正欢，还有杜鹃的叫声，斑背噪鹛的叫声，长着红尾巴的林鸲的叫声。可是，它们的叫声为何如此狂乱？

他的眼睛在换肩时被王皋那破烂的身子挡住了，前面好像有个影子，一过性的揪心感觉让他抬头就直击到一头红鼻子的老熊！

“我的命苦哇！”他轻轻地叫了出来。

老熊站着。他也站着。他跑不能跑，动不能动。他背着那么沉的一个死人，可他不能动。他知道，他爹就是个老猎手。他爹反复告诉过他，见了熊你千万不要动弹。熊是不吃死人的，它不会吃王皋，它想吃的是背王皋的人，活趄趄的伯纬。可你不动，你只管盯着它也是有用的，野兽都怕人，没有不怕人的野兽，包括老虎。只要你不去先伤害它，它是不会主动攻击你的。爹曾经碰到过一群野猪，硬是一双眼睛把它们盯跑了，但老熊服这个吗？你盯着它，它是个熊瞎子，屁用！

伯纬还是要盯，不动，像一根树桩。熊也盯着他，熊站着就像个人，像个绅士，老林中的绅士。现在，绅士要走了吗？绅士没走，小眼睛眨巴地望着伯纬，温和，淳朴，憨厚，暗藏杀机。

伯纬快疯了，他的腿正在被什么东西掏虚了，肩上的那个死人像一堆石头压着他。他要成为那个死者的垫背人，与那人一起到地府同游。

阳光从老熊的背后射过来，毛茸茸的影子就落在伯纬的脚前。它在移动吗？慢慢地，那个影子与他拉开了距离。红尾的林鸲正在啄一只松鸦，也许它也太紧张了，而松鸦的叫声让它讨厌。老熊在一棵被人伐倒后已经腐烂的大铁桦上斜斜地站着，歪过头朝伯纬最后看了一眼，就蹿进了一片冷杉林中。

伯纬依然一动不动，脚下像生根了一样。后来，腿一软，王皋把他压趴在地上。

伯纬送回了王皋的尸体，路就打通了最险的红旗岩，看着看着将要翻过皇天垭了。伯纬高兴了，春节也不回家，就在工地上值班。

晚上大家吃肉喝酒，喝多了酒，到了十二点，远近的村子里都响起了“出行”的鞭炮声，工地上没鞭炮，伯纬高兴，就摸出两个雷管出去甩。开了门出去，那天晚上下起了大雪，冻了凌，他一脚没踏稳就摔倒了，两个雷管在手上炸了。

伯纬在黑暗中绝望地喊：“完了！”他爬起来围着工棚跑，双手疼痛，跑了一圈又一圈，手上的疼甩不掉，十个指头都炸得筋筋吊吊了。值班的人跑出来寻他，拉他，拉不住，他疼，他说：“娘耶，给我拿点毒药来喝吧！”

一辆指挥部的汽车到三点多钟才把他运走。这辆苏联嘎斯车的师傅大家都叫他阎王爷，专门收尸的。工地上死了人，都是他的车拖，且只有他敢走夜路，凌多厚雪多深他都敢走。伯纬一上了他的车就被他吼了一顿：“我说你别号丧了，我跟你说，哭也要三个小时走，不哭也要三个小时走。那还得看车况和路况。”

伯纬不能不哭，这样的时刻一双手都没有了会不哭？傻子哑糊也要哭。哭到医院，四肢就冰凉了。伯纬醒过来是因为医生撬他的牙齿。他听见医生说没有血输，都在过春节。撬他的牙齿是让他吞一种强力养血丸，一颗又一颗，吞了一大把。那时他已经在手术台上了。一个医生说：“这下麻烦了，这毬人醒过来了，又得费麻药。”于是要他坚持住，便往他鼻子里灌麻药。边灌医生边问：“还疼不疼？”伯纬说疼。另外的医生就用一个铁夹子夹他的脖子，不让他摆头。灌麻药的医生又问：“你的手是怎么搞的？”伯纬回答说是雷管炸的，医生问：“你结婚了没有？”伯纬说没有。医生又让他数数字，一、二、三、四、五、六、七……三十三、三十四……大概数了不到五十下，伯纬就被麻翻了。

伯纬再醒来他看到的世界很有点异样了。这源于他的手，他的两个手五花大绑，伸出四只角来，那就是手指，其他的手指没有了。这四个手指还是嫁接的；嫁接了五个，有三个没活。谢天谢地，活了的是右手的两个，一个能动，一个上部分能动，实际上是一个半，这是后来的情形。他看到了他的哥、嫂、爹。伯纬血流尽了，血管细得像头发丝，全瘪了。给他吊点滴，只好在脚踝那儿切开一条口子进针。

伯纬不让进针，蹬那个针头，喊道：“让我死，死了好些！”他的哥和爹把他按不住，叫来两个年轻力壮的医生，把他捆在病床上。医生说：“不进针你感染了烂死。”“那也比活着好！”他在绳子里哀鸣。捆了他五天，把他捆服了，脸上渐渐有了一点人的颜色。针允许打了，也咽粥。

田三妹提了十二个鸡蛋来看他。六个没煮，六个煮了。没煮的要他早晨喝生的，说是补血的。田三妹说：“是我妈让我来看看伯纬兄弟的。”伯纬躺在床上嘀咕说：“只怕是你妈让你上街来换盐的吧。”田三妹说：“绝没有这回事。”说到后来，她就哭了，她站在伯纬的床前，拿着他包得像一株包菜的手，只是哭，又不说话，这让伯纬难受，伯纬也就拍着床沿号啕大哭，谁劝都劝不住。他说：“谁说王皋不是享福去了，我这哪还叫人哪！不就是一只鸟了吗？只能用嘴啄食了，我又没有鸟嘴那么硬那么尖，鸟吃那么一点点就饱了，我若再每天吃那么几大碗，谁给我吃啊！”

家里人说：“我们养你。”那是宽他的心。

伯纬能端碗了。在手术台上医生就给他的左手残掌设计了一块平掌，然后用两个残指一卡，还行。

伯纬用勺子吃饭。伯纬穿橡筋裤。伯纬拿勺子拿一次掉一次，苞谷粥溅得他满脸都是。他后来笑了，他说：“我像猫子舔食。”

伯纬出院回到了村里，村里人一见他那一双手，白净的脸上也没有了阳气，都说，伯纬要到宜昌讨米去了。

“伯纬怎么还没有走呢？”

他们后来看到伯纬上了山。他不是去修路的，他在砍竹子。

他砍了竹子，他研究砍刀。他最先研究的是砍刀，怎么抓住它，怎么用力。好歹砍了一捆，放在爹的屋山头。

砍刀的柄细些，能抓住它了，跑不掉了，还没让血痂掉壳，又去抓斧头，用斧头砍树。

伯纬在清晨的山上嘿嘿地砍树，砍得木屑四散飞溅。有人看见了，那些下地的人，看到的是伯纬在砍树，而不是别人，伯纬用什么攥斧头呢？他们左看右看横直看不懂，雾气和树枝挡住了他们，可的确是伯纬在砍树。一棵树倒下了，期期艾艾地让葛藤左牵右绊，倒了很久，总算倒下了。

伯纬扛着犁上了山。伯纬还能拿犁？莫非还能甩响牛鞭？牛鞭是在夕阳下山的时候响的，牛铃也响了，那是伯纬赶着牛回来了，犁尖上缠着新鲜泥土的气味，这表示，他耕过了。

他像一个什么也没发生的人，一个出坡、吃烟、喝瓦罐茶，然后回家弄点小酒喝喝，吃饱了，在门槛上抽袋烟睡觉的地道农人。他能干，残指、残掌、腕儿、肘、膀、腋窝，都帮他重新认识农具，一桩桩，一件件，漫长的认识，用血，用茧，用咬牙切齿。

他每次出坡都背一捆竹子下来，还背一捆茅草下来。

有一天他突然说：“爹，我们分家吧。”

他爹他哥吓了一跳：“分家？你自己吃？”

“我当然自己吃。”

他要在屋后的坡上搭一间茅屋。家里只好给他搭了，全是他自己从山上弄来的料。然后，爹和哥给他一床被子，一张床，五个碗，一口锅，还有一个吹火筒。后来爹把自己烫酒的小铜壶也给他提来了，说是他变天时手疼，喝点酒活血止疼。

他开始刨洋芋自己打火做饭。可他抓不住洋芋。他练了很多天，还是抓不住。上山又把裤裆挂破了，不想给嫂子去补，自己补，可他抓不住针。他把很大的工具都征服了，但征服不了洋芋和针。

洋芋是生命中的生命噢，可是我奈它不何；没有针，我的体面就没有了，我不能强作镇静，出坡，到人家里吃酒，揣着手在裤兜里晃来晃去，我还是个叫花子。伯纬捧着针线，泪水簌簌地往下落。

三妹的公爹用儿子王皋的死亡补助款烧了一窑木炭卖给已经到了皇天垭的修路指挥部。第一窑没事，第二窑刚点火时，有人来给他的窑里丢了三枚雷管，然后说他家开地下工厂，占了他家的房子，把他全家赶到村里一间四壁透风的锯木场里。

已经到了四月，可山上的雪还没有化，从垭口那儿吹来的风依然是雪风，不仅仅是半夜凶猛，有时白天也狂暴，锯木场里陈年的锯末被吹得满天都是，背阴的地方依然滴水成冰。三妹和公爹公婆及弟妹们一大帮子，还有王皋的一个哑巴叔叔，都挤在锯木场里，盖着单薄的被子甚至是稻草。

伯纬见了三妹，看着她已经出怀了，鼻子和眼睛冻得通红，偎在稻草里，就对三妹说："到我窝棚里避避寒行吗？"

他于是扶着手脚麻木浮肿的三妹到了自己的茅屋里。

开春了，要不回房子的三妹公爹一家，要搬到巴东去了。巴东来的亲戚有十几个人，十几个脚篓来搬锯木场的东西，桌椅板凳，犁耙锅灶，还有两张矮床，一口三妹与王皋结婚时嵌玻璃的红漆柜子。十几个人要背着那么大的东西翻山越岭，要从鸦子口进去，要走大龙潭、小龙潭，过巴东垭、三十六把刀，再过长江。

三妹的哑巴叔叔来喊她，咿咿呀呀地比划说："东西都走了，你也要走了。"

四月莫非是搬家的季节？映山红在山岭上一下子全绽开了，推开腐叶枯枝，推开藤蔓浓雾，翻出了春的衣物，要晒一晒两百天漫长的冬季了。

三妹跟着王皋的哑巴叔叔走了，一步一回头，身上背着小巧的花篓，花篓里装了些伯纬给的洋芋。那是他自己种的。

可是到了晚上，三妹又出现在伯纬小屋的门口了。

“你怎么又转来了呢？”伯纬从火塘边拿着一把正砍柴火的斧子站起来迎接她说。

“我给你把洋芋都剐了，我给你煮洋芋吃吧伯纬。”三妹的袖子上别着一根针。针到了女人的手上，熠熠闪光，楚楚动人。

三妹留下来了。

那天晚上没有被子，两人只好滚在一床垫絮里。伯纬说：“没一床被子，我过意不去。”

“这好。”三妹说。

“我也不会花言巧语，”伯纬说，“有一颗米，我掰半颗米给你和娃儿吃。我会凭良心的。”

“那就把你受累了。”三妹抹着泪说。

伯纬上了山，他要刨地种苞谷。他背着盛种的袋子，背着挖锄出门。三妹拉着他的手说：“这一双手怎么挖得出土？”

伯纬说：“我总要让你和娃儿有饭吃。”

那一天，伯纬烧了一块火田。他把看中的坡地四周砍出了一道防火墙，然后点火烧山地上的灌木、下木和葛藤腐叶。三妹跟着伯纬去了，她的镰刀下面也割倒了一些能引火的葛藤和枯枝。那一天把天都烧穿了，那一天的火真大。那一天三妹露出的歌喉让伯纬都惊住了：

口衔种子手扒窝，
上山种下苞谷坨……

伯纬说：“三妹，你唱得好哇。不过我还是喜欢听王皋唱，王皋总是发抖，可他发抖唱的歌最好听。那叫什么……那叫颤音。”

三妹说：“王皋的歌是我教的。”

“我早就知道了，”伯纬说，“不过还有一个歌你教不了：洋二队，土四队，不土不洋是三队，久经沙场是一队……还有一个：神农架山高坡又陡，羊肠小道难行走，一年到头修公路，修到何时才出头……”

“公路已经到挂榜岩了。”

公路的确修到挂榜岩了。炸石的声音轰——轰——，从山隘口腾起的黄烟和碎石，一直溅到了他们的坡地边。伯纬边挖树蔸边说："那都是我们修过来的。"他往手掌上吐了几星唾沫，三妹看到，伯纬的掌心全是血，他压根儿就没有掌心。

"你还能不能唱一点什么呢？"等炮声止息了，伛着腰挖地的伯纬对三妹说。

在地的另一头的三妹大声说："生个儿子了长大以后让他来养你，给你还债。"

伯纬抬起头，他听清了。"难道不是我的儿子？难道不跟我传宗接代么？"

"你是个好心人，伯纬。"三妹说着说着就哭了。

晚上挂榜岩那儿的锤声叮叮当当，三妹就在锤声里生了，生了个妮子。

妮子瘦得像根筋，除了眼睛像人，其他都不像人。

秋上，伯纬从山上背回了七八百斤苞谷，卖了给妮子去治病。在镇上治了五天回来，一家三口没了吃的。伯纬又背着背篓给道班去背碎石子。伯纬用在风雪中背上坡的石子换回了苞谷，磨了粉，做成了糁子糊糊，给差一点拉痢疾死掉的妮子吃。伯纬的手指已经扣不好扳机了，就挖了几个陷阱逮野物。他在山上的窝棚里守了三天三夜，总算逮住了一只青麂子。那一年的冬天青麂是怎样掉进他的陷阱里去的，简直是个神话。冬天里，麂子加糁子，还有什么话可说呢。

第二年春天，又烧了一块田。一场雨下来，火田里生出了一大片油亮亮的油菜。哪儿来的油菜呢？又没下种。这就怪了。嫩油菜掐了菜薹，再长成菜籽，收割了换油，三妹的肚子还是瘪的。

运木材的大汽车轰轰隆隆地开进了山了，又开出山了，一车一车带着树脂死亡芳香的大木头碾压着新开的碎石公路，好像要从山上栽下来一般往香溪河开去。一天，伯纬家的一条母狗也跑上公路，去看热闹，一下子轧伤了屁股，两条后腿就没劲了，拖着爬了回来。

狗快死了，后来又活了，支着两条前腿。母狗有两只小狗，因母狗的后腿萎缩，哺乳的奶也干瘪了，两只小狗还是去吮，伯纬见了就踢小狗，说："就往裆里钻！"还踢那条母狗："生这么一窝，好像就你能耐。自己都快死了。"狗被踢得嗷嗷叫，大的，小的。

那时三妹抱着妮子正在择野葱，看母狗被伯纬踢得拖着后腿去了屋后的蜂箱处。三妹哀哀地说："伯纬，我对不起你，给你生不来娃子，我们娘俩走吧。"

三妹说风是雨，就去堂屋的石磨柄上收衣服，从猪草堆里拿背篓把哇哇大哭的妮子往背篓里塞。伯纬冲进去一把抢过来妮子，说："三妹，你多心了。我从来没有嫌弃过你们。你走，走到哪里去？你若走了，我还有什么滋味？"

妮子要上学了，伯纬决定把她送到离家五里之外的学校去住读。学校在狼牙岩下，有一栋紧靠岩壁的房子，有一溜通铺，睡着二十几个住读的孩子，有大有小。学校门口有一条河，孩子们在河里舀水喝，洗脸，寒冬腊月也是。到了星期六，伯纬就赶着一头山羊去接妮子。那山羊是三妹从她娘家牵来的。原因是一次伯纬挖洋芋，残破的双手攥锄柄使不上劲，薅到了自己的脚，烂掉了一个趾头，三妹就不再要伯纬出坡了，她自己出坡干男人的活，让男人放几只羊，就这么，从娘家牵来了一头种羊。

伯纬放羊，腰里用背叉子插一把开山刀，还拿了一把手锄子，砍柴加挖药材，细辛啦，柴胡啦，蛇菰啦，独活啦。伯纬的羊越放越多。最多时达二十只，吃了，卖了，死了，总在十多只。他总是喜欢把羊赶到山顶上去，在皇天垭的口子上，看公路和公路上的汽车。有时候，往山下走的时候，车轮子就悬在他头顶。车是这山里唯一的活物，假如没有云彩，没有野兽，这静静的山冈上，公路就像趴在那儿喘气的蛇，没有一点生机，被人抽了筋。如果喇叭响来了，车来了，车满满当当地瞎响，嘀嘀，嘀嘀，路就活了，山也活了。羊开始惊慌地叫，嘴里含着青草。伯纬喜欢公路。他常常掰着自己那几只不能动弹的手指，摩挲着，想着它们与眼前这条公路的关系。在下雨的时候，雾气蒙蒙，他在想，王皋会不会从那隘口走下来，浑身湿漉漉的，说："要点炮了。"

公路已经安静了，不再有炮声。可是，有一天，下雪的一天，轰的一阵声音，过去炸石松动的石头大块大块地垮了下来，砸到了一辆安徽来这里拖木材的汽车。车跑得太凶，太沉，把路也压坏了。进山的是空车，出山的是重载，一车一车的松、杉、桦、栎，都是做枕木、做榨木的料，还有香果木、麦吊杉、青檀。运木材的车源源不断，总会砸到车的。山的身子炸松散了，神也散了，拤不住，只好往下狠狠掉。

伯纬看见在风雪中清理路基的工人，只清理了一些小石头，腾出一条路来，让其他的汽车可以勉强行走，更大的巨石和压在石头下的车，就那么撂在公路上了，雪往上落，撕扯下来的树和树根也哀哀伤伤地横竖在那里，雪一个劲落着，神农架的雪就是那样，没有一点声响，却很严厉，但是到了晚上，你听吧，那树林里冰凌炸裂的声音简直像鬼魅，对这个世界是不留情面的。那是因为树枝和树干不堪紧缚，穿透冰雪而拼命呻唤。

但是现在没有声音。快过年了，伯纬想到快过年了，他一个人站在那里，手握着羊鞭，去看那还未全被雪掩埋的石头和石头下瘪了的解放牌汽车。是解放牌。一车上好的山毛榉，根根水桶粗。喔，他看不见那个人，驾驶室的那个人（只有一个吗？），可他看见了一只可怜的手！那手是在呼救吗？那手从车窗里伸出来，从一块深褐色的巨石缝里伸出来，是手，还是树枝？人的手，上面全是比石头更深的紫黑色血！他看见了那人断断续续的身子，或者说是衣裳。现在雪越下越紧，好像雪知道了，不想让伯纬看清这一切。这不好，看这样的惨事毕竟不好，快过年了，不吉利。

可那只手！

他也曾经有一双鲜血淋漓的手！也是在年关里，在一个雪如飘絮的时辰。

伯纬赶着羊群回家了，他魂不守舍，进门就对三妹说："给我烫一壶酒。"

当伯纬在半个小时后提着空酒壶回来，他的老婆三妹才问他到哪儿去了。他告诉了她公路上的一切。

"那你说了什么呢？"

"我说，我说师傅，你冷么，你是安徽的车，安徽定没有我们神农架冷的，你喝点酒暖暖身子……我还说，我说了些什么，让我想想……噢，我说了我们这儿有酒规的，我敬你一个（杯），我就先喝一个，再给你一杯，然后你再回杯，回一个……回你就免了，我自己来，我斟满，神农架的人喝酒从不耍赖。我一杯，他一杯，看着看着酒壶就空了。"

"你是疯了吧？"三妹看着冻得鼻子发红的伯纬，他成了雪人。

"你说什么，你竟敢说我疯了？！你这个狗杂种，你敢说我疯了！"

伯纬喷着酒气。他骂人了，他指着三妹的鼻子，他从来没有骂过她的。后来三妹看见伯纬在那儿愤怒地流泪。

过年的那些天，伯纬都要提着一壶酒去公路上，洒在伸手可及的驾驶室内外。刚开始几天，他都能看见一只松鸦在岩石垮塌的山崖上叫着，在一棵落光了叶子的火漆树上，孤零零地叫。叫得人心里全是些阴暗、黏稠的东西，不知哪一天，他再抬头看时，树上什么也没有了。他对那个人说：

“山上越来越寒。快开春的这段时辰，总是最冷的。你喝几口去去寒气。”

有一天他说：“不是供销社卖的火酒，我不喝那个，自家酿的，地封子酒，度数低，不打头……冬天来的客少，酒还是有的，喝不完。这么寒冷的季节，哪个到咱们神农架来呀……”

又有一天他说：“想你的亲人快来了吧，我反正会供你的酒喝，一直等他们来。要说错，修这路我也有错，我这双手还不是修这条路炸坏的！那时候天寒地冻，咱们也赤膊下河，筑路基呀，取河道下铁笼呀，靠啥，靠几口酒，所以，有酒了你也别怕了，阴间阳间我看差不多，一杯酒，什么都能对付过去……”

春节在那种持久的高寒中悄悄地过去了，太阳出来过几天，但山上的积雪不为所动，仍然占据着显眼的地方，掩盖了山区的真相。

吊车开上山了，死者的弟弟也来了。他们把死者挖出来后，发现驾驶室那儿一股浓郁醇厚的酒气，还有碗、菜饭。后来他们问明白了，这是一个叫伯纬的残疾人干的。他们把伯纬从看热闹的人里拉出来，大家看到，死者的弟弟一膝向伯纬跪下，在泥水中向伯纬磕了几个响头，说：

“我哥总算没冻着，他天天有酒暖身子。”

那些人看见死者的弟弟从手上捋下一块表来，硬要给伯纬戴上，说是一点谢意。在推推搡搡中那块表硬是戴在了伯纬的手腕上了。伯纬说：

“这块表对我们乡下人也没有啥益，你们搞工作的人才用得上，又金贵，我是受之有愧。”

死者的弟弟在运走他哥哥的遗体时对伯纬说：“我是不会忘记你这个好心人的。”

神农架山区的山好像渐渐地矮了。那不是矮了，是因为参天大树都砍光了。没有砍光的是一些不成材的歪脖子树和小树秧子，路袒露出来，看得清清楚楚，在山壁上，在河沿上，先是拖木材的车，后是拖门方的车，再是拖棍棒子的车，拖木炭的车，再就是拖树枝的车了，再呢，没有了。大车少了，小车却多了起来。那些小车呢，先是吉普，后是切诺基，还有拉达，再是桑塔纳，后来，沙漠王子也出现了，奔驰也出现了……名堂越来越多，还夹杂有许多小“轻卡”，拖点人、货的，还有个体户不知从哪儿弄来的破客车，摇摇晃晃，叮叮哐哐的。在夏天，山还是绿，绿得想再长成一个森林的样子，暴雨还是下，泥石流，也有把什么都晒枯的干旱。冬天的雪却小了，也推迟了。但是，在雪线之上，在皇天垭，风雪年年依旧。雨雪霏霏的日子车一样地横冲直撞，在厚厚的油光凌上，各式各样的车轮依然有人驱动，开过去，开过来，你追我赶，去房县，去兴山，甚至去更远的宜昌和汉口。吱吱的刹车声令人心惊肉跳。赶着一群羊的伯纬看着那些刹声中的车轮擦着悬崖，心想，现在的司机咋就胆子越来越大了，吃了豹子胆么？其实并不是的，那是因为钱。但当官的呢？坐桑塔纳和红旗、奥迪车的呢？也是因为钱吗？坐在山石上的伯纬想不明白：他们为何这么匆匆忙忙？他们是在赶杀场？——这当然是在公路上有人翻车，又听说死了几个之后。

有一天伯纬赶了头羊去镇上卖，在十八拐路边上，一个司机停了车在烧黄表纸。一问，是这儿翻车死了一对年轻男女，在此合埋了一个长坟，司机说，车开到这里不烧纸，你的车上坡就熄火。司机告诉他，所有跑这条路的司机，经过这里总要带点纸烧的，你不烧，那小两口就作法，把你的车熄火，这叫留下买路钱。有的师傅不晓得，一到下雨夜，往这一带走，总会见一男一女拦车，你让他们搭车，他们就嘻嘻哈哈爬上去了，搭一段就喊停车停车，说到了。荒郊野地，两边都是老林，到哪儿啦！你若不让他们搭车，你的车不是抛锚就是滚下山去。

这个故事越传越完整，细节越多，谁谁见到过，谁谁不让其搭车，赔了小命。可是，伯纬经常在这一带转悠，有时也到夜里，却从未见到过那一男一女。坟上的草长得老高了，上面的打破碗碗花开过花了结絮，结絮了开花，坟上遗了松鸦、夹鼻乌鸦的粪便，藏着蓝喉太阳鸟小小的暖巢。就是在阴雨霏霏的扰人季节里，看走神了也没见到过那两个冤死鬼的魂影。

但是车祸却实实在在地多了起来。司机们烧多少堆纸也不管用。

有小翻的，有大翻的；有滚下几百米悬崖，有被树挡住了的；有死了，有没死的；有伤了，有没伤的。

有一天下雨的黄昏，一个农妇乘搭一辆解放军的军车，上面装有一具棺材。农妇披了雨布站在车厢里，车行至十八拐，天已经全黑了，农妇听说过这儿鬼魂的事，心情异常紧张，紧盯着车上那口水淋淋的棺材，突然，那棺材盖子移动了，从里面伸出一只手来，搭便车的农妇当即吓得掉下车来摔死了。其实棺材里是个活人，运棺材的那老头，下起雨来，没处躲雨，就钻进棺材里，后来，他伸出一只手来，想试试雨是否停了，他哪知道又上来了一个搭便车的人，结果把人吓死了。

可是，据司机们说，你要翻过皇天垭，不管你紧不紧张，耳朵里就会突然像打鼓一样，下坡时更厉害，头就大，像一团气化开了，眼睛看哪儿呀，脑壳就一团气儿，虽然一过性的，可方向盘一闪失，车轮就离了路，往下一栽，你还能知道是死是活？一切都靠天安排了。

海拔三千米的垭子，有人说是高山反应，大脑膨胀，也有人说，这儿的磁场可能扰乱了你的整个生物电波，也有人说，皇天垭是鬼垭子。

“轰——咚——咚……咚——轰——喀——轰……”

这不绝如缕的翻车声是在妮子满十六岁定亲的夜里。伯纬喝了些地封子酒，一觉醒来，清清楚楚听见了山上传来的恐怖声。第一下，滚下去了，第二下、三下、四下，是撞在石头上，再打翻滚，再被树或什么撕开了（或者劈开了树），再滚，再没声息了，躺进了山谷。从前后发生的响声判断，车大约滚下了两百到三百米。

那时候三妹并没有睡觉，在收拾着亲戚们吃过的酒席后的残局。伯纬坐了起来，虽然是一个严冬，窗子紧闭，但跳闪的油灯似乎带来了汽车坠岩时卷过来的风。

他在黑暗中坐着，他比较熟悉了汽车翻滚下的声音。如果你听到闷雷似的“轰隆……轰隆”声，持续不断，忽大忽小，那就是装运木材的车，一车的木筒子散落后滚动的声音，宛似一列在老铁路上行走的闷罐火车；而尖锐的响声来自小车：“哧——哗——叭——轰喳——哐当——”个体户的旧客车摔下去的声音是最不中听的：“轰——哐——哐咙——哐啷——”间或夹杂着一种哧儿哧儿的奇怪器声。伯纬通过声音，知道车是在哪一个地段上出事的，哪儿的石头与树抗拒车子毁灭性的冲撞会发出什么样的怒吼。他知道，任何石头和树木，你若沾惹了它，它是会发出声音的，它们都有自己的个性，伯纬对山上的东西都摸透啦。车子和山石、树木的对抗时常会发出不共戴天的声音——人的喉咙在这个时候是微不足道的。面对灾难的沉默，是人的最软弱之处。也许是因为太远，他听不到。反正，只有当你走近现场，你搜寻，找到那些一息尚存的人之后，才能听清楚他们在微微地呻吟，命若游丝。

伯纬因为听这样的声音，脖子伸长得像桉树。他下了床，他穿好衣服。他从房里出来，对厨房里的三妹说："我去看看。"

"我怎么没有听见？"三妹知道他要去干什么，这么说。

伯纬已经往坎下去了，他在猪圈里拿了一把竹子，又上来，在火塘里点燃。竹子烧着的声音，噼噼叭叭地响。

过去，车出事的不多，垭子口还有个小小的养路站，现在搬走了。所以，如果他不去看，也就不再有其他人看了。

他听见了松鸦的叫声。那是从呓语到清啼的过程，含糊的、直觉的叫声和十分清醒的、充满了暗示的叫声、应和声是不同的。在黑夜中昏睡的松鸦们除非闻到新鲜的、浓烈的血腥，不然它们是不会在这样的时刻惊起的。

天空真是出奇的好，星星出奇的多，月亮出奇的亮，山也是出奇的静。在这荒僻而神秘的高山上，月亮的光似乎刹住了整个世界向更深的寒冷坠去的脚步。冷是冷点，如果没有松鸦的叫声，人心决不会打战，至少对于从出生起就在这儿生活的伯纬来说是如此。

在去现场的途中，他会突然蹦出一个感觉：什么事都没有发生，是一个惊梦罢了。当汽车完成了它的死亡之旅后，总会有一个沉寂的间隙，那时候，受伤的人连呻吟都还没有学会，疼痛还没有开始出现，也许膀子断了，肝脾裂了。

他从几块陡峭的苞谷地抄小路上了垭子口，他很容易就找到了汽车摔下去的地方。他用残损的手高举火把，大喊道：

"喂，有人吗？有人没有？回答我一下！"

确切地说，是松鸦的叫声把他引向这样的悲恸之地。在这里，至少有一群松鸦，因为无数的夜晚从嗜血的梦中醒来，练就了一双夜鸮般的眼睛。

因为举着火把，所以他的视野极其有限，在一路往岩坡蹚下去时，寻找那岩缝里、灌木丛、葛藤刺棵中的人影是一桩难事，他只好走一步喊一声：

“有人吗？人呢，你们在哪里？”

在看到谷底下的汽车之前，他找到了一个男的。喝多了酒的伯纬现在知道他在干什么了。在这之前，他还在给客人敬酒，他面前的酒杯加上自己的门杯一共有十几个，一个杯子要喝两杯才能还回去。所有的人认为他入赘的女婿以后一定会孝顺的。“就跟自己的儿子一样。”他们这样说。这是恭维他。他的乱糟糟的脑子在听到翻车时早就平静了下来，对于没有亲生孩子的遗憾一上床便忘了。现在，他忽然想起这个事来，想到自己的家伙不行。他看到了那男的家伙——那人没有裤子，私处缩得像棵枯蘑菇，头上、大腿上血糊汤流。

“还有没有人？”伯纬问那个男的。

“还有。一个女的。”那个还活着的男人说。

“噢。那我先下去找女的好吗？”

“你能不能给我找条裤子，我的裤子？想办法把我包包吧。”那个男的用很沙哑的烟喉咙在他后头求情说。

包包当然指的是下身而不是伤口，看来，羞耻心在这种时候也是很重要的。伯纬只好又转过身来，放下火把，思考着怎么把他包起来，天很冷，他的伤口的血已凝固了，赤身露体的确不妥。于是他与那个人商议，能否先把那人的工作服脱下来包包。那人答应了。可是当他去脱那人的衣服时，那人说：“膀子断了。”

有一件毛衣，但伯纬隔衣已摸到了刺楞楞的骨头，的确膀子断了。伯纬只好脱下自己的棉袄，包住了那人的下身，并要他不要动弹，免得疼痛。伯纬说：“我找到下面的那个了我再来背你，要得啵？”

伯纬探到坡底并不是一件轻松的事，虽然摔下去的汽车把好些树都压断了，但冬季那些坚韧的刺藤把下脚的空间几乎全堵住了，手上的火把弄得不好会引燃那枯黄的茅草、落叶，引发一场山火。为什么偏偏是在夜晚呢？他想，莫非真有岩包精和树精？还有那作法的阴魂？

一辆汽车庞大的躯体卡在岩缝里，它的前端耷拉在一个险隘上。菩萨保佑，一个朝天的车门口仰面躺着一个女子，好家伙，爬上石头又爬上车子去看时，女子也光溜着下身。

“喂！”他喊。

火星落在那个女人身上，他欠下身去看时，女的好像已经死了，脸煞白煞白。

他俯身去抱那个女的，还年轻，长头发，模样儿也不错，就是死了，软的，脸上有血，屁股、下身都有血。而且那女的浑身的骨头都似乎断了，像小时候他爹给他做过的翻筋斗的小木人。死了，就好说，他用手腕去夹那个女的，然后移到腋下，把她拖下石崖。他正在喘口气时，上面的那个男人却喊了起来：

“我的裤子，还有被子！”

喔，还有一床被子，在驾驶室里。湿漉漉的，有血腥味，全是血。那个女的爬出车门时一定没死，后来死了。他在那女的腋窝里触到了一丝热气，但那已经属于死亡了。

真是麻烦，他拖出被子，又要背那个女的，又去翻寻男的裤子，的确没有。没有就是没有。他抱上被子，扛上女的，又拿着所剩无几的火把，爬上去。看到那男的已经靠着一棵树站了起来，吓了他一大跳。

“没有裤子？”那男的气呼呼地问。

“没找到。”伯纬说。伯纬心里说，你就不问问这女的死了没有。他背着那个女的，把被子给了那个男的，让他顶着，伯纬问：“你可以走？”

“走吧走吧。”那男的说。

这人是人是鬼？他为什么这么不耐烦？他们是那一对……

伯纬感觉到了那女人的重量。他又背着死人了，那个男的顶着一床被子在向上移动，看上去像一个怪物，这使伯纬心里一阵阵发寒，虽然汗珠子从头发深处往外冒。

“车子是怎么了咧？”他问，他拼命问。

那个顶被子的男子却不再说话。刺和树枝总是挂他的裤腿。究竟是刺条还是鬼的手扯他？

好在，他们终于爬上了公路，那个男的没要他扶一下。在他拼命问话时他听见肩上的那个女人这里响一下，那里响一下，全是骨头断裂摩擦的噪音。他坐在公路的中央，他说：“我这就去捡树枝。”

他在公路边捡树枝了，那个男的用被子紧紧捂住自己。后来火生起来了，照亮了，照亮了一切，路，树，被子，死人和他自己。还有天上哪儿的鸦鸣，都照亮了。寒风劲吹。他说：“会有车的，会有车的。”他坐在那儿，口舌干燥，现在，他开始回味那些血腥味，他所见到的男人和女人的血腥味。他想喝水，或者吃花椒。

他拼命地想吃花椒时，车来了。是一辆手扶拖拉机慢慢吞吞而且声音洪大地开过来了。多好的声音啊，越大越好。对，最好是手扶拖拉机。他张开双臂，站在路中央，大喊：“出事了！出事了！”

手扶拖拉机像是从天而降，活生生的师傅开着它。他终于看见手扶拖拉机停下来了，只是机器还在隆隆地响，师傅问道：

“又出了什么事？”

“翻车了。”

伯纬先把那个女的搬上车厢。车厢里只有几根门方，然后和司机一起把那个男的抄抬上车。那男的从被子里扔出伯纬的上衣，说：“能不能把你的裤子借我用一下？”

反正是一条破裤子，里面还有件绒裤，伯纬就把外面那件沾了泥巴和血水的裤子脱下来给了那男的，并对他说：“车我给你照看着。”

伯纬把火堆移到靠山崖的避风处，又找了些树枝来烧。不知不觉，天就亮了。

他正靠着石头打盹，就听见了羊叫。那是自己的羊，他的老婆三妹赶着羊上了山，手上挥舞着鞭子。

早晨没有一点雾，天空很干净，现在透过山下的林隙可以清楚地看见那辆摔下去的汽车。

“你的裤子呢？”三妹问他。

“我给了那个男的。”伯纬说。

“他未必没有裤子？”

“没有裤子，那男的还活着，女的死了，两个都没有裤子。他们的裤子可能还在车里。”

一转眼，家里多了两个人，女婿和外孙。因是招婿，外孙成了孙子，跟伯纬姓。伯纬很高兴，有了把谱系传下去的人了。伯纬赶羊上山，也要把孙子牵着，“憨娃，跟爷爷捉叽溜子（蝉）去。”“憨娃，跟爷爷打老虎去。”伯纬没有手，就两只不能动弹的怪头怪脑的指头，牵着孙子，赶着羊群上了山。孙子哭，不愿跟他，要跟着出坡的爸爸妈妈和婆婆，伯纬不干，伯纬就爬上树去捉叽溜子，但是女儿和女婿早把孙子抱走了。

伯纬总能把孙子抢过来，他才不管他哭不哭呢。“你再哭，红毛大野人就来了！”他吓唬孙子说。

有一次，孙子在山上摔了一跤，额角跌破了，脸上被石头划了好深一条口子，伤愈之后，脸上就有了条亮疤。老婆和女儿女婿就一定不让孩子出门了，于是伯纬也不出门，缠着孙子要给他讲古：“……盘古的爹是哪个？是江沽，江沽咬死了浪荡子，尸分五块，落在水中，长起一座昆仑山，也把江沽包起了，像个鸡蛋壳，一万八千年江沽就变成了盘古。江沽的爹又是哪个？是幽泉，幽泉的爹是哪个，是混沌，混沌的爹呢，是混元，混元的爹就是黑暗……黑暗老母空中转，身怀有孕一万八千年……”后来他唱了起来，唱的是《黑暗传》。“你晓得岩包精么？岩包精能把树皮变成花布……”“红毛大野人其实就是山混子、岩包精、树精……有一天，一个打猎的人进山打猎，下好大好大的雪，雪地上有几十双小娃儿的脚印，到了一个悬崖那里，脚印不见了……”

他太喜欢他的这个孙子，每当这时，羊圈里的羊就会饿得直叫唤，没有人放出去吃草。

这样是肯定不行的，家里的人执意要他天亮后就出去放羊，家里的活有老婆三妹做了，包括带孙子，坡上的活有女儿女婿做了，包括打猪草。开山刀、手锄子、背叉子，他都放下了，他只是放羊。再说，山上如今已没药可挖，连柴胡都挖光了，升麻还有一些，党参、头顶珠是少而又少了。独活和杜仲都家养了，他家就栽培了一亩多地的独活，杜仲树已有十七八根。他干些什么呢？他在山上，羊吃着马胡骚，有时候也啃一些带刺的小叶淫羊藿，他一个人在山上，他想给谁说点什么，唱点什么，山始终不说话，羊也始终不说话。

他好几天都无缘无故地盯着皇天垭子的垭口。垭口像一张巨大的嘴巴。有一天早上他终于看见垭口动了，像山的两片嘴唇动了，垭口里伸出一条舌头——一簇密匝匝的树。山说话了，山发出了“嗷”的低吼声，又像是打呵欠。山懒洋洋地开始说话了，那哪叫说话呀，也就是活动活动。他对山垭子说：

“老哥，你终于开口说话了。”

这不过是一种错觉。他在期待什么呢？

羊发展到三十多头了。他总是让羊吃马胡骚和淫羊藿，在垭子下的油桐包那里，背阴的地方大片大片的淫羊藿无人采挖，他让羊吃了这些东西不分季节地交配，跟人一样，羊就发展得很快。

这一年到了腊月，伯纬就熏了十六只羊胯子，也就是杀了四只羊。冬天的野花椒籽遍山都是，这种花椒籽压羊腥味很好。他想给在香松坪工作的哥和嫂嫂送两只羊胯去，还有羊骚、羊肝和羊肾什么的，给哥补补。另外，他打了一斤野花椒籽。他准备停当了，背着羊胯走到了公路上。

他想搭个便车，不花钱的，于是他选择了车招手。

他总算在寒风中截上了一辆拉木地板的货车，货车也在他身边停下来，司机把头从车窗里伸出来，伯纬看到，正是那个穿走了他一条裤子的男人。他又开上了一辆新东风。

“我到香松坪去。”他对那个司机说。

司机指着驾驶室的人：“都坐满了，下次再带你。”

说完，车就开动了。伯纬缩着被冻硬的鼻子，他被丢在路边。明明还可以坐一个人嘛。他浑身的气都不顺畅。他无意间回头看到了垭口的那张大嘴，他对高远的垭口伤心地说：“我其实知道这伙计姓嵇，他是个鸡娃子！”他那“子”字的弹舌音滑溜溜地向上走着：“鸡娃子——”他大喊，“你还穿走了我一条蓝咔叽裤子咧，你们两个都不穿裤子，搞什么哟！鸡娃子！”

给哥嫂送羊胯子的那一趟，他来去共花了四块钱，坐的小“面的”，挤死人。主要的是，他实在想不通那个姓嵇的救了他一条命为何搭个便车也不让，这是神农架山区的人吗？他想到他那冻得像枯蘑菇一样的下体，还有隔着衣服也能摸到的断骨头，现在他又攥上方向盘了。假如它又断了呢？从山头轱辘轱辘地滚下去，我还会半夜爬起来背他们吗？

夜里，老婆三妹锉牙齿的声音比呼啸的风声还大。伯纬听见的却是垭口说话的声音，山吼了。它在吼什么啦？老婆什么也不知道，山开口说话的事，还有那个嵇师傅不带他一程的事，他已经不能在家里说这些了，她们烦他。

然而皇天垭又翻了两个车。是不是垭子开口就要吞掉一个车呢？一个大车，一个小车，小车是白天翻的，大车是半夜翻的，大车在半夜翻下了挂榜岩，只有结结实实的一声，没有铺垫，也没有余音，咚！一声山塌下来的声音，伯纬一听就知是从那陡壁直上的挂榜岩往下掉的，四百米的崖，伯纬想，人和车都报销了。

这太可惜了，我又得去背尸吗？

伯纬看了看堂屋的火塘里还有余火，还可以点燃一把竹子。他慢慢地坐了起来。被子里和被子外的气温是不同的，而屋外呢？

他在穿衣裳时把锉牙的三妹弄醒了。她在黑暗中问：

“你又听见了什么？”

“我总是睡不着。好像挂榜岩出事了。”

“那我陪你去。”

“算了算了，挂榜岩出事，神仙也白搭，我看看就回。”

在火把照耀的雪野，人好像是去进行一次犯罪似的，给人的感觉总是鬼鬼祟祟，畏畏缩缩。尤其是一个人。他咯吱咯吱地走在冻住的雪上面，到了公路，老远就看到一个黑影朝他走来。

那个黑影拖着沉重的脚步，还有长长的影子，穿得十分臃肿，看起来就像个独行的野人。野人穿过公路的镜头已经被许多人看见过了。伯纬喊：

“喂，你是哪个？”

“我的车翻了，我跳了车。”

“你怎么样？要不要我送你到医院去？”

那人说：“我还好，就是不晓得车咋样了。”

“你人还活着么，你人跑出来了，好，你到我家去把衣裳烤干，去喝口茶？”

他让那人走前面，他举着火把在后头跟着，又回头看了看没有什么东西跟上来，才为那人指路。

从阎王爷的腋窝下跑出的这个司机还惊魂未定，脸上像涂了石灰一样，烤火时嘴里还发出咝咝的寒战声。

“过十八拐，你没有烧纸么？”伯纬问。

“我烧了。”

“你是怎么跳出来的？”

“我完全记不清了。”

伯纬烧旺了火，让那人烤得鞋底发出难闻的橡胶味，又给他冲了一杯糖水。三妹也起床了给那人烧苞谷吃，并对那人说：“我还是第一次看见我们当家的带个活人回来。”

那人抓住满头的脏发说：“不是我跳得快，现在不早成肉饼了。”

那人吃了两个烧苞谷，打了几个嗝，停止了寒战声，站起来跺跺脚，“我现在还能走，这不晓得托了哪个的福，我这就回镇里去报警。我想请你们帮我保护一下现场。”

那人丢下二十块钱，在走出门槛时又被伯纬塞回了他的口袋，“阎王爷不敢要你的命，我就不敢要你的钱，我去帮你守守便是了。”

伯纬跟那个人一起出去，三妹塞给了他一壶酒。在挂着冰瀑的挂榜岩下面，车子已经四分五裂了。他依然先点起火，把酒放在火边，再去捡拾一些捡得动的东西，比如坐垫啦，挡板啦，轮胎啦，腾出一条路来好让其他车通过。然后，伯纬就坐下来拢拢衣裳喝酒。

他品着并不太浓烈的苞谷酒，自己酿的，刚好够自己要的那个劲儿。他就想到有自己的酒喝是一桩极幸福的事，自己种下的哪一棵苞谷变成了现在的酒汁儿，自己种下的，掰下的，搓下的，又蒸熟的，发酵的。总之不会像那个人一样深夜了从阎王手里挣脱后还要一个人摸黑走十五里路去报案。其实一个人只要苞谷酒，你就会省下许多事儿，要那么多东西做什么，要车，要驾照，要汽油，要大把的票子，要木材通行证，最后要了你的命……

火星飞舞在空中像一些四处飘散的萤火虫，到处闪烁着它们的趣味。伯纬抬头看看天空，星不多，气温寒阒，皇天垭的那张大嘴巴闭住了，黑魆魆的，它忽然好像暗示给伯纬：今天没有松鸦闹事。

噢，真的，一声那种不祥的叫声都没有，它们的翅膀和嘴巴也都像垭口的那张嘴给冻住了吗？冰瀑是凝固的气势，而岩上的树白森森的，没有鸟禽飞动的迹象。噢，没有见一滴血。就是这样的，今天没有见一滴血，于是，他感觉到十分清闲起来。坐在火边还是冷，公路上的积雪并不厚，但结成了硬壳；在火边的冰凌烧化了，又冻住了。伯纬只好站起来，围着火堆，然后又围着汽车的残骸跑圈儿。他还摔了几跤，不过他笑了。像他这个年纪，滑倒了以后是会笑的。

他后来在火堆边做了一个梦，梦中见到了他的爹，在老林的一间茅屋前晒衣裳。爹已经死去很多年了，后来又看到有一只毛冠鹿用白色的嘴唇舔他，醒过来一看，他的老婆三妹在往他手里塞糁子。但是没有羊。

“人家都在忙年，我看你忙什么。”三妹说。

“嘀嘀，我忙什么。”伯纬嚼着老婆做的喷香的糁子，掺了蜂糖的。蜂糖是自家的蜂糖，还有一丝儿山里的百草香味儿。

不久，那个司机带着交警和保险公司的人来了。伯纬把他晚上捡的一堆东西交给那个人，然后说："那我走了，我还要去放羊了。"那人说："你先莫走，你也是一个见证人。"又对保险公司的人和交警说："我就是碰见他的，我还到他家喝了杯糖水，他老婆还给我烧了苞谷吃。"

伯纬对交警和其他几个陌生人说："这个师傅是我看到的命最大的人了，嘿嘿。"

那人不让伯纬说话，一说就捣拦他："算了算了。"

伯纬只好沉默了看那些人拉尺、拍照、记录。其中有一个对那司机说："你吃了人家的苞谷，我们今天吃什么呀，喝皇天垭的西北风？"

伯纬这下找到了说话的机会，他说："到我家去，到我家搞饭去吃，顺便跟我孙娃儿照一张相好么？"

那些人就跟着伯纬去了他家。

伯纬家从来没来这么多有头脸的客人，穿制服，背照相机。伯纬和他的家人赶快刷羊胯子，用斧头砍，下锅，煮洋芋。

热气腾腾的羊胯子就放在火塘上，用一个铁架子架着，苞谷酒搁在一张矮桌子上。围着火塘的一圈人筷子碰筷子，吃得有人冒汗了，脱衣了，话多了，脸上的酒血也不自觉地走蹿起来了。

"……那可真是吓死我了，"那个交警说，"我在十八拐的下头走了一整夜，我想抄小路翻过垭子的，明明快到公路上了，又往回头走，心里想，走错了，可脚偏要往回走，直来，直去，直来，直去。那时我在派出所，有枪，我就记起我有枪，掏出来，连开了三枪，人就清醒了，上了公路。"

他讲的是他几年前的一次半夜迷路。

死里逃生的司机说："一翻皇天垭我就会听到敲锣打鼓的。"

他们问伯纬见到过什么稀奇事没有，伯纬说："我住了几十年，啥都没碰到过。"

后来他们问到他的那一双手，就谈到修这条公路死了多少多少人，有多少多少稀奇古怪的死法。伯纬没说什么，只是搓着一双残手给他们敬酒，他说：

"你们多喝点，这是掺了蜂蜜的酒，又不打头。"

保险公司的人说："一进你的屋就有一股蜂糖酒的香气，你还是蛮能干的啊。”

伯纬笑笑说：“反正就这一坛子酒，你们今天要把它喝完。”

果然，一坛子为过年准备的蜂蜜酒喝了个底朝天。交警趁着酒兴在屋外为伯纬的家人照了几张相，说是在春节前一定洗好了搭过来。

伯纬想坐个便车去县城卖两头羊，那些人便牵羊的牵羊，撵尾的撵尾，把他带到县里去了。

过了几天，来了两个保险公司的人，没有给伯纬捎来他想要的照片，是来调查那晚车祸的事的。那两个人因为不愿意走这严寒中的路，其中一个加上被伯纬的狗咬了一口，一肚子火气，手上拿着爬山的竹棍，进屋了还没放下，倒是喝了伯纬女儿泡的茶水，没说上两句话就问伯纬：你是什么时候看到那个人的？你是何时见到那辆摔坏的车？你在车摔下来之前没有见到那辆车吗？车是不是早就停在挂榜岩上了？你真的不认识他？你总是半夜出来走动，一摔了车你就起来救人？是一碗糖水？两个苞谷？他当时的情况怎样？他的心情轻不轻松？你是几点几分离开的？你替他守车没要他一分钱？出事现场你看见破坏没有？

伯纬接待这样的两个没有好言语的人。他悄悄跑进厨房对三妹说：“不要做饭给他们吃了。”三妹的刀正放在一块羊排骨上。但是，他出来后还是听到他的老婆把刀剁下去了，且发出很响的响声。

“他是骗保摔车。”那两个人对伯纬说，“你也没有什么好怕的，问一问，你照实说就行了。”

“我当然不怕。”伯纬掰着自己没有知觉的半截指头，“我怕什么，我又没做坏事，我怕什么。我只晓得车翻了，我应该去帮别人一把。我从来就是这样，不管是夜里是雪天。”

“嗯，”那两个人说，“就是这样的，你不知道，这当然不怪你，你一番好心，可是被坏人利用了。”

他们向他解释骗保摔车是怎么一回事，他们讲着保险行业的一些名词儿，让伯纬听不顺耳。后来留他们吃饭，他们走了，对伯纬说：“请你把你的狗抓住，我还得赶快回去打狂犬疫苗。”

三妹是真心诚意地想留那两个客人吃饭，她张开两只油腻腻的手出来送客。送走了客，她埋怨伯纬应该把两个人留下来。

“他们把我当犯人一样在盘。我还惹了一身臊咧，好心当作驴肝肺了。”

“我在听，他摔了车，别人还跟他赔车？”

“那当然。”

“有这么好的事？”

“人家一年投保了两三千块钱，他们为什么不赔？”

“现在不是说不赔吗？”

“不赔总有他的道理。不过莫非硬要把人也摔死了就是真翻车，否则就是假翻车？”

“那哪个搞得懂。”

“莫非他真把坏车摔了？”

“他吃多了么？”

“真骗保，那要坐几年牢，”伯纬抽了一口烟说，“刚从阎王手里逃脱，又要到公安手里去了。”

“为什么会出现这种稀奇事呢，这年头？”三妹问道。

她看见伯纬正在吃力地摇头，被烟火熏得像枣子的眼睛泪汪汪地一片。

“你总是见到一些鬼事。你早晨起来的时候把眉毛往上抹三下，火气就升起来了，你爹妈没告诉过你么？”

伯纬是第一次听到往上抹眉毛就能避邪秽，于是他就听从了三妹的建议，早起的时候往额上抹眉毛。

松鸦的叫声在这一天还是出现了。公路上汽车来往如梭，似乎没有任何出事的迹象，可松鸦开始叫了，而且叫得很凶。一种短促的声音“哇”，那就是松鸦，而叫得很长的，叫得更恐怖的“哇——”，是寒鸦或者秃鼻乌鸦，这一带，在松林、巴山冷杉和刺楸的密枝上，多是那种听起来寂寞而微微发寒的松鸦声，而且，它们的样子并不怪诞，你也很难发现它们，除非哪儿有了血腥或者即将有血腥。还有另一种声音——你若在床上不愿离开被窝时，听到好像捏着鼻子叫“要”或“娘”的鬼鬼祟祟的声音，是松鸦中的母鸦和雏鸦。它们在早晨的叫声，如果是晴天，晨光明晃晃地照在山崖或树枝上，天空的衬景显现出一种光溜溜的靛青之色的话，这些鸦声还多少给早晨带来一些活气；如果声音渐飞渐远，在另一片老林扒子里鸣叫的话，那就像隔山说话，没有事的，只当是一种平常的鸟叫，只当是一个人踏空了一块悬石，让它滚落下去；如果是在雨雾天呢，在将雪不雪的日子，在浓密的冰雪冻得人欲生不能，欲死也不能的时刻，松鸦的叫声，它们轮换地变换各种腔调的表演，就暗含着一种命运的诡谲，好像你的一切都早已捏在了谁的手里，所有该发生的，都是上苍安排好了的。

没有事。

伯纬抹了抹眉毛，只是朝漫天的云霞打了三个喷嚏。牛在石坎边的水洼里舔水。水太冰冷，是它用蹄子把冰砸个洞才能舔到的，它不敢狂饮，只能一点一点地舔食。猪在垫圈沤肥的枯草中瑟瑟发抖，把它们的嘴拱在更深的草叶中。狗在跳跃着，追逐并凌辱家里饥饿的猫。那猫连在那早晨伸懒腰的机会都没有，哀哀地叫着，想说话，想申冤，有时竟能说出一两个与人一模一样的单音来。

女婿和女儿都到田里挖冬花去了，三妹正用腿夹堵着调皮的孙子给他喂一种很稠的苞谷糁子。他们坐在火塘边，浓烟朝门外飘去。

“你听见什么没有？”三妹问。

“我昨晚睡得死。”伯纬故意岔开说。

“早晨唉！”三妹不耐烦地说，“你抹了眉毛没有啦？”

伯纬打开羊圈把羊们赶了出来，趁这难得的好晴天去把它们喂饱。羊群沿着山壁挨挨擦擦地前行，遗下光亮的羊屎，从翻起一层层外皮的红桦林间往里走，然后，这些羊群追着山脊的影子上山。羊们喜欢太阳，它们总是在山巅痴痴地对着太阳看上几个小时，白髯飘飘，像一些仙风道骨的老者。

的确没有什么事，公路上的阳光像银带子一样四处飘摇着，比别处的阳光显得更集中。

“快过年啦。”他在说。他向更高的难以翻越的皇天垭口子说。

垭子的大嘴没有说话。

“老哥。”他又说。

有两辆车向那张大嘴爬去，像两只小金龟子蠕动。

什么声音也没有。他记起来，在他出来的时候，他听见三妹在给他说：“你去多了，那儿就出事。”

他妈的，鸡娃子。我未必是个灾星！

他躺在已经化完了雪并被风吹干的阳坡上，有些草还真柔软，紫羊茅啦、老鹳草啦、蓝韭啦。

“可我喜欢公路。”他说。他自言自语地说。他看着自己晒在阳光下的手，那不是手，是个树蔸子。

他现在是在山上，在人迹罕至的山上，冬日的苞谷地里只有一些茬子，没有人，一棵野唐梨上有什么在晃动，不是人在摘果，是两只毛猴子。一簇丛生的粗榧间飞出一只山凤，遗失下两支蓝色的长羽。

可是天麻黑的时候松鸦的叫声又像烟雾一样呛过来了，很凶。他听见了汽车喇叭不停的叫声，是小车的。他刚把羊赶回圈里。他对惊慌出来观察的三妹说："我没有到公路上去。"

他现在要去了，谁阻挡都阻挡不住的。这样的时候谁都不敢阻挡他。他是那么麻利，取竹子，点火，拢在残指上，精神亢奋，双耳赤红，连脚下的力士鞋也系得紧紧的，落地轻轻的，醉了，不醉，都是这个样子。

喇叭叫得急，是因为失去了控制，翻在了八字槽槽底。槽是个泄洪的槽子，只长着些小树，挡了几下，响声不大，也就轰轰几声便翻下去了，都是一眨眼间的事。

伯纬站在公路边朝下看，他在想车为何走到这边来了呢，除非它是上坡。上坡又为何开出了公路？那么慢，未必是个没出师的学徒小伙子？

松鸦在头顶上叫，它们还没来得及睡觉呢，那一定是死了人。在早晨它们就嗅出来了，它们为何有这么好的鼻子？如果它们能通知人们这儿今晚有血光之灾，那又会怎样呢？可怜它们不会说人话。司机和车上的人们也听不见，他们从老远来，自我感觉良好，匆匆路过，谁知道哪儿会要他们的命。

死了一个，伤了两个。

伤的两个一个是司机，一个是局长。司机被伯纬从喇叭长鸣的瘪车子里拉出来时，指着高处挂在了一棵榛子树上的人说："那是我们局长。"

说话的司机从一开始伯纬就没见到他的嘴脸，也没见到鼻子和眼睛。伯纬把他从车里拖出来就是这个样子。他的鼻子眼睛和嘴巴全被撕下来的头皮盖住啦。

伯纬说："你叫马山槐，你经常走这条线，我知道你的名字。"

"我是马山槐。你放羊吗，你就是在这条路上……放羊的那个瘸手啵？"

"我是不是身上有羊臊味？"

"嗯嗯。"

“你的鼻子好灵。”

“你帮忙把我的眼睛弄出来。”

伯纬正准备去弄他耷下的头皮，那个挂在榛子树上的人就喊了：“你们在说什么，看我的姑妈怎么样了。”

伯纬说：“您的姑妈已经没气了。我是先背您姑妈呢，还是先背小马？”

小马说：“背局长吧。”

那局长在朝槽下面的他们发脾气了：“背什么呀，给我搞杯茶来，我干死了，我血都流光了。”

伯纬嘿地笑了一声说：“这到哪儿弄茶去，凉水都没有。”

局长说：“看看我的杯里还有没有。”

伯纬说：“杯子在哪儿？摔破了没有呢？”

那个懒得说话了的小马指了指汽车。伯纬又高举了火把到四轮朝天的车里去找，一个杯子压在那个局长死去的姑妈屁股下，他的姑妈好重，好像故意压着不让他取那个杯子。取出来了，划了他的手，是个破的。

这时，那个局长却在黑暗里瞎叫起来：“救命哪，救命哪，救命的为何还不来！”

伯纬拿着那个杯子说：“我在给您找杯子，是个破的。”

那个局长喊他，要他去，但伯纬不好离开小马，小马明明比他的局长伤重些。他见得多了，他知道谁的命还有几分。

“您能不能先让我帮小马把血止住？”他伸长脖子说。

他的火光已经照到了小马白瘆瘆的颅骨，连皮带毛都扯下了，中间还有个小月牙似的口子，在一团一团地往外冒血水。

可是那局长依然喊救命，声音尖长，已经盖过了在他身边飞舞的鸦鸣。伯纬看到，有两只松鸦已经站到那吉普的轮子上去了，这让伯纬慌乱起来。他仿佛伸手就能触到松鸦，不是一只，而是成百上千只。那个喇叭的叫声也让人心惊肉跳；他钻进车里去找茶杯时也在找哪个电开关，可惜没有找着，他不懂车。

他就只好去背局长。

局长被一根很有韧性的树枝托住了，这是他的福气，他的脚下，是比铁还坚硬的石头，还有个高坎，多么可怕！

局长也不轻，他的一只腿断了，手也断了，额上还有个洞，也在间歇地涌血。伯纬踮起脚去取他，局长呼出一股恶臭的血腥气加胃气来，差点把伯纬压趴掉下石坎去了。他哇哇地叫唤着，诉说着他的不幸："我什么都经过了，坐牢、被人砍杀、火灾、心肌梗塞，就差车祸了，我算是齐全了，我的妈也！"

伯纬说："您先不要慌，这么冷的天，越慌心越寒，血又流得多。我先给您把血止住。"

伯纬拿眼四下寻找，他记起好像看到了一株南星，叶子止血挺不错的，可是局长却说："你不要动我的包！"

噢，有一个包就在那株南星后头，黑漆漆的。

"那里面也没啥东西，你给我一下，哎哟，我的手。"

伯纬掐了两片南星，把包也拾起了，边拉拉链边说："有毛巾把伤口捆住最好。"

在局长发出厉声阻止时，拉链已经露出了嘴巴，里面是大沓大额的钞票，几千块，甚至上万块。

"要你不动，要你不动！"

"我是找毛巾帮您包扎。"

"你是个好人，我看得出来，你救我上去了，我会感谢你的，好不好？"

"我不会要钱。"伯纬说，"我要钱，十几万我都得到手了，"他故意夸张地说，"这里翻车的，大老板，省里的干部都有，上次，有一个厅长……"

"你是好人，你是好人。"

伯纬用南星叶给他垫上再包扎时，局长一直絮絮叨叨那几个恭维他的字。他说："我是个倒霉货，我是个局长，你的衣裳这个样子了，我到时把两套新工作服你，我的血都流到你身上了，蛮对不起呀。"

局长只有一只好手，又要拿包（包吊在腕儿上）又要抱住伯纬的脖子，同时还举着火把。

伯纬不能举火把，他要抓住局长，他又没有手，几个硬戳戳的指头还要去勾树，或者抓石头了往上爬。他呼噜呼噜地喘着气，可是局长已经没有话了，局长反正在他身上。

竹子熄了两支，又常常被树枝挂住，一条一条发烫的火屎飞到局长和伯纬头上、手上时，两人会同时叫起来，还有血，局长的血没有止住，往伯纬的脖子里流，流进去时像一条条滑溜冰凉的蚯蚓。

他跪着往上爬，局长的骨头断得厉害，不能帮他一点点，他的膝盖把冻硬的雪压得嘎吱嘎吱响，就像一路打破着玻璃。

太陡了，槽子太陡。他们总算爬上了平坦的公路。伯纬要把火烧起来，这样才好拦车，又能取暖，同时还可以把熄灭的竹子点起来。伯纬的裤子连磨带挂，膝盖已破了。他又去背小马。他先前给小马留了条毛巾。现在毛巾正攥在小马的手里，他没有自救，头皮还奄拉着，还是看不见鼻子眼睛。

“喂喂，你冷吗？”

得到应声后，知道小马还活着，他就去掀小马的头皮，并揩他的脸，终于露出那个熟悉的小马来，是那个人，马山槐。头皮捆住了，但小马的眼睛依然闭着。伯纬问他哪儿不得劲，他说，全身都不得劲。

“那我们准备上去了，上面说不定拦到车了。”

“你不能正面背我，我的肋骨好像刺到肝里面去了，里面疼得很。”

说这些话的时候车喇叭的嚣声正慢慢地偃息下去，最后变成一线呜咽，取而代之的是松鸦，现在只剩下它们的声音了，在阴暗的角落里响彻云天。这使伯纬鼓起了劲一定要尽快把小马背上去。

“松鸦叫得好凶。”小马无力地说。

伯纬正把他从侧面扛起来，说：“你不要这么想，让它们叫去，那是因为局长的姑妈。”

“我们局长还没有死吗？”

“你们局长还没有死。”

松鸦的翅膀包围了他们，形成一个圆圈。伯纬总是勾不住树，滑，伯纬差一点把小马摔下槽底去了，他一步滑下了十几米。他抓住了小马，可是他的手，他听见了自己皮肉撕裂的声音。他要冲出松鸦的叫声。背着活人总比背着死人强。不过眼下背上的活人跟死了一样，就一口气了，有时候还打出很响的嗝来，仿佛要把最后一口气呛出来似的。

他上了公路彻底软了，头顶上没有松鸦，只有几颗寒星在闪烁。松鸦的叫声、车喇叭的呜咽都和槽底下的风声混杂在一起。风声里有灌木和一些大树的惊乍。他又去背那个局长的死去的姑妈。

他第三次爬上公路，看到他的老婆和女婿都在火堆边了。他的老婆三妹抱着一床破烂的棉絮。他听见他的老婆在埋怨：“老鸹都飞到我们屋顶上去了。”

他们一共拦了三个车，车才停。前两个车有一个完全不理茬，另一个说到前面去掉头，也一溜烟跑掉了。第三个车装一车橘子，是个面包车。伯纬说：“我们帮你把橘子卸下来救救两个人，怎么办呢。”

一家人七手八脚把袋装的、篓装的、散放的上千斤橘子给搬下来了，把伤的死的三个人抬了进去。伯纬对老婆和女婿说：“你们看橘子，我送他们去医院。”

到了镇上的医院，伯纬按医生的交代把局长的姑妈先背到后头的太平间里去了。太平间叫“后头”，医生都这么叫。“后头”伯纬很熟悉，没有灯他也摸得到，一个未锁的门，进去有几块大木板子，用砖搁着，能放一个人。

回来以后，他又背局长和小马去拍片。医生看了片，看了人，对里面的一张手术床说：“哪个先上？”

小马说：“局长先上。”

局长也没谦让，哼哼叽叽地进去了，门也关上了。

镇医院半夜没有生火，也没有人，所有的医生护士都到手术室里去了。伯纬陪着小马坐在冰凉的条椅上。门外的风又大，伯纬把门关好了，要把小马扶到靠里面的一张条椅上，说：“里边风小些。”小马就坐了过去。他的一只棉衣袖子还剪开了，因为那只胳膊断了。他淌满了血的膀子就露在外面，一些骨头从肉里钻出来，看起来就像个跟人打过恶架的失败者，样子十分可怕。伯纬想同他说话，最好还多一个人，或者有点儿歌声就好了，自己唱的，录音机里、收音机里唱的都行。他自己的膝盖也露在外头，破了，也有血，也没有了知觉。两个残手冻得像紫茄子，他想起听到手上出现的撕裂声，他这才有时间看，是右手，过去的虎口与掌子连在一起的地方破了，他动了动那半截大拇指，虎口就生疼。

“都腊月二十六了，再过三天就要过年了。”他捏着伤口对小马说。

小马没出声，闭着眼睛坐在那儿，头上缠着湿漉漉的毛巾。

“也不知道你们局长的手术大不大，估计那鼻子上额头上的两个洞儿针就缝了，手和脚上夹板。”

小马点了一下头，又好像没点，没动。

“你坚持一下，这儿条件有限，就一个手术室。这儿我蛮熟悉的，我当年手炸了，就是在这儿做的手术，现在医生都换了，又混熟了，凡是我救的人，我都要送过来，放心些。”

小马好像睡着了。好半天，他忽然说：“我们局长的包……他拿着？”

“当然他拿着。”

“他死了也会拿着。”

伯纬看着小马：“你说这话？”

“也会拿着。他的钱嘛。”

“他不会死的，进了医院，进了手术室，就放心了。人哪这么容易死呀。我当年血压高压只有二十，低压只有八了，还没死，活到如今好好的。医生说，我再晚来五分钟就没命了。我就是再晚来五十分钟，我也会活着。人就是这样，哪会那么容易丢命哪，不会的，你只要想活，你就能活。你不想活了，还有人帮你活呢。”

他不停地给小马说话。手术室没一个人出来，仿佛医院里没人，手术室也是空的。电灯又暗，伯纬看着小马突然害怕起来。他提高了嗓音说：“喂，小马，你说点话看看，要不我喊医生来给你吊点盐水。”

“更冷。”小马说话了。

“你是说吊盐水更冷么？不吊？那就不吊。小马，你饿不饿呢？你想不想喝点水？你上不上厕所？做手术时一针把你麻翻了，想撒尿都撒不好了。”

小马摇摇头。

“为什么有那么多钱？单位的么？”伯纬在找话说。

小马又摇摇头。

“局长自己的？”

小马还是摇摇头，很不情愿似的。

“你不知道，你左右不知道。你们局长说，准备给我两套工作服……那么多钱，我总算搞懂了一个问题，我要是有这么多钱，我也会把车挂到四挡五挡了往家里飞。我现在才晓得车祸是怎么来的了。”

小马还是在摇头。

“你蛮难受么，小马？”他看到小马身子一阵阵发紧，“你是不是冷哪，我去搞床棉被来。”

伯纬就去拍手术室的门，他不停地拍，他害怕。他顾不了那些。

门终于打开了，一个穿着白大褂的女同志欠身出来说：“有什么事？”

伯纬听到手术台上有敲打声，忙哪，但是他要说说：“外面的伤员冷，能不能搞床被子？”

女同志说：“被子？除非做过手术了上床。那不行啊。”

伯纬说：“你们还要多长时间呀？”

“马上完了，别急别急。”

他扶在门框上的手只好缩回了，因为那女的又要关门，当然是笑着关上了那扇手术室的门。

他只好又坐到小马的身边，抱怨说：“都是些新手，新来的小医生，手脚又慢。”又对小马说：“医生手脚要快，你们手脚要慢。以后开车，你千万要慢点，跑那么快做什么，慢一点，图个安全，到头来受罪的是自己……”

他这么说着，劝着他，他好像觉得小马已经死了。小马还是坐在那儿，闭着眼睛，垂着头，一动不动，但像死了。伯纬不用去触摸他，一看就知道他是个断了气的人，他见得多了，瞟一眼就感受出来了。

伯纬瞟着他，不知如何是好。他的脚往旁边挪了挪，想离开小马尽量远一点。他用手去试试小马的鼻子，的确没气了。

“外头的死了！外头的人死了！”他猛拍手术室的门。

门开后里面的医生终于知道伯纬说的什么，一个男医生和一个女护士跳出来，他们要伯纬帮忙把小马平放在条椅上，男医生捏起拳头砸小马的胸脯，又用手掌压。女护士拿来一个大针筒，一根粗针管，两人嘀咕了几句什么，女护士捋起小马的衣服就朝肉里面扎去。一筒药水推完了。男医生用手去摸小马的脉搏，又用听筒去听他胸前，然后站起来，摇了摇头说：“不行了。”

伯纬站在那里，那一刻从头到脚颤抖不止，仿佛心里边残存的最后一坨热量被什么卷走了。他把目光停留在那张被他擦过，又被他包扎过的脸上。他看灯，看墙，看医生，又看那张悄没声息的脸，很年轻，又安静，好像遽然间缩小了，瘪陷了，归顺了某种很强大的势力。伯纬哭了起来！伯纬说：

“小马，不是我不救你，我是把你送到医院了的，只怪你的命了。”

他对医生说：“我把他背到后头去吗？”

医生说："可以。"

伯纬抹了抹眼，用一双脏兮兮的手抄小马的腋窝，弓起身背上他，去了后头，才知外面正大雪纷飞。他在黑暗中把局长的姑妈挪动了一些，把小马放下来，挤上木板，放稳了，摆平了，再进医院的走廊。没有医生了，都进了手术室。在那个空荡荡的走廊里伯纬又一阵好哭，泪水简直像挖穿了的泉眼，就觉得今天让人一阵好哭。他离开了医院，摸黑往家里赶。

十几里路，雪又下得紧，风也刮得寒。好在，鸡叫了。

看到家就有了一股人气和温暖。天已经大亮，羊在叫，牛铃在牛屋里发出了骚动，牛又渴了。鸡在叫，孙子也在叫——他站在门口，单衣单裤地站着撒尿，尿把裤子也打湿了。

怎么没一个大人管他，寒冬腊月下雪天，一大早的，让他一个人站在门口？他迈开山里人的大步就上前去抱他，想把他抱进屋去。这时，在里屋的三妹丢下一个舀溯水的瓢就飞快地一把从伯纬手里将孙子夺过去了。

"你不要碰他，腊时腊月的，你刚背了死人回来！"

说啥啦？伯纬愣在那儿，像一截糟木头。他站在自家的门口，看到了屋里的几个人：两男两女；三妹，那个头发垂落下来已经花白的，另一个，妮子，胡子拉碴、像根犁拐的女婿，孙子，四个人。

他们是谁？搞什么的？是他的家里人吗？这不是他的家！是谁的？他不愿意想，不愿在意识里把它明晰起来，就像他不愿细看那些变幻不定的云朵一样。

伯纬好伤心，伯纬的双手还没有放下，还是抱孙子的那个姿势，僵痴在那里。又一次，他颤抖不已。他本来不想说的，他终于说话了，他说：

"我这辈子就是个背死人的命。"

他说完，进屋，舀水喝，脱了衣服，上床睡觉。一屋的人，那四个人，都听他清清楚楚地说出这句话来，然后看着他把一身血壳的衣裳摔在糠柜上，发出很响的声音。

春节有两个人来看他。都是被他救过的，提了橘子酥食和火酒。火酒让女婿提回家去了，伯纬自己不吃火酒，商铺里买的火酒，总是打头，喝了又不容易出汗，闷得慌。

开春了，雪化了。又来了一个客人，是安徽的。伯纬差一点认不出来了，就是那个压在石头下的安徽司机的弟弟，说是路过，来看看恩人。那个人说：

“我现在算是下岗了，又没有发财。没发财也要来了，我欠您的一笔人情。”

“哈哈。”

伯纬笑着给了那人一拳，然后留他吃饭。那人也不客气，喝了半斤酒，吐着满嘴的羊胯子腥膻味对伯纬说：“我给您钱，您会骂我；我不给您钱，您也会骂我，骂我忘恩负义，您先不要说话，听我说完。我想了个点子，我帮您在公路边搞个小卖部，卖点东西。现在人也多了，车子也多了，守着这么好一条公路，不生钱划不来……听我说，生钱是来路正大的钱，不是收费站的钱，也不是交警乱罚款的钱。”

怎么推脱，也不行，就这么办了，那人早就在村里叫了人，买了些木板、青瓦、檩条及椽子，不到两天，花了几百块钱，就把个小卖部拾掇得清清爽爽了。那人临走时又一膝跪下，涕泗横流，说：

“我哥生前也是个识好歹的人，他会保佑您发财的。”

伯纬说：“我只求平安，不求发财，恭祝你也一样。”

伯纬进了些烟、酒、麻花馓子、鞭炮、洗衣粉、力士鞋什么的，还找人进了点蝴蝶标本、木制的刻有“神农架旅游”的小钥匙扣。他守着店子。有时，三妹来打打招呼，他就去放羊，他知道哪儿有好草。

生意不咋样，一天卖不出去十块钱。歇脚的人歇脚，还白搭上茶水。一些司机飞快地开着车在车上给他打招呼，没有闲空停车，忙着赶路挣钱。于是伯纬就在小屋后砌了个羊圈，把几十头羊赶来了，没生意就关了门伺候羊儿们。

这一天，他赶着羊群经过挂榜岩，就见一个老师模样的人正在给一群来这儿旅游的学生讲解：

“……你们中说不定就有谁能破解这神农架天书，我相信我的眼力。不管是我们的祖先留下来的，还是外星人留下来的……”

他走近去，他还听见那个老师正口沫乱飞地给那些年轻人讲什么神秘的北纬30°文化带，什么野人啦、恐龙化石啦、金字塔、魔鬼三角区啦。听着听着，那些年轻人转过头对他的羊群发生了兴趣，有的男的学着羊叫，女的尖叫，然后和他的羊一起拍照，叽叽喳喳。

情形太乱了，羊到处挤挤擦擦地跑，他要那些年轻人帮他吆喝，后来，汽车发动了，那些人又雀跃般地往车上钻去，留下四散的羊，它们咩咩的叫唤声太让人激动了，伯纬好久都没有这么高兴过。他骂它们，骂羊，用鞭子抽它们，抽空气，抽这个早晨。

太阳直嗵嗵地照在岩上，现在他被温驯的羊们簇拥着，他手抚着头羊的角，他仰望着岩壁，是什么字呀？一个“路”字，还有一个是“缘”字还是“情”字？

他都记不得了，是二三十年前的事，他认出来过，现在，他恨不得把两个眼珠子伸出来，扒着那些天书的缝看个究竟，啥字呀？啥字？

这样眼就看花了，什么字都没见着，那些天书里是腾起的烟雾，是密密匝匝的老林，是一群扑打着翅膀四处飞散的松鸦，还有呼啸的手臂，深壑般的喉咙……它们全像蛇一样纠缠着，冲撞着，翻滚着，煎熬着。

这时，从岩壁的天书间弹出了一片歌声，怪清亮的，比犁铧的敲打还有钢性：

洋二队，土四队，
不土不洋是三队……

鸡娃子有点怪呀。今天洗懒（脸）我没有抹眉毛？

他抹着眉毛，说：

“王皋，你还在吓我！”

他赶着羊群上了山，山上有极好的草甸。

巨　兽

潮湿的夜幕像毡子一样沉重地垂下来，压在饿老婆山和滚水村的头上。溪水在石崖下发出响声，一只萤火虫钻破黑暗，有气无力地亮了几下，就不知飞到何处去了。

村长和福是被罗赶早的老爹叫到罗家去的，说是有惊人的事要说。他披衣就去了。去的时候那儿已有四五人，神色凝重，围着火塘不出声。见他来了，连让座也没有，蓬着火，仿佛几个妖怪。挤进去，狗却朝他狂吠；他转过头去看，狗是冲他来的。那狗一副怪相，地包天牙齿，长相奇丑无比。和福有些愠怒。好在罗赶早的爹把狗飞快夹住了。一个村长受到这样的对待，当时火就来了，就冲罗赶早说：啥鸡巴事儿说撒！对面的罗赶早抬起头来，哪还有形象，魂儿都不在身上了，一副躯壳，头发冲天炸起，两眼胡睖得像灯泡，在火光中就是个大死耗子。

“大家伙，”他说，“有五、五头牛那么大！”他伸出五个指头。

“鬼？”和福说，“是不是鬼撒？”

那家伙噎了半天，还是没有回答。那就是鬼。果真碰到鬼了？有人给他捶背顺气，有人递水他喝。他哪喝得进去，人是个硬的，像块石头。吓得这样了！

“……我赶早说了瞎话，不得好、好死！”他发毒誓，“我……我……”

罗赶早的爹大声呵斥罗赶早，说，你们给他兜头一瓢粪，我不相信他不还阳。大家就笑，但还是拿罗赶早没法。罗赶早的魂儿还在地狱里。罗赶早费力地喝了一口茶，说：

“没事、事儿，我细细讲、讲来……”

于是他就对大伙说了这事的来龙去脉——

罗赶早就像他的名字，这几天天天赶早去挖节儿根。节儿根就是鱼腥草的根，山下的餐馆收，凉拌吃的。今天，罗赶早天刚亮就进了山，往白鹿沟去。下了几天雨，天晴了，正好挖。沟里虽是秋天，鱼腥草却长得蓊蓊翠翠，一蓬一蓬，在岩畔沟坎下。土石松动，很好挖，不到一个时辰就有了大半篓。罗赶早用挖锄在石缝里刨时，眼见得背篓要满了，突然听到一阵很大的响动，从林子里发出，还有石头乱滚的声音。罗赶早把头抬起往崖上望去，雾气弥漫，树影、山影、草影都仿佛在蒸笼里一般。罗赶早只觉得一股凉气从脚板心往上蹿，浑身寒毛倒竖，有一种大难临头感。天天在山里头钻的人，什么都见过，什么都经历过，今天咋无来由地发寒呢？罗赶早伏在岩坎边去看，果真看出个大征候来了——雾霭蒙蒙的坡地上，出现了一个黑魆魆的家伙，一个影子，巨大，像间守秋的棚子。罗赶早心想这沟里也没哪个种庄稼，何时搭了个守秋棚子哩？这地儿咱熟啦，也没啥烤药棚的，荒林野地。那东西黑乎乎的像一条船在雾里浮动，是个啥玩意儿哩？浮动的意象进入了大脑，那家伙果然动了起来。一个屋子动哩！屋子动，还踢得树呀草呀石头呀哗哗乱响，这可邪门儿哩，楚霸王请客，凶多吉少哩。咱活了四十岁可没见过这尖板眼儿！以为是看花了眼，再一细看，那屋子真的在动，圆滚滚的好像还是背脊，有毛。树枝叭啦叭地折断，土石哗啦哗啦地滚动……罗赶早当即就痴呆了，恨不得把心抓出来哭，三魂吓掉了两魂半。就紧贴着一蓬鱼腥草，想是个山龟就钻进草缝中去了。大气不敢出，二气不敢进，憋得脸就跟溺死的人似的，就听见那家伙呼呼啦啦地走远了，拔腿就往村里跑，连滚带爬，自己也不知道是怎么回家的。回到家也不敢跟家人说，自己在被子里抖了一整天，鼻子流血，迷迷糊糊全是一条大兽。盖了三床被子还是抖，发高烧，说胡话。等到晚上，全家人都回来了，他老爹用辣椒水喷了他一脸，辣得他艳若桃花，这才哇哇地清醒过来，大喊一声："祖宗哎——"喊叫声如长空破石，惊绝莫名，这才把山上遇到的状况说了出来……

现在，一屋的鱼腥草气，一屋的寡妇脸，一屋的呛人烟子，一屋没魂的人。人包裹在浓浓的烟雾里，以为这就安全了。可罗赶早在火塘的火光下，把火拢到了自己怀里，衣裳烤出一股牛尿的臊味儿，就差把自己丢进火里了。火就是他的护身符。他手抓着胸口，两只眼睛像柿子一样在风中摆动，看着都令人揪心。

"啥哩？它吃了你没？"和福说。

"吃了还能回来么！"罗赶早的爹说。

“这就对了。它惹了你没?”

“惹了那还有命!”罗赶早的爹又抢着说。

这让和福烦了,“没问你,问赶早。”

“没,没。”罗赶早张着一张申冤的嘴说。

“没咧,都没咧,吓成这样了,卵掉没?”

“没……”

“这就对了。你是盲人进按摩房,瞎鸡巴叫唤。”

“那家伙大呀……”有几个人小声附和。

“和尚的鸡娃子大不大?那还不是白大的!”他想轻描淡写。他,和福,村长。他想走,离开。他想站起来,可他站不起来。

“就是个守秋棚子吧。”有人说。“得看个明白。”有人说。“花了眼了。”有人也说。

“能走动,是不是个大熊?”

“没这大的熊!是个从没见过的野家伙!”罗赶早突然不耐烦地嚷起来,像受了天大委屈似的。

“赶早,那你仔细回忆看看,究竟长得啥样儿的?……”

“……头蛮大的,黑糊糊的,嘴么……蛮短的,全身毛带点灰棕色……头像个大皱瓜,长方形的。”

他说得这么确切,他什么都想起来啦。

“你什么都看清了,是公的母的?长了几个鸡娃子?”和福不信。他要否定。他打断他,呵斥他:“长方形,还正方形的啰,那不就是个棺材兽?……”他发觉他失言了。村长失言了,同时大惊失色。他恨不得铲自己几嘴巴,我咋把这全说出了哩?我这不是帮他们添砖加瓦?

村长说出了,挑明了,棺材兽来了!只有传说中的那秽物棺材兽才这么大,或者还没这么大,可这兽来了,是要装几个人进去的。屋子里一阵骚动。

“瞎扯鸡巴蛋的!赶早你真以为我信?清晨巴早的,那大的雾,你看得鼻子是鼻子眼是眼,鬼信喽,你只怕是孙悟空火眼金睛。”他甩掉别人敬给他的烟,抽了两口就狠狠丢了。他要化解这件事。他站起来。

“那……那我……”

“骡球挎的!”他还骂。

娃娃鸡在林子里荒荒地叫了几声，这些鬼鸡子，叫得夜里惶惶的，难受。未必不能来几声喜鹊喳喳叫？可半夜三更的。有人咳嗽。

“是真是假，弄清楚了再说。”这就了了。把人打散。人聚在一堆，事情会越扯越大。

他去点杉树皮火把，其他人也只有走了。有的找棍，有的找电筒，也有的来点火把。

夜已深。夜很深。这样的地方，一入夜，夜就很深很深，深不见底。

“究竟是啥家伙，把我家赶早吓成这样啊！”罗赶早的老爹，嚎。

“是个老家伙。”村长说。他烦。又笑。走出门就笑出声来了。烤暖的身子一下子丢进寒霜里，天虽晴，星斗满天，可气温寒冽，风一浸，像要下雪的样子。估计周边山里下雪了，或者明天要下雪了。天很开啊，银河像一把扫帚，气势磅礴地划过夜空，扎进大山肚子里。

第二天，没有事。天还是晴的，没雨没雪。山上的叶子也亮了，该落的往下落，不该落的也在红着。用秋高气爽几个字来形容也靠得了谱。苞谷在萎黄，那也是熟了，一个个大棒子里露出秋天的丰满。蜜蜂像兴奋过度的小娃子，不停地穿梭嗡嗡地飞蹿酿着秋蜜。先是一棵鸡爪槭红了，后有几株海棠也红了。秋风吹拂，大福大贵，大吉大利。烤烟的屋子升起了蓝幽幽的烟雾，并且飘来今年第一阵烤烟叶的清香。一些猕猴桃青梗梗的，一些五味子红骚骚的，一些蔷薇果紫屌屌的，都串在那些枝条上，在路边，在灌丛，勾引人和蝇子。

和福村长很早就叫来了几个人，包括罗赶早，一起到白麂沟去。啥毬都没有，四野皆静。沟里的叶子亮汪汪的，沟深，像个贼娃子红得够灿烂了。沟里，坡上，崖上，崖下，林子里，在罗赶早说的地方，扒开地缝寻了个遍，没有大兽走过的痕迹。也许是这沟里昨晚下了一场雨，把痕迹都冲走了。草隐约有倒伏的迹象。雾气散了，天高云淡。人也多，加上狗，闹吼吼的，什么兽都吓跑了，躲开了。也没见到罗赶早说的守秋棚子药棚子之类，肯定是这狗日的起来太早，睡眠不足，看花了眼。这山里有大兽，灵鬃羊啊老熊啊羚牛啊还有放牛的咧，大牲口在雾里，有膨大的幻象。再说村里也打死过大兽，马斗全的老爹当年就打死过一头七百多斤的老熊，站起来山一样的。可也让一个村民——就是王天飞的叔叔王眍子的给那熊一巴掌打死了，王眍子是个深度近视。可这熊，也忒大了。在雾中看东西，总能看出怪模样来。若是熊，倒能对付。和福带来了二十几个套子，一半钢丝套，埋在罗赶早说的地方。一路走一路下。

山坡上，湖蓝色的石泽和粉红色的打破碗碗花争奇斗艳，冷杉和粗榧油碧墨绿地抖擞，站得安安静静。流云如画册，死去的苦竹又好像活了，青芽在中间偷蹿，风中的竹米沙沙往下掉落，山冈是沉醉的，没有恐惧。

没事儿。大家就笑谑罗赶早让他一个人留下继续挖节儿根。有人这么一说，罗赶早拔腿就跑，比兔子还快，大喊着："鸡日的害我啊！……"

第三天，也没有事。山上的秋事倒热火朝天。乌桕比海棠红得凶猛，只有一夜，不知哪里来的一株乌桕就站在了高处，在南边的茶畈上，把火燃到了山的眉梢。乌桕是乔木，而海棠大多是灌木。看到乌桕的红，提醒人们秋茶也要采了。农家的事儿多哩。

也没在意的这一天，这个晚上，皮安的儿子没有回来。

傍晚，灵鬃羊的叫声清亮清亮的，明天又是一个秋收的好日子啊。晚上灵鬃羊叫，表明又将是一个晴天。灵鬃羊若早上叫，则雨。可这天皮安的儿子却没有回来。

皮安的儿子是聪明懂事的货，叫皮小安，跟和福儿子是同学，高一个年级。和福的儿子喜子，学名全喜——全家人欢喜。因为这是第二个老婆双姣生的。第一个老婆没有生育，被他赶回了娘家。

喜子与小安是一同放学的，学校在锁牢关，离村子有八九里地，今年的夏天，山洪怒吼，将仅有的一条简易公路冲断了——这路是县里"康庄工程"之前匆匆修的，投入少，勉强能走人，这下连人都走不了，上百米成为断崖，只好绕道往黑松榨走，又多出了二三里。为了娃娃们，他和福也要想办法把这条路修起来。可还没修起来，事就出了。黑松榨可是个黑得像锅底的老林子，常常狂风大作，芭茅遍野，荒无人烟，老熊时有出现。据喜子说，这一天他们是五六个娃子结伴，男女都有。可小安说要摘五味子，说多搞些给他娘吃。大家也没在意，以为小安只是落在后头了，没想到没能回来。

天完全黑了，皮小安的娘就哭哭啼啼上门了。皮安不在家，去城里打工去了。皮安老婆哭得浑身发抖，眼睛青肿得像打了二十棒的。儿子只有一个，儿子不见了，她如何向皮安交代呢？问题有些严重。

和福村长叫来了村里所有的男人，十来个，加上些年轻胆大热心肠自告奋勇的女人，准备了几十个火把，都操着家伙，还将护秋的锣和牤筒拿了出来，去找皮小安。

和福村长在村头发话聚人。村头是棵千年天师栗，又叫梭罗树，烧天树。这树呀，传说只有月宫里才有的；一到秋天就燃烧起来，一树的红叶，照彻三五里，就像整个村庄都着火了一般。可有时也真燃烧，几次打雷，将其打着，树都烧空了。有一次打雷，从里面树洞里打出条大蛇，打到半空中，又跌落下来，落到河滩死了。三日之内河滩上臭不可闻，后来那蛇尸无影无踪了。天师栗到了秋天结一种猴板栗，比板栗大，酷肖板栗，是味中药，成熟往下掉的时候，树叶就要红了，譬如现在。树叶密密匝匝的，酝酿着血红的火热的季节。今天，老树在几十支火把的映衬下在高远星空中就像着了火一般——哈，叶子竟一下子全红了，咋就一下子全红了呢？这下看，叶子像烧天荒的大火，真叫烧天树哩！这个壮观哪，天地一起全烧透了。甭说三五里，十里八里也全照透了，三十六层天宫也全照透了。红灿灿，雄滚滚的树，火树，把妖魔鬼怪全要赶出饿老婆山，赶出滚水村。火一汇拢，就壮了山的胆气，加上一些狗叫，马锣敲，牤筒吹，还有什么可怕的！和福村长站在高高的树根上，可着喉咙大喊：

“村民们，老少爷们，皮安的娃子不见了，我们一定要找回来。说什么也要找回来！小心火啊，别碰着枯草落叶，这是两件大事，烧着了你我要掉脑壳的……”

气氛狂热而紧张，正准备出发，那树边高深围墙的大铁门打开了，王天飞也就是王百万的傻儿子王刚跑出来看热闹了。他一出来，他家那匹大狼狗也出来了，狼狗外八字脚，尾比狼尾还粗，黄碜碜的身子，在火光里像一条巨型松毛虫，淌着奔放的舌头，出来就咬。一些人吓得就跑，队形就乱了，惊叫声炸开。和福也不知往哪里跑，那狗有时认他，有时不认他，让他很头疼。对村里的人基本咬，没有不咬的。因为这是条城里的狗，比较傲慢，不喜底层人民，特别是长相寒碜穿着陈旧瘦瘦巴巴的乡下人，不认乡亲这个概念，以衣貌取人。其实链子还是在王刚手上，但王刚是个呆傻儿，保不了故意让你咬下一块皮来，他乐呵乐呵。狗挣着链子撵咬人，照看王刚的裴姐赶快出来喝唤了：王刚啊王刚啊，火车啊火车啊！火车是那匹狗。狗唤上了，拽回了。重新拢好人，已是一身臭汗，体力过半。

大家再吼吼跑跑地去找人，皮安的老婆却鬼哭狼嚎，捂着肚子被人架着走——她有胃病，皮小安就是说摘五味子给她吃了治胃病的。五味子消积化食。这女人一哭，一喊，就凄惶了。说是她害死了小安，说皮安回来要打死她的。哭去哭来就是这些。后来让大家对她的哭无动于衷了。

秋夜全在秋色的红里。秋夜在秋色的深里。一溜的火把不过就是几十只萤火虫儿，山林子在夜里显得忒大。大家唤着，敲打着，吹喊着，唤皮小安。带去的火把烧成灰了，还是连根人毛都没见着。喜子和他的同学带路，一路寻去，一无所获。皮安老婆在黑松榨苦竹林里不出来了。到了锁牢关学校，在小安课桌里寻到半截铅笔头，揣着回了，用铅笔头扎自己的心窝子。

就算讨鬼吃了，讨野牲口叼走了，也得见个尸见点血见块骨头呀。

一路上大家有各种猜测。一是这娃子是不是一时兴起，去城里找他爹皮安去了；二是碰上熟人，跟人玩儿去了；或被熟人顺路带走找他爹去了；另一种就是：碰上了恶牲口，碰上罗赶早说的那个不明不白的大兽。反正被人贩子拐走的可能性不大，十一二岁的娃子，难拐。当然也说不定喽。再则，男娃儿，奸杀的可能性也没。

半夜回来一个个蓬头垢面，疲惫不堪，衣裳被荆棘挂得筋筋缕缕。听见王刚家那条狼狗的吠叫声，大家总算舒了一口气，说，总算回家了。可人是没寻着，事情没完。罗赶早说的那个东西，果真是真的？到咱们饿老婆山里来了？且要吃上几个人什么的？就是那棺材兽？村里果真要备棺材，备几副棺材？……

皮安儿子失踪的第三天，皮安歪歪倒倒从城里回来了——有村人辗转给他递了信。回来失魂落魄，到了村口就哭，连口水都没喝就进山找儿子。这个人！

当天傍晚，皮安和几个亲戚，竟在蛇行垭几百米深的河谷底下，即响水河边找到了他儿子，不过已经死了。皮安儿子安静地躺在一块石头边，就像熟睡一样，蜷着身子，书包放在一边，没有凌乱迹象，没有被野牲口咬噬的痕迹，身上干爽爽的，就脖子上扎了个洞，洞很小，不细看还看不出，就像个土蜂子洞，有几只红丝蚂蚁从那里爬进爬出。没有一丁点血迹，干干净净。但更令大家大惑不解的是，这娃子过了河，在河那边，而这条汹涌急遽的河十几米宽，又没有桥，他是如何到河对岸去的呢？莫非飞过去的？

哭是哭，哭得死去活来也没有用了，皮安的老婆是在村口看见儿子的尸体的，看见儿子脸上有红是白，跟生前一般模样，拍打着他的脸，又跳又喊，就是没有应声，就一头撞向那棵天师栗，后被人拉住了。皮安老婆习惯性流产，吃了多少药才保住这娃子，且是个男娃，可这下什么都没了，那还有不伤心欲绝的。

和福村长在皮家“吊冤科”的法事上，抽了一支黄鹤楼的好烟。皮安把一整包烟也塞在他怀里了。黄鹤楼满口余香，满耳都是“魂兮归来”的法咒；道士是从下埡子湾请来的，是个木木登登的老头，死气沉沉的眼睛里藏着狡诈，像一只老竹鼠。拧鸡头的时候下的却是狠手，好像杀过人一般。这个满身臭味的道士，在厨房飘来的鸡香中抽着鼻子，念念叨叨。宵夜就是红烧大鸡。和福村长还好意思在那种揪心揪肝的恸哭声中喝酒吃鸡？他就走了。作为一个村长，他没有尽到责任。虽然丧家没找他扯皮。比如说，路的问题，为什么要经过黑松榨？……

回到家，喜子已做完作业正收拾书包，他就给儿子说，明天别去学校了。儿子问为啥，他只说请两天假。儿子不干，儿子是听老师的话的。儿子成绩很好，在班上是学习委员，三好学生。学习上的事，从来没让他操心。儿子不干他就发脾气了，说，听老子的，你未必也想讨野牲口叼走么?！他这么说时就想到村里的娃子都暂缓上学，待在家几天再说。这事儿以后去找老师说得通。他不能躺在家里睡大觉，他必须得给其他娃子家去说说。他又往黑暗的村子里走去。

村里虽然只有二三十户人家，但分得较散，这一个岩堖，那一个阳坡，稀稀拉拉的。带上自家的狗欢子，还带了把刀。一路是夹道的苞谷，在黑暗中传来奇异的搓响，那是风弄的。夜色微明，月亮像一支烛火在云端里摇曳。从山洞里流出来的水，滚过几块犬牙交错的大石头，一直跌往崖下，水的气息凉森森的，带着一点灿烂的甜味。那也许是山里浆果成熟的气味，也许是苞谷的气味，趁着黑夜偷偷地飘出来。或者说这些甜味正在静谧的山林中蔓延，享受着它们的秋夜。蛐蛐儿乱叫，清脆悦耳，仿佛是一首秋歌。多么美好的秋夜，多么美好的时辰。可死亡的恐惧却笼罩在村人的心里，没来由的一头吃小娃子的野兽，正神秘地游弋在饿老婆山间，游弋在人们眼皮子底下。已经像是真的了，已经传得很神了。他走到人家里时，才知道他根本就不需来，那些人家已准备了让孩子待在家里，甚至想到把孩子送到山外去读书。

和福回去听到他老娘正在床前给喜子神吹什么“花脚狼”的故事。说是往年饿老婆山里有一种“花脚狼”，脚掌是黑色的，脚爪子是白色的。这种狼见到男娃儿就吃了——只吃男娃儿，见着妮子呢，就不吃，就养着，养大了，妮子就变成花脚狼，再去勾引村里的男娃儿出来，把他们吃掉。“所以说，是花脚狼。”

和福心中直好笑，花脚狼也没这么大呀。罗赶早说的是一个屋子大，多少头牛大。十只一百只花脚狼也没有那东西大。那是个啥家伙？骡球拷的！

孩子们待在村里的两三天里，传言越来越邪乎。一个叫根宝的村民说，在黑石潭又看见了那家伙，是在水上行走，像个拖拉机，就是不沉。还有一个人说看见山顶上那家伙抓星星，抓得火星子乱飞。哈哈，这纯粹是扯卵蛋了。但根宝是个老实人，没撒过谎。他撒谎又挣不到一个钱，唬谁呢？他说，那兽啊，从水里爬起来，浑身都是鼻涕状，要多恶心多恶心，老远就闻到一股怪味，头上还有个棺材上面的“奠”字。——他没说棺材兽，可这正是棺材兽，还咋有了个汉字咧？扯不扯蛋！

“兴许咱村里有人要升官了。村长，你要搞乡镇长了！”根宝傻乎乎地圆话说。棺就是官嘛。梦见棺材就升官，这是大家都知道的解梦。

“啊嗬，你只怕要升官了。”和福对这个毬人说。这毬人擦着鼻子，穿一件假警服，衣领像一条桐油膏药，满脸器官乱动，一辈子就是这样身体失去控制的自由人，跟风中的植物没有两样。“嗯，我看你下辈子也没个官相。”他心里说。

他强迫根宝去黑石潭走一遭。根宝连连拒绝。但你说了你就得负责。不去也得去。不去就是造谣，就是唯恐天下不乱。我也得去哩，我不能退缩哩。又不是我不去，让你根宝一个人去喂那兽。我身先士卒，走在前面，兽来了先啃我。

他先去了马斗全家里。他记得马斗全爹生前有一杆枪的，很老的老铳。马斗全不继承他爹遗志了，也不准打兽了。马斗全干别的，有点小本事，脑瓜子较活。他爹在世时他爹打，他就卖皮张，卖山龟鞭獐麂鞭给县里人，跟外界有很多联系，撮吃撮喝很有道儿。“康庄工程”都是他介绍来的施工队和包工头。包工头穿皮鞋，他也穿皮鞋；

包工头有包，他也有包。一副生意人派头，可家里也没个什么摆设，跟村长家比差远了。这人就是个吹。因为“康庄工程”还要自筹资金，比如要找上面批些钱来，马斗全说能的，和福村长不会信。弄来了就算事。弄的施工队，一看是没资质的，水货队伍，出了问题咋办？不过有资质的又不想到这山里来修路，没有油水。“康庄工程”倒是个好东西，简直就是及时雨，夏天冲毁的路正好要修。可钱太少，省里拨八万，县里两万，镇里没万。没万就是没有。十万块钱修饿老婆山的路，塞牙缝还可以，修路就不行了。路基全毁了，填石方，买炸药和雷管要十万还不够。一吨炸药也要二十多万。修路的来一看，要经过几家地头，别人也不干。把我的地给你们！和福做出牺牲，只要把出山的路修好，给娃子们把上学的路弄通，不再走黑松榨。可马斗全请来的施工队，吃了和福村长老婆双姣烧的腊蹄子腊猪肝羊骚羊蝎子，喝了小丛红景天加党参泡的苞谷酒，头脑还是清醒的，说，除非我是你的女婿！意思是你是我丈人我才干这种贴钱的傻事儿。和福村长说我也没闺女，再说你他妈的比我年纪还大！头脑清醒的包工头走了两个，最后一个没走的醉倒了，第二天也走了。马斗全说，和福哥你这么抠，以为我吃了回扣啊。和福说，就这么点钱。这样，你真能拉来钱，不是你说的三七开，你三我七，我跟你对掰！拉十万给你五万！马斗全说，可别人还要百分之三十咧，别人不要钱，白跟你拉的？和福村长想想说，那十万块钱到村里的账上只有两万了？干脆你全拿去算了。心想你也拉不到钱，你这身衣服，一捋袖子火光直冒——一身的化纤织物，满脸石头色，鼻毛指甲这么长，人家跟你赞助？马斗全说，你是激将我哩和福哥，你欺我哩。十万拉不到五万别个是答应了的。我不要你对半掰，只要百分之三十——别人要的，我一分钱都不要，路修成了你到时让我剪个彩什么的，满足我的虚荣心就行了，我这人就是要个面子你不是不知道。给村里修路，应该是有钱的出钱，有力的出力。嗬，姿态还是蛮高的。也不知道是人话是鬼话。

“斗全，”进门就说，“你那老头的枪咧？”

“杀人？”马斗全出来说。

“要你找枪就找枪。”和福说。

马斗全灰头土脸翻箱倒柜终于找出了那杆枪，“拿去！”

“兄弟，情况你都见了，事情很严重，斗全，希望你能帮帮我，帮帮我就是帮帮大家，帮帮村里人。那东西是个甚哩？不管是什么，都要把它制服，撵走！你爹过去为民除害，深得乡亲们爱戴，你是知道的。你爹过世全村人无论男女老少全部出来为你爹送葬，那场面你是亲历过的，你还记得吧？”

马斗全点点头。

“这就对了，”他接着说，“过去你爹是我们全村的守护神哩，可是你爹不在了，大兽出来了，你是马神枪的儿子，你总得有个担当……”

“上山撒？”

“就是。”

“那就上山么，”马斗全爽快地说，“你听根宝赶早这些人的！他们能够叫人么？”

“可皮安娃子又是怎么死的呢？”他反问。村长反问。和福反问。他随手丢给马斗全一个油纸包就走了。

马斗全接过来一闻就知道是什么。是熊油。这熊油如今可是个稀罕东西，少说是珍藏了十年之物，有个水火烫伤烧伤和痔疮什么的，一抹即好。今天村长甩给他不是治病的，是让他捅枪管的，润枪的。枪吃这个。没熊油，獾子油也可，但熊油最好。

熊油来自哪里已不重要，也许是马斗全的爹送给和福的。这可是贵重的东西。马斗全只能照办。

这个晚上滚水村的男人们都在磨刀擦枪。

月亮像一面镜子照得群山有如白昼。风一吹，传来满山铃兰叮叮当当的声音。一只夜枭在很远的林子里回应着另一只夜枭的唳叫。叫声在神秘、寒冷的森林上空掠过，充盈在人们心里。“大杀气哩……”和福村长拭着刀的刃口心里发着寒说。

“必须抢在犹豫和坐以待毙之前开始行动！”虽然他和福常常是优柔寡断，以拖待变。长期在深山老林慢吞吞的生活，不想太活跃。有时想就是这个村庄不在了，中国还照样前进，神七神八照样飞上天。路冲毁了不是我的错，大不了让娃子多走几里路。可这个不行，人命关天，威胁到我的娃子。娃子也嚷着要到他小姨那里去读书——这都是老婆教的。儿子听老婆的话。但我一天不看到儿子心里就难受，这可不行。就算自己的儿子走了，其他的没能投亲靠友的呢？再死了娃子呢？一个再软蛋的村长也会站出来。

山尖红了。云彩像撒欢的羊群在天上奔跑，像炸开的礼花，红得相当放肆。地上出现了霜，白白的，出现霜就表明日子往寒处走了。往山上望去，槭树金黄透明，叶子仿佛越来越薄，像玻璃片片。山林一层黄，一层红，夹着常绿的阔叶和针叶树，夹着白色的枝干。溪水像碧玉一般从苔石上飒飒流过，赶着秋天的路程。那水面上，夹着一片片的、从更深的山里流出的红叶。一些红得令人心痛的枫叶，贴在湿漉漉的石头上，有如玛瑙，触目惊心。老林子上的巴山冷杉，像一些苍老的怪物，像一些老人，挣扎在高高的风口上。

到了阴风垭子，全是嶙峋的石林，高入云天，少有人进去。一忽儿，峡谷里的雾气就卷上来了，这里，是饿老婆山的大风口，垭子上，一些瘦小的冷杉，竟结上了冰！冰包裹着冷杉的一条条枝叶，就像一把把冰刀，冷冽冽的。雾气一上来，人的意识就乱了。

“这啥都看不到，能打到什么？”马斗全身子缩成一团说。

雾把群山淹没了，连狗也露出惶恐的样子，夹着尾巴，呜呜地低号。

和福村长这时要鼓劲，“斗全，现在办事很难，甭说杀一个大兽。我感谢你在修路上帮我，帮没帮成是一回事，心尽到了。可你爹在世的时候，我和福可是对得起他的。他那年从崖上摔下来，摔断腿，我是一路把他抬到县医院去的。整整一天，没吃没喝……”他想挖出心肝来给他说，给他说就是给其他人说。这家伙有煽动性，把他稳住就稳住了所有人。

“我都记着，村长。我娃子也要上学哩，我一样不恨得牙痒痒！我来过山上，你不晓得。你见过那牲口？你看到有什么？”

“不是找吗？”

“找到了这破枪加咱们大伙的几根钩子几把刀，玩得过它？——假如真像赶早他们说的？……”

罗赶早这时蹦出一句话：“说了假话死祖宗八代！”

“你滚一边去，我跟村长讲话。”马斗全不屑跟罗赶早说。“村长，为今天拖枪来我昨晚跟我媳妇打了一恶架你晓得啵？她不让我来，我正是念你对我爹好，记在心坎坎上哩。我娃子也要上学哩。我是个知恩图报的人，修路的事，我再去努力，总有办法的。你要是不信也就算了，我也没骗村里什么钱财，得到个什么好处，说这个大话干啥哩……”

“一切都凭天地良心，”和福说，他拿出烟来满铺，“是这样的，大伙明白这个事理，娃子们是我们村的未来，我们累死累活当牛做马地干又是为什么呢？还不是为娃子。牲口把我和福吃了无所谓，死毬无所谓了，死得着了，一把年纪了。可娃子们的人生刚开头。皮安媳妇撞树的时候，我看着都哭了。虽说那不是哪一个人造成的，可我们大人连自己的娃娃都保护不了，连娃子们在这儿都没人身安全，我们在这里活命有什么意思呢？没毬意思！都是为人父母的，不能让兽来吃我们的后代，不能的！万万不能的！今天，谁都别装缩头乌龟了，往前走，冻死被吃了也往前走！……”

大伙看见和福村长有些激动，言辞打颤，眼里肯定冒泪花子；雾大，看不见。另几个人赶早、老金头和王臭眼都在红。他们拿着猎叉挠钩，老金头牵一条高腿猎狗，叫擂炮什么的。气魄很大，骨架也莽，比和福村长的狗壮实。老金头和王臭过去都是马斗全爹的徒弟，玩过几天枪铳什么的。现在因为年岁原因没出外打工，干些上山下套子偷猎的鬼事儿，对付野牲口是有经验的。

“村长，我们听你的，你说得对。没有怕死鬼！……”他们说。

冲进阴风垭子峡谷，它的下面就是黑石潭，再下面就是皮安儿子迷路死去的响水河。但阴风垭子是很难进去的。有人传说看到大兽在这儿出现过。风像冰水一样往人的皮肉里钻，趟进去，怪石峥峥，没被冻住的树长有几寸厚的青苔，往下淌着水。所有的树都是水淋淋的，地下也是，石头也是。

“你可把香签都点上啊！都装的些啥？”和福问马斗全。心里怔忡不安。

香签是燃的，随时准备啄火的——就是点燃引信。那枪歪歪扭扭，老黑老黑，柄裂了口。怎么看枪口都太细，膛也不正似的。可在马斗全爹手上，打死过不少恶兽。但今天看，打麻雀都不行，就像是件老旧的玩具。这让和福放心不下，心里更虚。

一条双龙道的小峡谷——双龙是马斗全说的，说是他爹取的名字。有一次他爹在这里杀死过一头睡觉的狗熊；狗熊在苦竹窝里。前面就是成片成片的苦竹，也有楠竹，风一吹来，似有千军万马。

突然有了更大的响动，而这时老金头的狗擂炮吠叫起来，它的毛被风掀开，像被人翻动的书页。这狗的毛很长，且是金黄色的，远看像一只獐子。大家同时贴身岩石，隐住自己，往竹林里看。高大的石头，像踞蹲其间的一尊尊怪兽，时隐时现。可没有兽，没有真兽。不过是一阵卷地风呼啸而起，两只鸟歪歪斜斜地飞过来，像是两只大鹳。

马斗全咳嗽了一声，“没有啥的。”他说。等大家松弛下来他又说：“不过这里得小心，我爹这里遇见过许多怪事哩，最多的是鬼打墙。”

“是啊是啊，”老金头和王臭都附和，“这里兽不少的，小心些为妙……”

和福知道他们两个在这里下过套子。刚才他就看到了有个生了锈的套子，还夹着只什么兽的小腿骨。那兽挣断腿跑了。和福就问他们：“这几天你们来过没有？”

“没没，哪个有这大的狗胆！”

“大伙仔细瞅瞅有没有什么痕迹，脚印、粪便什么的。”和福提醒他们。

狗有激情，在人的腿缝里穿来捣去，吼吼着。马斗全说他也是豁出去了，枪里灌的全是钢筋头、六毛丝，滚珠儿都没有，全是钉骨的，只要有目标，肯定往死里射。

又点燃了一根香签，表明一个时辰已过了。没见太阳，雾气还没散去，在石峰间流溢。走上一个高坡，一大片一望无际的狐茅，白涯涯地摇荡在他们面前。茅穗子全成熟了，这也是秋天的另一种色彩。在这里，这白色的狐茅和铁青色的怪石组成的景色，还有那暗针叶林子在一旁鬼鬼祟祟站立的景色，仿佛让人有一种不祥之感。这种感觉出现时，老金头的狗就突然狂吠起来，不肯前行了。和福村长的欢子前蹿了几步，也被老金头的擂炮狗给吠止住了，仿佛前面有人在逼狗。

“擂炮！”老金头唤吼，可狗不肯前行，同时爪子使劲刨地。

大家不由得聚拢在一起。和福村长虽寒毛倒竖，心提到了嗓子眼，可他不能慌。他把马斗全的枪抓着，与马斗全抓在一起，这是提醒马斗全不可轻举妄动。

一股阴风从峡谷深处翻上来，带着怪异的呜呜声。他们把眼睛盯着狐茅深处。在峡谷底下——皮安儿子失踪的地方，一条河水像一根银链子，不停地翻滚。

马斗全这时在和福村长的摁压下蹲了下来，端着枪，那燃着的香签被和福村长卡在两指间，离信子只有半寸。

“你看见什么了就咬出来呀！”老金头忽然暴跳如雷，一脚猛踹猎狗的屁股。

狗却不走，死死伏地，嗷嗷叫着，张着无可奈何的牙齿，嘴里发出呜呜的哭声。

这大的风，和福的汗却噌噌地往外流，手心里是一层水。欢子呢？欢子也不走了，躲在擂炮的后头。

一定有东西！和福村长心里的恐惧渐渐明晰坚定起来。他抓着那香签和香签夹子，明显感到马斗全端着枪的手抖了起来。这当儿，马斗全一颤抖，香签就碰上了引信。几个人都没防备，那老铳这时就响了。一股火的洪流向前狂奔而去，爆炸在茅丛中和石缝间；碰着石头的闪出耀眼的火花，声音响亮果断。打没打着东西在其次，把邪秽和恐惧重重地压下去了。子弹和火药就是猎人的吼气，把堵郁的心一下子就打通了。

枪声支持了狗。狗先是惊得一跳，后来，两匹狗顺着硝烟腾飞的方向，箭一样地向前冲去，狂叫着消失在狐茅和乱石中。

“打着了，一定打着了！”老金头那几个人根本不知道马斗全是走火，瞎鸡巴起哄欢呼。老金头手上挥舞着猎钩和狗绳，只差要跳到天上去。

这时候狂乱的声音招上来一阵大大的雾。雾罩上来了。和福只觉得一阵晕眩，雾带着水汽压过来，湿黏黏的，像一床梅雨季节厚厚的被子。眼睛就去寻找，看什么都不清爽。听见自家的狗欢子凄厉一声，跑了出来，回头呜呜叫着想告诉众人什么。几个人凑过来，一声轰响，他们看到一团血糊糊的东西朝他们滚来，仿佛是被掷出来的。就听到老金头哀鸣般地大喊：“擂炮啊——”

那是他的狗，狗的四肢没了，滚回来了。

是谁把那巨大的怪兽引到饿老婆山来的？那只能是秋天，不会是我。和福村长站在镇上的街头，秋天在这里集中着最优美的姿势。挑着浓稠秋蜜的蜂农沿街叫卖，一群嗡嗡的蜜蜂跟着他。鲜红的五味子，紫色的老鸦枕头果，开了口的“八月炸”“猫儿屎”都堆在街头。淌着松脂的翠绿色松果、新鲜的核桃、板栗和老嫩适中的苞谷都呼啸出现在街上；炒板栗、烧苞谷、炒松子……满街都是被烟火燎乱的秋的醇味儿，满街都是秋天成熟后的香味儿，唯一没有秋天的恐惧。

锣鼓喧天的镇政府，又有报喜的上门。火炮、唢呐、鞭炮和大红的喜报，都在向人们报告着又一条“康庄工程”的利民大道修通了。上得楼去，每一层楼梯两边，都贴满了全镇修康庄大道的照片，工程队勘探的照片，领导跋山涉水检查工程的照片，领导规划、下级汇报的照片。但是没有一张滚水村道路冲毁的照片。

“……是什么确实没有看见，可狗的四条腿又是被谁一口吃掉的呢？”“皮安那娃子又是被谁给杀死的？……”

他反问镇领导，他，焦躁火燎的滚水村村长和福。

“……你是不是想着法儿找镇上要钱呀老和？”镇长乐呵呵地说，“给你说了，镇里只有政策，没有现金。只有同情，没有办法。”镇长撕扯着因糖尿病溃烂的嘴唇死皮，难看的脸上呈现出浮肿。

“我想这样的法儿？把人家的娃儿搞死找借口，镇长？”

“没没，不是不是……”

镇长在和福送上的报告上迅速地批着字，希望让下一个单位去处理这事儿，这就了结了。

到了派出所。又协调镇政府办公室。两个字：调查。不调查清楚不得妄下结论。

夏天山洪留下了残忍的疮痍，山路崎岖，危石断崖。但这无法阻挡秋天美艳，溪水香浓，森林金贵。乌桕、海棠是一种红，红枫、槭与漆树又是一种红。紫杉成了橘红，落叶松成了金黄。蔷薇果金钟样伸到路上，好像要把果实喂到你嘴里。独兰在茂密的蕨丛中送来郁香，白色的花朵像铺上了一层云彩。两只酒红色的角雉像两团跳动的火焰钻进了草丛深处。但恶魔却藏身其间，正不动声色地潜伏着，将我们美好但平淡的生活打翻在地，将秋天的美丽掐死。

警察老周和镇里的宣传委员小楚一同前来。老周是军人出身，他带着一把安静小巧的五四手枪。这很好，和福的心有了些安慰。

从黑松榨的垭口往北望去，越过层层的烟霭，看到峡谷对面的山坡，可说是一种惊赏。那山坡上如织锦的田畴，现出成熟的庄稼，色彩斑斓，白色的房舍点缀其间，炊烟袅袅。那就是滚水村。滚水如一条白练滚过石坝，那景象，就是世外桃源。道路虽被损毁，但村庄的美丽毫厘不减，依然如故。

有狗叫。一阵劈头迎来的痛哭让和福村长猝不及防，肝肠寸断。这已经是傍晚了，在那棵天师栗树下，一头圆滚滚的大肥牛已经给下了四肢，发出哀哀的哞叫，脑壳不停地摆来摆去，一条尾巴像一根旗杆拼命地拍打着地上的灰土，整个身子往外渗着血。围观的人就是等着和福村长的；一个个面色焦急，吵吵嚷嚷，看着牛痛苦地挣扎，干着急。牛是根宝的牛，一头牯牛。根宝从人群中钻出来一下子发现了和福村长，他提着刀，敞着怀，怒气冲冲，奔过来就像是要来杀和福的，也像是来问狠的。这人正是宣称看见过那巨兽在水上不沉的，说那兽一身鼻涕臭不可闻的。大家都以为他是撮白撩谎，这下可好了。和福一个偏身，风一样就抓住了根宝的手，下了他的刀，说：

“还不给它放血算了！”

很好，他这样说，就掌控了局面。他把刀随手给了人缝里的王臭，王臭是杀猪的，宰牲口野兽是一把好手。并且将根宝用身子拦住了。

“畜生也不能这么折磨啊！”他说。他引导这场面说话。

“不要杀我的牛！”根宝喊，去夺刀。

“那还叫牛？你卖几个肉钱免得让它受罪。”村长让王臭快动手。给王臭腾出了空间和时间。

王臭的刀犹豫着下不去。因为那牛委实太难受，挣扎着，身坯又大，根宝又在痛苦和愤怒中。和福这个时候是不会软手的。这时候的和福才是真和福。他又夺过刀，飞快飞快，一刀就捅进了牛的脖子。嗬，准了，从没捅过牛的，一刀就准了，一剑封喉——“噗！”牛立马就软了，魂飞了，安静了。脖子里没了多少血，血已经流尽了。没了声息就行了。这天色已看不到什么，他的表演大家没见着。只是他自己的手缩回来时，刀抽出来时，感到烫了一下，麻了一下。他为自己的干净利落高兴。再从荷包里掏出钱来，寻出五十元的，塞到根宝手上，说：“我要十斤，”又说，“派出所来民警了，带枪来给咱们灭兽的！大家能不能给周警官和镇里的楚干部一口水喝？啊?!”他故意大喊。

接了钱的根宝怔在那儿。他的思维还跟不上，牛就变成村长锅里的肉了。他其实不知道怎么处理。村长给钱买肉，又有几个人跟上，这个说要两斤，那个说要一斤，围上了根宝，根宝成了卖牛肉的根宝。

给民警和镇干部找水喝的人就去拍王天飞家的铁门。听到的是那狗火车的狂吠。和福村长就说：“算了，回去喝去。王臭，给我把秤称足啊！”心里却说：想要村里和我认这个账，没门儿，根宝，你就打落牙齿往肚里吞吧……

他带着周警官和小楚走了。他不忍看那个场面。周警官明显的想多了解一些情况，他不让他了解，不让他问。他感觉到这样对自己有利。让黑暗的、沉沉的悬念像石头一样压在他们心头吧。这牛死得真是时候，这事儿出得恰到好处。你们都见了，全是真实不虚的，比我说的还要严重，事情就会解决的。唉，这骡球拷的秋天。

沉沉的灯火，高寂的星空和随着秋风一起吟唱的夜晚。群峰如齿，森林如魅。一言不发的和福带着一言不发的周警官两个人，高一脚低一脚地到了自己家里。打水，洗脸，烤鞋，倒茶。除此而外，没有其他语言。“洗一把。”“脱了鞋烤烤。”“喝茶。”……

火在火塘里哔哔剥剥燃烧。和福村长手上带着牛血，牛血黏黏的。他们——那两个人看到他手上的牛血，看着他为他们忙着。儿子，拿着一本书的儿子，做饭的老婆。他说：“等下王臭送牛肉来。根宝的牛，是他的牛。”

那两个人烤着火，将双手反绞着套在膝上。狗呆坐在一旁，舔着舌头。

“爸爸，我要上学！”

这娃子，这娃子叫了起来。

“上学？”

“上学？”两个客人也问。

“他们没学上了，娃子们，村里的娃子们。”

这时候，他竟然看见他小姨子出现在门口，估计是刚才串门去了。也是今天才来的。和福村长一下子就知道是怎么回事，小姨子是来接喜子去她那儿上学的。她在另外一个靠近公路的镇上教书。

没有招呼，他呵斥起来。他伸出手指着他的小姨子，凌厉地说：

“你来干什么？啊？你给我走，你给我赶紧走！你出去！”

他的面相姣好、穿着大红毛衣、胸脯鼓鼓的、脸上风光洋溢的小姨子，进门劈头就让姐夫一顿恶语，让她摸头不是脑，木愣愣的，站在那里，雷打痴一样，抓灰不是，抓火不是。从来平和的和颜悦色的姐夫绝对是一个像犯了作风错误的男人，对自己的二婚——找一个小自己一大截的老婆怀有愧疚心理，对老婆的家人绝对是毕恭毕敬，唯命是从，比对自己的父母还贴心贴意，对这个漂亮的小姨子更是恨不得连内衣也要给她买的劲头，好得有点下作。

“我、我……姐夫你、你是……”

“我是一村之长，我不能让自己的娃子临阵逃脱，要死死在一起，要活活在一起！我家的娃子离开了，其他的娃子呢？其他的娃子莫非就不是爹妈生的，就该喂牲口？！啊？"

他的情绪狂乱了，面目狰狞。两位客人完全愣了，也傻了。他们大约听出了个眉目，可又没有什么眉目，懵在那里，望着激动异常的愤怒的村长，望着那个好看的小女子，小学老师，气鼓鼓的精神崩溃的丰满的女人，看她的泪花花在眼眶里打转儿，看她的香泪噗叮叮往下掉。"哇——"哭出来啦！跑啦！村长老婆小学老师的姐姐闻声出来，去房里询问安慰。又走出来小着声（怕得罪了客人）问丈夫："咋个啦？我妹妹有什么错撒？你怪人不知理喔，你发哪样的脾气！……"

"都是骡球搂的！"村长骂。看着屋外头。可心里想，小姨子，你咋就不在村头杀牛的现场出现呢？你在那儿，我对着全村人轰炸你，那有多好！我会拿着刀把你逼出村子，我一刀捅了那无腿牛，一刀逼你离开，那效果会多好。

"算了，算了。"两个客人站起来解劝，拦住和福，要他坐下，给他烟，点上火。和福本来是表演的，但一发火，火就真的来了，就是真的了，浑身乱颤，心里烈火滚滚，一腔气还真没处发。他点上烟，说，这事你们不知，你们也知道当个毬村长的难处。咱又不比别人多个鸡儿，搞成这个样子，你们为我着想一下……

两个客人就说总会解决的，我们不是来了么，镇里是很重视的。

深黑的夜。他们吃牛肉，喝酒。两位客人坚持说不喝酒，但和福村长坚持给他们斟酒。三个男人闷闷地、无滋无味地喝了几杯。可那牛肉有点意思，越吃越有意思，山里的味道。只是不说，不表现出来，像吃青菜，吃庙里的水煮豆腐。谁不知道村长老婆双姣的手艺，来客多，做出来了。吃到后来，控制不住了，还是表现出来了，兴奋了，一杯杯盖，往口里盖。说，吃，吃。好，吃，吃，不客气，不客气。

山上的兽吼了整整一晚。

也可以说是因为雨吧，秋雨，加上轰轰的雷声，秋雷。雨在潮湿深黑的山上飞翔，树木发出垂死挣扎的啸叫，石头在哭泣。整个村子的心脏仿佛已经不再跳动了。两个来客周警官带头，将衣裳脱得精光，没有说出怕什么，可和福知道那是因为怕山里的虱子。小楚也这样了，不过留了条裤衩。周警官在昏暗的电灯下赤身裸体，露出中年人松弛的身子和两颗软弱无力的大睾丸。接着山上开始吼叫，躲在被窝里，山上的吼叫像是在梦中。雷声沉闷，没有电光，仿佛在咕哝着一句永远也没想明白的话语。这是悲凉的秋天，在雨中，周警官醉得几分舒服地想。和福村长将吊壶里加满了水，洗了脸和脚。他听见了山上的兽吼。在山里生活了几十年，他分得清是山吼还是兽吼。无名的兽吼在饿老婆山的最高处，一忽儿又像下到了峡谷，又像是进了森林，又像是在滚水坝上面，飘摇不定。北风呼啸，岩石在滚动，雨声和混合的林涛兽吼令人心胆欲裂。

这一夜，全村的人都失眠了。这一夜。小楚打开没有信号的手机，录下了一段这山里夜晚的鬼哭狼号声；他在冰凉的被窝里不敢靠近那个赤身裸体的警察，直挺挺地发抖。

“哈，兽终于来了，帮了我的忙。这是真的，他们可以作证了。”和福村长自言自语地说。他在黑暗中抽着自制的兰花烟。这兽来啦，它吃根宝的牛腿吃出味儿来了，它会不会到村里来吃所有人畜的腿？

门死死地关着，连羊也赶进牛栏了，牛栏很结实，用大铁锁锁住了。狗有点迟钝，保持沉默。风雨在窗子上抓挠，房子有些晃动。

如果人们整天睡在床上，生活不再在早晨重新开始，牛羊不再叫唤，人们也不再去屋外抱柴，鸡不再觅食，猪栏里的粪不再运上山去，苞谷和红薯就让它烂在地里，茶叶让它老了，娃子们不再读书，一只兽又有什么关系呢？

早晨的雨甚至更猛，雷声更大，天上的声音在跳跃着翻腾，好像在与什么东西搏杀。雨幕布置下了恐慌不安的氛围，人们什么也看不见，一切都在雨雾深处。

两个来客睁着红红的眼睛，都是一宿未睡。老婆和小姨子要来强行夺走喜子，于是村长与两个女人开展了搏斗。喜子在中间，拉扯得哇哇喇喇尖叫：“我不走了，我不走了！……”两个来客又只好劝架，他们不知道为何这么倒霉，总是劝架。周警官以最后裁判的口气说：“这样好不好？喜子他小姨明日跟我们一起走，这路因为雨，更难走了。这里的事我们保证向镇里汇报的。现在你们说山上有动静，更不可造次，大家都待在家里，以免出事，等有了结论再说……”

“——来，”他把和福村长拉到一边，“你们说，山上的东西叫你们没听见过？我昨晚听了，那若是兽，该要几百只。几百只，我一支枪有卵用，我建议要省里派大部队来围剿。”

“你这是什么意思啊周警官？”和福村长看着他。

“呵呵，没、没意思，说个笑话。我认为这是不可能的。这样，你把那几个人找来，雨大，今天不宜进山，我先把情况问问再说……”

“老金头的狗是我亲眼所见！”他吼起来，和福村长吼起来，“昨天算我没见着，根宝的牛是咋回事，可老金头的狗我是看见它没了腿从林子里滚出来的！”

“腿呢？咋就只吃腿？这是啥口味呢？那兽前世是个啥级别的官啊？”

和福村长无言以对。他走在村里，雨把路都浸出了墒情。这是一个美丽正常的地方，春种什么，秋收什么，清清楚楚。山里头有什么，河里头有什么，一清二白。可现在有了这个事，他自己也说不清楚了，他还成了被怀疑的对象。他们真会这么想吗？会认为我为了修好一条路，多批几个钱，把皮安的儿子杀了？把村民的牛腿剁了？我和福变态，成了恶魔？为了完成“康庄工程”拼政绩不择手段谋财害命制造惊天惨案？

披着蓑衣的他像一只被雨打蔫的大鸟，蹒跚在路上。

几个人被叫来了。

罗赶早的身上已经没了鱼腥草味，他在家里搓草绳，手糙得像锉子，进门就申辩：“我没撒谎！”

根宝说：“我还以为是村里给我赔牛哩，问我的道理啊？莫非我吃了牛腿？……老没道理的。我说过它像台拖拉机不沉，我要是不说出来，不晓得还有多少牛让兽吃掉……”

皮安老婆就骂开了：“根宝你个翻泡的，栽岩的，你咒得好啊，我的儿呀！没你在村里下咒就没这个事哩！”

“嫂子你别骂我，我是给大家提个醒，哪是咒啊。”根宝一脸委屈，对周警官说：“山上的野牲口吃了咱的牛，政府就不赔么？一条牛一两千块，咱犁地打场全靠它哩，还是头牯子……”

“老金头的狗也是公狗吗？”周警官这么问。

在一旁的老金头赶紧回答：“是哩是哩。”

“这兽还只吃公的人和畜呀，嘿嘿。”周警官看看和福村长说。

是啊，大家都在想，是公的咧。男娃子咧。

“你想想，”周警官指着皮安的老婆，“你在村里有没有跟哪个结仇?”

皮安老婆眼睛轱辘轱辘转了两圈，“我可没哩，哪个有这大的仇害死我娃子呀?”

“你跟人连嘴都没叮吵过?”

皮安老婆眼睛又骨碌骨碌转了两圈，“我跟栗大珍叮吵过。她家猪吃我家田里红薯……”

“栗大珍那次还甩过她嘴巴哩。”老金头插嘴说。

“你这翻泡的!”皮安老婆骂老金头揭她的短。

“看看，看看，又口带渣滓!”老金头变了脸。

“你说栗大珍为啥甩你嘴巴?”周警官问。

“还不是骂人家翻泡的栽岩的。”老金头说。

“村长，麻烦你再把栗大珍叫来。”周警官指挥。

又问根宝：“你的牛咧?你与人结孽没?”

“结孽哪个有这大的能耐，扯起我那头牯子剁四个蹄子啊?”

等和福村长叫来了栗大珍，另一个村民焦巴子的已端坐在他家屋里。焦巴子又是谁喊来的呢?和福不高兴，他快爆发了。这不是在搞阶级斗争嘛，弄得人人自危。这样搞是什么意思呢?明明是个兽，却找人的歪。

“你说说你十月二十七号下午四点到七点你在哪里?可有人作证?”周警官问栗大珍。

“那哪个记得，咱又没个手表没个钟，哪个记时间呀!”栗大珍快哭起来，脚跺着地下，呼冤枉，双手贴着衣摆，全身在打战，终于手找到方向指着皮安老婆说，“你可不要血口喷人啊，你、你娃子的死与我何干?……”

和福老婆双姣拍抚着栗大珍的肩膀，给她端上的茶要她喝一口。

周警官有些不服，犟着脑壳，知道和福村长对此有异议，气氛不是很好，小楚摊开纸笔百无聊赖，审问没有进展，屁都没问出一个，会让人笑话。

“根宝的牛是咋回事?”问焦巴子呐。

焦巴子早就做好了准备，一副冤大头模样，瘦了巴叽的身子故意摇摇晃晃，像患了重病似的，用旷世悲情的腔调说：“我有这大的劲下他牯牛的胯子?怎么不说我扯了他几根牛毛咧，那还靠得了谱，真是哩!……”

根宝跟焦巴子的岳母有过皮肉交情。根宝是个单身汉，焦巴子的岳母大他一大截。焦巴子岳母常敞着怀，不避他人，也是死了男人的，年岁不小了。有人看见焦巴子岳母跟根宝鬼搞时，说屁股底下冷，根宝就在寒冬腊月光着屁股回他家去抱垫絮；他们家住隔壁。这都是人传的。焦巴子夫妇觉得自己的娘有些亏，没占到根宝什么便宜，捉过根宝家三只鸡子吃。根宝也小气，还在焦巴子家菜园下挖出了鸡毛，端给人看。为这事两家吵过架，根宝与焦巴子也打过一架。可过了就过了，以后也没什么。这样的事不叫事，村里打皮闹绊的很多，风气如此。有顺口溜说：山高天气寒，没有么事玩，白天喝烧酒，晚上打皮绊。根宝怀疑焦巴子砍他的牛腿吗？不怀疑。是和福村长出门去叫栗大珍时，罗赶早浑说的。罗赶早也不会这么想，是周警官诱导说出的。罗赶早想破脑壳，往死里想，就焦巴子。焦巴子这时显然情绪有些激动，说去厨房喝口茶，却是去拿刀的，要抹脖子。村长和福感到焦巴子有点异常，见厨房里有铁器的大响声，就进去了，焦巴子本来是故意弄出响动的，看村长来了，拿起刀就往颈上搁，口中还怪叫。和福冲上前去一把抱住了他，周警官也过来了，夺过菜刀。

气吼吼地把焦巴子按在椅子上，大伙就劝他，说是就是，不是就不是，又没哪个非要你招。焦巴子闭着眼睛像死了一样喘气。和福就要讲话了，对周警官说："咱村里绝对是治安先进，这个我不是吹的，人跟人之间不像别处，没有杀死的冤仇。咱这山里人，要求甚少，容易满足，没有外头那些烂肠子烂心肝的……"

周警官已在尴尬处，有人自杀，差点出人命，你和福村长却跳出来，正好将话认顺过来，解救自己：

"行，算我错了，你带我去抓那个比屋子还大的兽去！"

周警官拍了拍手枪套子就要往外走。不走不行了。栗大珍在那儿哭哭啼啼，见焦巴子要自刎，更来了劲儿，也想上吊。天上又下起雨刮起风来，落叶滚得满地都是，飞到屋里，烧火塘的柴主人也没用好柴，烧不旺，还闹一屋烟子，呛得人直流泪。这屋子待不下去啦。

这一次他们是直奔黑水潭而去的。根宝带路，买了不少黄表纸，还弄了些朱砂——这都是压邪让妖怪显形的。

往黑水潭的路相当难走，里面遍布烂棕树，几乎没路。沿途全是一些极少见到的古老树种，如天师栗、山白树、青冈栎、珙桐、野生蜡梅。那天师栗在这里也是疯狂燃烧，果实累累。但棕树占领了此地，烂过后的棕树歪歪倒倒岔七岔八的枝干形成密不透风的栅栏，到处鼓荡着腐败的毒气。巨大的虾脊兰和独蒜兰绿得像塑料，在黑黢黢的森林里亮闪闪的，雨水把它们洗得像灯盏。

只听见一阵轰隆隆的声音，抬头一看，从树缝间看到一排白冽冽的瀑布大水，从山崖上倾泻下来，冲进深深的沟谷，激起滔滔白雾。那正是黑水潭。一股从地窟中冒出的凉意一下子把人的衣服扒光了，丢进冬天。激浪呼啸，有如冤魂众号。正当王臭和老金头往潭里丢黄表纸和朱砂时，就听见潭中传来咚咚咚的击水声。大伙儿怵悸着停了手，忙抽出随身携带的猎具家伙，周警官也拔出了手枪，几条狗也狂吠乱叫。

和福村长仔细瞧，崖上好像有人影晃动，就给他们说有人。大伙跟着和福往上爬，边爬边喊："喂，你们在搞么事？"

是三个水淋淋的人，三个采药的人，三个不认识的陌生人。腰上绑着绳子和采药的蛇皮袋子，三个都胸前抱着大石头，在往崖下砸。

这很奇怪。顺着石头下落的方向，大伙就看到了，崖下有一个人，一个俯在石头上的人，好像已经死了，穿着灰夹克，伏在一块半崖的石头上。这三个人砸的正是那个人。但石头往里凹进去了，还有树挡着，砸不到那人。三个水鬼似的人见有人来了，还穿着警服，就嗷嗷大哭说出了一件奇事——

他们是进山来采金钗的，金钗是名贵中药。那个死去的人胆子最大，最先看到半崖上有一盘金钗，一直延伸到一棵香果树上。那香果树也是金黄的叶子，金钗也是金黄的一窝。这人就自告奋勇地让同伴放绳下去采。荡到一半，忽然崖坎下一阵躁动，崖上的人还没看清什么，就见那个同伴大叫一声，摔在下面一块石头上没了声息。事情来得很突然，当时雾蒙蒙的，雨下得忒大，几个同伴不敢下去，也下不去。这几个人下不敢下，走不敢走，喊了半天，没个动静，估计那个人已死了，就商议反正人是拉不上来了，干脆把他的尸体打入潭中，就算是水葬了。可砸了许多石头，就是砸不中。

周警官一听这事，就有怀疑，立马把这三人的手用他们攀岩的绳子串在了一起，要把他们押回镇里审讯。这一定是一桩谋财害命案，肯定是因为他们采到了好金钗分账不均，内讧所致。

但事情总是有些蹊跷的，和福村长不这么认为。一定是他们遇到了什么东西，一定是有原因的。看这三个采药人不像说谎。就问他们："你们到底看到了什么?"

那三个人被周警官反绑着手，冻得像三个乌龟，哪还说得出话来，一个个发着抖，呜呜地像鸟鸣。

什么都没看着?半崖里一声惨叫，那就是遇到什么了，死了。一问，是最小的一个，才十六七岁。大家只能看着他躺在那里，永远地躺在那里。令人发酸的雨雾浮在山岩间，狗狠狠地咬着那三个可怜的人。朝潭中投进了全部黄表纸和朱砂，没一点反应，水还是水，水声还是水声，没有任何妖魔鬼怪现形，没有传说中的潭中伸出一只毛茸茸的巨手来抓他们，也没有什么拖拉机一样大的不沉怪兽。只有一个搁在半崖中的死人。又死了一个，这是真的，连周警官都看到了。天气阴沉，好像还有一场大雨，或者有一百场大雨。秋天没了形象，颓废得像一个吸毒分子。老鸦哇哇地叫着，叫声像鞭子一样驱赶着人们尽快离开这个凶险混账的地方。

然而和福和他治下的人，他的乡亲们是不可能离去的，他们依然在这里，在饿老婆山里，在恐怖中。关于那个采药人的死有了不同的版本。但从镇里传来的消息几乎没有，那三个押走的采药汉一去不返。死去的那个娃子有说是遇上了像雾一样的巨兽，那巨兽会吐雾，不是根宝说的那个拖拉机兽；还有一种说法是采药人遇上了手臂如锯齿的兽，锯断了他的绳索后摔下去的。有人看见那锯齿形的手臂有一丈多长。而且，大家发现又是一个男的，且是娃子。娃子，娃子……

村里有了更多的谣言，说这巨兽还要吃十个娃子才走掉，离开饿老婆山。

这天，和福得到的消息是：那三个采药人在派出所信誓旦旦说看到了怪家伙，他们说那个地方从来没看见过这多金钗的，可他们那天竟看到有一盘金钗有一簸箕大，金灿灿的，就像崖畔搁了个金盆子，亮得刺眼。这与兽无关，但死了人是真实不虚的。过了两天，听说镇里就封山了，特别是在饿老婆山的几个与外省接壤的隘口，森林武警二十多人，进山搜索，一无所获。但许多消息是保密的，这个和福村长和他的村民无从知道。不过，也接到通知，学校停课一周，所有村民不得上山出坡干活。

这很好，这至少说明镇里承认了山上有事，不是我和福编撰的，不是我弄了什么阴谋诡计，不是人为的。这就为我和福平了反。可躲在家里的人们，受着煎熬哩。他们想，镇里既然要大家好好待在家里，就会想办法擒住那头传说中的巨兽。政府总有办法的。我们必须出坡，不能让庄稼的收成烂在地里，粪在猪栏沤着有两尺深了，猪不能总在粪水里生活，蹄子都沤得稀烂；牛必须上山去吃草，已经饿得皮包骨头，毛脱落得厉害。秋天里还有许多好东西，比如药材，要去挖要去采摘，比如猴板栗和扣子七、三七、地骨皮、柴胡、蛇菰。猴板栗已经卖到二三十块钱一斤了，掉落地上就腐烂了。在家的基干民兵，都听从村里的统一安排，每天在村子外围巡逻，任何人不得进山。

村里噤声寥落，阴沉颓靡。和福村长经过皮安家时，听见了哭声。皮安已经返回城里了，工地上的活儿脱不开身。从他家门口那根被雷劈坏的枫杨树钻过去，晒着一床小垫絮，估计是皮小安的。皮安老婆双手抱着儿子的书包，在那里哭着。这个女人一下子老毬了，头发全白了，嘴里白泡直出，发出叮叮咚咚的呜咽，还在伤心欲绝中。

“嫂子……”他说。

“你可要节哀。”他又说。

那个书包印着一些字母，铁红色的，有些毛边，还有个卡通形象。这定是皮安从城里带回的，很洋气，镇上都买不到。可现在书包还在，人没了。

皮安老婆根本没看和福，始终在自己的回忆与悲伤中。连她脚下的鸡也有些通人性似的，忧伤地看着她，发出咯咯咯的安慰声。一只猫坐在树下，朝主人神情落寞地盯望着。

“会好的。”和福说。

他就走了。那个书包还有什么作用呢？没有了，只会增添痛苦。

无数双眼睛从门缝里和窗户探出来。

“为什么是娃子而不是我们这些活够了的大人？……娃子们是无辜的！”他喊，在内心里大喊。在内心里流泪。

我要拯救他们！我不能无所作为！我的村庄不能任由一头野兽恐吓和摆布！凭什么让我们忍受这种无声的折磨、威胁和煎熬呢？还真要有十个娃子？……想到此他不寒而栗。一片一片的苞谷结着多么丰满的果实，一条在秋风中沉醉得蹒跚的狗跟着他。

进去罗赶早家里，却没看见罗赶早的人。他那个神经兮兮的爹含糊其辞，眼睛躲躲闪闪。和福村长又闻到了节儿根的新鲜气味，就是一股鱼腥味。

“赶早这大的胆进山了？”

“哪里哪里，这是原先挖的。”他爹说。

“我和福丑话说在前，出了事我可不负一丁点责。”

那老头一句话把他噎死：“你村长也没负个蛋毬责……”

未必把我杀了才叫负责？一条命换一条命？赶早爹的话把他打趴了。他真的负不了责。他自己感到力不从心，阳痿患者上发廊。他走到村头那棵天师栗下，看到王老板的高墙大院和楼房，他要找到办法，以解除村人的危急，事不宜迟。老头的话刺醒了他。

他让老婆帮他找两件换洗衣服，刀也磨快一些。他在背篓里装了两块沉手的尖石头，一来可以防身，二来背上沉一些，可以给自己壮个胆。

晚上的天气有些转暖，群山的轮廓分明，星星有如迸出的火星，三三两两辉映在深灰色的天幕上。和福想早睡早起早动身。他就睡了，一两声狗吠是他的催眠曲。被窝是暖和的。正往梦中走的时候，却听到一阵惊心动魄的拍门声，是罗赶早的那个老爹，声音几近疯狂：

“村长啊，村长啊！……”

……

唉！说什么好呢？罗赶早是一个心存幻想的人。他在想，也许那天他是看花了眼，或者这个的死那个的伤都是碰巧到一起了，与兽不兽的没关系。山下又催得急，到了深秋，餐馆里吃火锅的多了，需要凉拌节儿根的也多了。这样他就躲开了那些把守的民兵，去了山里。

真的没有事，雨也未下了，山岚远去了，视野清爽了，山谷里明亮了，山里一路都是画廊，除了树叶掉落，除了刺猬山龟，鬼毬都没看着。他需要的节儿根倒是很多，俯拾即是。进山就是一背篓，到了溪边，将泥巴洗去，一把把捆扎好，白生生的，像玉石瓷器，气味直打他心里去。一旦有了成堆的节儿根，他还怕什么？怕鬼怕兽？钱迷住了他。

第二天更疯狂要儿子跟他一起去。儿子反正在家闲玩，是个不安分的家伙，书又看不进去，就扯狗毛，给猫剪胡子，结果猫晚上撞墙。这娃子成绩根本不行，以后也是个专职挖节儿根的人，不会有什么大出息。也就没把他看得娇贵，当贱货一样养，本名就叫贱货。

带上一条狗，说没事的，他老爹也赞同，钱迷了心窍，人家都不挖的时候你挖，一定有大收获。是准备去赚一大把的，决心很大。罗赶早还是防了一手，在开阔地挖，进退都可掌控，视野宽敞，加上让狗吃了辣椒，狗兴奋，不停地叫，有吓阻作用。没碰上什么，就放松了警惕，路越挖越远，山越挖越深。不过总在宽敞处，云淡风轻，鸟语花香，蜜蜂嗡嗡。可以望见很远的山冈，望见远远的冷杉林，望见山顶上黄绒绒的草甸，无边的苦竹沙沙有声，轻言细语。自己的背篓满了，儿子的也快满了。他就指着一处泉水，要儿子去清洗。那地方在他的视线之内，也没什么危险征兆。狗还在儿子身边，辣得直吼。这样说吧，是正午时分，太阳有些昏黄。可当他回走了几步，狗却突然跳了起来，一阵黑蒙，一个大大的黑影就把天地一下子罩住了。狗跳起来的时候他转过身随手一抓，以为抓着了狗腿——因为狗跳时那腿弹到他背上，还打了他后脑勺。但抓着的却是一双人手，是儿子贱货的。

"爹呀！"他听见儿子掉进万丈深渊的喊叫，他就把儿子的手薅住了。可自己也感觉到正往下坠……那是幻觉吧？他只有一个念头：死死抓住儿子不放，任凭杀了他也不放手。但儿子分明正被一个大口吞噬！他要把儿子拽回来，拖出来，与那股力量拔河。他什么也看不到，背篓丢弃了，节儿根乱落一地，踩成了泥，他不放手，他终于胜利了，坚持住了。那个巨大的黑影不见了，天又亮了。他再看自己的儿子，儿子的双腿已经黑黢黢的，像在煤炭里滚了一遍。那狗呢，狗伏在地下正哭嚎哩——狗的四肢也黑炭一般了，且是烧灼的、咀嚼过的黑炭……

现在，狗和人都在屋子里呻吟。和福村长看到的罗赶早的儿子，正躺在床上，伤得不轻。屋子里确有一股怪味，烧煳过的。那只奇丑无比的狗蜷成一团，在一个篾箕里，对给它食物视而不见，浑身发抖。那个娃子呢？贱货呢？也蜷曲在被窝里，一双黑黢黢的腿伸出在被子外头。罗赶早的老爹用一种什么泥加草药给糊在上面，说是可以减轻疼痛。那娃子两只眼睛亮晶晶的，像两颗夜明珠；他疼得连眼睛都不会眨一下了，颤抖得连床也发出嘎叽嘎叽的响声。床腿又撞着一个什么坛子，坛子沉闷地摇晃，使得整个屋子都似在晃动，在疼痛和受难中晃动，然后说不定哪一下就哗啦塌下来，将屋里所有人都埋入地狱。

确实像地狱。

他在想着怎么去安慰这个娃子，这个无助的无辜的娃子。他去拿去痛片来？把家里还剩的一点熊油拿来？可问题是：他是怎么给弄伤的？是烫伤？是烧伤？是被那兽的嘴里的涎液舔伤？

他还是走了。

“贱货的爹掉到钱眼里去了呗。”晚上他给儿子喜子讲说。

“他爹把他从兽嘴里拔出来的。”

“听说吃了又吐出来了。”

“这兽是冲着娃子们来的，不是花脚狼。大得吓人。饿老婆山有大兽，没听说过有这么大的。七几年时闹过虎害，可全村人一出动，几下就把虎给打死了。又闹过猪害，也是给消灭了。可这家伙到现在还没露面哩，就搞成这样了，究竟有多凶残呀？到这个年月了，我们还要死在它手里？……”

和福村长走在县城里。这里马路宽畅明亮，空气干燥平庸。人行人道，车走车道，人们十分安全。尘土飞扬，直往人的裤腿上卷。他穿着沾有饿老婆山泥巴的胶鞋，行色匆匆。他是来找一个人，一个本村的人，王天飞王老板，就是傻蛋王刚的爹，一个磷矿老板。有人说他很有钱，有人说他四处行骗没钱，矿上死了人也不赔钱，赚的几个矿工的血汗钱。

“你肯定是来找我赞助修路的。我绝不会给你一分修路的钱。这样，和福兄，我宁肯给你私人两万块钱，你建个楼房，路就让镇里去定，怎么样好就怎么样好。”王天飞说。

和福想分辩和解释，被王天飞摁下了。

“你不是不知道，修路是害我。我那傻娃儿上次就是从你们那什么‘康庄大道’上跑出来的，两个月没回家，在城里捡垃圾吃……谢天谢地，让山洪把你那鬼路给冲断了，不然我儿子说不定死在外头连尸也收不到……钱是小事呀，我那娃子丢了可是大事。我花钱把路重修起来，这不是害自己？我当然要反对你修这条路！”

和福没见过这么激动的王天飞。他的确不是专为这个来的，或者说也算是为这个来的吧，与这个有关吧。他是来求援的，怎么把那兽打死，让路通了学生娃子们可以走大路，就不怕野牲口了。他一个山里的村长，在城里认识的人有限，只有找这个本村人，或许会给他出出主意，再给他几个钱，把路修了。必须把路修通，兽就不会这么凶狂。因为封闭，兽才敢为所欲为，发出野性，制造骇人听闻的惨案，让大家伙受罪，让外面什么也不知道。必须让风吹进去，雨刮进去，车开进去，人走进去，什么样的事儿就会在阳光底下，兽啊精怪啊就会无影无踪，望风而逃。

躺在按摩店温暖的窄床上，年轻女人柔软的手指正按着他隐隐的酸痛处——按哪儿哪儿酸痛。年轻女人若即若离的气息现实而沉醉，按得那个舒服，那个恰到好处，那个软硬兼施，就是人人向往的腐朽生活，巴不得每天都来这么一次。

“王总，你这是过的什么生活？”和福问道。

“资产阶级的生活。”

“那你为什么不赞助我修一条大路咧？”

“我说了，拦住他——我儿子，不让他往外跑。”

“你阻拦不了的！”

“没路他咋跑？飞出来？”

“你知道我是怎么出来的吗？”

“我不知道你是怎么出来的。但我知道，你怎么出来，还得怎么回去……”

“你骡球挎的天飞！你想让我住上跟你一样的高大房子，安上坦克也攻不破的铁门像你儿子一样再也走不出去？……你的算盘要失算了！你家娃子跟我家娃子一样，保不了哪一天就会遭到攻击，被野兽给吃了，把腿啃了，等有路也走不出来了。这样咱们就会全完蛋的明白吗？你这骡球挎的！……”

和福村长从按摩床上一个骨碌滚下来，将那一纸杯水狠狠地砸向王天飞，连鞋也不想穿就跑上了大街。

“骡球挎的！”

一个村长，一个赤脚的村长飞快地走在浮土喧啸的大马路上，闯红灯，不避车辆，暴躁愤怒。刚才他差一点就要投降了——当年轻女子的手指按着他大腿内侧时，那种溜滑爽痒的暗示，是不是在怂恿他“随它去”“没法挽回了”“各自保命吧”？女子吼吼地笑着，青春温润，脸上像丝绸。她们像人间的异类。投靠她们，就能躲避巨兽的攻击。你按着俺的脚跟说您睡眠很差。这妮子你是咋知道的？您足底反射区里面颗粒很多，证明代谢很差，睡眠很坏。是啊是啊，我夜夜难眠。我们村长是想着你们几个小妮子才睡不着觉哩，伺候好呀！——

王天飞说。王天飞还说，抱个小妮子，你就呼呼大睡啦！小妮子说，村长那还睡个鬼，一夜不得安宁，吼吼吼。

“和福！和福！老兄啊，活祖宗！”王天飞提着两只臭鞋在大街上追着他。王天飞因为喝多了，有些摇晃。“……你、你个狗日的这大的气，什么鸡巴康庄工程，你自己开口要我眼都不眨给，我王天飞说话算话。我把建筑材料给你背回去，钢筋水泥砖瓦。天知地知你知我知。你个鸡娃子村长我还巴结你不成，我又不吃你的饭。我是看你帮我在村里把我苕娃子照护得好……”

“现钱。”和福站住了，向王天飞伸出手来。

王天飞一愣，眼珠子歪在一边，连气也不会喘了，“现钱？”

“当然是现钱。”

“……你房子我是一定要赞助的。想到上次我娃子跑出后，你前后几天帮着寻找，两条腿都走跛……可是，你今天拿着钱定是买杀那巨兽的枪去的。买枪是幌子，你骗不了我，没枪卖，你是买修路的炸药去的！”

“你放屁。我就是要买枪。”

“哪来那子虚乌有的巨兽啊！朗朗青天白日！……”

这家伙溜了。

和福村长还是弄来了人和枪。他是请人来过枪瘾的。这个人姓来，叫来三坡，是县财政局翁副局长的小舅子，好打猎，有野性，常被人请去猎杀害兽如野猪什么的，有点名声。此人是马斗全引见的。马斗全说这是一箭双雕的好主意。过去他就提到过这个人，镇里也有人出主意提到过这人，说他姐夫手上有预算外的机动款，大概是五万元的拨款权限吧，给你是一给，给别人也是一给，反正是国家的钱，就看你攻的本事了。如果让来三坡过足了枪瘾，打死了一头大兽，天下扬名，他去说服他姐夫，五万是一定的，说不定还有。马斗全说姓来的专门给别人拉款的，有提成呐，至少百分之三十，五万就一万五。跟他姐夫分，他也富了。这事是公开的。修路的理由又充足，还闹兽死了娃儿，拨钱的理由更充足了。兽来了，这不正好找姓来的有个由头。这兽还真是时候来助和福修路的咧。我倒要感谢这巨兽了，骡球挎的……

国际狩猎俱乐部 VIP 会员来三坡，脚穿着狩猎靴，身着意大利顶级勃朗宁丛林套装猎服，像披着一身枯树叶；仿生猎包，背得像电视里去伊拉克打仗的美国鬼子，弯着腰，双手端着12号半自动猎枪，马甲、弹袋、猎手套，应有尽有。不过，那感觉不像是个身手敏捷的猎人，倒像是个旧社会的背夫，负了千斤重担的，压得喘不过气来的样子。

来三坡虽气喘，一路上语气笃定，信心满怀，说多大的兽他都不怵，能对付的。他说他那管枪是五连发的，雷明顿牌的，是全县最好的猎枪。“嘿嘿，别人送的。”他说。他还说，若论枪法，全县他也最准，百步穿杨。那个国际狩猎俱乐部会员，县里还有几个，一个这么大这么深的饿老婆山总得培养几个超级杀手咧。这些个人，就好这一枪，嘣他个舅子的。这些人身子骨也没一个壮实的，却爱打猎，充硬气好汉。有的甚至病病歪歪，肺气肿，糖尿病，性功能障碍，但枪弹一武装，就像变了个人似的，威风凛凛，装备先进，不是猎人也是猎人了，不像山里的猎人，赤着脚，一条狗一支土铳就行了。

和福承认，这是一种高级行贿，要几个修路的钱，但也一举两得，兽也给消灭了，有何不好？问题是，这人能够把那大兽降伏得了吗？这人好像不是那回事。当然，人都有假象。人不可貌相，海水不可斗量。他说他打死过四五百斤的野猪，还出国打过猎哩，这可了得。

被山洪冲毁的道路他是看了，看了就等于是实地考察了，给他姐夫翁局长一说，这事就会成了。但也不能空手而归，打了大兽一举成名天下知，这就好了。还要保护他的安全，平平安安满载而归，两全其美最好。

抱怨道路艰难之后，并没有破坏来三坡的兴致。他停下来吃维生素和啃苹果——他什么都带得有。他从瓶子里拿出那些花花绿绿的药丸，告诉和福村长说这是维生素C，这是复合维生素B，这是维生素E，这是维生素D，这是胡萝卜素，这是叶酸什么的，还有压缩饼干。他从靴子旁抽出一把刀来削苹果，说这把刀是澳大利亚的一个什么鸟人送给他的。又从包里抽出一把刀，说是日本的一个毬人送的。他擦拭他的枪说是一个老板送的，自动退壳的，没一点后坐力。他说不像你们的土火，后坐力把人的脸都震没了。说还炸膛。你那铁砂子把枪膛磨成鱼肚状了，会爆炸。你那滚珠铁砂的，火舌太长，你一条火龙出去，目标太大，兽没打死，早吓跑了，不像他的枪，悄没声息，兽死了还不知是咋死。你点信子的，一枪没打死，你再灌药慢点儿，兽就呛着烟子扑上来了，你性命难保。过去那些猎人啊可造孽！火舌太长的，还回火来喷你一脸，烧得像砖头。你那土火再好，也就五十米的射程，我这个，两百米！所以说，别怕，有我，再大的兽禁得住我这枪！有我你们就一切 OK 了。

来三坡来到了滚水村。这是一个真的处在惊恐和哀恸之中的村庄。那些奋力燃烧的秋树，那些火红的树的穹顶，犹如一个伟大的传说。那一排排的落叶松，人走进去，就像进入了神话中的用金子装饰的宫殿。这秋，这秋啊，在布置着一个华贵的大典，将上演神圣的乐章。似乎什么也没有发生，有的只是秋天的激情美景，肃穆宁静。来三坡对这深山老林的秋色简直陶醉了，这地方还没来过，真是太美了！

去上滚水坝，走上山去，天晴了，四野闪闪发亮，大片大片的云朵像红色的奔马，层层叠叠挤挤攘攘地向前，飞跑，云也在附和秋天的呐喊燃烧着，雾气蒸腾，像山谷里跃起了千万条玉色惊龙。这样的秋天暗藏着怎样的杀戮呢？这样的秋景并不是属于嗜血和残忍的。可是……

这一天，子弹上膛，和福村长挑选了最强壮的几个人，跟着来三坡。狗也是挑选过的三条狗。大砍刀拿在手上，还有土火。来三坡教大家怎么配合他。他有望远镜，说能看上三公里以外的东西，毛发都能看得清楚。这个玩意儿也是个好帮手。他还炫耀了一把自己的枪，是给大家壮胆。打个五连发，把天师栗上打下了两只黑鸟，还打坏了王天飞家一块瓦，让王刚这小子跑出来鸡巴卵子骂了一通，来三坡说不跟傻逼计较。他说他去蒙古打过狼，还去西伯利亚打过熊什么的，说蒙古那地方狼忒多，他一天就打死二十多只。他自称他是神枪手，见过蒙古的总统。

第一天打死了两只黑鸟，还打死了两只兔子，一锅炖了。来三坡认为有收获，至少把地形熟悉了。

第二天他制订了潜伏的计划。伪装起来，在罗赶早从巨兽口里拔出儿子的地方，埋伏在草丛中。一整天，几个人趴在草丛中，一动不动，各种机关和枪口都准备好了，但平安无事，啥都没瞧见。

罗赶早没去。晚上回来，罗赶早孩子的哀号在村子里依然嘹亮回荡。还有他那匹狗。狗也像人哀叫。罗赶早烦了，一刀将狗捅了。他提着两只血淋淋的狗胯来到村长家里。那狗胯已经烂了，惨不忍睹，见了就恶心，和福恼了，“你跟你的节儿根一起卖去！”又说，“你总不能把你娃儿一刀捅了吧？”

“那我请教村长，我该咋办？我家的娃儿？你们不去看看吗？”

和福与来三坡就去了。来三坡见多识广，也没看出个门道来。腿是好的，就是黑了。他爷爷给抹的药膏起了作用，总算没烂，皮枯枯的，疼，焦辣火疼，怎么也止不住。这就奇了怪了，莫非在兽嘴里一趟就这个样子？这是张什么嘴，这么大的毒？医生看过，说弄得不好要截肢。嚎的那个声音，跟杀驴没毬两样。

“打到那个兽就好了，就用内脏敷，毒就拔出来了。”来三坡说。

哪天打到呢？

又过了两天。

下起了雨来。村头天师栗那一蓬天火黯淡了。这天正是重阳。重阳雨，日子就往寒处走了。一场秋雨一场寒，一阵北风一阵凉。北风吹落的叶子在烂泥中像宰狗的血。重阳没几日，雪线之上的饿老婆山就要落雪了，就会成为白头翁。几个人披着雨布走到滚水坝，狗就乱吠，狗爪子刨地。马斗全就喊：“看——”大伙顺着他手指的地方，是雨雾朦胧的坝顶，水声轰响，马斗全又喊：“看到有个娃子没？”

娃子？不细看不要紧，一看还真看到水里面似有个娃子，正顺着水瀑往坝上爬，连光着身子也看得分明！

不对呀！有人说有，有人说不是。那水帘扑下水坝打得急，有人说是水中一块石头，时隐时现；有人坚持说是个娃子。和福是啥都没看到，眼老花了，起翳子，就干脆一铳，往他们说的地方打去。一枪把眼睛打亮了，雨雾打散了。再看，什么娃子、石头都没有了，有的只是一条白水帘。大伙儿上了坝顶，心里还是有点虚，一个人滑了一跤，差点掉下坝去。

这一天把大家弄得有点紧张和疲惫。为有没有娃子争了一路。晚上大家就敲村长和福的酒，要他给大伙压惊。和福没法，杀了一只鸡，不够，煮了一锅腊肉洋芋。喝到七八分醉的时候，来三坡就从颈子里抠出一块玉来，是个观音，用红线拴着。他说的“男戴观音女戴佛”，这个大家都懂。但他的这块玉，白得耀眼。他说是块和田玉，这块玉不小，有狗卵大。大伙问多少钱，他要人猜。有猜一百的，有猜一千的。他说出个数来吓了大家一跳，说值两三万。还说黄金有价玉无价。马斗全说又是别人送你的吧。来三坡就笑着说当然，吃的喝的全是人送的，我哪买得起。他说打猎的夜路走得多，肯定会碰到些精怪事儿，科学不能解释。打猎在山里钻，一定要戴一两件灵物，玉最好，加上是观音，绝对避邪。他说行猎就是血光之路，秽邪之气缠着你，不用灵物压压你就吃亏。我过去不信还是戴了。有个同伴始终不信的，我们有天晚上去打野猪，打到野猪了，看见野猪在跑，却是半截身子，他去追，一头撞在树上，两个树椏子，刚好戳到他的眼睛，一双眼睛戳瞎了。这是我亲眼见的。

马斗全说打猎的命硬，二十年前他爹一个徒弟就是黑松榨的，去打麝，那麝没跑，就在他身边，开枪怎么都不响。这人就用枪托去砸，哪知枪却响了，子弹从裆里进去的，从脑壳里出来。马斗全这么说，来三坡又从兜里掏出个东西，贼亮贼亮的，说是颗蒙古狼牙，避邪非常好。外国的，镇咱国内的山上的恶东西很厉害。和福说蒙古过去不跟咱一个国家吗？来三坡就说这也是千里大草原上的，比咱山里的东西霸道。他还说枪也是避邪的，不过你们那土火不行，歪了，又是本地的铁啊树啊，根本镇不住。他擦拭他的枪，拿出一套专用的清刷工具——放在一个皮套子中，好家伙，这下让大伙开了眼界，一堆刷子，精细得不得了，光羊毛刷子就八个，铜丝刷十个。这人见大家惊讶、艳羡，虚荣心得到了极大的满足，又拿出引诱哨来，有野猪的，有野鸭的，有秃鹰的，有鹿的……他说："要打野猪，我这一吹，猪就来了。"他吹那哨，果真像，像神了。咕噜咕噜的。他说："我这次听和村长的安排，不打野猪，只打那巨兽，为你们除害的。"他又说："你们不要怕，如今有些怪事儿本属正常。这些年，天灾人祸连连，出外打工做事的也多，失踪的也多，出事的也多，魂儿都回不去了，冤魂野鬼的到处蹿荡，你碰上个把不稀奇……"

没见到兽影，但那兽要吃到第十个娃子才肯走的传闻越传越凶。

来三坡说是不是他的枪太镇场子了把那兽吓跑了？吓得不敢出来了。那就把枪藏着，他把枪藏在和福家的苞谷桶里，与和福他们一起去山上下套子，把绳套全换成了钢丝套，增加到五十个，遍布白麂沟、蛇行垭、阴风垭和黑水潭一带，可谓布下了天罗地网。上山清套的这一天，套子什么都没套到，吊在树上的弓形套，有十好几个，倒一个都不见了。但也不排除有人先他们把套着的东西捡走了，把好套子偷走了。

来三坡手痒，打了几只雀鸟，和福的老婆动手拔毛，炖炒。来三坡这个老兄喝酒就脸红，一副不能喝的样子，可端上杯，没有人是他的对手。他常常自罚三杯，无缘无故，说，我自罚三杯，一壶酒就被他罚没了。和福的老婆为下酒菜每天头疼，晚上就暗暗掐和福腿上的汗毛，让和福不敢喊。

姓来的去马斗全家住了一夜。第二天马斗全就给和福说，那五万块钱包在他身上了。年底前财政有一次结余资金再分配，机会蛮大。“不过总得给我这个中间人两包烟吃撒。”

“这个少不了你的。那究竟要给老来多少？”

“说好了百分之三十，人家也不容易。”

“可我这里好吃好喝伺候，酒啊肉啊的就不要钱的？”

“大头还是在你这里，你怎么想的村长！人家是来打兽的，你不给吃？还要开工资哩！何况在这儿能吃个什么，生绿霉的腊肉，苞谷酒，那叫吃？人家是吃什么的你晓得？人家什么没吃过，请他吃他还要看人哩，财政局长的小舅子，不是我，你请得动！”这么说后就从和福村长兜里搜去了二十块钱，说是帮老来买烟去。

八字没一撇咧，就算是腊肉，也吃光了，三光，肉光酒光米光。锅光壶光杯光。这该如何是好？还得供他的烟，烟酒不分家，我和福心慌着啊！可这请来的打兽英雄也算是称职的，常常一个人敢背着猎包进山，回来空手。和福真希望他跳着回村，手举洋枪说打死了打死了！那就好了。和福还恶狭地希望这人就此不回来，到了晚上，这人失踪了。大不了五万块钱不要了。哪有五万，你切一块他切一块。可是夕阳西下，这人总是能够回来。得准备辣汤辣水的火锅，还要陪客，马斗全之流。

“山里的秋天真舒服。”他说。

“苞谷酒真好喝。”他说。

他擦着枪。他脱下鞋袜泡脚。他打着酒嗝。他这么说。

说不烂不烂的，罗赶早娃子的脚却烂出了骨头。这真是千年难见的恶兽。那娃子的叫声顽固缠绵，在村里穿越。风越来越凄厉，掺和着那娃子的喊叫声。到了晚上，天师栗发出高亢的怒吼申诉着什么。一些来不及躲藏的虫虺，在角落里，和这个村庄一起哀鸣。

家里快没吃的了，这个给马斗全婉转说了。和福村长心里焦急如刀割。“我要读书，爸。”儿子说，在梦中还拿着书本。老婆说着梦语：“快快走吧！快快走！……”说什么呢？说那不见面的兽，还是说请来的打兽者——赖在他家吃喝的来三坡？“请神容易送神难。”他突然想起这句话。可现在有什么办法送？……

要了结了。饿老婆山啊，你这名字可真孬。你饿得要吃自家的娃子，你引来这样的怪兽，让我们不得安宁，你与我们玩着残忍的游戏。

天黑黑的，在村头那棵天师栗树下，和福村长靠着树干给来三坡和马斗全递上烟。三人对上火，三个红点你明我灭，在三张紧闭的嘴上。王天飞家的火车疯狂吠叫着，发出一种被高墙挤压的嗡嗡声，仿佛在一个遥远的密室里受虐。没有月亮，天空寒冷而苍茫，植物腐烂的气味在加重，远处的山影像一排打手，阴险地候立在那儿。

他说要了结了，和福村长。他有点狠心撵人的意思，这个面前的两个人都感觉到了。可来三坡有些迟钝，天真地追问：“那你说咋了结村长？兽不出来，唤全村的狗？借上王老板家的狼狗？一起去咬，咬出来？”

没有回答。

“不过你们必须忍耐。一只老虎守一只山羊，可以空着肚子守上七天七夜，你们也必须忍耐。”

“够了，忍耐够了！”和福村长说。他把烟头狠狠地踩熄。

“让来哥走么？来哥一走，那兽又出来伤人呢？我们又没那么好的枪，”马斗全说，“来哥在村里就镇邪，兽不出来就是证明。他一颗狼牙就够镇住了，叭——”突然空中一声惊响。是马斗全发出的，他在抽牛鞭。他带着的这鞭子是找人弄的，没狼牙也没玉，就听说牛鞭用过三年能镇邪，于是就搞了这鞭子插在身上，是个土灵物。他这下一鞭，太清脆，把和福和来三坡都吓了一跳。

“兽不出来也许有别的原因……我倒有个主意想了多天……”

“说说看。”和福说。

“这兽有特点，我分析，什么公牛公狗男娃子，只沾公的，特别是男娃子他最爱……”

“你是说……用男娃子把它逗引出来？”和福村长顿感身上一阵寒意。

“正是。”

“道理在这里。”马斗全兴奋地说。

“用公羊公猪咧？非得要用男娃儿？”

“我想速战速决，用男娃儿绝对行，我有预感咧……大伙小声点儿，这兽鬼，咱们一定要保密。”

“娃儿快？”

“娃儿一定快！”

“谁家的男娃儿？谁家肯？……”

“那就听来哥的。试试嘛。”马斗全说。他这么说当然坚决，他反正没男娃儿，他三个姑娘，且都到城里打工去了或出嫁了。

“我和福可做不了这个主，天底下没这么黑心的村长，也没有这么黑心的爹。”他说。声音偏大，压抑不住。心里和血喊，在这夜里喊。在这个伤心的秋天喊。

“不是让娃儿去死的，不是让他上山就送命，咱们的枪在后头。只是引，是个诱子。没听说猎人打野物把诱子舍了的，嘿嘿，那不是个烂货猎手！”

“你这么多引诱哨，就不可以学娃子？”

“没有娃子哨，娃子用什么声音呀？嘿嘿！再说这兽鬼精，你用哨有什么用？我打了二十年猎，全世界跑遍了，这还是头一次遇上难题咧……”

难道我就用我家娃子喜子去逗引那兽？我自己的不上阵让别家的娃儿上阵这是没有道理的。别人也不会干。你一个村长，你刚好有一个男娃儿……这事就算了吧。让他来三坡在这儿吃下去，他想吃多久吃多久，我那路总不比我家娃儿喜子重要。明日用酸菜炖白菜给他吃，他吃腻了就会走的。把自己的娃子看好，要备几副棺材那也是村里该遭的难，谁家点子低谁倒霉，又不是我引来的兽……

和福村长焦头烂额地在村里乱蹿。他一抬头，看到了还在顽强燃烧的天师栗大树下，王天飞家的铁门哐啷打开了，王天飞的傻儿子王刚顶着个大头走了出来，那条狼狗拽着链子哗哗地飙出来了，老远就朝和福狂叫，狞牙利齿。和福害怕那狗挣脱了王刚的手，或王刚干脆撒了手纵狗来咬他——这是有可能的，这小子反正无心无肝，正想让狗咬个人玩儿哩。一条村里的狗对村长大为不敬，怎么也不买账，这只有王天飞家的狗才敢。财大气粗，连狗都目中无人哩，狗日的狗！当然包括骡球挎的人。是人，是这骡球挎的王天飞的傻儿，又开始牵着猛狗在村里乱蹿了。他怎么不会又一次走失呢？他怎么就不会被那巨兽一口吞掉呢？福大命大？……忽然他的心头一阵豁亮，就像犁铧从泥土里翻出来！

——让王刚去招引那大兽出来或许是最理想不过的。这个想法一蹦出来，和福就感到有一种替谁解脱的轻松。这娃子成天乱跑，不让跑还打裴姐哩。可怜的裴姐被他打得大包小疖，五青六紫，还不敢吭声。因为他爹王天飞老板将那挨打的钱也算在了工钱里，一月有上千块钱。为了这娃子，王天飞花尽了心血和银子，专给他在村里盖的房子。上次跑失踪找回来就花了好几万。可这娃子活着又有什么作用呢？不就是废物一个么？还指望给他们王家传宗接代？其实让他死毬了还好些，让他去给村里除害，万一被兽吞了，王天飞还为村里做了一件大好事，自己这辈子也解脱了。

“刚娃呀，做啥哩？”

“玩。”

“看好火车哟。”

“嘎嘎。”傻笑。

“你爹这些时回来看你没？给你带回一些好吃的没？”

“没。”

“你爹不喜你了哩，你爹不认你了。”

“胡说。我爹喜我。我爹说，过两天给我带肯德基回来吃的。”

“肯德鸡？鸡娃子吃头！你爹在城里找了女人把你丢下了。”

“胡说。我爹就回来看我的。”

“愿意跟我去山里玩儿么？”他试探地问。他看着王刚那大得无理的脑袋，石头一样的嘴唇和呼哧呼哧的朝天鼻孔。这娃儿淌着些涎，步态不稳定，像踩在云端里似的。这娃子也可怜。这娃子生下来这样，他妈就跑了，丢下他跑了。没吃的，王天飞就嚼些饭粒儿喂他嘴里，竟把他喂活了。王天飞爱他如掌上明珠。没娘的孩子还有个好老爹照应。后来王天飞去找这娃子的妈，在外做生意还上了道儿。当然，这娃子越来越成了王天飞的心事大伙也不是不知道的。这娃儿越来越傻，还不让王天飞找女人呢。今年春节的时候，王天飞就带回来一个女人，可王刚朝她吐涎水，朝她滋尿。莫非王天飞的内心里就没有让这娃子早一点“走掉”的意思？上次花几万元寻找，那只是做做样子，了却心愿，不让人说闲话，哪想到竟找到了，王天飞莫非不心里暗暗叫苦？现在这是一个机会，一个千载难逢的机会。一个傻儿英雄救了一村人，我要给你树碑哩……跟王天飞那骡球拷的去打个招呼，商量商量？……这是断然不行的。那骡球挎的就算心里肯，可口里却不会答应，定会假做假做把我痛骂一顿，这是一定的。只有不商量，来个先斩后奏，那王天飞回来会痛哭一顿，心里可高兴死了，累赘甩脱了，心里直感激我和福哩……

王刚拽着那狗，狗吼吼喘气儿，他也吼吼喘气儿。狗是狼狗，一脸英雄气，长得比王刚还俊。王刚那头颅就没成型，张着嘴，一双善良单纯得让人心疼的眼睛就这么瞧着你，仿佛一只懵懂无知的狗……这娃子这个样子，和福的心又一下子软下来。这么可怜的一个娃儿，你和福忍心让他去喂兽？你心也太黑了点，简直不是人的想法……

当夜幕降临的时候，秋风一阵阵呜咽，河水惊悸的声音弯弯曲曲传过来。村子里路断人稀，仿佛是个死去的村庄。他猛然回头的时候，看到了那棵巨大的天师栗，在一抹即将黯淡的晚霞中，像一朵金色的蘑菇云，灼灼其华，翻卷咆哮，仿佛是一个巨大的警告，把他推向很远，很远很远。那个深宅是不可靠近的。一切都要结束了，一切总得有个结束。就像这在风中呼喊的树叶，就像这晚霞，就像这渐渐冷却的秋天。

他在外面踯躅了很久才回去。客人已经睡了，鼾声如雷，枪在床头。喜子也在酣睡，手上仍拿着书本。他已经想好了，和福村长已经想好了，当他疲倦不堪地回到家时，他知道这个决断是不得不做的。这是一个惊天的秘密，要瞒着老婆——儿子他妈。这可是山崩地裂的事儿。可也有办法的，既然罗赶早拉住了儿子，虽说双脚废了，可也有个活人在。把事情想在前头，一切都是可以避免的，但愿如此啊。老天爷，任何人的孩子都不行，唯有拿出自己的孩子。走到村里，男娃儿已经不多了。只有自己的儿子，而且这是唯一的选择，如果把心放在当中的话。

喜子的脸在电灯下红彤彤的，就像棵成熟的柿子。这娃子像他妈，像妈的孩子有饭吃，也就说命好的……唉，就这么决定啦，已经安排好啦，就这么。这也是最后没办法的办法了。

灵鬃羊在山里叫。明天又是一个油亮的晴天。什么都不需准备了。先前在老金头屋里，老金头要甩甩卦，被和福制止了。没什么可甩的，人豁出去了，会比命运想得更周到，何况他不信这个，这骡球挎的什么甩卦啊掐八字啊念骚经念胡咒啊，他自己认为他还很年轻，不用来这个。他有一股子战胜命运的力量。

黑夜像个烧炭翁，秋蛩的嚷叫叽叽喳喳。他磨好刀子。他睡下了。灵鬃羊在山里固执地呼唤着什么。山很静，很空。

这一天跟以往任何一天几乎没有什么两样。果然是晴天。一群群椋鸟从空中飞过，落到一片漆树林子里。那里面的果实正喷吐浓香。早晨，和福村长让来三坡迅速到指定的石桥那儿去。已经让马斗全老婆来喊自己老婆了；给马斗全老婆说了，不得吐露半个字，陪村长老婆打半天牌，有二十元补助。这绝对是瞒着娃子他妈的，不能挑明，挑明是一场生死架。

“喜子跟我到外面去走走。”等老婆被骗出门后，和福将准备好的东西赶紧带上。他给儿子系好红领巾。还有一条旧领巾，他有用的。带上狗。狗很平静。

儿子是小帅哥，儿子胖胖的小手搭在他的肩上，因为有些兴奋鼻子呼呼直响，用哑声哑气的嫩声问：“爸，我们这是到哪儿去呀？”

“去采点药。”他说。儿子的手搭在他肩膀上，就像朋友。儿子的眼睛闪闪的，像水塘，睫毛像他妈，老长，眼睛眨起来，骚好看的，像鸟的翅膀一样扑闪扑闪。说话的时候嘴里还一口娃娃们才有的奶腥气，直熨他的脸。儿子真是个娃娃，什么也不懂。

狗腾跳在前面，和福为它解开了绳子。这狗一路嗅着地面，径直往村头走去。路两边的向日葵一律垂着脸盆大的黑面，籽实饱满。牵牛花在篱笆上胡毬乱开，一片蓝色，薄薄的喇叭随风摇曳。另一种纠缠在篱上的刀豆垂得像紫色的门帘。葫芦腆着大肚子，叶子已经枯黄。花椒树全是青碧色的籽儿，诱人淌口水。和福摘了两颗放进嘴里咀嚼，一股新鲜灿烂的麻味儿直冲九霄，把魂送上天了。再抬头，到了天师栗树下，到了在早晨火红的树影里静静伫立的王家深宅。自家的狗似乎闻到了它同类的气味，跑去刨那大铁门。狼狗立马现身，汪汪大叫，不欢迎，叫声雄壮如雷，趴在铁门的竖齿上，要冲出来。自家的狗欢子也汪汪叫，两只狗不知是亲昵还是较劲，反正互咬，凶猛异常。王刚就出来了，在铁门里。和福看见他睁着还没睡醒的眼睛，敞着衣裳，呵斥狗。那个卑鄙的想法又不可遏止地冒出来了。就算让他给我喜子做个伴儿，两个娃子，我心里好想一些……

“王刚，你出来跟喜子去玩会儿？”他可怜巴巴地求唤。

王刚的鼻子缩着，眼里没有喜子，没有和福，没有人，也没有狗。

“出来啊！”他再喊。

“王刚。回屋来吃早饭了！”裴姐喊起来。裴姐敲碗，像唤狗。这一敲，那狗火车果真抢先跑了，王刚也就跟着狗跑了。

马斗全这时背着铳来叫他，老远就大声说：“你还不走，待会儿双姣晓得了就走不脱了！”

和福就匆匆拉着喜子走了。

到了石桥，来三坡和另几个人正等在那儿。来三坡显然已经知道了是咋回事，脸上表情满意，显得志在必得。话又说转来，哪天他不是这副表情。不过和福觉得这人有点虚张声势，有点吹嘘。这人越是信心大爆，和福越是心中不安。来三坡过来摸着喜子的头对和福说：“没给他个东西？”

东西听出来了，东西是指灵物，压邪的。来三坡这回的馊主意，他自己也没见过这出猎的场面：让一个娃子去当诱子。他出发时说这个，让和福心里一个小激灵。说灵物是啥意思啊？真有什么事儿？你那身上的玉啊狼牙啊就不能给一个让我娃子戴上？

“旧领巾也行。”来三坡后来敷衍着说。

他们就开始走。喜子不知道大人们打猎为啥要议论他。气氛无端有些沉重，有些黏滞。四五个大人，一个娃子。

“你们也不要怕得，只要把兽引出来，不要你们的土火和狗，无用的，我这枪五连发，一杆顶五杆，自动退壳的，什么兽打不了！未必是大恐龙？就算是恐龙，咱们今天就是降龙人了！”来三坡鼓劲说。

“那是那是，我们有信心。”大伙嘁嘁喳喳的表态。声音压得很低，仿佛有什么亏欠似的。这当然就是和福村长带着自家的娃子。这是大家没想到的。

和福当然没说什么，一路沉默。他如果要说他就要吼了。他说多了会让那些人心慌，会让事情更乱。他不说话。他带上喜子比一万句话都管用，你们这些浑身都是嘴的人你们做了什么？你们快闭嘴！你们要做的就是保护我的娃子。他这个也没说。说了就是乞求，说了就没意思了。他现在想用一根绳子紧紧把儿子拴着，拴在自己身上，拽着他走，这是他最想做的一件事。可现在他不能这样。他正在行走，正在深山里行走，正在老林子里行走。

满地的红叶，斑斓的溪水。踏着这些红叶犹如踏着秋天的火烬。而在四周，在头顶，则是愤怒燃烧的秋的穹隆和环廊。溪水艳丽，落英缤纷，红叶的流逝宛如生命，宛如一支送亲的队伍。看云岚轻柔如紫，看嫩寒纤弱似玉，秋啊，叮叮淙淙的秋，肝肠寸断的秋，悱恻缠绵的秋……红叶沸腾……红叶沸腾……红叶沸腾……

和福的心也在这情景里蒸煮着，翻滚着……

“爸呀，说是去采药的呀，你们不是去打猎的？”儿子问。

“都是。又打猎，又挖药。”他拉着儿子的小手，紧紧地。

蛇行垭烟雾滚滚，从山谷腾起来的雾气，在这里潴积不动，形成了一股巨型漩涡。人都半隐在烟雾里。

狗的嘴都给套上了，不让它们咬出声，也不让它们去撵。来三坡选的几条狗全是公狗。他说了只要它们的气味。他说他在这里已经守了几天，有了些情况，大伙不要说话，这里有好几个山洞，深不见底，说不定就是巨兽的老巢。

就在这里，来三坡为他目测的距离与和福村长产生了争执。

“一百五十米。”来三坡说。他是要让喜子在他们前头一个人与大伙保持的距离。

“五十米不够吗？”和福只同意五十米。五十米已经够远了，五十米是和福心理忍受的极限。五十米之外，儿子就会像断线的风筝，飞了。

“一百五十米，听我的没错。我这枪两百米的距离，你怕什么啊！我有经验，没这个数引不出来。”来三坡坚持说。

“不。不行。”和福说。

“那就一百米？”马斗全说，“一百米总可以跑的。”

“不用，我这枪伸出去就是个死。两百米，一秒钟工夫，兽只要一现身，还能抓你娃子？”

这时林子里的野鸡叫得慌，马斗全他们看到说话时和福村长的汗都从额头出来了。其实这山上冷飕飕的，大伙发着寒。他们理解他们的村长，对来三坡的坚持有些反感了，又不好明确反对，还是和稀泥，说一百米行了，够了。大伙只要掩藏好就行了。这个有经验。

来三坡说：“野猪能闻三里的气味，三里是多少米？一千五百米。你们没打过猎的啊？这样，你们就这里坐着，我跟喜子两个去就行了。”

和福哪会干呢，一万个不行。喜子不可能离开他跟一个什么城里的鸟人去找兽打猎，一个当官的小舅子，这没有信任感安全感。后来来三坡就缴械投降了，就一百米。

“喜子，你在前头一些，大伙盯着你走，你在前头带个路。”和福给儿子说。他蹲下。他想了想，把手上的那块电子表捋了下来，给儿子戴上。儿子的手腕太细，往手臂上套。电子表这种城里的先进玩意儿肯定是能避邪的灵物。

“喜子，你若看见前面有家伙，你就往回跑啊。或者看我这个——”他拿出那条旧领巾，“我这里一摇，你也往我这里跑，听见没有？”他反复交代。

儿子似懂非懂地点着头，像个小大人，神情凝重。是被大人们弄成这样的。“可这大的雾，爸，你不挖药啊？这里好多扣子七和羊角七。”

“你挖，你挖，你在前面边走边挖……”和福说。他把小挖锄从背篓里找出来，交给儿子。他发现他流泪了。他说 ：“喜子你小心些哩，听周围的响动，爸在你后头跟着……”他泪流满面。雾大，儿子看不见。

儿子点着头。

“走了。走了。”来三坡催促。

儿子走了。儿子在前头一个人，越走越远，拉开了与大伙的距离。林子静得像地窟，树木全在战栗。乌鸦的叫声像坚果往地上砸；叫一声，砸一颗，叫一声，砸一颗。天空光秃秃的空荡荡的。

儿子在前头说“七叶胆”，那声音像羽毛，飘着的。和福抓不到。儿子成绩很好，儿子还勤快，从小就帮大人干活，替大人分忧。七八岁就跟他一起钻山挖柴胡、扣子七、七叶胆、田七、贝母、蛇菰……这娃子从小懂事，没让父母操过心。你进屋他就为你脱鞋，捶背，抓痒，端茶……如果儿子这一次能把那个大兽引出来，儿子就真是让老师同学全村人钦佩的小英雄了。如果胜利回家，他的妈会原谅我做的这个决定。我们不能退缩，因为我们生活在这里，过去无数个这样的时刻，都被我们和我们的长辈战胜过。战胜过无数的兽和灾难，才有了这个村庄，才有了今天，才有了我这个大伙选出来的村长……

儿子寂寂地一个人在前面走着，每一步都让和福看着，目光像绳子拉住他。他一边看儿子的背影，一边看着来三坡的枪，又一边压住马斗全、老金头这些人土火的枪口，生怕他们的枪走火，伤着了喜子。

前面鱼腥草的气味愈来愈烈，雾气贴地漫卷，狗不见了，人都像半浮在空中，天色也晦暗下来。他们翻过了一座山头，一声不吭地紧紧跟在一个小娃子的后头。这个小娃子有着机警和大胆的智慧。马斗全那根借来的老牛鞭杆响起了轻轻的一声，那是把邪秽打在了走来的路上吧。两边的冷杉又矮又粗，树干上青苔深厚，淌着湿漉漉的水，仿佛每一根树都是一个泉眼。

刚拐过一个弯，就听见前方的喜子传来一声细细的呼叫，或是发出的别的什么声音。这时林子里的风呼啸而来，雾气此刻像箭一样向前飞奔。一个大大的重重的黑影就像鬼魅一样向他们压来！人们猝不及防。头顶上一片树枝坼裂的锐响，重重的罩在头上的黑影不就是那兽?！……娃子！和福内心一阵惊叫，摆动旧领巾的手费了好大的劲才抬起来，却已经看不见儿子了。儿子不见了。有人在喊“兽！兽!”而此刻，树林一阵摇晃，来三坡的枪响了——大家看到，那枪是颤抖着穿过冷杉向那黑影射出去的，枪声叭叭叭叭地打在一些障碍物上——一定打着东西了！

一声比石头的开花还痛苦的尖叫从前面传来，和福分明看到来三坡移动着他的肥腿时朝他狠狠地瞪了一眼，脸上的肉像被刀剁砍过的发出鲜红的寒光。

——那一声嫩稚的尖叫声朝远处的山壁孤独撞去，这事发生得太突然了。和福看到来三坡笑眯眯地坐到地上。和福这时疯了一样就向那个山嘴跑去，那个山嘴叫老虎嘴。风把他的衣裳撕扯得像旗帜，风挟着他像滑雪一般疾速不可停下。他自己听见自己声嘶力竭的叫喊声：“喜子！喜子——”

所有被套着嚼子的狗也从喉咙里哭叫起来。

他看见自己的儿子倒在血泊里，手上抓着湿淋淋的青苔，一些带着泥土的柴胡梗儿散乱在一旁。儿子已经没气了，两颗洁白的牙齿已经给打掉了，脚下有两个深深的槽迹，是向后面的和福他们爬来的，是想到他爸身边，狠狠地蹬了几步就没劲了。整个脸已经变成了青色。

“娃子呀！……”

他号叫着把儿子揽到怀里，眼睛疼痛得无法睁开。他只是听到有哑哑的声音大骂说：

“你都瞄准了谁呀？你个骡日的!”

天空突然纷纷飘起了雪花。秋天熄灭了。

喊　树

王世堂一共有三个孩子。有一个在多年前就见了阎王。那一年年景不好，这娃子在山上挖蕨根做粑，吃过后头肿得比南瓜还大，王世堂的老婆就在村委会墙上涂大粪驱邪，但还是没保住这娃子的命。这死去的娃子眉清目秀，睫毛修长，像个洋种。王世堂另外两个儿子都是在石头上摸爬滚打、忍饥挨饿长大成人的，可没有一个比得上他们死去的哥，都长得怪头怪脑。有一个叫王二苕的，是老二，找了个患“巴骨流痰”（小儿麻痹症）的女人结婚，住进了深山后就没了音讯，不知是死是活。倒是老三，王三苕的，虽不灵光，却读了个技校，到了城里工作，就是没有女人看上他，都快四十了。现在，突然有了信，让王世堂给他打一套家具，那是要结婚了。

这可是大喜事啊！王世堂高兴得快中风。是有人从城里搭信来的。那时他正在山上刨洋芋，有个人喊他，是三苕儿时的伙伴，告诉他这事。他趺趺撞撞跑回家去，对着老伴的遗像就高声说：“娃他娘，老巴子（老婆）哎，三苕要结婚了，在城里结婚哩！搭信要我给他打家具。还说怕是媳妇怀上了，要得急。这可有孙子了！……”

王世堂哗啦哗啦地吃饭喝酒，让高兴出声，眼泪直往下掉。可静下心来一想，这可到哪里弄木材去？你这娃搭个甩信一说我就要办，没捎一分钱回来，老爹我哪有这多钱买木料呀？过去要一口柜子，或者一口箱子，还能找点存料或借点木头来做，现在，你有钱也买不到木料。家具要大料才行，山上哪有这样的大树？王世堂放下筷子望着山，山上也就是一些能做筷子的树了。江浙人烧炭的全回去了，没回去的留下来收板栗香菇；重庆偷树的农民来过几个，听说没树好偷，只好顺手牵羊弄走了一些党参苗。林业站的人种了些日本落叶松，材质不好不说，让羊吃了针叶嘴肿得嗷嗷叫，树底下寸草不生。这可是毒树，打家具害人的。要说打家具，最好的是樟木，苦楝也不错，都不生虫，紫杉也好，湘杉过得去，过去铁桦红桦也坚实。可这些全没啦。大点的樟树都有人收，挖掘机来挖的，城里人买去的，开价还高。有的一棵银杏，几百年的大树，万把块钱买走了，听说一到城里几天就死了，水土不服。

王世堂背着斧头，钻进深山里去找树。五天后回来，人已经冻得不行，脸色青黄，四肢抽筋，给腿上拔旱蚂蟥的力气都没了。回来用刀刮，才把满腿吸血的蚂蟥刮下来。他好歹弄回了一筒木头，是红桦。在一个山沟里，多年前别人砍伐后估计忘了，或是沟太深背不出来丢了。有几筒，有的腐烂了，选了一筒，拖到路口花了两天，晕厥过三回。这可要力气，力气都耗在了这筒足有一两百斤的木头上。差点丢了命，可又能打什么呢？

这还不说，刚进入臭娘子坳自家的院子，头上忽然掉下一坨东西，一摸，一大坨鸟屎。那个臭呀！抬头一看，是那些对他瞪着铜铃眼的苦哇鸟。这种鸟鬼头鬼脑的，不是因为经常衔些小鱼给他吃，早把它们连窝端了。它们的叫声阴阳怪气，心怀鬼胎，仿佛大有深意，对世界了如指掌。把白天叫成黑夜，把开心叫成灾难。特别是到了要下雨时，这种鸟叫得如丧考妣，恓恓惶惶，满树乱蹿，又哭又笑。树上的苦哇鸟，鸟窝至少有一二十个，可它们会叼来一些不知是哪儿的鱼，长条的，白净净的，通体透明。有人说这是从山洞涌出的一种鱼，无鳞，小眼，鱼鳃里有一颗硬虫，懂这个的说是鱼虱，后来有人说这虱可以治噎死病，就是喉癌，他就留着了，送给患了此病的乡亲。山里人喜欢抽烟喝酒，又一年四季吃腌制的腊货，加上整天在火塘边烟熏火燎，爱得喉癌。自从有这鱼虱，上门讨要的不少，救活了十里八乡的不少人，有的还是晚期。鸟们衔来的鱼吃不完，就爱藏着。有一天王世堂发现树底下的小水洼里有鱼游动，捞了不少，却捞不完。院子里本来会散落些缺头断尾的鱼，后来发现鸟吃不完就藏在水洼里，这就留下了这种凶鸟，也算是它们前生欠王世堂的。这鱼当地人叫羊鱼条子，做火锅，放点酸菜，那个鲜呀，没东西比！麂子汤、果子狸，都靠边去。

但是，这一泡屎太腥臭，往上一看，那些苦哇鸟都坏心眼地望着他，狞笑，喉咙里发出呱哒呱哒的声音。王世堂当时那个气呀。他踢了一脚地上的木头，做什么呢？做张桌子却缺凳子。这泡鸟屎晦气！一块石头砸过去，鸟扑棱棱飞起来，有的飞走了，又落在树上，叫得更凶，像哭一样。就落下几片臭娘子树叶来，桃形的，绿英英的，油光闪亮的。人望高了，头就发晕，加上又冻又饿，差一点倒下去，扶住了树。树太大，抱不住，一屁股跌坐在了水洼里。

从没砸过鸟，这下闯了祸。苦哇鸟“苦哇，苦哇”的聒噪声像沾水的绳子，一圈一圈捆绑着这个夜晚，捆绑着王世堂。月亮从树缝里透出来，鸟在月亮里奔蹿跳跃，把月光撕得羽毛纷飞。月亮是一只大鸟，打不赢这黑压压的苦哇鸟。这时候，水洼里的两只小红蛙也呱呱地叫起来，两条小红蛇也从树洞里爬出来，游进水洼里，乱跑乱颤。他睡不了了，再捡起一块砖头往上砸去，这一下，砸中一只，或者几只，几声凄厉的惨叫，一阵更大的混乱，后来总算停止了，安静了，只有一两声的啜泣，在清寂的夜空里飘零。

妈的，是要老子发狠的！他说。世界静了，小红蛙的嘀咕也很轻，两条小蛇也平静下来，慢慢划水，激起一圈圈的涟漪。这两条小红蛇从来就这么大，从来不吃红蛙。到了繁殖的春天，也没见有蝌蚪，红蛙也就是两只。这情景持续了至少二十年，仿佛时间停止了，仿佛这个梦境永远在梦里，没有醒来。人也产生了不会老去的感觉，身体里有使不完的劲儿，半斤的酒量一点不减。老婆死掉，人过花甲，也没有让他被悲伤和苍老打倒。说起来，这真是件奇怪的事儿。这蛙，蛇，还有鸟，鱼，与臭娘子树共生的一些古怪生灵，还有这树上一到春天就会孵出的一树毛茸茸的雏鸟，就像春天开出的满树鸟花，淡黄色的（羽毛丰满就变黑了）。还有更神的，这臭娘子树叶子，是可吃的，老婆发现的。她把这树叶打下来，用开水一焯，放一瓢灶灰，放在纱布里包着揉，揉出的汁是绿的，一会就凝固了，半透明的，就像碧玉，切成条，再加上酱油、醋、辣子、蒜末、姜末，就是别致的凉粉啦。这树叶，密密匝匝，啥时候胃口不好，啥时候做上一盘，辣凉辣凉的，入口爽滑，清凉透心，这日子！

蛇在水里游动舞蹈，就像爪子在心里挠着痒痒。那一圈圈的波纹扩散着向树根荡去。这树蔸的根凸出土石有一尺多高，像虬伏的巨蛇，生瘤子，有人称为龙根。于是有乡亲在下面供了香烛，树枝上缠了许多红布条。

苦哇鸟在树上叫得怪瘆人的，拉出的屎又臭，满树做凉粉的叶子哪还能吃，全是鸟粪，当然择出一些洗了还是可以对付口里的馋虫。

但鸟的叫声让王世堂这天彻底地烦了，他坐起来对着遗像说：

“老巴子，只好这样，我把树砍了给三苕打家具，我王世堂老了，只有这个能耐啊。”

老婆好像在考虑，也许在想别的事，看别处，目光躲闪他。

“三苕催得急，媳妇娃都怀在肚里了……我去山里转了几天，到哪儿找这大的树去？有也不让砍……”

她不同意？她肯定不会同意的。就凭这个，她要给王世堂做臭娘子粉吃，还要等儿子媳妇孙儿回来做臭娘子粉他们吃。到了夏天，多大的荫凉，还有鸟叫（虽然不中听），六七月间，这叶子做出的凉粉最好吃了……

同意还是不同意，这个晚上他不想跟她吵架。只有当他磨斧头的时候，他才会与这个死去但时常在屋子里走来走去的女人摊牌。

早上起来，阳光打在树冠上，院子里一片明亮，苦哇鸟纷纷飞来飞去，直往水洼里丢鱼。前几天下了一场大雨，估计哪个泉洞里涌出来了不少的鱼。但人是不知道的，在很深的峡谷和山沟里。有一个来要鱼虱治病的乡亲，他要别人把鱼全捞去了。但他不好说这是最后一次。树真的很大，平常不会太在意，真的大啊，屋顶上全是伸展去的大枝丫，落叶一层层盖着屋顶，上面又长出草和厚厚的苍苔。完全可以打一整套家具，挂衣柜、双人床、五屉柜、电视柜、春台、梳妆台、碗柜、八仙桌加四条大长凳、摇窝，一些枝丫可以打两口箱子。

他的眼睛过于贪婪，甚至每一个部位每一根枝节做什么都有了想法。但不能让树猜到心思。这么老的树，鬼精了，心里比人还精。老子一锤子的买卖，想就想了，没别的路可想。铁了心想，不能让老婆跟自己辩理，没理，老子的斧头就是理。

说干就干。因进山时间耽误了几天，我得为三苕把事办了。儿子在城里不会再回来，我又能活多少时间？那这树不也是别人家的了吗？与其如此，不如我先下手为强。就这样！

磨斧。

这就是要给树下马威了。他决定要下手时，煎了盘腌晒的羊鱼条子，还炒了个蕨粑，备下五六斤酒，准备与树拼命的。酒壮胆。他估摸着要对着树喊三天三夜，把它的魂喊死，否则不能动斧头。这是山里砍树的规矩，特别是大树。

臭娘子树呀，不怪我不客气了。娃子要活，你就活不了了。没谁与你有仇，相安无事几百年，几代人待你不薄，你也看家护院。娃子要你，你就贡献出来吧。这话过去没谁说，我是老了，说说你听。要是年轻，火气大不信邪，大吼几声就下斧。不吼也行，你能把爷怎地？

斧头摆在桌上，跟酒杯碰杯。几口把酒倒进去，鼓动起整个人，让肠子先烧起来，连着喉咙哩，在喉咙里喊。

磨时的斧刃直对着树根。把阳光寒闪闪地抹在刃上，贼娃子亮。那个磨斧声，整个坳子里都听得到，就像要砍一百个野牲口似的。“嚓嚓——嚓嚓——嚓嚓——”斧头是用炮弹壳打的，钢火没得说，砍石头也不会卷刃。为啥要磨呢？吓你！先杀你的威风。不说话，哼哼着，吐出的气像石头，在水洼里直打滚。坚持磨。一个动作。就一个动作。这是聚气，气沉丹田。聚的是杀气。

斧头在磨刀石上发出那种很硬气的、阴沉沉的声音，短促、干脆、简捷、森冷、硬碰硬。斩尽杀绝的、削铁如泥的气概。不知怎么，这么磨着磨着，突然一阵空虚，心里空落。咋越磨心里越空哩？

“妈的，不就是臭娘子粉吗？老子不吃不就是了，你跟老子咕个么屄！”他大骂。心里。心里挑起了与老婆的争吵。一定要大吵一架。是的，要大骂！这气提不上来。老婆在说砍你个死狗日的，今后没得臭娘子粉填你的屁眼了，没本事的！

老婆那张核桃脸就在门框子边上，大叫道：“它还有几个干儿子哩，以后到这里拜你啊？你是树啊？”

这里有这个习俗，不好养的儿子就要拜寄个干爹，不是人，是拜石头或者大树，每年还要上礼，提果品山货来，打的麂子啊獐子啊竹鼠啊。

“你装尸也没有这么高啦，你个矮趴尿罐！”死去的老婆跳脚骂。

“鸡巴干儿子，今年风调雨顺，有几个来看它的？啥鸡巴树爹，自己的亲爹都不养，捏到鼻子哄眼睛的！……”

内心惊涛滚滚。这种无声的驳斥增添着王世堂的勇气和力量，烧灼着他。

“你个臭婆娘滚一边去！都给老子滚远点！”

他骂出声了，他要爆发了，要把一切挡开。接着他要喊树了，要吼叫了！

他在空中挥舞着斧头，跳起来就对着树张口大喊大吼。这是从胸腔里发出的最强音，这是要压倒一切的声音，咆哮，歇斯底里，像是挣扎和绝望，是咽下最后一口气，吐出最后一口气的声音：

“嗷嗷嗷——嗷嗷嗷——”

他磨刀的时候树上的苦哇鸟依然在浓密的树叶间跳跃聒叫着，这一声大喊有点作用，如晴天霹雳，让树上立马噤声，安静了。是短暂的安静。

这一声好疼，嗓子。太猛，喉咙里火烧火燎，像是拖出来一个干枯的丝瓜。连肚脐眼也因为喊叫鼓成大包，牙齿龇开，带着酒馊味的浊重胃气冲向树巅。

但是，声音何其短促，喉咙何其狭窄，撕裂开也不顶事。旁边是深沟大壑，周遭是悬崖绝壁。这个臭娘子坳，在这些巨大石头和沟壑的深处，说是村庄，其实是一坨鸟粪，一块苔藓，可以忽略不计。这棵大树，从山上看，就是一棵小草。人呢，当然就是只爬虫。

这一喊，还唤来了风，山风飒飒，一会鸟声又活跃起来，鸟们一阵风似的飞走了，拉下一些鸟屎。留下的腾跃在风中，腾跃在自己一如既往的叫声中。它们个体多，叫得比王世堂长久。王世堂只有再吼喊，要连续吼喊，要把这树喊死，开弓没有回头箭。

“嗷嗷嗷——嗷嗷嗷——嗷嗷嗷——”

日头落山。他几乎气绝。他抓着树，手上攥着斧头，还不敢砍。他也没这个力气了。树叶还青碧油嫩的，枝丫坚挺，造型张狂，不露声色，在流散的晚霞中高高在上，所有的鸟都围绕着它飞，哇哇乱叫。在归巢之前，这些苦哇鸟每只都要绕树三圈，就像某种神秘的仪式，就像是对黑夜的敬畏和惧怕。然后，星星跳出来，树枝冠盖变成巨大的黑翼，覆盖住整个院落，覆盖住整个坳子。也像巨大的守护神，让所有的一切，暴露在天空、大山、野兽和千古荒凉的村庄与人，在它的羽翼之下，安然入梦。

他连做饭的力气都没有了，歪歪倒倒地向屋里走去。没有点灯。倒上一杯酒，咋喝不进去咧？喉咙疼，呼出的气都像是刀子划在喉咙上。

树睡了，树在嘲笑他。树太大。到了半夜，月亮偷偷摸摸地跑出来，在床上望着院子里的水洼，蛙出来了，蛇也出来了，跟没事一般，一样地跳跃，一样地游，一样地嘀咕。他的喊声消失了，一切跟过去一样。黑夜很深，山影很厚，风很狂。

酒醒之后他明白，这不是一两天的事。过去砍一棵枯皮松，皮爹得像凤凰展翅，喊几遍，皮就收拢了，像条夹了尾巴的癞皮狗，你再下斧。这树，哪吓得住它？不过也不怕，往脏处想，含口粪了喊，不由你不怕。你就是个山混子，树精，还能不怕人整的！

再喊再吼。

歇了一夜，喉咙滋软了些，喝了从屋后接的冰凉的山泉，他端出一把凳子，站上去，腰扎牛皮带，握紧斧子，喊。

从早喊到晚，没停。撒尿就对着它，头上的鸟屎往树上抹，吐痰，擤鼻涕，全对着它。站，坐，叉腰，擂拳，跺脚。眼睛喊凸，肠子喊断，心脏乱停。树还是树，还是青枝绿叶，稳如磐石，岿然不动。树皮，树丫，树冠，叶，根，连树上的鸟，鸟粪，都是原样，还是臭。鸟还是那样，站在高枝上，或偎在窝里，闲庭信步，吊儿郎当。叫，吃鱼，也丢几条鱼在水洼。掉些鱼渣。发些叽叽咕咕的梦呓。

这让他很受羞辱。打不死你呢？指鸟。这鸟是鸟类中最贱的鸟，苦哇苦哇，传说是旧社会死了男人的苦媳妇，这么叫着哭着，变成了苦哇鸟。全是童养媳的后代。不是有鱼给我吃，有鱼虱能治些噎死病，我让你们在这里筑巢做窝，娶妻生子的？弄得一院子腥臭，家里像死了一屋人似的。结果呢？不想则已，一想是他娘的不吉的凶鸟。大儿死了，老婆死了，二儿不知生死，三儿快四十了才找个二婚女人。这些死鸟，瘟神鸟！打死你们！打死你们！

一根竿子就朝树上扑去。这是哪门子闹的？鸟自在歌唱，吃香喝辣，突然临头一棒，打得折羽乱飞，连哭带喊。随手还捡了一把屋檐下的破夜壶丢进水洼，“咕咚！”让你们藏鱼去，臊死你们！……

他感到喉咙里开始咔血。

这个晚上，他想做臭娘子粉。就是准备做最后一顿的。打鸟打下的树叶，捏捏，新鲜，有汁水，树还是活的。就做些臭娘子粉吧，润润嗓子。一连喊了三天，喉咙完全嘶哑了，破了。揉着树叶，揉着搓着，咳嗽起来，一口血丝水涌出。喉咙里一定是血糊汤流了。

老婆在旁边帮他揉搓着，一只手那么不停地上下起伏，像搓板上搓衣的样子，边揉搓边拧，绿水就流下了盆子……

这是幻觉。没有老婆。没有人帮他。老婆在桌子上，在一张镜框里。老婆走了，不跟他吵了。接着将是什么离去？都会离去……好空虚呀……

杜鹃鸟划过夜空，叫声渐行渐远，“哥哥烧火——哥哥烧火——”

杜鹃啼血。那声音凄伤无比，也喊出了血，跟他喊树一样。

第四天，开门出来，突然一群苦哇鸟向他俯冲，用尖喙啄他，啄他的头，脸，眼睛。要将他啄瞎！王世堂猝不及防，眼睛一阵生疼，鼻腔被鸟喙拉出一块肉来，耳膜快啄破，他嚎叫躲闪扑打。我的个娘呀，为何要攻击人呢？立马就想起这几日他做的事。那还不是断子绝孙的事！这群鸟有记恨心，好样的，全线反击，屎弹如雨。王世堂左支右绌，手忙脚乱，捂住眼暴露脑袋，头发嘶啦啦扯去了。去拿竿子和扫帚，奋起反抗，乱扑乱打，满院子撵鸟。鸟向更高的地方飞，更加狂烈暴躁地聒叫，愤怒地拍翅，到处是直朝他咒骂的猩红的雀舌，到处是屎弹。

王世堂吃惊这些鸟的癫狂执着，强烈的报复心。

一场搏斗。筋疲力尽。

“王世堂狗日的，你可做得好事！”老婆在门框还是在镜框里骂？

树却一动不动。树像石头立在那里。

“豁嘴哥……”

嘶声哑气的王世堂指着他端去的臭娘子粉，用自己也辨不清的声音唤尤豁嘴。

尤豁嘴住在岩壁旁，搭的个芭茅棚子，风不吹雨不淋，冬暖夏凉。他是个老鳏夫，吃惊地看着王世堂给他端来的辣味扑鼻的凉粉。这么好吃的凉粉王世堂为啥子给我吃？

“我喊不死这棵树……”他指了指碗里。

因为听不清楚，又指着碗里，树？粉？喊不死？全是些八竿子打不着的话，主要是完全没有声音，放个屁也比他响亮。尤豁嘴不知道王世堂喉咙怎么了，只见他指指戳戳对着喉咙。

“世堂，我看看……”

一口血水出来。慢慢讲。是树……娃子三苕……要打家具……要砍那棵臭娘子树……喊了三天还得罪了鸟……喉咙溃破了……

尤豁嘴总算听明白了，尤豁嘴嘴里嚼着臭娘子粉说：“你那棵树还不是树精！老树精，你不敢下手啊，费这大的劲，走，我有治的法子！唉，是说这几天坳子里狗咋叫得这么凶哩。”

尤豁嘴提起当年在伐木队的板斧，就去了王世堂的院子。

尤豁嘴围着树气宇轩昂地转了几圈，也不说话，瞅着什么。后来他把手按住了一个地方，说："就是这——"

说时迟那时快，尤豁嘴手起斧落，照准大树的瘤根就是一斧。这一斧，扎进去足有三寸深，拔出斧来，登时从砍开的口子里流出殷红的汁水来。

"你看，准的！你要放它体内的精血和灵气。"尤豁嘴晃着斧头说。

"嗷啊——"

尤豁嘴再陡然一声朝树怪喊，是那种稀奇喊法，像道士先生做驱鬼法事。这一声，连王世堂都吓了一跳，魂差点吓掉了。

这天，王世堂守着这刀口流出的红汁水。看它流。细细地流，不断线地流。

刀口里的红汁水足足流了一夜，把水洼全染红了。这是树血。

这一夜，苦哇鸟叫得忒凶，满树都是哭号声。

就一夜，整个树叶蔫了，霜打过一样。鸟声没了，只有有气无力的几只。到了下午，完全静了，树安静了，风声都是软的，发出干涩的、枯燥的挣扎声。

"王世堂呀王世堂，快去请木匠师傅，准备酒菜啦！"

回过头去，老婆在叫。她好高兴，变了个人似的，不再骂他。儿子三苕有家具了！

一房家具打得结结实实，新新崭崭。上了油漆后，光彩夺目，满院生辉。

王世堂把家具运到城里，把儿子媳妇高兴得不行。真是及时雨啊。铺上新床的当天，媳妇就在床上生下个大胖小子。这家伙，这么急着出来哩，你爹你妈还没扯结婚证哩。不是个四苕吗？管他四苕五苕，爷高兴！王世堂虽然喉咙伤痛说不出话，但喜得眼泪四溅，喉咙里发出咕哝咕哝的欢呼声。

有一天晚上，王世堂喉咙火烧火燎，起来到儿子的厨房找冷水喝。有一口囤水的大缸（因为经常停水），他舀了一瓢水正喝时，一低头看那缸里的水面上，竟映出一棵大树来，青枝绿叶，迎风摇晃，片片叶子都是桃形的。王世堂惊出一身冷汗，这不是那棵砍倒的臭娘子树吗？做成了家具的，它的魂没死，跟着木头跑到城里来了？

王世堂以为是幻觉，定眼看，分明是树影，清清楚楚，倒映在水面上。王世堂没有出声，这事儿不能说的。他推说有事，告别儿子媳妇胖孙娃，悄悄摸回老家。回去就在那个砍树的大坑旁烧香磕头。小水洼变成了大水坑，却没有了漂亮的红蛙红蛇，更不消说有鱼了，一坑死水。

过了几个月王世堂咽不进去东西，喝水都难下喉，喉咙里像塞了块火炭一样。一直他就是这样，自从喊树破嗓后，常出现吞咽困难，说话嘶哑，咯血。也自采了些草药如八角莲、七筋姑、开口箭泡水喝，有点缓解，不几天又是原样。当病情越来越严重后，被三苕接到城里去看，最后确诊为喉癌。

喉癌就是山里人所说的噎死病。为不给儿子添负担，王世堂只好回到臭娘子坳想办法。

噎死病城里的高科技奈何不了，但有羊鱼条子鳃里的鱼虱可治。这鱼虱现在到哪里弄去呢？

鱼没了，是鸟没了；鸟没了，是树没了。讨厌的苦哇鸟死哪儿去了呢？那么多，说不见就不见，一只都没了。你们是在哪儿叼来的这种鱼呀？问好多乡亲，都说不知道这鱼的出处。还有患噎死病的家人不知情，跑来继续找王世堂讨要鱼虱呢。王世堂哑哑地摆手示意没了，他现在也要这个东西。

王世堂只好拖着虚弱的病体进了深山去寻找鱼和鱼虱。打进山后王世堂就不知所踪。鱼虱找到没有，不清楚。人在哪，也没人知道。

滚　钩

成骑麻把船停泊在芦苇洲头的一个小汊子里。他没想到，这五月，风乍起，浪接天。风如此寒厉，昨天还是单衣，今天要穿棉袄。江上的风本来就硬，加大到六七级了，雨也有随风而至之势，白呲呲的巨浪向滩头打来，不到人高的芦苇咔咔折断，江水陡然浑黄暴浊，浪渣密密层层漂来。这天气是不能打鱼了。拴好船，想赶快回家添衣服。走上滩头，看到几条野狗在嗷嗷乱叫撕扯什么，凭直觉是死尸。死猪死狗也就罢了，一个黑乎乎的大家伙就是个死人，他们俗称的“泡佬”。成骑麻拿着长钩就飞跑去驱赶野狗，那些疯狂的野狗也是吃红了眼，逐渐向野狼进化，尾巴呼啦啦地摇着，身架奇壮，牙齿尖突。等成骑麻将长钩向它们扫去，硬是几个回合，撵走那些野狗后，看到那个泡佬已经被啃去了半条胳膊一只脚。

是浪把这人送到滩上来的。是死人，成骑麻一个激灵，不由往四下望望，是看有没有史壳子。这是条件反射。再看那泡佬，天！不是村里的成小安吗?！小安找到了，小安浮起来了！

应当如何把这消息告诉村里呢？他必须守在这儿，不然小安的尸体会被啃得一点不剩。或者先埋人？但这不是无名野泡佬，无名是可以埋的。小安就不同了，是同族侄儿。你看成小安，奓着五个白森森的指头，似乎在召唤着他，也像是指着村里，眼睛鼓胀胀地望着天，分明是要成骑麻去喊他的亲人来。前三天，成小安的老婆腊月算是埋掉了，小安是要与老婆同坟的，他们是抱着一起跳江的；小安患了肝癌，治病欠了一屁股债，医院催款，疼得也不行，就这样两口子商量好，一起从成家村堤边的废弃趸船上跳进了江里。

打捞腊月，史壳子要了三千元，谁不说这史壳子黑心烂肝，咒他咋不得癌症的，毒瘾犯了，让车一头撞死也行。这只是背地里说说的，见了史壳子，一样点头哈腰。交三千，还说是乡里乡亲的特价。成骑麻没有参加，勾老倌、虫老倌和哑巴三水去了，非族人。刚开始成骑麻是要去的，小安的爹哭着来说让成骑麻帮忙去捞捞。这还用推脱吗？钱是不会要的，本来就与小安爹是表兄弟。再者成骑麻打捞了三十年，打鱼，捞尸。他准备好滚钩，史壳子却找上门来，甩给他一句话说："麻老倌，您郎嘎不要断我的财路。"成骑麻当时还嘴的想法也没有。这一说，也是警告，以后他要断成骑麻的财路。这一带，水牛市两岸的捞尸，不知怎么就成了史壳子的一碗菜。有想捞尸挣小钱的，不是船被凿出个洞，就是半夜被扔石头，还有的不明不白船篷失火差点把人烧死。这还能是谁干的咧？当史壳子走出戒毒所时，一个因毒瘾快疯的人连父亲都砍得下去，你还不谢他留了一手，让你不死。啥时候他打上了泡佬的主意？只有天知道。也许有一天他看到那些从水里钩出的死尸，看到呼天抢地的人，阴阳相隔时，对着茫茫大江无助嘶喊时，那些歪歪倒倒的老渔民，成了他毒资的输送人。他自己，也许某一天照镜子，看到只剩下牙齿和鼻孔的一张脸，不就是具死尸吗？他咋会捞尸？最后一次戒毒出来，饿得不行就成立了一个壳子打捞有限公司。大家都知道他的诨号，一张纸壳子样的人，或者这个打捞公司，就是个空壳子。他自己，叫史克治。壳子打捞公司，什么都不捞，就捞死人。前几年，捞一个五千，史壳子垄断后，涨到一万二，一口价。这里还有二家吗？找政府，政府不管这事。没有公益捞尸队，连在江湾竖个警示牌子也小气死了的。这水乡到处是水，伢子们咋能一天到晚读书而不会点扑泅呢？这狗日的教育！水牛市的观音湾，是观音河入江口，那儿表面平静，暗流汹涌，入江的水把江底淘空，深不可测，流沙在水下四处游弋，像一只只巨手拽着你。在这儿游玩的人不知深浅，几步往水里蹚去，以为是平滩，几步就卷进深坑漩涡了，就会惊呼救命了，两只手乱抓乱打，几下就没顶了，只好去捞尸。

有人说观音湾有冒充观音的水鬼，在水下拉人。水鬼都是屈死鬼，必须拉下两个人才能托生转世。这就造成了恶性循环，一个拉两个，两个拉四个，四个拉八个……史壳子的发财机会就来了，干不完的捞尸活，赚不完的死人钱。史壳子过去经过商，他注册了公司，就堂而皇之"正式"了。然后弄些小伢沿江发卡片、贴不干胶。上有他的手机号码；提供死人信息的，给一百元信息费。有了淹死人的信息，再电话村里的渔民放滚钩捞尸。如他们捞不到人，也有两百元的收入。因为死者家属已经给了四千元押金，捞到捞不到，这押金是不退的。刨去其他的如每个渔民两包烟、一条毛巾、一双布鞋、一瓶二十元的白云边酒，加上给信息费等，史壳子还是赚大头。捞死人又不要发票，税也偷了。捞到了，成骑麻他们每人可得六七百元。一个月平均下来不止一笔，远比打鱼的收入多。这年头，长江上已无鱼可打，三峡建坝，水小了，拦住了上游来的鱼，也没有下游来的鱼，如洄游类的鱼。加上污染，再加上前些年打鱼的多，且是电鱼，迷魂阵、矮围、地笼、陷阱网、抬网、光诱捕网，断子绝孙地炸鱼和电鱼，长江里哪还有什么活物？过去，成家村全部打鱼，成骑麻就是村长，领导两百多号船。还有村集体的机动大渔船，八十四、一百二十四马力的渔船就有好几条，在长江上下三千、五千米的滚钩，围捕春季和秋季鱼汛，围捕江上的腊子（中华鲟）和江猪子（江豚）；那时没有保护一说，江上江猪子一群群几百只，腊子从东海游来去上游金沙江嘉陵江产卵，有时候夜里整条江上都挤满了巨大的腊子鱼群，一条大的有千把斤不稀奇。有“千斤腊子万斤象”之说。三层滚钩拦截，一次捕几万斤鱼太稀松平常。冬天也用围网，有一年一网捞上来二十万斤鱼。长江上的四大家鱼青草鲢鳙是大宗，过去天天都可打上几十斤重的鲢鱼、鲶鱼和鳡鱼。但现在四大家鱼全是人工繁殖了，没有了江里产卵之说。现在，村里的人全改行干别的了，或者到各地承包鱼塘，剩下没死的老家伙们，没事可干，就只好在江里打点小鱼小虾，聊以度日。

成骑麻习惯性地用手指去敲敲小安的手。每个捞起的死尸他都敲一下，看有什么反应。当然不会再有反应，习惯而已，这是跟他的父亲学着做的。所有泡佬两手都是张开的，不会捏着。他们已经把人世的一切全部放开了。看着小安的尸体，成骑麻想，我不能就这么守着。人又离不开，风又大。往后面看，野狗在芦苇荡里伸长猩红的舌头窥伺着。他用手机给家里打电话，拨了几次，无人接听。给儿子？儿子“失踪”了，只要是他成骑麻打，儿子不会接。儿子丢下老婆孩子，与义忠村小学校长的肥老婆私奔了。儿子从小瘦，渴望一身肉，这就找到了一身老肉，校长老婆大他整整二十岁。有一次接通了电话，他对儿子说，我都要叫她妈了，你奶奶啊！有时候也无可奈何地想，你小子也算争了口气，一个半文盲竟能勾引到校长的娘子，咱家祖坟上冒青烟啊。

他只好去船上，找了半截桨片，好在是沙土，拖着小安的腿放入一个沙坑，三把两下将他临时掩埋了，再抱了些浪渣树枝堆在上面防野狗扒拉，就赶快去村里报信。

这里，成家村在长江南岸的沼泽里浸泡着，芦苇、青蒿比房子高。巨大的蚊虻繁殖得很快，发出震耳欲聋的嗡嗡声，铺天盖地。许多人家的篱园里卧着恶狗和断砖，獾鼠在村子里大摇大摆。庄稼小块地成熟着，阳光有些偷偷摸摸，无精打采。但是从远处看，是绿水人家，鸡鸣狗唱。埠头有蒲柳，屋前有垂杨。旧船半沉水中，破网飘飘荡荡。两百年前的成姓人家在这里挽了个土垸，就成了村庄，以后陆续有江苏安徽打鱼人避风在此，赖着不走，成为村民。再以后水鸟也看上了此地长出的树和生活的牛；这些奇怪的水鸟，喜欢临风筑窝，平时蹲在牛背上缩着脖子发呆，不吃不喝，精瘦无肉，像一些白色的棍子到处弹动。到了冬天，北岸凶猛的大风直扑向这里，黄鼠狼到处挣扎跑动，沼泽里的青麂开始大哭。野鸭如云排空而来，它们以水里密密麻麻的蚂蟥为食，解了成家村人的心头之恨。干枯的长江蜿蜒东去，让对岸建筑丑陋的水牛市暴露在江水的倒影中——全是灰色的屋顶，杂乱无章。加上点小雾，倒影里对岸的城市就像梦中，与他们无关。至少狗没有心理压力，并不以自己是村狗而收敛，发狠地对着城市扭曲的倒影狂吠，以主人自居。这里的一切，依然是祖先带给他们的命运。现在五月涌动，汛水携着长江上游的腥味下来，弥漫在村子里。沼泽深处有产卵的鲤鱼上蹿下跳，异常痛苦。到了深夜，听得到它们重重的扳籽摔打声。

说是叫成家村，但渔民忌讳太多，“成”与“沉”同音，只能叫浮家村，成骑麻过去大家都叫他浮村长，现在叫老浮。叫老浮的老倌子太多，就叫他麻老倌。史壳子也不能叫史壳子，“史”就是“死”，只能叫活壳子，活总。

雨下来了。点子很大，但很稀。这时候，成骑麻抬脚进村时就看见了史壳子的爹，瞎着眼睛在门口摸索，雨点击打的灰尘溅跳上他宽大的裤腿。有一条狗的眼睛是他给戳瞎的。门口一排树上牵了根船绳子，他就顺着绳子每天摸索走路。这条绳子也是捆过尸的，只是史爹不知道罢了。即便史壳子是长江两岸的捞尸大老板，一月少说有一两万收入，可他的家却依然破旧，用水泥砌的矮两层楼房，差不多有三十年历史了，是史壳子他哥没枪毙时用贩毒的钱修的。外墙是水磨石，已经长满了老年斑似的青苔，上面爬满阴险的蜥蜴和滑溜溜的蛞蝓。但在楼顶上还用蓝瓦搭了一间很高的小屋。很有几次，在有月光的晚上，成骑麻看到史家这蓝瓦屋顶上躺着许多鼓胀胀的泡佬。那些泡佬一个个按照出水的样子，有男有女地整齐排列，男的从水中浮出是脸朝水底，女的浮出是脸朝天。老辈子的人说男的脸沉故屁股朝上，女的屁股重故脸朝上。有一天半夜出来小解，成骑麻看到他家屋顶的那些泡佬有的坐起来，有的女鬼在梳头——月光下的头发湿漉漉的；有老人，有年轻人，有小伢。成骑麻以为自己看花了眼，回到床上往窗外望，还是那样，鬼还在他们家屋顶上，影影绰绰，还在梳头。这事儿他跟谁都不能说，包括老伴。他到江边的大悲寺里偷偷化了斋，捐了钱，烧了纸，磕了三十六个响头。菩萨是要念及他成骑麻祖上三代没吃过死人的饭。从他父辈算起，都是渔民，也是水牛市民间慈善组织“义善堂”的成员，专门捞尸葬尸的，不收分文酬金。1949 年后“义善堂”解散，政府接管，还是捞尸不收钱。“文革”时投江的多，那时政府瘫痪了，但成骑麻的老爹还是一如既往地带着他和村里渔民义务捞尸。一年捞过两百多个泡佬。后来，他九十岁的爹死了，这事儿好像就没人管了。

他可以埋着头走过去，不理会这个瞎子。但另一个成骑麻却停下来。这个成骑麻在那儿踯躅了两三步，看了一眼天上的雨势便大声问：

“活爹，活总在家吗？”

他给了他一条鱼。这是惯例。即使没打到鱼也要买上别人的一条拿来给他，好让他给史壳子说麻老倌子又送鱼来了。现在，拿到鱼的瞎子一阵高兴，刚才像僵尸的脸上变得喜笑颜开，边抖边走地说：“我来给他电话，我来打电话！”

瞎子过来往他身上一闻，瞎眼一翻，有话了：“有泡佬味。”

他是怎么闻出来的？这老倌子年轻时吃喝嫖赌，也在渔船上做事，见到女人又无他人在场时就顺势按到船板上奸了。船家女人赤脚单裤腰里还是橡皮筋，非常容易得手。船板上又干净，好像到处都是婚床一样。村里渔妇意志稍有松懈的没有没被史老倌奸过的。好像还都愿意让他戳上一枪，没一个反抗报警。可见“男人不坏女人不爱”的宇宙真理有几十年了。但有一次在外村奸女人时被发现，让人戳瞎了眼睛，从此金盆洗手，改邪归正，在家教育出了两个吸毒儿子。

他帮他儿子拉生意咧。他是看不见他自家的屋顶上有那么多泡佬坐那儿了，但时常半夜会突发头疼，清喊鬼叫，说有人用绳子捆他。到了白天，没有事了。这屋里平时也就他住，史壳子四处游荡，居无定所。史老倌摸摸索索去拨电话，瞎眼狗夹着尾巴打着哈欠贴在他腿边。可怜这狗，一身在路边粘上的苍耳果没人摘，连蹲都不敢蹲。头上、瞎眼边都给粘上了，一颗挨着一颗。

“你死哪儿了？”然后把话筒给成骑麻。

那话筒又黑又脏，还散发出一股大蒜味。从桌子上拿过来时被桌下的一堆瓶子绊了一跤，成骑麻后悔莫及，从这儿走过去不就行了吗？

“……是这样的，我看到小安了，可不是我打捞上来的，他自己浮起来的，在芦苇滩那儿……风浪大，就漂到这儿了……还被狗啃了，我去给他爹说说……”

他这样说是什么意思？他要说服自己。他的意思是向史壳子解释，就是解释，解释后再去告诉小安的爹。绝不是我打捞上来的，我说的是这个意思。是解释，不是告诉。我谁都不想得罪，史壳子是得罪得起的么？

“你没给他爹说吵？……好！我马上来，在打牌……”

他在江边麻将馆，离这儿不远。再怎么想办法都来不及了。如果他在对岸水牛市，再比如说是另有人发现的，他成骑麻不就撇清了，这就不与他相干了，他害怕什么呢？不就害怕以后史壳子不再给他派工，让他赚不到分文。唉，人贱了。

心里一塌糊涂。看着狗身上的苍耳。狗浑身抖动着，因不能卧，估计它站了一个月。可你这条狗在这屋里也就这个命运了。

不给他史壳子说，会有什么样的结果，都是知道的。常言说欺老不欺少，他再怎么坏，他年轻；我再怎么好，我老了。老村长算个卵，世界是他们的，也是他的同伙们的，他们狠，你只能认。这几年你成骑麻添置的沙发、手表、手机、太阳能清华阳光热水器，又修了瓷砖厕所，还补贴那个不争气儿子孙子的钱，从哪儿来的？每个月总有千把两千块的收入是谁给的？到了夏天，一月捞八九具尸是常事，最多一个月拿到一万是谁带给你的？全是现金结算，史壳子从不拖欠，因为捞尸先付款。史壳子这里，一具一结，捞起来就有钱，捞不起来也有钱。肥皂、毛巾、烟酒，给亲戚的不少，用得完吗？亲家那边，割两块稻也是瓶装酒，白云边、关公坊，来这边提的。史壳子有规定，凡在他手下搞事，就是公司员工，不许接私活。有一个老倌子，私接了一单，捞个小伢，收了两千，好，从此史壳子这儿没你的事了。老倌子急呀，退钱他，提好烟好酒找史壳子求情，史壳子臭不理他。你干瞪眼。

可是成骑麻感到一阵阵的不舒服。等他回来，等他去给小安的爹说？小安媳妇腊月捞起来要了人家三千，还说是十年前的价，说他还要开工资交税，睡（税）你妈的个逼！还不回来，小安被野狗刨出来啃完了！可他成骑麻为啥就迈不开腿呢？

史壳子摇摇晃晃地开着一辆无牌摩托出现了。这个鬼一样的人，三块骨头顶着个脑袋，两只寒风眼叮咚叮咚地闪，屁股像被人砍掉了似的，手像鸡爪，鼻孔萎缩，气若游丝。

成骑麻爬上他的摩托上了江堤，风越来越大，老远就听见野狗争食的撕咬声，史壳子驾驭不了这摩托，几次崴在沙子里，把成骑麻摔下来。成骑麻拾起掉地上的长钩就拼命往江边跑，几乎是怀着愤怒将长钩掷去，打着了一条狗，其他的狗才惨叫着逃之夭夭。但，小安已经被扯出来，残肉与沙子混合在一起，粗看大腿又遭噬啃，手指也残了。滩头上弥漫着一股烂洋葱的臭味，酸腐，尖锐。他呼呼地喘气，年纪大了，跑这一路力不从心。加上寒冷，脖子以上出现酸麻胀疼，心脏早搏，跳两下停一下。

“先把他洗干净，就说是鱼啃了的，把这里的耥平。再是，把您郎嘎的船划过来，把滚钩拿来，我们给小安挂些钩……”

他都懂。成骑麻做了二十多年的村长还不懂吗？这事能做吗？他极不情愿地去了船上拿滚钩。他回过头看到史壳子拽着小安的尸体往江里拖。

成骑麻钻进船舱，舱里有滚钩，是上了锁的，怕人偷。此外船板上什么也没有。问题是他冷，想加件衣裳，最好是棉袄，最好是睡进被窝里。小安，你咋让我撞上了哩，这真是天大冤枉啊！

那边在喊：“麻老倌快点吵！”

史壳子不耐烦了，他就是这么指使你的。就因为你老了。他去解船绳。是个死结么？老子从来没拴过死结的，一急还解不开。风又大，这能划走的？会翻船的！看到史壳子拖得很吃力。死人是很沉的，而且死人都会暗中使劲。成骑麻磨叽时间让他拖，让他搞去。然后我就说船坏了回家去。这想法很快让史壳子感觉出来了，史壳子高声在那边喊：“您郎嘎是不是下不了手？那就回去嘛，把钩拿来我挂。”

成骑麻划不是，不划也不是。船从芦苇汊子里出来，风浪劈头朝他打来。船抛到苇梢，再咚咚地撞上汊岸。成骑麻哪还站得稳，五脏六腑都要簸掉，就像成小安无形中拿棍棒打他。死人是会发怒的，今晚只要船不翻，要在船头点一盏菜油灯。菜油还有，要洒点酒。他要哭起来，你他娘的只拉尸不拉船。全身湿透了，这事小安不会放过我啊。

“划不了咧，浪好大！”他说。

史壳子根本听不到，也没听。这时候，成骑麻看到几条狗与史壳子抢夺起小安的尸体来，狗看准了史壳子手无缚鸡之力，狗都瞧不上他。史壳子只好放下尸体，在沙洲上到处咤狗撵狗，可狗朝他狂扑，恫吓他。风又不顺，声音不达。成骑麻跌倒在船舱里，脑壳磕在船龙骨上，这一阵生疼！快哭起来。小安你莫使坏呀，我可没做什么咧。狗咋不咬住他，让这瘦猴精跟小安一起去了！便朝史壳子吼：“划不过来咧！”他巴望史壳子手下留情算了，给小安爹一个顺水人情。

但史壳子撵走了狗跑过来，气吼吼地，给成骑麻导航。成骑麻年老体衰脚步不稳，史壳子要他甩绳子，他来拉船。拉船是可以，此时越拉越翻。

“就这儿了，就这儿了，后头下锚吵！……把滚钩拿上来！”史壳子这一说，等船碰到岸，成骑麻就跳下船，牵绳拿铁锚，把船固定。

滚钩很重，钩呀铅坠呀纲绳呀。都排好了。船上有六十米的、一百米的两种。如果打鱼，六十就够了，上有倒挂须的粘钩上千个。在很久的过去，村里在长江里打江猪子、腊子的时候，用两三千米的滚钩，有两万个以上的钩子。现在，六十米、一百米的滚钩，是专门捞尸的，长江上没有了这大的鱼，用不着。政府也不让用。若是钩人，政府就没话可说了。你自己又不去组织打捞，咱是替政府分忧解难呢。你组织个捞尸队，花点小钱就不行吗？可就是没人做，不知道他们每天上班在干什么，是在吃稀饭还是干饭。社会上的大老板现在也没谁热心此事，没谁捐款，比过去的商会差得远啊。

“动手啦！”

成骑麻听从史壳子的，两个人一个拽一只小安的脚，往江里拖。是太重。这是让小安再投一次水。丢进江里，水溅上来，就像小安戽水，两个人都湿得像落汤鸡。

“活总，你挂钩，我去村里喊人？我老汉扛不住了，快熄火！”

可史壳子滑头，说：“你不会骑摩托，我快些。”

不等成骑麻答应，史壳子就发动摩托走了，往后头甩给成骑麻半包烟。

这事怪谁呢，你就算不告诉小安他爹，埋了不也无事了吗？你这不是自讨苦吃？

点了支烟，看到小安张开的大嘴，把烟栽在了他嘴里。

“你可忍着点，小安。”他对小安说。

烟在小安的嘴上燃烧，就像他满不在乎地说：“麻叔你挂，我不怕疼的。”

这就好。成骑麻把钩去挂小安的死肉。反正是死了，橡皮一块。这样想就挂了。人肉跟猪肉一样，好挂，皮还薄些，再多挂些在衣裳上。头上不挂。狗吃掉的地方多挂几个。小安呀小安，你咋走这条路呢？别怪麻叔不好，死了还要挂几十颗钩。你麻叔老了，无用了咧……眼泪就出来了。冷出的泪。怎么想怎么伤心。心脏要出问题。

就少挂几个吧。把他往水里拖，摁进水里。就这样了。

由远而近的哭声一窝窝卷来。小安家的亲人和村里来了一大群。喊号着小安的名字，咿咿呀呀好悲惨。小安爹眼泪眼屎糊了满脸，拉着成骑麻就敬烟，连连说：“麻哥麻哥，感谢感谢呀！”

小安妈一过来见到挂满滚钩的小安尸体就哭昏过去了。各种人，各种哭。有人就给成骑麻递烟、酒、毛巾、肥皂。小安的两个小孩拉过来就在沙滩上给成骑麻磕头。这一下，成骑麻也哇哇地哭了，给两个小孩擦眼泪，却说不出话来。他赶快取钩。这钩大，不好取，拉出肉来。只是呜呜呃呃地哭。后来小安就放在板车上拉走了。

成骑麻浑身一点热量都没有，僵硬的手接过一千元，听史壳子说是“对半掰”。这不就是要了小安家两千吗？小安家哪还有钱？人已经被狗啃得七零八落，够凄惨了。就是因为没钱又疼得不行投江自尽的，肚子鼓胀，肝癌。天地良心，史壳子是要遭报应的。我只是想撇脱关系，不是想赚小安你的钱，你家谁不知道，我这不是黑了心敲骨吸髓？我就算缺这一千块钱，你史壳子缺这区区一千吗？……

村里到处是鞭炮，是乡亲们去小安家为小安放的，大家是同情这家人。成骑麻回到家里盖了三床被子还是冷，还是筛糠似的抖。让老伴煮姜汤。吃药。床都抖动。打牙磕。几颗仅剩的牙齿叮叮当当地响，就像发地震。在烧得迷糊中老是梦见儿子跟一个肥胖的女人抱着投江。

“你个婊子养的究竟要不要老婆儿子的？”

他在发烧中迷迷糊糊对着无人接听的电话大喊。儿子电话是通的，就是不说话。他在水牛市的哪个角落待着，与那个大他二十岁的校长娘子天天共度良宵？那一堆泡佬肉，有个什么嘣头？日你鬼娘的！

他把藏在枕头下的那一千块钱拿出一半，要老伴赶紧送到打丧鼓的小安家，交给他爹。老伴说：“你哪来的钱？上这么多？浮涛结婚时他们才上了一百呢。”

“拿去莫啰唆！”烧得满脸通红的他大吼。

两天的风息了。太阳一出，人也好了。晨雾濛濛的沼泽上，一群野鹜好似乌云卷来，落到随风起伏的新苇丛中，留下凄清的叫声。菖蒲绿得发亮，好像涂了一层蜡。天气突然热了，天空也更开朗，云彩慢悠悠地招摇。

村里走了一下，碰上了小安两个成孤儿的孩子，各塞了二十元，要他们不要给爷爷说。到了傍晚，成骑麻说是去看船和水的，买了些纸钱香火去了芦苇洲子。水是大了，水腥味更加浓重。江上的水拥挤成一片。暮色苍苍，沙洲上空旷无物。他在那个现场烧了纸点了香。又上船在船舷四周洒了酒，在船头点了盏菜油灯。他抽着烟坐在船头，望着漫漫江水。天黑后，他离开。船头的灯，燃了一夜。

送鱼的来了，让他不出船都不行了。

送鱼的送的是十来斤的鲶鱼，有大有小，充江鲶的。卖就说是野生江鲶。鲶鱼不会立马死去，加点水放前舱里，去水牛市卖。这事也已经惯了，多加不了多少钱，一斤加个一两块钱的价。如果鱼死了还赔本。但一般，不会全卖家养的鱼，杂着卖，总可以从江里打些鱼上来，一半对一半。

“麻老倌，昨天你又哼了一夜。”老伴说。老伴先将鱼要下来了。

“没有吧？”成骑麻穿着衣服说。

“不行就算了。”老伴说。

“你把鱼要了，不是赶我出门?!”他不耐烦。

打开鸡笼的事都是成骑麻做的。等他起来，刺耳的摩托声把送鱼人带走了。阳光把整个村庄照得通红，好像过去的悲痛是不存在的，一扫而空。蜿蜒的江堤和田野都铺展在早晨的白雾中，黑色的叼鱼郎鸟，在沼泽上空无声地逡巡。他用长钩子系上装了鲶鱼的塑料桶，斜背到后背上出了门。

水涨得很快，前几日小安躺着的地方都快淹没了。淹了最好。沙洲子上，凡是低洼处，全是浑浊的泡沫。一道道殷红的流霞在天空漫溢，江水像胀大了肚腹的巨蟒，鼓鼓囊囊地争挤着两岸江堤向远方爬去，发出低低的吼声。

洲子上早就等候着过江去的本村和邻村的妇女，她们是来搭乘免费船的。这些叽叽喳喳的农妇，从三十岁到五十岁不等，大都打扮得花枝招展，有的还穿着吊带内衣，衣上的亮片满身闪光，宽大的乳房在内衣里摇晃，手和脸都很粗糙。这些去城里卖菜的农妇，奇怪的是没有连提带挑，大担小包。每个竹篮里也没多少果蔬，几把白菜，几串要死不活的辣椒，一些歪歪扭扭、奇形怪状的黄瓜……她们不像是从菜地里择菜出来的，身上散发着廉价的化妆品的香味，没有劳动的肮脏和倦容，眼角里没有风霜凛冽和担忧生活的痕迹。

其实大家心照不宣。这些女人都不是正儿八经去卖菜的，卖菜不过是个幌子，都是早出晚归到对岸的解放公园里做皮肉生意去的。那里有很深的树林和冈坡，一些垂死挣扎的老倌子们花个二十三十的，可摸可操，只要你操得动，价格低廉，便捷迅速，临死解解馋虫。这些年村里就一带二、二带三，姑姐带弟媳，嫂子带小姨，钻进了树林子。一张报纸，一个套子，一天少说可以赚个一两百元。再说，男人们也不在家，由她们去了；有的是默认了。挣钱总比闲着好，广开财路嘛。

“上我的床哟！上我的床！”

勾老倌喝了早酒，声音像擦了锈的钢精锅，亮堂堂金灿灿的。他故意把“船”说成“床”。勾老倌七十多了，满面红光，精神抖擞，像从五四青年节出来的。他的船穿着百衲装，补过无数次了，丢在江边连拾柴人也不会要。他蹲在舱里用葫芦瓢勺着船舱的渗水，叩打着船帮向那些妇女吆喝。

可是那些妇女不上他的船，这老倌子太呆气，喜欢摸妇女的奶，一路划过去要打情骂俏，吓你，让你抱着他。这老倌子死了来世变鱼，没得鸡巴。

“好啊，你们都到麻老倌村长的床上去了，不把他搞瘫的！”

可是，无论勾老倌怎样喊，妇女们还是要上成骑麻的船。船好，人正，你看他收拾得清清爽爽，多少年了，还是个干部做派。头发不乱，牙齿不黄，胡子干净，皮鞋闪光。上了船的妇女们就开始把带来的米往船舷四周撒，口里还念念有词。这些渔船，捞鱼捞尸，船头船尾堆的绳子都捆过死人的；船舷边上都系过死人的，这船阴气太重。捞上了死尸，又不能沾船板，只能拖在船舷边，否则船不吉利的。这也是祖上传下的规矩。

初夏的头河水早就过去了，那是桃花汛。现在是第二河第三河水了，水越来越大。船往江中心划去，就看到上游漂下来大量的漂木浮渣、死猪死狗。

“呀，泡佬啊！……”脑袋伸出舱外的妇女有人惊叫起来，同时手指着江中远远的地方。

“……该死的，该死的，猪啊！”

但见那江中心簸箕大一个个的漩涡里，旋转着一只只死猪，乱流像疯狂的水底巨兽拽着那些死猪浮上沉下，仿佛江里有无数电扇的大叶片在飞速转动。

“上游遭了猪瘟……可也不能这样往江里扔呀，真是的！”

“也许是发洪水把养猪场淹了……”

成骑麻也惊骇，一辈子在江上，从没看到过这么多死猪。他避开这些死猪，哪知死猪专往船边靠，就好像船舷有磁石一样。这种情况很奇怪，现在那些死猪向他直奔靠拢过来，以船为中心。勾老倌也在那儿咋咋呼呼，他也陷入了死猪的包围圈。碰到泡佬也是这样，有一次一个泡佬紧靠着成骑麻的船舷，用桨怎么也推不走。推开了又会流过来，甚至转几个旋还是到了他船边。这事不好解释，最好是捞起来埋到沙洲才完事，泡佬心里也是这么想的。

船从死猪阵里劈开一条缝往前划。一股恶臭弥漫在江面，苍蝇像蝗虫歇在死猪身上。桨杀过去，苍蝇轰地飞散，又向渔船和船上的人身上落下来。两片桨上都歇满了苍蝇。浪也越来越大，船一忽儿上了浪巅，一忽儿又跌进深渊。深渊是地狱的入口，是坟墓。那些妇女们此时不吭声了，脸色惨白，张着嘴闭着眼，好像被男人强奸一样。船体被浪和死猪撕扯得吱呀乱响，要散架一般。嘎嘎的声音不知从哪里发出的。妇女们不时一阵尖叫，像船翻了一样。妇女的叫声，苍蝇的叫声，勾老倌喝多了几近绝望的叫声，他还听见了自己手机的叫声。他来不及看。他的两支桨就是一船人的性命，弄不好就变成一船泡佬……

他本想叫妇女们帮忙扒死猪开路，但又没工具，还怕她们出舱一晃掉进江里。这种水呛一口就没命了。与这么多死猪争路，莫非是谁暗中害我？有一股沉郁悲凉之气从脑门透出。手机响莫非是史壳子的电话？又有死人？算了算了，不再有死人最好，不再有淹死的人，特别是今天。如果要淹死，就在这几条破旧的小渔船上……他不由往勾老倌的船那边看去，勾老倌在用桨猛劈着死猪，几个农妇伸出手来死死拽着勾老倌的腿，怕他晃进江里去。

成骑麻自己也感觉到力量渐渐没了，划了一辈子船的手臂，此刻蔫酸得像是断了，像是人说的中风，两只手麻杵杵的，抓不住这两支桨。真若是手臂一麻，脑溢血，半边瘫，一切不都没有了吗？这些搭便船为省钱的妇女，不晓得我们是些风烛残年的老人？她们一点儿也不怜惜，哪儿知道，咱也有渐渐划不动的一天……

冲出了死猪阵，一身的汗水还是江水？绕过离岸不远的、还没被上涨的江水淹没的几个龟背沙渚，终于，船靠岸了。观音河入江的河口观音湾，芳草萋萋，沙滩洁白，许多游玩的、锻炼的人。根本没注意到一只小渔船从风浪里垂死挣扎一个多小时才到这儿。但买鱼的爹爹婆婆们早候在那里了，他们相信这江上的鱼。

吓掉三魂六魄的农妇们也终于缓过神来，争先恐后地往岸上跳，挽着篮子作鸟兽散。买鱼的人爬上船，揭开前舱板抢鱼，然后让成骑麻称。就扒堆了，此刻他到哪儿找秤去，不想找。先看手机，是儿媳打的，三个未接电话。好么，他要喘口气儿。他要歇歇。他瘫坐在船上，像从噩梦中刚醒过来一样，大汗淋漓，张着嘴怔怔地发呆。

他先把船划到河口上面去，那儿有些汊湾，水势平稳一些。他还想下一次钩，因为挂过小安的滚钩，有一些晦气，要靠鱼和江水来冲一下。

接儿媳的电话是要有忍耐心的，他有时接，有时不接。这个女人是成骑麻见过的最恶躁的女人，整天没完没了地骂人，当地叫撅人。儿媳是这一带的撅人王。当然喽，如果你老公跟另一个女人私奔了，你就算是千古淑女也坐不住，也会粗言秽语捅妈捣娘大闹一场。

长江在沉沉的汛水中奔腾翻滚。天气阴了，江水的轰隆声愈发响亮，加上这里寂静，整个长江都在耳朵里轰轰喧嚣。江水像是山里蹿出来的野种，用浊重的土语骂闹着，向岸边的苇丛和荒蓼卷去，就像是动荡的怪兽要踏平这些在浅水里挣扎的柔弱生命。那里有挂滚钩先就打好的桩子。他稳好船，看准流向，慢慢让船向东北方向荡去，将六十米的滚钩放入激流。当然可以不全放，留一些。这里因是河口，洄游的鱼群会向上游逆行，越急的水越有鱼前冲，鱼都是些拗脾气，大部分的鱼都是这种德行。

老伴本来是他的搭档。过去集体时不说，船是大船，人多。自己打鱼了，老伴划船，他下钩。有时也换个手。但老伴严重的类风湿关节炎，双手变形，抓不住桨了。在长江上与水搏斗是要身体的，成骑麻也强烈感到自己快结束这江里的营生了。但是，他不能放弃，为了生计。他想他得在风浪里生活，直到倒在船上，或者失足掉进江里，被江水吞噬，成为泡佬。常言说得对，会玩水的水上死，会玩刀的刀上亡嘛。这没有什么稀奇，这都是应该的。你一辈子在长江上耙耙捞捞的，都捞空了，你总得把自己填进去吧。

手上的滚钩顺着船舷一串串往水里溜下去。这不算什么。过去的滚钩那可是大征候了。几千米的干线都不算什么呀，村里的大渔船可以放到四五十米深的水域，一次放钩逮二三十头江猪子。想想那时夏秋捕捞江猪子的阵势，往往在风急浪高之时，它们会群体斗浪，排成一排，边斗浪边向空中喷出高高的水花。这就叫江猪子拜风。多么壮观的景象啊！这些黑漆漆的水下尤物，总是出现在大客轮和货轮的前面，它们斗浪拜风，玩水嬉戏，其实懂这个的才知道，这是江猪子在围猎鱼阵。它们什么鱼都吃。到了秋季，腊子开始向上游洄游时，江猪子一群几十头可以与上千斤的腊子对阵，并逮住它们。但是，这时候，真如老话说的，螳螂捕蝉，黄雀在后，鹬蚌相争，渔翁得利。捕捞队早就候在这儿了。只要江猪子开始围猎鱼阵，几条大马力的船顷刻出动，利剑出鞘，旌旗猎猎，立即分三层排开，下钩，下钩，下钩，三层的滚钩啊，一声令下，长城般的滚钩往江里滑去，铅坠、铁钩，沉闷地、激动人心地敲打着甲板……

“报告村长，前锋下钩完毕！”

“报告村长，中锋下钩完毕！”

“报告村长，尾锋下钩完毕！”

话音一落，整个江上就沸腾骚动起来，水里有大征候！几十头江猪子被围在了层层滚钩的歼灭中。悲惨的叫声从水里传来，江底下翻出鲜红的血水。滚钩被挣扎的水底怪兽扭成一团……鲜血泼红了江面……鱼群也被撞上了滚钩阵，鱼啊，猪啊……可怜的江猪子，肉特别嫩，就像豆腐一样的，挂上了容易挣脱，但挣扎时其他的钩就会像蚂蟥一样轰来，又挂上更多的钩；再挣脱，再挂上更密的钩……直至昏厥、疼死。一条江猪子拉上来，会有一百颗钩挂在它身上，千疮百孔，体无完肤。整个江面一片赤红，犹如点燃了满江夕阳大火。而水底下的肉屑会引来更多的鱼。再有几条船来下钩，在红水里捕捞，又会是大鱼满舱……这样的好日子啊，没有啦，结束啦……

说起来，腊子是长江里味最鲜的。但也是最腥的，兼有海鱼和江鱼的双腥，必须放很多辣椒，还要煮火锅趁热吃，否则冷后的腥味惨不忍闻让人反胃。但是，当捕到的腊子在船上立马宰杀，立马煮上一锅，那个鲜呀！打开酒瓶痛饮，船上清风袅袅，水上风平浪静。享受这搏斗后的大啖与宁静，难道不是渔民最幸福的时刻？……

就着保温杯里面的茶，吃了带上船来的两块米粑粑和一块腊鱼，加上一个咸蛋。没见儿媳再打电话来。而远处观音湾那儿，在正午又钻出的阳光下，已经出现了许多玩水的人。那儿总是很热闹，不管死多少人。而他和船这里，是一眼望不到边的滩洲，没有房舍，只有无边无际的芦苇和蒲草。整个长江被荒野包围着，仿佛你生活在很远的世界里，随波逐流。风扫过来的时候，呜呜的叫声是十分野蛮和放肆的。现在，虽然下了锚，船上因空无一物而颠簸得厉害。其他的几条船也都在这周围，没有走远。其实在这里，这一带游弋，这些老渔民不是为鱼，而是等待史壳子的召唤。说白了，打鱼是副业，捞尸才是主业。但今天，他感到肝一阵阵地疼，也许是与死猪搏斗后虚脱了，太阳也大，晒得人怏怏的。他治过三次血吸虫病。长江里有血吸虫，是一般人没想到的，以为只有湖区会有。殊不知，江滩的芦苇丛里，一样有血吸虫的宿主钉螺，有钉螺就有血吸虫的尾蚴。因为三峡建坝，下游水流相对平缓，长江多个故道成了大放牧区，血吸虫病正在蔓延为一种常见病。年轻时，吃副作用太大的吡喹酮，对肝脏伤害很大，后来呋喃丙胺与敌百虫双吃。几次诊治，加上抽烟喝酒，他有了肝硬化的病。使得看上去脸色灰暗，脖子精瘦，眼珠发黄。好在，他收拾得整整齐齐，不像个病入膏肓的老人。

但是收这几十米的滚钩是个力气活。纲绳被水中的枯枝败叶缠成一团乱麻。他坐在船舱里，身子伏在船沿上，一边拉纲绳一边调整好船的平衡。好在这观音河口的回湾中，这天放下去，取了几条鱼。一条草鱼，一条很少见到的白鳝（江鳗），两条黄鲴；取下的黄鲴发出锯木头般的咯咕声。

手机的短信通知声响了。他赶快看，是儿媳发来的：

“你还要不要你孙子的？他读不成书了。”

这是什么意思？读不成书？他突然想去看看孙子小虎。小虎读一年级。究竟出了什么事？儿子有没有消息？是不是儿媳不想管孙子了？

他将船泊在观音滩边上，在那里扎好锚，就往不远的郊区义忠村赶去。通往郊区的公汽是这个城市的淘汰车，仿佛农民只配坐这种车。整个车体都是破旧的，无数次刮过涂料的，车里的座位更是糟糕，门快掉下来了，司机都是些上了年纪的瘦子。路当然不是行公汽的路，乡村的路窄，还破损严重。给颠得五昏六醒后，车到了，还得把麻木的双脚提起神来，去儿子承包的鱼塘那儿。

说起儿子成涛，算得是个倒霉货、灾麦子。他也曾是捕捞江猪子的好手，也曾经跟人贩过渔船，也曾去洪湖承包过养殖场，但不是被政府抓进去（如逃税）就是鱼塘翻塘。后来在义忠村教人养青鱼并在此找到现在的老婆。把别人的鱼塘转包过来，过上了几天安定的日子。他了解青鱼的习性，青鱼适合在沼泽地带生活，杂食性鱼类，以水底的螺蛳蚌壳为食。儿子与老婆盘下的塘是别人不愿承包且会亏本的水面。水草太多，塘底不平。但自从儿子包下水面后，就投放青鱼苗。别人是生长快速的喜头、鳙、鲶鱼、鳝鱼，他的青鱼三年才长一斤，三年基本饿肚子无收入，全靠成骑麻补贴。过了三年，成涛的青鱼一年长三斤，而且鱼脊青罡罡的，煞是好看。已经卖出几千斤了。八斤、十斤的青鱼卖到二十多元一斤，全是超市去腌制腊鱼的。眼看儿子的好日子来了，可是儿子拿着两万块应该买鱼苗的钱，与一个中老年妇女私奔了……

成骑麻在一个小卖部给孙子买了些果冻提着，走过一些修整较好的鱼塘与鱼棚，过一个荒凉的冈坡，就可以看到儿子承包的鱼塘。

儿媳不在，只有七岁的孙子小虎在鱼塘埂上奔跑，用一根响棍扑打那些吃鱼的鹭鸟，大喊大叫。鸟们拍打着翅膀飞进青蒿和苇丛。小家伙忙得热汗涔涔，书包放在门前地上，果真没去学校。

小家伙没有喊他。这个可爱的孙子与他不亲，是他故意这样的。自从孙子出现，他就没抱过他。一定不让孙子靠近自己。因为他捞了太多的死尸，双手不干净，不能把脏东西带给下辈。他无数次阻止过孙子的亲近，这样祖孙俩慢慢也就习惯了。但是，他的心里，会有孙子，而且只有他。

孙子接过果冻，他问，你妈干什么去了？孙子说拿着菜刀和砧板去学校了。

成骑麻二话没说拔腿就往学校跑。

学校就在观音河边。这里离观音河口并不远，几里地。这里曾经是“义善堂”购买的义冢之地，大大小小的义冢有五百多个。几乎全是成骑麻父亲他们在江河里捞上来在此埋的。这块义冢地在“文革”时改为义忠大队，后来叫义忠村。学大寨那会儿所有坟冢推平了，建了学校和良田。

不让上学这肯定是校长的报复？一定的。报复儿子拐去了他的老婆。可儿子是个好孩子，只是娇惯了一些，可能是老伴的责任。儿子当然是他所爱。当儿媳在电话里骂这人与一个半老徐娘私奔时，他也会附和骂儿子混蛋、嫖客、脏货、败家子。儿媳骂儿子是“牛鸡巴日的”时，他也会附和说是的是的是牛鸡巴日的。

在儿子上头还有两个姐姐一个哥哥。一个姐姐在船上玩耍时掉进长江淹死了，一个哥哥长得白白净净，一天半夜突然喊头疼，早上背到医院就断了气；前一天夜里听到有鬼魂喊这儿子的名字，不应还好，但这儿子应了，魂就被鬼撸走了。这个仅剩的儿子成涛，原是想，浮涛么，现在看来也真沉涛了。这么没出息让人指戳脊梁骨，跟沉在涛里有什么两样？

观音河边的学校虽然小，但红旗飘飘，写着“再穷不能穷教育再苦不能苦孩子”什么的。操场里晒着菜籽，围一群人，老远就听见撅人王的儿媳在骂人。挤进去，看到坐在地上的儿媳，赤着光脚，挥舞菜刀，猛剁砧板琅琅骂着校长：

“……你个……老子不是好欺负的……小学校长算个……算个什么官尿罐还是个矮趴尿罐……捅你先人的捅你老娘捅你祖宗八代的……”

儿媳快气绝，那一长溜的话是不换气不打哽飞流直下三千尺的。看着她脸色煞白，校长却一脸被羞辱的潮红，搓着手说：“你捅，你捅，看你用、用什么东西捅？”

“老子拿……”

一边骂一边剁刀，剁刀的速度飞快，那刀上的寒光简直成了一条白线，根本看不到刀，就是江湖上说的一种神器。这矮校长哪还有还口之力，知识分子，只能相信君子动口不动手好男不跟女斗的古训，在那儿抓耳挠腮，不知如何是好。

"……老娘要撅到你这个校长投河喝剧毒农药敌敌畏……要撅到老娘我的儿子上小学中学中专大学专科本科博士留学美国英国法国意大利俄罗斯澳大利亚新西兰罗马尼亚菲律宾……"

"我、我还是那、那句话，你老公不把我老婆还来我就不让你小孩上学。我、我就是、是处分枪毙开除党籍也就、就是这个态度。"

"大家看哪，大家小心些哪！校长好坏哪，全国的校长都不是好东西哪！跟小学生开房哪！"刀在砧板上急雨一样的响，木屑横飞。

"我干过什么坏、坏事你、你说说看，自己的老婆都跟别人跑了，人善被人欺，马、马善被人骑呀……"

"校长没一个好的……！"

"你放心，你儿、儿子就是神童也放心好了，鄙人我不是同、同性恋，也没、没有娈童癖……"

"卵筒屁？你校长有几筒屁你的屁臊臭像糊狗屁公猪屁瘟糟屁红苕屁豌豆屁冷嗝饿屁稀屎屁黄豆屁苞谷屁大蒜屁……"

校长突然捂着脸大哭起来，肩膀一抽一搐的好可怜。在场看热闹的乡亲先是在笑嘻嘻地看热闹，后被校长的哭声镇住了。听见他跺着脚仰天狂呼："斯文扫地！斯文扫地呀！"

校长往他河边的教室跑去，嘭的一声，关上了那个摇摇欲坠的门。

唉，大家抱怨地看着这个还在剁砧板骂人的女人，低声嘀咕指责，又跑去想看看校长是不是想不开一绳子在梁上挂了？

还好，大家接着听到老婆被拐还被人破口大骂的校长，又化悲痛为力量，擦干眼泪领着学生朗读课本去了。

"……山青青，水青青，鸟儿鸣叫一声声。树青青，草青青，山茶朵朵笑盈盈。苗青青，田青青，春风春雨绿蒙蒙……"

"狗日的，你回不回来？把校长老婆送回来！"

他在往城里回去的路上，碣礌大怒地对着接通了电话却不说话的儿子大吼道。

"你让不让你儿子读书的？让他跟你一样游手好闲当二流子？"

到哪儿去找他呢？就在这个城市。这儿子好傻呀，怎么被一个大他二十岁的老妇给迷上了咧？这世界出了啥鬼？人会傻到这步田地？我成骑麻不会是这样的苕货让他遗传的吧？

他在水牛市的大街小巷瞎窜。他随便往那些破旧得不可再旧的巷子里走，在各个小店铺走。听说他拿卖青鱼的钱在这个城市里开了个小副食店。

“你有脸老子拿滚钩在江里等你！投水去吵！丢老子浮家祖宗八代的脸！”虽然巷子里人来车往嘈杂无比，他还是在电话里大骂。

“给你送钱来。”

是儿子短信。

“老子在解放公园。”

不管，先回了再说。

因为他已不知不觉走到了这个公园里。

这是一个没有管理的公园。有垃圾和杂草，还有野狗和蛙声。是老人们聚集玩耍的地方，特别是些心术不正的老头们聚集的地方。因为有了包括成家村的妇女，这里也会有中年男人来寻腥，当然啰，都是些引车卖浆者流，要不就是民工。看她们的年龄，穿着，也就在草丛里、荒墙下干上一梭子的水平。都那个年纪了还来一条半露屁股的皮短裤，洒些酒精味太浓的香水，嘴里是臭的。至少在她们的前十年是不操这种皮肉生意的，是在太阳下田垄中摆弄农具和庄稼的安静规矩的农妇。但后来，哪一天，她们竟干上了这种活计。谁知道是怎么让她们某一天就拉下了脸皮，开了心窍，种上了那“一勺子地”呢？——村里还赖在土地上不走的老倌们就是这么说的：老子们每天汗湿水流一年上头种几亩地，没有她们种一勺子地赚钱。嗯哪，裆里的那一勺子地，到这个年纪了还能赚钱，这是谁发现的呢？

那些女的游荡在各个老头们下象棋、吹南风、扯闲白的地方。当然，她们中有认识成骑麻的会赶快藏避，不过也不要紧，都是公开的秘密，大家笑笑不说穿就是了。

他在门口等这个儿子，等得口干舌焦时，一个长得像个乞丐的半大小子在他面前晃动，来来去去。这孩子宽大的裤子上全是焊洞，手臂烫得鲜红，头发奓开像鸡毛掸子。

“你看我做什么？”他很奇怪。不是那些妇女派来揽生意的吧？又不像，是个劳动的小伙子，五金门窗店的学徒。

“您郎嘎是不是姓浮的麻爹？”那孩子就问了。

“啊？是啊，你是干什么的？”他很警觉，看着这个脏兮兮的小伙。

那孩子从兜里摸出几张一百元的钞票，就递了过来。“有个人要我将这钱给您郎嘎。”

“谁？”

“我不认识。”

“不认识会给钱你让你给我？”

“是呀。”

“这就蹊跷了，不认识你你不会拿钱跑了？”

“我哪敢哪，我的焊枪和手机还在他手里。”这孩子急得快哭起来。

“要他来！给钱的那个！”他听见自己的声音在自己的胸腔内嗡嗡直响。

“他欠您郎嘎的钱呀？”

“他欠我一百万！”

“那……”

“这个我收了……”成骑麻夺过那几张钞票就从中一撕两半，钞票还真难撕，加上激动，手有些发抖，但还是撕了。他没撕成碎片，他还是怜惜这钱，但他撕了。撕了就撕了，再塞回那孩子手里，“给他去，就说我与他两清了！”

他头也没回，走了，这时正好手机在腰里惊天动地地响起来，一定是狗日的儿子的电话，他才不会接。他准备永远不接这杂种的电话。他有一种决裂的畅快。他要同过去这些瘸瘸疖疖的东西一刀两断，要把生活中的一切像一团乱麻似的滚钩一样，扔进他娘的江里。心里谁不是一团麻瓤呀，谁不是缠得死死的？理不清的时候，你就切了丢了！他很轻松，大不了老子是个孤老，江里打鱼波上行，独往独来，风浪里了却一生，奔不动了，往江里一滚，成个泡佬，流哪埋哪，狗啃了也是自己的命。

可是，手机还是拼命地响起。二次。三次。四次。气呼呼地涨红了眼看一眼，不是儿子的，是史壳子的。接。

“麻老倌您郎嘎蛮大的味咧，来不来的？捞货。”

不说捞尸，说捞货。而且是——三个。

成骑麻条件反射地就往江边跑。

一切都别想了，气也没什么生的了，现在赶紧去捞尸。

观音湾江滩上一片恸哭之声。这种情况是经常遇到的。但从来没见过这么大片的哭声和那么多雨前蚂蚁般的人。怎么啦，当然是三个人。电话里史壳子简短地说了，三个大学生。也没想那多，正在气头上。大学生小学生都是死了，都要捞，而且中小学生居多，不会水。他也是在路上立马反应到脑中的，三个人，捞起来至少有近两千元进账。这事情很简单了。

爬上江堤，江滩上涌过来的痛哭声是那么年轻阔大，全是学生样的男男女女的哭，一层赶一层地从江里拍上来，那么大片的混乱和悲叫，就是绝望。许多人走到水边，许多人跺几脚水又回转来。恨不得扎进江底把人捞上来，可长江是不说话的，它太阴毒，把人吞了就吞了，可以吐出来，但那得等一会儿，等渔民来，等一万两千元到了史壳子手上。现在——至少现在的程序就是这样。人死了，就是这样见尸的。见了尸再哭上一会儿，拖走，成为火葬场的客户，再哭上一场，就是一撮灰了。不过成骑麻他们看不见了，他们还是在江上，干他们的活儿，冷冷清清的，没有哭声。但江上的风浪就像是永世的哭声，一波撵一波地囤积着人类的眼泪和悲伤。你如果长久待在船上，长久注视江面，你也会眼里含满悲伤。特别是当你老了，像成骑麻这样老了，像勾老倌虫老倌这样老了，酒精中毒，眼泡松弛，骨头锈蚀，生命的火挣扎着快完了。

唉，就像搓板路上颠来的哭，肝都要让你颠掉似的惨，不是亲人，是一群来这儿游玩野炊的大学生，是同学。三个活蹦乱跳的生命说没就没啦。你不能去迎着听那些哭，要屏住气，把自己的心先弄麻木，让哭声把心捶麻。就当这儿是整天哭哭啼啼的火葬场，也差不离了，死的人太多，这儿。可火葬场大多是顺路的老人，绝症的病人，拖久了，有心理准备。这儿，刚才分分钟生龙活虎谈笑风生的一个人，马上就不见了，拖上来，一具死尸。这无论怎样都让人接受不了。玩水嘛，就是找个乐子，身强力壮的，天不怕地不怕，身上的腱子肉像石头，不像老年人，黯淡无光，那些玩水的肉全是光芒，比太阳还亮。女伢子细皮嫩肉，引得小伙子们口水直流的，可要是死了，就是一堆臭肉。男的也是。

这儿，等死的人无法制止，趋之若鹜，就像梦游。这究竟是什么原因呢？成骑麻没想清楚，三天两头就是在这儿捞呀，捞呀，仿佛这儿是个传说中的聚尸盆。

只有成骑麻他们知道，这个河口，太凶险了，那河里冲来的暗流把沙滩前的水域淘空了，看似平静，白晃晃的细沙滩，芦苇摇曳，水鸟飞翔，阳光耀眼，风花雪月似的，流行歌曲似的。往浅水里几步，就是陡坎，水中悬崖，而且是大漩涡，一下子就把你拖住了，磁铁石一样的，你挣不脱，来不及喊叫就遭了灭顶之灾。水性好点的，加上运气，可以留条命，以后不去这儿了。水性不好或没水性的，就认命吧。有关部门在这儿好歹竖了块“观音湾，鬼门关。在此玩水，等于玩命”的牌子，可惜早已生锈且不明显，牌子还在坡上，远离水边，有谁顾及这些，见水就亲，人之常情，你又没救生员在此巡查，管得住谁呢？加上这儿风景绝佳。这个江滩有假象！

全是些大学生，全是。成骑麻往里面走，他要到他的渔船上去。那些狂呼乱喊的人把他都转晕了。他好歹看到了自己的船。在一个角落，但船上被人踏得脏乱了，翻得一塌糊涂，晾晒在篙子上的滚钩弄成一团乱麻。舱板竟被撬开，但里面他没放东西。他的长钩，这可是重要的工具，不见了。他要找到。他还要找到史壳子。史壳子正向他跑来，还有旁边的船，两条。勾老倌向他打招呼。还有一些村里的人，虫老倌他们，都是老渔民。

人沉水了，他们咋没动静呢？船是没动，在等我？有几个每天玩水的冬泳队老倌子在水下捞着，好像时间不长，他们还有激情扎进水里。但成骑麻知道，这是徒劳的。没有人能捞上来且救活的。这江底下深坑漩涡，他们几个冬泳泡澡的老家伙能捞上来年轻人？不把自己小命搭进去了。有的已经失去了信心，光着上身坐在水边，一脸无奈的表情。史壳子的身边，围着一群学生，在说话，求情。甚至可以看到是学校老师，领导。那可是大学的老师，都撵着史壳子。他们神色凝重，束手无策。被拦住了，扯住了，交钱。钱不够，就是这么。史壳子这样一个瘦骨伶仃的人现在却这么重要，他代表生命救星。已经找了渔船，已经求了冬泳队的老倌子，最后到史壳子这里来了。

曾有几次冲动，成骑麻听到呼救就会驾船到达落水地点，赶快搭上一竿子，赶快下钩，捞上来兴许能来一口人工呼吸。过去有的救溺水者，一两个小时的也可以救活。这只是听说。

面对那么多急切的求情史壳子脸上的骨头毫无表情，两只眼睛空洞深陷，仿佛是个从水中爬出的饿死鬼。

老师模样的人正在把钱往史壳子手上递。史壳子收了却没动，因为钱没全部到位，他不发指令，成骑麻就不能发船。教授模样的人腰弯得很低，在说着，申诉着。要赶快捞人，已经有十多分钟了——从解放公园出来的时间也就这么多，也许更长一点。看来是生还无望了，再急也急不出个什么来。一个人在水里顶多就是五分钟，脑子进了水，再怎么高级的医疗设备也没用了。

“不会少一分钱，我们是国家的大学，我以一个大学教授的名义向你保证，我把身份证押你这儿行不行？”果然是教授，快哭起来。

凑的钱不到四千块，肯定是这个数，捞一个的押金四千块没凑齐史壳子都不开工，何况是三个。三个三万六，至少先交一万二，一个的钱。这学校里的事史壳子好像要求先交全款，不少一分。这大的学校，收学生的学费那么狠，万人恨的，出这大的事，他们一定不会吝惜钱。这里他史壳子独家经营，他是有执照的，他不怕什么，说话硬。他毒瘾发了揍他爹的人，他还讲感情？他就是个畜生你把他咋样？那么多鬼在他家的屋顶上坐着，他还要个什么人味咧？

唉，哭号的人呀。江滩还有野火。这样欢天喜地的野炊是怎么变成悲剧的？一大堆女孩，女大学生，你搀我，我扶你，都哭晕了。原来是一个女同学在江边涉水玩耍掉下去了，那些学生手牵手去拉，拉起来女的，互牵着的手一松，全掉下去了，大伙帮救，三个男伢没救上来……江水荒芜无边，怎样喊也没人应了。

“……我们的会计在取钱的路上，史老板你要知道，是单位，取钱要审批要有很多程序，我们不会少你一分钱的。请赶快出船，多一分钟多一分希望……”

“活总有多少？”成骑麻过去低声问史壳子。

“……反正不够，那我不敢开工，捞起来你们跑了找哪个？大学的门我都不能进。”

史壳子已经被人拉扯昏了，说话时没看成骑麻，也许他根本不是在跟成骑麻说话。他在那儿虽然昏了头，袖子都快扯破，但就是不让步。那些人，学生老师们、市民们，其实忍着，恨不得铲这瘦猴几巴掌，把他扔进江里去。但是，还是得让着他。

“我们公司没有多叫。全国都是这个价……”史壳子叼着烟摊着手说。很多人给他上烟。他手上的烟快拿不下了，不拿了。他被人挤得歪歪倒倒，站稳后还是被人暗中下了手脚，不是推他，也是推他。这么多活着的学生伢，生龙活虎的，不能捏死你么？

“老板坚持说钱不到位不捞，大家再凑凑钱啊！各位在场的朋友们，各位大哥大姐叔叔伯伯阿姨们！谢谢你们的大恩大德！……”一个学生模样的小伙子在那里哭喊。

又一轮凑钱在人堆里展开。人们把身上的钱递到几个学生手里，十块五块的，也有百块的。钢镚子也拿出来了。

那些捐来的钱堆在沙滩上，几个学生清点，然后迅速交到了史壳子手上。那有几个钱呀，估计不到一千块钱。都没有啦，学生手上有几个钱，想拿出来的也都拿出来了，不想拿出来的就走开了。离史壳子的要求差得很远。大家都在看着史壳子这个人，可史壳子依然摇着头，很难办的样子。

“求求大哥啦，赶快呀！先救人行不行呀！”“都有二十分钟啦！”各种求情的话此起彼伏，嘈嘈切切。

“不是我不捞，我是不赊账的，公司的规矩。”史壳子依然这样讲。

这时那个收钱的大学生突然大声吼叫道：“喂，你这老板铁石心肠啊！究竟有没有一点同情心？钱全给你了，不能见死不救呀！”

这学生伢头上青筋暴暴，就像一头发了疯的斗牛，满脸愤恨，牙齿外露，眼睛里喷着血海深仇的大火，要跟史壳子拼命似的。气啊，不是他一个人，是在场的所有人。

这下，火点燃了，一个人领头，大伙就不怕了，刚才的求情一下子变成了谴责和痛斥。人群开始骚动并起哄，詈骂，情况急转直下，史壳子招架不住，即将被在场人们的唾沫淹没掉。

“你们没一点良心？你们是农民吗？”

“你们咋这么无情，你们的良心被狗啃了？”

“……你们成家村出婊子，这下要敲诈死人，你们咋这么坏呀！”

史壳子反正是临危不乱，死猪不怕开水烫，成骑麻、勾老倌他们都来了，静候消息和指令。在场的人也知道了他们大约就是这些船上准备捞尸的渔民，用眼睛向他们求救。但成骑麻能说什么？勾老倌能说什么？几个老倌你看我，我望你，还是要等史壳子发话。

史壳子嘶声哑气地争辩，解释，一副天大委屈模样，不退让。剑拔弩张，乱云飞渡。那个小伙子几乎是抡着拳头想要揍人，眼前有石头他也会擂上一拳。

这时候，就见几个女大学生挤上前来，显然是商量好了的，推开那个小伙子，一起向史壳子跪下了。

领头是一个浑身湿漉漉的女孩，是掉进江里的那个，为救她丢了三条性命的那个。这女孩已经浑身瘫软，被人扶着的，身上发抖如筛糠，脸色像扑了漂白粉一样，嘴唇青紫，一个从冰棺里拖出来的女鬼，她的魂才从江里回来了一半。扶她的人都扶不住了，应该送医院去呀。

可这一跪，太突然，把现场的人全弄愣了。看到这群大学生们的造孽相，看热闹的市民也出于同情，跟着跪下了。一忽儿，几十个人就像被风割倒似的，齐刷刷地全跪下了。

好吓人的场面。哪会一下子沉到江里这么多学生伢呢？也有，很多年前，一辆去武汉的大客车，在轮渡码头因为刹车失灵，滑进江里，死了五十多个。但那时候，一声令下，都去救人，也没有想过什么报酬。

现在这阵势真的太突然，让成骑麻的心一下子揪起来，心扯得疼了。这是些什么人哪，给他史壳子下跪的，全是光鲜亮堂的大学生伢子。你史壳子就接受人家的求情，让我们去下钩捞吧。再者，捞人的又不是你，你又不会捞。

他不点头，那么多的头就在地上叩着，一片咚咚声。

史壳子先是被这阵势吓傻了，没有反应，后来回过神还是没反应。大家不起来，看他如何结局。他在等钱来。问题是大家都心存一线希望，死马当活马医，说不定水下的三个伢们能躲过一劫有活过来的。这三个水下的学生伢，跟眼前这些可怜兮兮的学生伢一样吧，年轻，红润，牛仔裤，打得死老虎的身体。想想一个大学生多不容易啊，虽然这水牛市的大学不是名牌大学，但一个农村家庭能出一个大学生该多难，总是荣耀的事。儿子成涛当年死不读书，高考时才打了二百分不到，什么学校也没有读的，一些邪乎的野鸡学校倒发来了入学通知书，那全是骗钱的。再者现在家里大多一个伢儿，独生子女，这一下，三个伢儿家里还不知道伢早已人不在了，沉到江里没起来，如果知道，天不会塌掉呀。唉，再怎么，就凭这也要去捞上一把，都是有儿有女的人，都是做父母的。过去听父亲常说起“义善堂”，只要听到江边有人落水——有呼喊或者铜锣为号，他和乡亲是要立马划船过来下钩捞人的，分秒必争的事，虽说父亲一生钩上来活着的只会有一两个，但如是游泳的、投江的，或者冬季不慎落水的，会救起活人。渔民跳下水去救人天经地义，没什么大不了的。都是江边生长的“水鸭子”，水性好，不过是搭一手的事，伸一根竹篙，或一个猛子扎下去，摸上来。早些年，救起过的人还提了礼盒去看他成骑麻。有一个当年是小学生，现在成水牛市大学的教授了，也不知道这些伢们是不是他学生。当时是“文革”，学生乡下支农，回来在江边洗澡，沉水了。不用滚钩，跳进江里直接从江底拎上来，先抽几个嘴巴，倒提起，打屁股，肚子里的水就哗哗吐出来了，然后再打脸，几巴掌下去，就会哇哇醒来。这事既不评劳模，也不奖现金，跟没有发生一样。

他的父亲在“义善堂”，捞过的泡佬少说有几百，也全是他亲手埋的。义忠村的义冢，水牛市的商人买了捐给堂里，抗战时，一个商人就捐了五百口棺材，江上泡佬太多，全是鬼子炸三峡洋船死的人，还全是缺胳膊断腿的，都流到这里就不走了。想是这儿有个大回水湾吧，也可能知道这儿有个“义善堂”，这里的人会让他们入土为安的……

成骑麻突然想到这些，也很难过。就在这时，那个被救起的女大学生忽然爬起来，大声哭着喊：“我不想活了！不想活了！”只见她扒开人群就向水边飞跑而去，鞋子都没啦。她是想投江自尽！反应过来的学生们慌忙跟着跑去，死死拉拽住了她。这一下，现场大乱了。人肯定是拉得住的，人倒在了沙滩，人休克了。

“这样吧活总，发船了我们捞，捞上来不付完可以不交人嘛。”成骑麻只能这样说，想了这样一个点子给史壳子。他是想为自己也为史壳子解套。这个办法肯定行，你得先脱身呀。再是，应该捞了，说不过去了，钱大家凑了，钱多钱少救人要紧，人家已经表态不会差你一分钱。成骑麻心里急得疼，他看史壳子还在犹豫，勾老倌也说这行，这行的，他跟勾老倌使了个眼色，马上拉着史壳子就走，并且向大家说：“去救！去救！”捞就是救。赶紧开船！

史壳子是被成骑麻扯上船的，成骑麻还有这把力气。甚至在扯他时手上暗使了一把劲，拧他一手，让他痛痛，恨这人哩！哑巴三水也上了他的船，哑巴三水是个老单身汉。上船就成了。成骑麻在船上待惯了，一上船心就放下了，岸上他最忐忑。

船上到处是沙子，是人践踏的。但缆绳是解不开的，他上了锁。

与哑巴三水一起解开缆绳。哑巴三水上了船就哇喇哇喇地示意，指着江里，又指着成骑麻好不容易找回的长钩。指着岸上那些黑鸦鸦的大喊大哭的大学生，又竖起大拇指。又双手往外摊，好像是催督。按老规矩哑巴三水划船，去了船尾。史壳子在舱里点钱打电话。船一离岸，真的就安静了。现在，岸上的那些人，眼巴巴地望着他们，恨不得一钩子下去钩出个人来。这时，勾老倌和虫老倌他们的船划过来并在了一起，勾老倌过来代表史壳子提着黑塑料袋给大家分烟，先是一人两包，黄鹤楼的，不便宜。只在有尸捞的时候才能抽上好烟。然后每人一条毛巾，还有一双布鞋，不是很好。这也是必须有的仪式。成家村死了人，你当八大锤——抬尸的八大金刚，一人一条毛巾一双布鞋掖在腰里，是提阳气驱邪的，习俗如此。当然，也有家境好的，发旅游鞋。

勾老倌发这些的时候还提着酒瓶咪着酒，一有死尸捞他就兴奋。他的船上也两个人，与虫老倌。另外一条船是从邻村调的。那老倌唠叨着说，一个的钱都没凑齐，活总你该不会扣我们的工钱吧？史壳子对他说：“放心。钱都在这里，他们给我多少，我给你们的不会少。”得到承诺的老倌子高兴得龇出没牙的牙床笑了，同时用桨梆梆地敲了几下船舷。

现在，成骑麻要指挥船划向哪里，捞尸他是指挥。一个老村长指挥过百条船，经验在这里。他闻了闻江上的气味，也大致知道那三个学生伢沉在哪个位置。这是一种本能，也是两代人的经验练就的。成骑麻叫哑巴三水往东南方划，也就八九不离十。那里一个大龟背似的沙渚，在不远的江中，朝北约五米，朝西约十多米，江底就是一个越淘越深的深坑大漩涡，观音河口的暗流就是在这一块汇聚的，但江面上风平浪静。遇上退水，许多人还可以涉水爬上那个沙渚小岛，很多人死在这儿。没有人死的时候，这里鱼也很多，成骑麻谙熟这里的一切。

他坐在船头先理滚钩，舱里史壳子在捋平一张白纸。那分明是一张欠条。

“他们打了欠条的？”他这么问。

“嗯。”

反正到手了是一大沓钱，拿渔民的话说，这次史壳子“起了篓子”。你看嘛，船与网和滚钩和人都不是他的，他就是几句话的谈判，揽活儿。死人是急事，急事最能赚钱，说多少人家也给。可是也有的死了，出不起这个钱。有个来水牛市打工的夫妻，儿子玩水淹死了，找史壳子，只愿出一千元，史壳子没干。人家夫妻两个硬是在江边坐了三天，等他们的儿子浮起来。这种事有几次了。还有一次，最神奇的，也是没钱捞的一家，晚上在江边烧纸点蜡烛，死者的几个朋友边烧边喊死者的名字，就听江面“嗵”的一下，死者从江中钻出来了，出现在他们脚下。这事儿传出后，有些没钱的溺水者家属就这么烧纸喊尸回。

成骑麻先把一根长长的竹篙插进江中，有个铁尖，可以承受一定的拉力，滚钩的主纲系在上面，本来若打大鱼还应在旁边插一根消息棍，捞人就不要了——这相当于钓鱼线上的浮子，一根竹篙只要装上响铃就可以了。然后下滚钩。他是第一层。勾老倌他们在另外的水域下。

叮叮啷啷的滚钩随铅坠子和石头坠子溜入江水里，这一排帘子似的大钩，一旦有东西挂上，所有的钩就往一堆跑，最后是，死尸上来，跟鱼一样，满身是钩。如果这人没有死，只是昏迷的话，这一身钩子只会让他越缠越紧，疼死为止。好在，这种情况不可能，人死了就死了，不可能把他钩活。但，江底下的事情，谁能说得清楚呢？人啊，认命吧。

天气有些不对劲，但凡死人的时候江上总是阴沉沉的，风也惨呜呜地刮。老天有感应。不知道哪儿发出断裂的吱吱声。整个江面在咔咔作响，仿佛江水是一块要破裂的大玻璃。哪儿还在呜咽不停。不是在岸上。灰黄的江面上汛水急遽往东注泻而去。他让哑巴三水稳住，哑巴三水的手脚太笨，使得船两边摇晃，被浪打横，好像船快翻一样。只要下滚钩，船边就会出现大群的江鸥，凄厉地喊叫飞舞。今天有点特别，它们发疯一样地翻卷，贴着波浪，好像被烫伤一样。尖叫着俯冲，又尖叫着离开，扁身飞上铅灰色的天空。

成骑麻是匍匐在船头下钩的，他不能长久地坐着，再者他年纪大了，也不能蹲，更不能站，渔船太小，也就四五米长，不到一米五宽。边放钩边退。这很容易，哑巴三水基本把桨别在水里，划几下，坐在后头，毫无表情地张着哑嘴看成骑麻下钩、指挥。成骑麻做事时要含支烟，不抽，湿了，但要含着。舱里的史壳子依然自个数钱、掏荷包，反反复复，并没管成骑麻干什么。有时候他会伸出脑袋来掸下烟灰。

随着滚钩下去，岸离船就远了。趴在船头往岸边看，所有的人影和建筑，都在波涛上起伏，世界都像在一张颠簸的木筏子上面。他也不能趴太久，终于快速地把滚钩下完了，感到胸口堵得慌。肘子撑起来慢慢坐下，史壳子给他丢来了一支烟，没接住，滚进了江里。

他这里是第一道钩帘，勾老倌的是第二道，邻村的船是第三道。其实，甭看江水湍急，在哪儿沉的，基本不会流很远，都在这几个“窝子”里，只有渔民知道。只要在这一带淹死的人，是跑不了的。也偶有无缘无故捞不上的，一下子就流走了，这就要退还至少一半的钱。

他手上的纲绳缠在臂上，过去在手掌攥着就行了，现在，臂上缠两圈还是沉。他在自己兜里掏出一支烟点燃，抽了一口，喘口气。

“有没有啊麻老倌？”史壳子这样问。

手上的纲绳一抖一抖的。船尾的哑巴三水也哇哇地叫，手指着他和水。哑巴三水瞎咋呼，每次都这样，每次捞尸都见了很多鬼一样的，东指西戳让人心生寒意，下次干脆找虫老倌。

他懒得回答。水下钩到了什么只有他清楚。看起来很沉，铃铛还响一两下，那是水的流速拖曳的。那么多的绳子，坠砣，都是挡水的阻力。拉滚钩要一把力气，因为靠着水的抖动要能感知水下的动静，还有就是要靠这股力在水下找目标，手臂要时常运动，就像钓鱼，要不时拖一下钩线。这也是凭感觉。

坐在船上，天地昏暗无边，如丧考妣。水天的交界处有一道浅蓝的罅缝，好像老天开了一道门，闪着些断断续续的光。乌云低垂凝滞，是什么时候没有太阳的？如果早上没了太阳，这群大学生伢就不会跑出来找死了。真是找死啊！多少地方可以玩，为何偏爱这个鬼门关呢？……那个女大学生是不是鬼来引生的？把这三个同学引走了……他死死拽着纲绳。这绳子过去是用麻自己搓的，也有买的，白棕绳，船民叫马尼拉绳，要每年用猪血浸泡再晒六月的红火大太阳。后来就是这尼龙绳了，结实，但粗暴，勒得人手臂生疼，水急时会勒出血痕来。如果你是拉凶狠暴怒的大鱼，腊子和江猪子，或者赶上鱼汛，几个人合手也拉得你气喘吁吁，手膀上如刀划一样。

这么抽了一支烟，歇息了片刻，江中的竹篙响了。是水面上传来的响铃，声音很沉闷，细小，有一下没一下的，且有规律。这就是挂上死人了！若是大鱼或者江猪子或者腊子，响铃是天翻地覆地闹，嘈杂急促，混乱狂躁。一个人死了，他就静下来了。在水底呛水的挣扎是往死里走的，定是最痛苦最狂乱的。那是与人的世界诀别，是外力让你必须死去，不管你多年轻多漂亮多有才，你不会水你就得死，你水性差你也是死。水是欺负人的。但他问过那个被救的教授，沉到水里是什么感受，教授说，乱抓乱挠冲出来两次，想喊救命，但水马上呛住了，再没冲出来，喝了多少水失去知觉不记得了，就这么，醒来发现又活了，没什么痛苦呀，死很糊涂的。也许他说得有道理，死不是一件难事，几分钟，稀里糊涂，魂就走了。

“来了。”他说。只有自己听见。他马上迅速地收绳。雨点开始砸船。江面上也有雨雾笼罩。这是哭，老天在哭。是有了。人上钩了。水下的人只能如此。雨打在脸上，他以为是浪的飞沫，抬头一看，是雨。他船头跪着，挥手要哑巴三水稳住船，向上游划。他要收钩了。史壳子也看到成骑麻人跪下，这稳当些，不是向泡佬磕头。但成骑麻总是这样，拉死尸时总是跪下的。脚桩子稳当是一回事，也许有对死者尊重的成分吧。反正，他这样才顺手地收好滚钩按顺序放在一边，人不至于晃下水去，匍匐着是使不上劲的。史壳子来拉，他不让，示意他回舱里去，碍手碍脚的让他还拉不好了。再者你史壳子好逸恶劳，什么时候在船上干过，你晓得滚钩是怎么收的？

滚钩不能乱放，收一点圈一点。手上的重量越来越沉，就像挂住了水底的石头。这有戏了。但可以拉动。死者喝了一肚子的水，会比平时沉。但因为是在水中，你一拉动，就会顺水往上漂。你得顺势拉，不比鱼。鱼你得对着干，鱼也有时跟渔民比智慧。在水里怎么拉活物死物，是有很多技巧的，全凭手感。稳住船。拉出来的滚钩大多缠在一起，回去得慢慢理，到对岸芦苇滩安静地理。但今天缠得格外乱，是不是这孩子被挂住时清醒了，拼命挣扎了？唉，不可能不可能。只是有点怪。也许是水大了吧。还收上了两条鱼。他娘的，为什么这鱼也来凑热闹呢？不是挂你们的。烦，还是把鱼扔舱里了。是一条鮰鱼一条小青鱼。看见青鱼想到不争气的儿子和不让上学的孙子。不该想的，此时。

拉到了一具尸体。是个小伙子。拉出水面时尸体会像鱼一样往前蹿，像要游走一样。拉过来，他先用那个竹长钩钩住他的衣裳，再慢慢拉。是条壮汉，成人了，手脚粗大，头发漆黑。但此时的脸，不叫脸了，已经比他自己的白T恤更白，简直像硫黄熏过、甲醛水泡过的笋子和藕带，也比往常大了一圈。他身上挂着一大堆滚钩，可怜的死鬼都是这样，你看身上全是，滚钩把他包裹住了，全是钩，后脑勺子上也是，手上腿上。先用手指朝死者的手上敲一下。手哪是手，就是水里发泡了的馒头。难怪叫泡佬的。好漂亮的一个儿子伢，五官端正，他有没有女朋友？他大学是不是快毕业了？家在哪里？父母看见了不要哭昏死吗？……

死尸是不能弄到船上来的，只能在水里摘钩。岸上看到了人。岸上有骚动，有喊。但成骑麻得慢慢来，一只只摘钩。这摘钩的活计是很难的，要小心翼翼。因为，再怎么不是鱼，是人。是人，就有一种天然的敬畏。好歹是条生命，而且还是热的，仿佛吧。冷了，也感觉还是热的。是介乎于死和生之间的一种东西。如果拖到医院，拖到火葬场，那就是真正的死了。在成骑麻这里，还得有个过渡，让家人、亲人、朋友去哭，去抚，最后认定是死了。

成骑麻摘钩时听到史壳子在接电话说“是个穿白T恤的”。一万二到手了，史壳子的声音晴朗正确了。声音里有稳当当的底气。

要用绳子先绑住死者的臂膀，先拴在船舷边的立柱上，再绑死者的腿，一只膀一只腿，这样绑好了系在船桩上，以免钩没了被江水冲走。这是先后顺序。水很急，拽住死者捆绑，他一个人做，不要谁掺和。今天格外吃力，四肢酸软，走了太多的路，还对不见面的儿子发了一通虚火，耗去了全部体力。人老了，也就这么点气力，用一点少一点。

唉，缠成这样，莫非真的在水底还活过来了？年轻人生命力旺盛也说不定呢。他细心地摘，不要让肉拉出来，这伢子身体上的肉劲鼓鼓的。可咋就是不会水呢？未必是山里人？

史壳子在看他。也在看岸上。电话里又在吵架。还给勾老倌打电话：“勾老倌你那边有没有？”

钩取完了，哑巴三水把船往岸边划，是史壳子要他划的。但又要他停了下来。史壳子对成骑麻说：“钱不交完我们不交人。”

他回答了“嗯”。这是他们的事，我成骑麻是将人打捞上来了，我要告诉岸上的人，他就站起来想呼口气，手上拽着绳子，当然牵着的是三个大学生中的一个。腰好半天直不起来，汗水滚滚地从额头上冒出，人太虚了。

大概船划到离岸不过十多米远的地方就停住了。岸上的人群往水边挤，还可以看到有救护车，有穿白大褂的人，有担架，还似乎有武警，还有摄像机。有人狂喊乱叫“快！快！”，有人涉进水里，招着手，是准备抬人的，不是尸。现在这个溺水者，岸上的他们希望是可以复活的人。

成骑麻就这样了，船停了，也就跟岸上的造成了对峙。其实来那么些救护车和医生啥用啊，谁能在水里半个多小时还活着，除非他是神仙。摘钩时他总是要试试溺水者的皮肤，嘴，摸摸胸口，是不是还能在身上感受一丝热气，有没有人工呼吸的必要。这个他都懂。有的是可以的，有的就不行了，譬如这个绑在船边的学生。有到火葬时突然醒的，乡下有停尸两天后醒的；还有听到过棺材里传来的呼救声，刨开坟打开棺有死人乱抓乱挠的痕迹。但对于这些岸上的人，笃信争分夺秒是能抢救生命的。岸上还有学校的教授领导，出了这大的安全事故他们不好向死者父母交差，坐牢也有可能。所以也在拼命跳脚声嘶力竭地喊快给人他们去医院。救护车的笛声都拉起来了，车发动了，捞尸的船却不交人。这是哪门子事啊！

成骑麻不能淡定了，因为岸上在沸腾，看见人了，却不靠岸，等钱哩。他忙问史壳子，怎么样？史壳子摇头摇手还是示意不行。

雨很小，就像无一样。等得焦急的人变成了愤怒的潮水。他们挥舞拳头，已经有人跳进水里了，要来抢尸的样子。史壳子让哑巴三水把船稳住甚至后退。这一下，更加激怒了岸边的人们。有学生抠出沙坨掷向渔船，有一坨差点砸到成骑麻了。是他拉着死人绑手的绳子，史壳子拉着绑脚的绳子站在他身后。他当然首先中“枪”。这让他有点恼火。我不过是个捞尸的，又不干我什么事，砸我啊？你要砸砸我后头的那个瘦猴子。他伸出手挡着砸向他的沙子，示意不要这样，他的意思也有“一手钱，一手货”的硬理由吧。我不维护他我的工钱就没有。

“把人给我们！给我们送医院！……”

“要钱去死的呀！你们这些农民！……”

“你们没有伢子的呀！心好狠呀！……”

无法阻挡岸上的人向这条船、这条可恶的大江挥拳，向这些渔民叫骂。斥责、呼喊，乱成一锅粥。而没捞上人的两条船在成骑麻他们船后远远地躲着，让成骑麻成了人们发泄的对象，众矢之的。似乎不能靠岸了，否则会被愤怒的人群撕碎。他拉着绳子蹲下来，他不知道究竟应该怎么办。那只拖拽尸体的手在颤动，是水的流动扯着尸体往后头挣，好像这死伢要活过来了要挣脱他的绳子，他听见了岸上的同学们的喊唤声。

他有些害怕，突然。老啦，手上全是弯曲的关节。老年斑。肝疼。寿眉太长，让眼前总像有草渣阻挡。这事儿本来嘛，捞尸就是“义行”，三百六十五行之外的一行。人淹死了，他捞上来，面对的却是恨他的人。难道不是他捞上来的吗？捞尸容易吗？茫茫大江里你在水底捞个东西看？七十岁的老人，在这急流凶险的大江里，驾着一条摇摇晃晃的小船，到处下钩，图个什么呢？钱，我又能得多少钱？得个零头。不是我们你永远也捞不到的。你打 110，你报警，警察来了有啥办法？不一样通知我们来捞？

风吹得人一阵冷似一阵，他不能回舱里。史壳子把绳子交给他一个人拽着，回舱中用电话与人谈判。那个被波浪颠簸在水里的大学生露出个后脑勺，手臂绑着，手垂着，小腿绑着，脚翘着，在水里漂荡。身子也是，衣服、脚、裤子、鞋子，就像浮渣了。就这样即使是活的也憋死了，他的脸伏在水里，男人在水里死时就是这样的，翻过来他还会覆过去。周围不知怎么有这么多水葫芦，是上游流来的。绑着的伢子藏在水葫芦里。

成骑麻像棵芦苇又站起来，他好想抽一支烟。但他的船，他们一起的几条船，就这样信马由缰地飘荡在江里，像没人管似的，失了方向，被人唾弃。史壳子呀史壳子，你太那个了。哑巴三水也着急，隔着船篷给成骑麻手舞足蹈地无声“说话”，意思是把死人交了算了。他的蓬乱的白发也在手舞足蹈。

就这几个白发渔人，白发在江里讨生活的老倌子，就像他们的船一样老朽破旧了。手腕都拽不住一具水里的死尸——死尸的力气比这些活人还大。就是这么，他们还要捞着。这究竟是为啥呢？

总算看到史壳子枯瘦的手有了手势，是往岸边去的。哑巴三水一下子来了劲，两下就冲向岸边，下了狠劲。一个浪涌反向打过来，船就冲上了沙滩。一眨眼工夫，手上的绳子被抢走，水里的人也被七手八脚弄上了岸。一呼啦过去，人抬上了救护车，不见了，沙滩上留下一条湿漉漉的印迹。而史壳子下了船，有个女的把带来的所有的钱给了他。成骑麻看见史壳子没有做声，是一大扎新钱，刚从银行取出来的。那个女的（大约是会计）脸上的汗直往下滚。但好像钱数不对，史壳子还是在与他们说什么，双方争得很激烈。

有学生爬上他的船，钻进舱里去船尾看，说是不是有另外捞起来偷偷吊在船尾要价的？

“没有的，没有的。”他说。

“还有两个，快去救呀！……”学生说。

钱被史壳子装进了包里回来，却闷闷不乐，挥手让成骑麻他们去捞。

天色晚了。云彩在震动。江水浑黄得令人头皮发炸。他们饥肠辘辘。还没有吃中饭呢。谁都把吃饭这事给忘了。史壳子不知到哪儿去了，或者在勾老倌他们船上？成骑麻懒得想。第二次下钩，要远一些，他知道第二次应该在哪儿下钩。

江上起了小小的雾。他在想在解放公园那被他撕去的几百元钱。他是为了钱吗？是，也不是。他是个有脾性的人，可现在一切变了。他这样辛苦的老人倒成了那么多人的对立面。这事让人恨是因为他成骑麻吗？我一天水米不沾。

硬撑着，下了钩，守着，晚来风浪急。江鸥也因为饥饿一群群在天空发出愤怒的唳叫，并且俯冲向渔船，啄食他们的船篷。总不能把我吃了吧？我已是前胸贴到后背脊了。岸边上点起了星星点点的烛光。人依然黑压压的一片。声音从水面上传来，异常古怪妖娆，好像有一群水鬼在水里讲话。再怎么捞起来也没用了，你们等什么呢？都没有吃饭，今天这观音湾可聚集着几百上千的饿肚人。

木棍没一点响动。他想睡一觉，眼皮沉重，支持不住了。果然，他躺在船板上就睡着了。好像是入了雪窟。有人和兽走动。儿子变成了被铁链锁着的老虎。死去的三个大学生从水里爬起来，向空中投篮。孙子是一只嗷嗷待哺的小狼。都一律地有獠牙。大学生也有。江面上出现了巨大的腊子鱼群和江猪子群……他站在村里的一条大渔船上，指挥大伙展开血腥的捕杀……突然他因为摇晃掉入了冰凉的江中……

听见很嘈杂的声音，把他从寒冷的梦中吵醒了。哑巴三水在嚷嚷。原来，勾老倌他们的船靠岸了。史壳子还在谈尾款付清的事——又有一个学生捞上来了。另外一个，没付清钱又不捞了。

这样成骑麻在江中等待。等滚钩上的消息，等勾老倌他们再下钩。

成骑麻身心全疲，他坐在船头。岸上是史壳子与学校的人交锋的声音，但听不清楚说的是啥，声音很大，通过水面会传得很远。不知过了多大一会，勾老倌他们的船又划出来了。往下第三钩的地方去。

成骑麻抽完了半包烟，得到史壳子的电话：另一条船，捞到了第三具。岸上又是一阵骚动。可以收工了！

交了尸，收了钱，一切都结束了。那就赶快收了滚钩回家。史壳子不是最重要的，回家吃饭，睡觉最重要。当然回去还得给老伴说说孙子、儿子的事。

江水哗哗地拍打着船舷，发出空荡荡的噼啪声。他说干就干，收纲收钩。钩上挂了些浪渣和水葫芦，什么也没有。钩还很顺。钩是自己的，要好好收回，放好，在舱里锁好。特别是，要买纸来烧，又挂了死人的。

可是他感觉哪里不对，他收了史壳子的钱后。史壳子坐别人的船溜了。观音湾沙滩上的人不仅没散去，却越来越多。他揣着工钱，还有一瓶酒。还有两包香烟。听说是史壳子找校方索要的两条黄鹤楼，他分到了两包。为什么江滩上的人越聚越多呢？气氛不大对。看水面上，又流来了一批死猪和杂物。这夜晚的江面好诡异。江滩上，点起的蜡烛好多，像是野地里的鬼火。怪呀。敢情全市都知道这事儿了？

他把船泊在江中那个龟背样的沙渚旁让人看不见。苍白的月亮很低地划过江面，鬼鬼祟祟。这些年的月亮都是这个样子。风在江上疾走，听得见簌簌的摩擦声。岸一直在晃动，没有停息。一些萤火虫贴着水面飞行，明明灭灭，就像江上众多的游魂。在江边一处旷寂地，听见了那里传来的低沉的乐器声。他年轻时玩过笛子和箫，搞过宣传队，知道这是萨克斯。一个人影黑魆魆的，像个大烟斗蹲在水边，吹的是《化蝶》，那萨克斯管声像雾一样在江面上流淌。听着听着想起了成小安夫妇。又吹《回家》。成骑麻听着，不知不觉流出了眼泪。他忘了饥寒，忘了时间，陶醉在这美妙伤心的乐曲中。他又一次打起盹来，直到晾在竹篙上的滚钩被风叮叮当当吹出噪响。他也要回家了。有几个年轻学生伢却永远不能回家了。

划船回到家老伴热着的饭菜在锅里，进门就问：“老倌子，你今天好难看，魂掉了一样的。”

他告诉她捞了三个人，全是大学生。老伴愣了，说都捞上来了？听村里的人说了，怪不得。

手机的短信提示音一直在响。一看，儿子的，烦了，看内容却是：

“你看电视。你可出名了。”

我出名了？

打开电视，全是江边救人的事情。还看到了自己和史壳子两个拖着水里的死尸，站在船上的画面，这可出了丑啊！

……结成生命之链，谱写长江壮歌。水牛市大学生结成人梯救同学，三人英勇献身。今日下午3时许，在本市观音河与长江汇流处的观音湾，有一在此游玩的女大学生落水，发现险情后，其余的十多名大学生迅速冲了过去，因大多不会游泳，大家决定手拉手组成人链，伸向江水中救人。终于抓住了落水的女生，正在慢慢向岸边靠近时，其中人链中的一位女生因过于紧张和体力不支而松手，其他人加上脚下的流沙塌陷，人链瞬间断开，处在人链前端的有六七个同学纷纷落入水中。闻讯赶来的冬泳队和会水的同学下水救人。但最后赵一钱二孙三三名同学沉入湍急的江底而英勇牺牲。

事发后，水牛大学领导迅速赶到现场，当地消防、海事和医疗等部门也相继赶到组织搜救。由于该事发地处江水回流区域，水深流急，坡陡沙陷。浅处有四五米，最深处二十多米。经过成家村渔民和壳子打捞公司的打捞，截至晚上六点四十分，三名英雄学生的遗体终于打捞出水，虽经医护人员现场进行全力抢救，终因沉水时间过长，未能生还。水牛市委书记李四和市长王五获悉此事后，对大学生舍己救人的事迹表示敬意，并指示有关部门妥善做好后续工作。记者获知，校方已成立专班处理善后事宜。

据现场有人反映，壳子打捞公司和捞尸渔民有挟尸要价和定价过高等问题，虽遗体打捞价格不在物价部门定价范围之列，但打捞公司明知溺水学生系见义勇为遇难而不及时打捞，特别是因打捞资金未筹集到位时，数次中断打捞，明显有违社会公德，遭到现场民众谴责。此问题正在调查之中……

那是自己吗？那个站在船头叉腰挥手的人，那个用绳子牵着水下死者的人，那个在自己船上替史壳子挡沙子的老倌子，多丑啊。吃不下饭，他要睡了。他彻底地病了。他浑身哆嗦，奇寒奇冷。老伴也看得傻了，对着电视发呆。他赶紧上床。

可不一会堂屋里有声音，是勾老倌、虫老倌和哑巴三水都来了。勾老倌对着成骑麻的房里喊他，要他出来。

事情不好。他穿好衣服出来。勾老倌手上拿着一些钱，对他说："麻老倌，钱要交回来。市里要收的。活总抓进去了，我们在收钱。"

"收我们的钱？"

"是呀。你劝劝三水，他又不识字，你让他看电视看不明白。"

"全部交出来？为什么？我们今天不白辛苦了？"

"还不是活总害我们啊！电视上播了，这下我们的鱼都没人买了，船不消开了。"

哑巴三水不明就里，嚷嚷得厉害。勾老倌就抓住他，把双手闭拢，意思是不交钱要戴手铐，又蹲下，意思是要坐牢。这就难怪了，史壳子撞在马蜂窝上了。想也不对呀，明明是重大溺水死亡事故么？咋就变成了英雄事迹，学校的领导可高兴了，由事故责任人变成了英雄的领导，还得感谢他们教育出了这么好的大学生。他们这几个打捞的渔民却成了见死不救侮辱英雄的坏人。又听说死者中一个的亲人晚上来抢尸，有百号人，但警察也出动了上百人，把那些抢尸的队伍堵在了高速公路出口，进不来城里。死去学生的母亲要投江与儿子一起去。火葬场也全守起来了……

水鸟划过成家村的上空，声音像一种从未见过的乐器，像是男人临空的尖叫，飞向史壳子家的屋顶。那些刚死的泡佬都来了。

儿子短信说，明天把那女人送回去。

这还不错。是不是老子怄气出丑，你同情呢？好吧。他一夜难眠。早晨他就动身去对岸义忠村。管它的，钱不要就行了。我一个老倌子我第一个捞起了英雄我还犯了法吗？

他把船停在观音河里，再上岸步行。

这是初夏时节，鹧鸪在天空歌唱，氽鸡在草丛闷叫。麦子熟了，油菜割了。田野上到处是烧油菜秆的烟雾，砍过后粗壮的油菜蔸触目惊心，像大地狰狞的牙齿。顺着河堤走。堤坡上到处是疯长的魁蓟，针刺张牙舞爪，花序直立恐怖，像蛛丝网一样披在紫红色的花筒上。一些荒蒿，一些狼把草，一些泥糊菜，一些荆芥子，一些虱麻头，一些鬼针草。牛们吃的草太少了，被挤在一些牛屎成堆的地方哞叫。河下，有一条双体小渔船，有渔民在船上下罾子，这种船叫鹭鸶船，但船上没有鹭鸶。他们打鱼好悠闲啊，在这条清悠悠的小河里。如果儿子争气，我搬他这里来，不就可以在这里打鱼了吗？不与风浪搏斗，不再捞人捞尸，江湖偏远，清风明月，有鱼打鱼，有虾撮虾，没有鱼虾就船上睡觉，船上醉酒……

下了堤坡，径直往学校去。他在离学校不远的一个路边小卖部买了包烟，抽着，看着电视。还是这些画面，有许多人的采访，有赞美，有回忆，有谴责，有表功。谴责的是他们，挟尸要价的渔民——但小卖部的人不认识成骑麻，也不知道眼前在门口坐的人正是那个牵着尸的渔民。他只好低着头抽烟，生怕别人认出他来；表功的是学校领导。这本来是一场大事故，却在侃侃而谈是怎么把学校办成培养英雄的学校的。你就不能惭愧地向这些学生的家长诚挚地鞠躬道歉？你们罪责难逃！这真是太怪了，也不怕了。你们没脸还要我们要脸么？不让学生学点起码的求生技能如扑泅，你们都教育些啥哩？书有啥用哩？掉进水里了书能救你吗？这样的英雄越少越好！你把他们整成了英雄，你就撇脱了干系，而英雄的母亲后半辈子可就孤苦伶仃了咧。她们是不想要震惊世界的英雄的，她们只想要一个默默无闻无灾无病的儿子，活着的儿子。而你们的宣传只要英雄，这不，播音员还在说“这是一个英雄辈出的时代”。难怪，观音湾永远是一个英雄辈出的地方！唉……

这么七想八想的时候，一阵哄闹声。他往来路一看，一群人过来了。啊，阳光像金色的羽毛扑棱棱地飞翔，天气晴朗，层云尽开，雾气消散。在灰尘扑扑的村路上，儿子用板车拖着校长的娘子像拖一头肥猪回来了。这真是浪子归来啊！校长的胖老婆五花大绑丢在板车上，哼哧着，显然有过拼命的挣扎，衣裳都散乱了，披头散发，嘴边白沫干结，狂叫过，呼救过，但现在的声音近乎临死前的微弱呻吟。她已经不能动弹，蜷在拖过垃圾和大粪的板车里，脸因为挣扎叫喊而肿得发白，肌肉松弛，喘气，就像是拳击台上抬下来的残兵败将。

这是一个多么清新的早晨，乡村水灵灵的。狗因为空气碧绿而昂头大叫，并且紧跟在板车后面。葳蕤的庄稼和旁边水渠里亮如油漆的芦苇与蒲草，起风过后飘荡在空中的小蜘蛛。池鹭像被风吹起的纸片，遍野都是，有的吹到了牛背上，站着，神情飘逸。鱼塘里，增氧机在鼓动着大批的氧气，搅起绿色的水花。篱旁的牵牛花蓝英英的，塘埂上喂鱼的黑麦草，像铺着一层厚厚的毡子。他的儿子成涛，弓着腰，双臂小巧的肌肉紧结着，腮帮子咬成三瓣，敞着印有黄龙的T恤，板寸头上挂着一颗颗亮晶晶的汗珠。

一群村民和学生伢子跟着板车奔跑着，呼前拥后，整个村子像过节似的。成骑麻看到校长满含热泪，开始点燃手中的一挂鞭炮。噼里啪啦的鞭炮声炸得多喜庆啊。

有人给板车上的校长老婆松绑。她因为反抗，让成涛给多上了几圈绳子。这也是捆死尸的绳子，是自己船上的，成涛拿来的。校长老婆的脖子上、背上、腰上全是绳子，肥硕的屁股紧勒了好几圈。儿媳牵着背书包的孙子也赶来了。一家三口人团聚，紧紧抱在一起。热泪滚滚的校长也扶起他的老婆，用削瘦的双手揽住了老婆越来越强悍的双肩，两个人抱头痛哭，喊着对方的名字。

“成涛走对了一步，女人嘛，哪有自己的儿子重要……”

“这下好了，救了两家……”

“和气生财……”

校长破涕为笑，对着他的学生命令道：“欢迎成小虎同学归队，现在，升国旗——”

孙子小虎走进了向国旗致敬的学生队伍里。

多少人眼里泪光闪闪。

傍晚，成骑麻回到观音湾江边，刚一停泊，就有几个人冲上他的渔船，劈头盖脸给了他几巴掌。成骑麻被打得金星直冒，人站立不稳，差一点晃进江里。

“就是你，我们等你一天了！你这个老狗日的混蛋，看你还坏不？我们代表广大市民教训教训你，你他妈挟尸要价，还没抓进去呀，史克治不是抓进去了吗？个老狗日的，叫你侮辱英雄的！……”

几个中年妇女也认出了他，爬上船来要抓成骑麻的头发、抓他的裤裆，抓他的脸。

“你没有孩子的？你这大年纪了要钱去买棺材的？”

“你是棺材里伸手——死要钱哪！”

他只好往岸上逃。他跑，他捂着被抓得血淋淋的脸，捂着鼻子，鼻子里也鲜血喷涌。他两眼昏花，双脚瘫软，跌跌撞撞，爬上沙滩。他顾不了他的那条破渔船。那些人把他的渔网往岸上扔，把他的滚钩——一百米的、六十米的全搜出抱上了岸。竹篙丢进江里，船板撬了，桨桩抽了，扔到岸上堆成一堆。桨和锚也丢进江里。他看见几个人在拆他的船篷。所有物品被扔下船，有人找来了浪渣，点燃了。这些他船上的物品，被付之一炬。火烧起来了，很干枯的东西，加上风，火一点燃，风一呼啸，火就大了。他无力阻挡。那些人在那儿吼着骂着笑着起哄着。

“老不死的，看你还要钱不……”

“断子绝孙的老狗！……”

有人举着燃起的木棒，扔向他的船舱。

他要跑过去，他不顾一切地求饶似的喊：“不要烧我的船！不要烧呀！这是我老两口过生活的船呀！”

他冲上船去，用手抓那些燃烧的木柴浪渣，不管手烫没烫。手不要了，船要。这比老命还重要，几十年的船，养活了一家人的船……

手上没有了疼痛的感觉，他没有水桶，就用双手去戽水，拼命戽。岸上的那些人，都在哈哈大笑。

他总算把火弄熄了。那些人看他在水里跳来跳去，没有一个人帮他，全是看冷的、耍笑的、袖手旁观的。

一个烧黑了的空船，渔具、捞尸的工具，全没啦，化为灰烬啦。他坐在水边，湿淋淋的，双手焦痛，从灰烬里扒出烧得发黑的滚钩，锋利的滚钩，挂过许多死人也挂过无数腊子、江猪子、大鱼的滚钩，捧着它们——这些已经渐渐冷却的滚钩骨头，坐在夕阳里。

人陆续走了。夕阳慢慢沉落。那个吹萨克斯管的人又出现了。他依然吹着《回家》。他是在唤魂，唤那些落水者的魂。忧伤安静的旋律在江面上雾一样蔓延。

一个女孩子，双手抱膝，坐在水边，无声地流着泪，朝江上久久望着。最后一线夕阳里，那女孩子眼边的泪晶莹闪亮如宝石。涨水了，水流低吼急遽。一片旋转的漩涡，一江向东流去的鼓荡浑水。

捧着那些钩，望着对岸，他想，我该怎样回家呀？

赵日天终于逮到鸡了

我们几个人决定进山里抓鸡。因为快过年了，我们几个耐不住寂寞的老伙伴也想去山里玩玩。又下了雪，拍些雪景在微信里显摆。另外，山里有许多土鸡土猪肉土特产，搜罗一些回来过年。特别是赵日天，这位老兄说他几个晚上梦见吃土鸡。他说他炒的土鸡忒好吃，姜是用刀拍的，不可切，切的姜不出味。少放水，甚至不放水，将鸡炒干加点南泉豆瓣酱一焖，那个味道，喝酱香型 53 度酒就成神仙了，个斑马的。我们都知道赵日天喝不起 53 度的酱香型酒，何况到了年关市场上已经没有 53 度酱香型酒了，有钱也买不到，有的店一瓶两千还指不定是假的。淘宝上八百块钱一瓶买了，到店里两千卖你。就问赵日天你喝的什么 53 度酱香型酒？多少钱一瓶的？赵日天说老子在网上买的，茅台镇的，买一箱送一箱，一瓶只划二十六块钱。开车的孔瞟眼说二十六块你喝酱香型，你喝酱油去吧。

我们一路说说笑笑往田架山进发，对土鸡的渴望让我们在风雪中飞驰。我们有三辆车，有几个还带上了老婆。老婆们穿得花枝招展，作少女状，准备在冰天雪地的山村摆 pose，回城上微信。

我们坐的是孔瞟眼的车，我和赵日天，还有马夹头、杜老眯。有点挤，但也只能如此了。马夹头的头很扁，像是马夹过的。杜老眯眼皮撑不起来，老是眯奄着犯困，他老婆要他去割了松弛的眼皮，再做个双眼皮，又怕他花心。孔瞟眼是个瞟花眼，所以眼睛不好使的杜老眯特别担心孔瞟眼的车，很揪心，时常提醒孔瞟眼开车向右。夜壶哥，你咋老往左偏咧？孔瞟眼说，你眼不好使。事实上，孔瞟眼开车很稳，虽然有时会偏左。孔瞟眼爱好收藏，顾景舟的紫砂壶就有三把，也不知真假。他还收藏湖北的马口窑黑陶，有中国最大一把夜壶，可以装七十斤尿，说是长工用的，“文革”时他这把夜壶出尽风头，到处作实物参加批判地富反坏右分子，揭发地主阶级是怎么剥削和欺压长工的，这把壶就是罪证。改开后，这把壶他报了吉尼斯世界纪录，竟弄来了一纸证书。所以我们介绍他时不提什么顾景舟，提中国最大的夜壶，这永远是一个超级话题而且可以挖掘出源源不断的扯蛋的话题，因此我们不叫他瞟眼，都叫他夜壶哥。

一路上赵日天在叨念他的拍姜炒鸡，他说拍姜之所以好吃，在于把汁拍出来了，再就是不要放水。他还说土鸡爪虽然没肉，但喝酒的人啃的不是肉，是意境，喝酱香型啃土鸡爪，是最高境界的喝酒，可以从酒盅里听到古琴声。孔瞟眼说，赵日天你真可以日天了，你肯定要上《舌尖上的中国》，他学着《舌尖上的中国》解说：赵氏土鸡的做法，食材取自田架山土鸡，姜拍出的神秘的香味与土鸡独特的肉质强烈地碰撞，产生了奇妙的融合。马夹头说，那还放豆瓣酱呢？孔瞟眼说还不是豆瓣酱神秘的香味，与田架山土鸡独特的肉质强烈地碰撞产生了奇妙的融合。反正赵日天上《舌尖上的中国》上定了。赵日天说夜壶哥你上央视的鉴宝节目也应该有谱。孔瞟眼与赵日天见面就会打嘴巴仗。赵日天虽然说得玄之又玄，见我们兴趣不大，又说出了一个惊天新闻，他说那些肥得厉害的像野人脚的饲料鸡爪，都是从美国进口的，美国人从不吃这些鸡爪鸡翅还有猪脚。凡是肥的大的，都是从美国进口的，而且你们不知道，美国专门培育出口到中国的鸡爪猪脚，都是一种畸形的鸡畸形的猪，鸡长六只爪子，猪长八只脚，全是转基因。他这么说我们都不信，杜老眯眯着眼慢条斯理地说这都是“黑”美国的，爱国粉干的事，我国进出口肉类食品是经过严格检疫检验的，不要信不要传，是谣言。

赵日天喝劣质酒后脸是浮肿的，还有一块是黑的，表明他身体的一部分已经死了，赖在他身上。他满脸堆笑，围着老婆给他网上买的假巴宝莉围巾，方格绒线帽。因为有痛风，脚有点瘸了，像被严重的鸡眼折磨着。不管怎样，那就是瘸了，那就是老了。喝酒满面红光一时，浮肿黯淡已成常态。

走到郊区，田野没有一点绿色，满目萧瑟，雪下得纷扬，河流曲里拐弯冻上了凌，白茫茫大地一片真干净。前面的对讲机在说婆娘们吵要停下来拍照。孔瞟眼说我们进山了有好景，比这好一百倍，现在雪下得很大，赶路吧。前面的车说婆娘们要拉尿，好吧好吧，拍照吧，这些老妖精。前面的车里已经在向他们摇自拍杆了，等不及了。下了车，河上的冰很厚，有人试了试，蹬不破，人上去没问题。有人就踩上去了。赵日天竟然也跑上去了，一拐一拐，瘸了还胆大，赵日天作溜冰状，竟很轻盈，在冰上看不到瘸。他年轻时一定风流倜傥不痛风，滑过冰的。赵日天的老婆与他一样很会搔首弄姿，一声召唤，一群老娘们就跑上了冰面，栽了跟头，更加嘻嘻哈哈，手上高扬自拍杆，开始做动作，扮笑，找角度，咔嚓，自拍完成。再来，再照。还有老头们，也凑上去，大家一起笑，一起搞怪，来张合影，OK！孔瞟眼和马夹头都拿出单反，装好长镜头，给他们抓拍，咔嚓咔嚓！赵日天坐到冰上，仰头，脸承接雪花，一副陶醉状，这家伙会摆 cool，娘们肯定也要这么照，闭上眼，仰头，雪花给拍出来啊。绿围巾，红棉袄，白茫茫中，强烈的反差就出来了，这样的雪景简直千载难逢啊！可孔瞟眼还有更好的创意，有更好的道具。他从车的后备厢里拿出了他随车携带的一整套茶桌茶具，让大家搬到冰河上。这是什么意思？难道要在这冰天雪地里烧水煮茶？不是不是，给你们这些老妖精拍照吵！大家一片欢呼，夜壶哥太有创意了，烹雪煮茶，白首天涯。煮雪问茶味，当风看雁行。夜壶哥老子服了你！马夹头是武昌区楹联学会会员，拽了个文大赞孔瞟眼。来来来！摆好茶桌茶具，盘腿坐在冰雪上，雪花飘落，手捧茶盅作品茗状，神闲气定，到哪儿找这样的照片上微信？今天你不是微信之王谁是？谁与争锋？让那些只会在小角落拍咖啡拍热干面拍盖浇饭拍地铁拍小花小草的家伙们见鬼去吧，让他们嫉妒去吧，让他们把咱屏蔽拉黑吧。旷野气势，雪花漫天，山川河流，盛大景色，就是比你那区眉小眼的滥片子好。还有这白茫茫中一点红，一个女子在冰河中独自品茶，简直太壮观了，太壮美了，太壮丽了，太壮阔了，太壮怀了，太壮举了！好好好，一个一个来。问题是老娘们都想穿赵日天老婆的红棉袄，赵日天老婆怕冷，不让脱，那些姐妹就强制给她扒衣。扒好衣，表演开始，都是在微信上久经考验的老戏骨，年纪大了，照远不照近，镜头一对准，迅速入戏，拍了长镜头还要自拍杆，不相信你们的相机手机，看见别人的照片好，故意不发给别人就悄悄删了，你若要，就说拍坏了。好了好了，赵嫂子快冻得不行了，让她穿上棉袄咱们快出发吧，不能耽搁了。

进山的路上雪积得很厚，有的地方已有十厘米，前后的对讲机叮嘱大家车要跟上，要小心驾驶防车轮打滑。但车内的坐车人高兴，前面的对讲机里传来婆娘们的歌声，北风那个吹呀雪花那个飘，雪花那个飘飘年来到。一忽没有人家，全是山；一忽又有了人家，有了柿子树，满树的红柿子，还有橘子，在白雪里红得像灯笼一样，真是好看啊。赵日天说不知老婆感冒没有，大家说你老婆的棉袄买得好，赵日天说老婆的底裤都是我买的，在打扮女人上我还是有一套的。马夹头说你给小三呢？赵日天说没有小三，自从住院后都戒了，保命要紧。他说他刚才耳朵冻了，说夜壶哥你怕费油，就不能把暖气开大点吗，这鸡巴冷的。孔瞟眼说老子开到最大了，你咋这娇嫩呢。赵日天说让大家说说，是不是冷，你小气。赵日天与孔瞟眼一开口就要互掐。但今天赵日天估计是真动了气，因为冷，血压升高，有中风危险，就迁怒于孔瞟眼，开始酸他。夜壶哥你今天为什么不把夜壶带来拍照呢？你举着夜壶，一群婆娘围着你，那不是皇帝的做派了？马夹头说，风雪夜归人就成为风雪夜壶哥了。赵日天说什么夜壶茶壶，你老孔哪有几把顾景舟的壶，我到宜兴紫砂壶博物馆去看了，人家那么大个博物馆，才有两把顾景舟的壶。孔瞟眼也不恼，说，日天你晓得个卵子，那两把是顾景舟的阳春壶，还有一把提梁壶，都是几千万的，老子没有，说壶你说不赢我。马夹头说讲夜壶你也是世界第一。孔瞟眼说我是武汉大学兼职教授，专讲中国的夜壶文化，这有假？我说你们别影响夜壶哥开车了，没看山高了吗？赵日天还缠着说夜壶也是顾景舟的？孔瞟眼说，我的梦想是建一个中国夜壶博物馆，你们的骚夜壶都给老子送来。

刚才还是丘陵，路也不险，眼前路就险了，窄了，弯道也多了，山也大了，就是盘山公路。雪还在下，好像比山下密集。孔瞟眼说快到了，他打开了导航，说还有十公里。这山里没有什么过年的气氛，也许是山深人稀。赵日天说他们那儿的乡下，就是前一二十年，到了腊月，就是过年了，进入冬月也就热闹了，开始杀年猪、写春联。小寒大寒，杀猪过年，最迟不能迟过小寒。挖藕的、打鱼的，还有炸鞭声，叭叭叭叭，现在叫什么过年！马夹头说，我们小时候下多大的雪，这样的雪简直不叫雪，有什么可高兴的。孔瞟眼说我记得那时候河里跑汽车。赵日天说那时候有汽车么？孔瞟眼说，汽车有了，雪没了。赵日天说，你这叫车！孔瞟眼说，下去，赵日天，你下去坐客车去。

沿途到处都是村庄，为什么要到田架山抓鸡？这是孔瞟眼搜索百度的结果，加上过去到过这里拍过片子。他给我们发了田架山的介绍，田架山的土鸡非常有名，田架山的鸡下的蛋全是双黄蛋。田架山还有一个怪事儿，这村里有许多双胞胎，不仅田架山的女子生双胞胎，嫁到这里来的媳妇也生双胞胎。可要到这个村太烦，差不多要到了，路变窄了。路是按“村村通”标准修的，不到两米，就一个车宽，不能会车。路途有车来咋办？只能一个退，或者会到沟里去。好在没有车，我们的三个车长驱直入，孔瞟眼喊菩萨保佑，千万不要来车。还有杜老眯的老婆开车，杜老眯就不犯困了，对讲机里连连提醒开慢点，开中间。说着说着来了一个车，一个农用车，车孬，宽度不孬。前面一停，后面就明白了。为啥不修宽点。就笃定农村没人买车吗？这是在山区，在平原现在哪个农民家里没车？当官的就没长只后眼？孔瞟眼说当官的只顾眼前，管一届，有条路就不错了，一半还是农民集资。赵日天焦急，说想吃个土鸡看样子是吃不成了，个斑马养的！我们下车去前面查看，杜老眯的老婆和一车婆娘在骂那个农用车司机，你不能往旁边开点让我们过去吗，故意挡着不让我们走啊！我们一看，还真不是故意挡的，农用车轮子快掉下去了，旁边的路肩离路面有至少一尺深，掉下去就爬不上来了，要用吊车。那农用车司机是个农民，急得大声争辩，农用车声音太大，烧柴油的，听不清。这路真是的，村长干什么去了，两边把路肩填起来，一边填五六十厘米宽，填实，不就能够会车了吗？春节一定会有大量车回来，那这条路不就堵死了？村长一定是吃干饭的混蛋。我们看了一下，前面有一个宽点的岔路口，就给农民商量要农用车退。那农民被一帮城里老女人骂得狗血喷头，头都大了，先犟着，后来我们做工作他只好退。退也不容易，不像我们的小车，但还是接受了现实慢慢退。终于成了，我们的车可以过了，皆大欢喜，上车，再走，是石子路，虽然更窄，更烂，坑坑槽槽，但再没碰上车，田架山就到了。

哇，老树，池塘，石屋，炊烟！这是个沉静的村庄。进村抓鸡开始了！口号是赵日天喊的，拍打盹的杜老眯，杜老眯一个激灵就来了精神跟着下了车。池塘里有厚厚的冰。哇，有水埠，还是条石，长长的几块条石伸进塘里，塘冻了，村民在冰上砸了一个圆圆的大洞在那儿淘洗，条石上堆一大堆青菜，绿英英的上海青。这儿的房子依山而建，有的像古堡，有的像兵寨，有的是豪宅——至少建造之初是很用心的，很有气派的，是准备住一千年的，是光耀祖宗和子孙的。那个洗菜的男人在这个古老村庄的水埠，多少有点不协调，如果是一个村姑，一个红衣少女，那意境就更美了。何况还有静静落下的雪，银白的世界，好美好美呀。那些婆娘们都大声叫嚣着停车停车！车一停，门就开了，大伙一窝蜂往水埠跑下去，去拍池塘、水埠和洗菜人。那真是一幅冬日山村的静谧生活图啊！题目就叫《冬日村庄》！我们进村了，我们要抓鸡了！老乡，你洗菜啊，冷不冷啊？我们是从武汉来的，来看看山里雪景，请问你们哪家有土鸡和双黄蛋的鸡蛋，我们想买一点，你们这儿听说有许多双胞胎是么？

那个洗菜的男人有四十多岁，说洗菜是今日他们家请村里人喝猪血汤。赵日天说，那就是杀年猪啰。因为喝猪血汤就是杀年猪的一种风俗习惯。我们就说太好了，太妙了，赶上杀年猪！我们这些摄影发烧友各自挥拳猛砸同伴表达我们的惊喜，互相祝贺运气来了，这可是绝妙的机会让我们撞上了！杀年猪杀年猪，老乡你家的猪是土猪吗？当然当然，我们这儿喂猪都是山上放养的，没有饲料猪，我们的猪叫百草猪。那个人姓田，叫田建成。我们就问猪肉卖不卖呢？田建成说不卖，自己吃的，腌腊肉的。那你家的鸡呢？鸡卖，鸡也不多，自己吃的，你们要买可以买几只去。那其他老乡呢？其他老乡呀，我们村里没有其他老乡，喂鸡的人少。那你们村里的人呢？都出去打工去了。过年不回来吗？回来的不多，都到外头买了房子，最差的在镇上住去了，我们村长就在镇上开发廊。那你们村现在还有多少人？全村有八十多户人家，三百多人，现在剩下十一人，基本是老人。那你不老啊？我四十五了，还不老！我也是在外头打工的，脑梗塞在武汉动了手术，不能再外出打工了，我女儿在外打工，老婆照顾我也没出去。

我们说着跟田建成进了村，这村里真没人了，都是比时间更老的房子，全部条石台基，端端正正，门框门楣门槛台阶都是条石，雕得精巧讲究。有一些墙是干打垒，却因为无人收拾居住，被一种土蜂蛀得千疮百孔，触目惊心，令人肉麻。我们兜了一圈，大约看到两处新楼房，夹在那些破碎不堪的老房中，呼吸困难。田建成说新房子都是老人守的，一家一个老人看家。田建成的房子在斜坡上，用石头砌的屋场，工程很大，但这已是多年前的事，现在房子也破旧了，好在有人住，有点生气，加上猪喊鸡叫，还有炊烟冒出。其他的，他左邻右舍都没了人，大门紧闭，阁楼敞开，堆放着陈年农具、家具。往屋里瞄，黑咕隆咚，阴气袭人。走到田建成屋场，旁边屋山头避风处，两个屠夫正在磨刀，咔嚓咔嚓。猪已经牵出来了，肥壮油黑，估计有两百斤以上。田建成的老婆在哄猪，将它往屠凳那儿赶。猪虽然是猪，也有灵性，看这阵势知道自己的死期来临，就挣扎着不肯往那儿去。这真是让我们赶上时候了，我们的摄影家伙包括手机到哪儿能捕捉这好的画面，创作年俗大片，输送微信大图，还有第二家么？有的还拍视频，记录下这一历史场景；有的自拍杆伸出，要与猪来一个最后的合影。

屠夫让田建成的老婆走，因为他老婆在那儿假装唤猪拖猪，却在那儿抹泪，想是与这猪有了感情。喂养了一年，朝夕相处，就是一块石头也焐热了。我们几个就悄悄走近，去拍流泪抚猪的田建成老婆。田建成老婆穿着廉价的胶底厚棉鞋，棉衣上戴了两个绿袖套，还有污脏的围裙，还戴着一个老年人的毛线帽子，就是一个老年人，其实年纪不大。老公脑梗武汉住院，想必欠了一大笔债，也不能外出打工，家里不富裕，还守着个空村。

我们拍了几张田建成老婆的照片，她发现了，不好意思就不流泪了，就起身去了屋里。这时一个屠夫拿着挠钩一把钩住猪的鼻子，一个屠夫抄尾，猪要作垂死挣扎了，我们见状一拥而上，帮他们制服猪。猪怎敌这么多人，三把两下就将猪摁到杀凳上，这时屠夫大喊让开让开。田建成端来盆子，里面放了盐，是接猪血的。我们让开正好要拍照，看屠夫怎么进刀捅死一个庞大生命。说到底，我没见过，其他人也没见过。饥渴的相机和手机，准备留下一头猪死亡的瞬间。

猪的叫声太惨，太悲伤，太绝望，在这漫天飘舞的雪花中。因为是杀年猪，大家也没觉得惨，倒是很喜庆。那些老娘们，假装很害怕，躲得远远的，又忍不住要往这边看，露出了嗜血本性。猪在杀凳上嘶嚎，腿踢蹬，想摆脱死亡。可猪这么肥，就为这一刀。年关一来，猪只能去死，任何挣扎都是徒劳的。刀捅进了那个脖子的柔软处，斜着进刀。屠夫经验老到，千百次地捅刀，练就了一剑封喉的本事，一刀下去，血就来了。这样，大光圈，1/60 秒，200 毫米长焦用 1/1000 秒，微单用 1/30 秒，喷溅出的热噜噜的猪血就在空中飞舞时定格，片子就有了，这真是好片子，不要摆拍，不要美颜，不要 PS，来源于生活，片子叫《杀年猪》，或者叫《血花与雪花》，等等。赵日天老婆要拉着他，与嚎叫的猪一起自拍。赵日天小中风过，面对这场杀戮没有反应过来，糊里糊涂走近了。赵日天老婆做动作造型自拍时还要嗲着念念有词：哇，个斑马好漂亮！好一头大、肥、居（猪）呀！因为猪在咽下最后一口气时也要挣扎，每挣一下，血就飙很远，赵日天与老婆自拍时没防备，那飙出的血就溅上了他的羽绒服与他老婆的牛仔裤。这可晦气了，赵日天就在猪嚎声中骂他老婆。给他们抓拍的孔瞟眼就说，开门红！开门红！我们也就都说开门红开门红。赵日天那黑了的一块脸也溅了血，看起来很滑稽，脸上挂着猪血，面无表情，我们就一通笑，有的拿出纸巾来上去帮他们擦，可赵日天老婆不让别人擦，好像是恼怒别人取笑他们夫妇的意思。

有乡亲们来了，也就三五个，大多是老人，估计村里的活人都来了，来喝田建成家的猪血汤的，说是喝汤，其实菜不少。我就给田建成说，我们也想体验一下在乡下喝猪血汤的年俗，吃个中饭，一个人给你五十元怎么样？田建成说，就是不给钱，撞上了，也要喝这猪血汤，这哪不行！我们一共十一人，给他五百五，他就收下了，说你们太客气。我说一是一二是二。我又说你有多少鸡卖给我们？他说就十多只，全部给你们，你们太好了，我还有些土鸡蛋，要的话全部拿出来给你们。我问鸡多少钱一斤，鸡蛋多少钱一斤？他说鸡平常二十六，今天还是二十六，昨天来的人要出二十八一斤我都没卖。鸡蛋一块五一个，是不是双黄我不保证。我说好的好的，不讲价了，快过年了。我觉得患了脑梗的田建成也可怜，这么冷还砸冰洗菜，这样会再脑梗的，不讲价等于是扶贫，何况也贵不到哪儿去。大伙一商量，特别是几个婆娘，天天进菜场的，一听就说不贵，跟武汉差不多，武汉菜场卖的不一定是真土鸡，鸡蛋还不一定新鲜。这里不仅新鲜，还没有假，货真价实，可得可得。至于鸡嘛，田建成说鸡在外头，鸡逮着了就是你们的。那么肉呢，猪肉呢，也卖点我们吧，这么大的猪你们也吃不完，腊肉腌多了不能老是吃，吃新鲜的才不会得病。你们要多少？一人一刀行么？田建成说这不行，我还要给我姑娘准备一些的。那一人五斤行么？可得可得，一斤要三十元。好好好。我们就与田建成谈妥了。田建成说，天气冷，各位领导进屋喝茶。我们说，茶喝了，我们先去村里转转，雪也不大。田建成说你们不走远了，一个小时喝汤。

好吧好吧，正好。村里那么多老屋，那么多老树，山上有泉水，村中有池塘。老树有乌柏、银杏、木梓树、枫杨树，还有松杉，几个人合抱。我们进入的人家，有太多好看的红漆门、铜环、锁。锁不好看，弹子锁，生锈了，有的没锁，大门敞开。真是的，好歹生活过一家子，好歹总有些东西。我们进了一个没锁的院子，屋是破了，墙倒塌了，进去就是曾经的厨房，有好多坛坛罐罐，有木蒸笼，有碗柜，有木箱子，有盆，有水桶，有装苞谷的大黄桶。有毛巾，有挂在墙上的棉鞋，还有一株冬天也没死的绿油油的土大黄。孔瞟眼打开一个坛子，里面竟有着半坛发臭的酸菜。锅生了锈，还有锅铲，有土灶台，这可有年头了。孔瞟眼发现了一个好东西，一个青砖筷篓子。看啊，他喊，这东西好怪。这样的筷篓子是头一次见到，里面装有十几双筷子，一个铝瓢子。这是个文物，马夹头说。孔瞟眼已经牢牢地将它攥在手上了，任何人休想夺走。他把筷子倒出来，用纸巾将里面的蛛网擦了擦，左看右看，翻来覆去看，爱不释手。挂绳是一根电线，结实，孔瞟眼喜滋滋地提着了，这是第一件战利品。我们又来到敞开的堂屋，墙上牵的绳子还搭着衣裳，灰尘蒙面，也没人要。另一面墙上挂着许多夹小兽的“铁猫子”，都生了锈。孔瞟眼说这也是文物啊，他自个取下一个，要我们也各自拿一个。我们认为这捕兽夹在腊月拿着不吉利，都没有拿，这破玩意儿也没什么用，我们也不搞收藏。孔瞟眼进了一个房门就不见了，我们走进去看，孔瞟眼趴在地上了，朝床底下搜寻。那床有蚊帐，床上是些农具。噫！噫！我们看见壁虎一样趴着一动不动的孔瞟眼，就知他又发现了好东西。他开始往床底下爬，我们很好奇，看他从床下拖出一个物件，竟是一把黑糊糊的夜壶。夜壶哥又找到文物了！

这是一把好夜壶。想建一个中国夜壶博物馆的孔瞟眼是不会放过任何一把夜壶的，何况这真是一个老物件，釉上得非常好，尿垢金黄，晃一晃，干的。孔瞟眼一只手伸出大拇指，不说话，他激动得话都说不出了。走出院子，孔瞟眼说，到处都是文物，都是好东西，全村都是，都丢了，我好想把这个村买下来。他对我们说，我们可以租也行，反正没人住了，我们在这里搞个艺术家村，摄影驿站怎么样？整旧如旧，然后在这儿养老该多好，这儿山清水秀，为什么他们要跑出去？个斑马的搞不懂，我们买下来搞民宿也赚钱啊。马夹头说你说得有道理，但要人投资啊，你卖几个宋代夜壶投资？投资了谁又来这儿住？鬼？鬼住？这村子阴风惨惨的，老子是不会住的。赵日天说，土鸡是不是文物？你看什么都是文物，看雪呢，是不是文物，几年没下雪了，这雪是哪个朝代的？孔瞟眼说，你们不住我搬来住。赵日天说你是来偷文物的。杜老眯说，你那夜壶给收破烂的都没人要。就要拿石头砸孔瞟眼手中的夜壶，孔瞟眼连忙笑着躲开说，莫疯吵！

走进另一家，门口有一棵大泡桐。进去就看到一口棺材，上面盖着一个破床单之类，好不瘆人，看上去就像里面躺着死人，我们赶快退出。可这时黑暗的屋里有一个活物动了，孔瞟眼的脚下，竟卧着一条狗，他以为是一堆破絮什么的。他踩着了那狗的腿子，狗连叫也没叫一声，站起来，是条瘸狗，后腿的一个爪子没了。狗啊！马夹头惊慌说，他吓了一跳，以为是个鬼。还真是个狗，老狗。你个狗日的狗，你叫一声啦，柴门闻犬吠，你这狗不是白养了。这狗是个野狗，不然，是这家人家的狗，陌生人进屋就得叫，你不吠不叫的，是什么狗呢！细看，狗很衰弱，刚才卧在棺材头前，身边一个狗食盆，是个石头凿的，很厚的盆，盆里两根苞谷芯子，没一颗籽粒。石盆里像生了苔，水也没见一滴。赵日天踢着狗食盆说，夜壶哥，这又是一个文物。孔瞟眼在研究棺材头上的一个大红“奠”字，被叫看狗食盆。一看，果真斜眼亮了。又看那狗，撵狗，咄！咄！感到没有威胁，不会反抗，就抱起那个石盆，到了光亮处，再看，不是太大，也不是太小，不是太重，也不是太轻，青砂石凿的，圆圆敦敦，一件少见的好器物，连连惊呼道：有点味，有点味，回家养一盆铜钱草，绝对有点味！那狗呢，见人抢走了自己的饭碗，不急不恼，大家看它，骨瘦如柴，四条腿像四根篾片，一根还是短的，歪歪倒倒，就是条死狗，夹着尾巴，先我们跑了，也没跑远，躲在泡桐树下，踩着雪，瑟瑟发抖。赵日天看不过去，说夜壶哥，再怎么不能抢别人饭碗好不好。孔瞟眼抱着狗食盆就往外走，手上还叮里哐啷提着夜壶、筷篓、兽夹。那条狗呢，站在风雪中，瞪着愤怒的眼睛，看着一个陌生人抢走了它的食盆，大摇大摆地走了。狗终于从喉咙里发出低低的“噗噗”声表示了自己无可奈何的抗议。这群进村抓鸡的城里人，无辜地“顺”走了它的饭碗。

对于贪婪的收藏家孔瞟眼，你是没有办法的，他如果看见了一泡屎，也可能鉴定出是宋代的。我们回过头望了一眼那狗，它仍在风雪中，它好可怜，它快死了。

旁边有一个真正的大宅子，高高的木头门槛，但门没了，窗棂的木雕花却完好无损。孔瞟眼说这没有保护，没人给挖走吗？上了七八级台阶往里一看，屋顶开了天窗，堂屋落下厚厚的雪，但有一扇巨大的屏风，有四个浅雕的大字：耕读传家。这四个字敦厚、饱满、自信，张扬，虽没有留款，一看就是至少清末或者民初的字，写字者有儒风，笃诚，豁然，大气。屏风脚已腐烂，穿孔，但基本完整，有气势。马夹头问孔瞟眼说这个东西好吧？耕读传家久，诗书继世长。孔瞟眼说这东西要是弄到武汉古玩市场，最少值十万不止！赵日天说，夜壶哥，咱们动不动手？孔瞟眼说去你的，老子又不是强盗。几个老妖婆一挤进来，就要在这四个大字下照相。孔瞟眼说慢，慢，要找一把椅子。杜老眯果然从里屋找到一把圈椅，只是坐垫木没了，腿也只剩三条。我们先绑上腿。赵日天找来一根木头和绳子就绑椅子，孔瞟眼蹲着看了说，这是黄花梨，绝对是黄花梨。我说这不是，黄花梨木的比黄金还贵，敢丢在这里腐烂啊？孔瞟眼说黄花梨的也分海南黄花梨和越南黄花梨，越南的不值钱。我看了看说是楝树的。孔瞟眼说这个造型就是明代的。赵日天说，你夜壶哥的造型还是秦代兵马俑的呢。孔瞟眼说，老子是活生生的兵马俑？个斑马！我是讲真，好了好了，大家坐在椅子边上假装耕读传家吧。老妖婆们自拍他拍，一派大家闺秀气息。有人又找出一本书，是小学《数学》课本，让她们翻开，假装读书的样子。还是赵日天老婆的中式服装出彩，大家又要她脱，她又是被强脱了，冷得在门口打喷嚏。赵日天就催婆娘们快照，不要摆姿势了。头上开了天窗的屋顶有雪落下来，落到他们头上，每人一张，手捧小学课本，耕读传家。这照片真好，真好，在这村里随便照都是好片子，都是怀旧情绪和怀旧场景。问题是，到哪儿找这么绝的道具去？而且是实景拍摄。道具越来越多，有人拿来渔罾，有人拿来山里的挖锄，还有背篓，有蓑衣，有一大串生虫的红辣椒白蒜头，有斗笠。可雪越下越大，雪涌进了屋子，涌进了耕读传家的屋子。等大伙都照了，孔瞟眼对马夹头说，你明晚回去把你家儿子的卡车弄来咱把这些拆了拖回去，反正也是没人要的东西。杜老眯说夜壶哥，你真这么做啊？马夹头说我是不敢半夜来，小心被村民捉了打死。孔瞟眼说，我给大伙真的建议，咱们老伙伴们可以吆喝些人来买这儿的房子，修整一下养老种菜，又没有雾霾，又没有噪音，简直太舒服了，不是神仙的日子么。赵日天说，夜壶哥你买下来是要拆里面的东西，谁不知道你心里的小九九。我认为孔瞟眼是真爱上这儿了，他的建议很好，老哥们在这儿养老，就等于是到了桃花源，远离城市，回归自然，这是趋势，也是一种觉醒，我表示举双手同意。

我们往山坡上踅回，边走边看时，看到迎面走来一个老头，背着一捆从山上砍的枯树枝。马夹头说欲投人处宿，隔水问樵夫。樵夫穿着臃肿，胡子拉碴，朝我们友好地笑，砍刀别在腰上。老妖婆们就要跟樵夫照相，她们见谁都要照，主要是想让那些皱了巴叽的山里人衬托她们的光滑高贵。有人还抽出了老汉腰上的砍刀，高举着，与肮脏的老汉勾肩搭背作亲昵状，把老汉喜得咧嘴傻笑。好，好，一二三，OK！OK！太好了，太好了！老哥你贵姓啊？田。这里是田架山，都姓田。老汉说虽然都姓田，有土家族的田，也有汉族的田。老田你家里有几口人哪？生活还好吧？过年物资准备得还丰富吧？孔瞟眼当过几天学校汽车班班长，会拽官味，有省长派头，问田老汉。田老汉说有六七口人。田老汉虽然眼睛糜烂，但盯住了孔瞟眼怀里的狗食盆，欲言又止，后来就指着说喏喏这个盆子是不是三九老汉家的？孔瞟眼说三九？怎么三九？孔瞟眼故意装蒜，拿了人家的东西，心里发虚。田老汉就说我昨天还给狗放了两个苞谷的。孔瞟眼很不好意思，田老汉就说这是我家里的，给那狗拿去的，有大泡桐树的那家是么？有一口棺材的。为缓解孔瞟眼的尴尬，马夹头就问那狗是咋回事？田老汉说，三九跟我同庚，他到城里去了，给工地看场子去了，听说死了，死人运不回来，就在城里火化了，这棺材也就没人要了。狗呢？狗啊，丢在家里了么。这狗可是条忠于主人的狗，哪儿也不去，就天天守着那口棺材，谁知道中了什么邪。又没有人给它吃的，到处蹭食，可能是棺材有三九的气味，它还以为棺材里头睡着三九呢，就这么守着。村里的人有记得的就给它一口食，不记得就让它饿。早年它不老实，偷鸡，发现了总是一顿打，它就上山逮鼠逮野鸡，有一次山里逮鼠被别人下的“铁猫子”套住了，在后山哀嚎了几天，没一个去帮它解套，大家想让它死了好，后来它挣断腿又回来了。三条腿逮不了什么，眼看要饿死，我就有时给它拿个苞谷拿碗剩饭来，有时人老了记性不好，忘了，它就只有挨饿，它快不行了……

我们听后心情沉重，都拿眼睛去看孔瞟眼抱着的狗食盆，太不应该，一条残疾狗，饿狗，你还抢走它的饭碗，良心上说不过去。孔瞟眼也很不自在了，丢下不是，抱着也不是。好在马夹头又引开了话头，问田老汉这儿双胞胎的事，田老汉说他就是生的双胞胎儿子，再往下问，田老汉说一个儿子在温州打工，成了家，有小孩，一个儿子在武汉读大学后上了班，工资有几千块，但后来就没跟家里联系了，说是失踪了，好久未回来。失踪？这事儿！怎么失踪？一个男孩？田老汉听说我们是从武汉来的，来了精神，就说起这个儿子。说当时一胎化，但田架山就是生双胞胎的地方，好多外地来的人偷偷住这儿怀孕，也大多是双胞胎。双胞胎是可以上户口的，不能把多出的一个掐死是吧。他说我老大比老二大一个小时，但很懂事，打工帮助他弟弟读完高中再读大学，读的是光谷软件学院。是光谷软件学院？是的是的。巧了！那我们的孔教授就是那个学校的老师。孔瞟眼这下成孔教授了。

田老汉说啊孔老师你一定认得我这娃，你一定帮我找找我娃子！我娃叫田二春，我老大叫田大春。孔瞟眼说不认识，学生太多，哪能都认识。您一定教过我娃的，我这娃不爱说话，戴个眼镜，不像有些娃嘴花。大学毕业后在光谷一家公司上班，蛮好的。可我娃突然不在公司上班了，不见了，打他电话是空号，有人说在网吧里看见过他。他哥专门从温州回来与我一起到武汉找过他，找了整整一个月，找了几千家网吧，所有武汉的网吧找遍了，寻人启事贴了不晓得好多，还受了不少骗。杜老眯说这娃怕不是染上网瘾了？赵日天说你们报警了吗？报了报了，问了几次警察，警察就定为失踪人口了，就要下户口的，现在离下户口还有几个月。我后来又去武汉找了几次，在武汉边捡破烂边找，都没有找着。我家里还有些寻人启事，我待会儿给这位……孔老师，麻烦老师帮找找，我全家对您感谢不尽！孔瞟眼说好的好的，我们在田建成家喝猪血汤，您去吗？我不去我不去，他叫了我，我没有还礼的，不好意思喝人家的汤。我是准备去温州大儿子那儿过年的，儿子也电话要我去，我怕二春回来，春节家里没人，我就在家等他。

唉，原来是这样啊，可怜天下父母心啊！终于明白了他给那狗添食，害一样的病啊，同病相怜。这样这样，那到时您把寻人启事拿过来，我们的孔教授一定会帮您找的，赵日天对老头说。好的好的，孔老师是好人，大好人！田老汉恨不得给孔瞟眼磕头，作了一串揖，背着柴火一溜小跑往村里去了。

山里的景色很好，可有人很悲伤，狗也很悲伤。树林里有落叶乔木，有不落叶的常绿乔木；有落叶的灌木，有不落叶的常绿灌木，都与山与村庄共存着。石头房子、青瓦、白墙，还有炊烟，有山脊，有叮咚作响的泉水和封冻的池塘，有弯弯曲曲的田畈，有庄稼，有蔬菜，在冬季如此美妙，在春季夏季秋季还不知美妙到什么程度呢，简直藏着当代人生活的所有幸福元素，藏着安宁、温暖，藏着城里人所有的想象。这个村要买下来，要买下来。孔瞟眼抱着狗食盆对我们说。

喝汤啦，喝汤啦！我们像禾场上的鸡一样飞奔到田建成的家。那猪已被大卸八块，收拾成肉的模样，不再是猪。屠夫在洗大肠，鸡在啄食猪粪中的食物，它们也将被抓到城里去，成为鸡肉，不再是雄赳赳气昂昂的鸡，它们的好日子也快到头了。屋里已经摆上了两桌，我们一桌，村里的人一桌，火锅热气腾腾，热泡咕噜。新鲜的猪肉炖萝卜，心肺煮海带，辣椒炒肉，炒蛋，当然少不了猪血豆腐汤。还有一些我们最爱的乡村坛子菜，什么泡辣椒、酱萝卜、酢冬瓜、尖椒豆豉。还有自酿的苞谷酒，饭是土灶锅巴饭，那个香啊。田建成的老婆端菜，田建成用一个大锡壶给我们倒酒。他老婆说，你们莫要客气，山里也没个好招待的，尽管吃，尽管吃。好的好的，不客气不客气，这酒好，好酒。人们都喜欢吃野食，野食就算是一泡狗屎也是香的，酒是酒精勾兑的也是香的，天下第一好酒。我们就给村里的几个老人敬酒，给他们拜早年。菜是真好吃，全是土菜，辣，辣得有模有样。塘里洗的菜是青嫩青嫩的，绝对的绿色蔬菜有机食品，猪是有机猪，蛋是有机蛋，这儿的水好，这么想，那双黄蛋双胞胎就是与这儿的水有关系。赵日天见了酒就忘记了抓鸡，说今天终于吃到地道的土猪肉了，而且是田架山的百草猪，这肉是甜的，萝卜可以生吃。来来来，喝喝喝！夜壶哥来祝贺你得到了一个狗食盆！第二杯是祝贺孔瞟眼得到砖筷篓，第三杯是铁猫子，第四杯是夜壶。他老婆过来夺他的酒杯，说你这个痛风鬼、高血压，喝死的！赵日天说我吃了药没事，不关你的事，跟我夜壶哥喝酒。正喝着，田老汉来了，手上拿着一沓纸片，很薄很薄的花花绿绿的纸片，另一只手上提着一只鸡，鸡绑住了脚。田建成见田老汉来了，远远地就打招呼说田爹来喝酒。田老汉说他已经吃了，就径直找到孔瞟眼说，孔老师，这是我娃子的寻人启事。启事上印着他儿子的头像，印得模糊，像是乡镇印刷厂印的。他儿子看起来很端正，斯斯文文，戴着眼镜。孔瞟眼正在与赵日天干杯，已经喝得神鬼颠倒了，就接过那摞纸片放到椅子的屁股后头，说好好好。田老汉将土鸡塞给孔瞟眼说，我是代儿子孝敬老师的一点心意。孔瞟眼说这不行这不行。田老汉说那有什么不行，学生孝敬老师天经地义，天地君亲师，一日为师终身为父，这就拜托孔老师了。孔瞟眼再三推辞，我们说就拿上吧，盛情难却。

等田老汉走了，田建成说田爹可怜，他在武汉找了他小儿子大半年，大儿子他老婆是个二婚，有个孩子，后来又生了个孩子，负担重，也没管他老父亲，他就在村里等小儿子回来，天天在路口盼。因为婆娘们不喝酒，我要代孔瞟眼开车我也不能喝，气氛就上不来，加上两个杀猪师傅还要到别处杀猪，天又冷，几个婆娘想抓了鸡割了肉快点回家，雪还在下，就说吃饱了。田建成说没有喝好，往年村里哪家杀年猪，都要接七八桌客喝汤，肉要吃几十斤。我家吃了吃你家，冬月腊月吃两个月，到了正月，又请春客，又要闹一个月。往年到了这时候，狮子龙灯采莲船蚌壳精都出来了，村里热闹得要命。好吧好吧，你们抓鸡吧。

鸡们吃过桌下的残羹后，都在禾场的雪地上唱歌消食，公鸡雄壮，母鸡肥壮，但怎么抓是一个问题。田建成说我来唤鸡，他准备了两个网兜，网鸡的。他抓了些米，就把鸡往隔壁没锁的红漆门屋里撵，米撒在那黑暗的屋里，那里原来成了他的养鸡场。咯咯咯咯咯咯……鸡见了米，就像见了亲娘，撒腿就往那屋里跑。等鸡们都进了屋里吃食，田建成将门关住了，喊我们过去抓鸡。我们悄悄进了门，再把门掩上，立即动手。鸡发现我们的意图，就拼命往外面跑，但有网兜伺候，鸡就成了我们的鸡。门是破门，鸡可以钻出，有的鸡就钻出了，撵鸡的就开始到处撵鸡，屋里屋外，到处是抓鸡的男女。有的老娘们用自拍杆打鸡，有的飞身扑地抓鸡。我抓了两只，孔瞟眼也抓了一只。杜老眯、马夹头和赵日天因为年纪大了，手脚不利索，抓得满脸污渍还是两手空空，加上吃得太饱又喝了酒，眼神也不济，跟着鸡满村跑。鸡飞上了石墙，鸡钻进了草垛，鸡跳上了竹篱，鸡在逃亡。抓到鸡了的交给田建成老婆过秤，再去称猪肉，再就没事了抓拍那些抓鸡人，还大喊：鬼子进村了！鬼子进村了！武汉“鬼子”完全是抗日神剧，鸡把他们带到雪沟里，带到断墙上，他们张着网兜嘴里骂骂咧咧就是逮不到。赵日天喝太多，摔了一跤，手上只有一根鸡毛。他老婆瞎指挥，说这里这里，那里那里，光动嘴不动腿，一网兜下去，网到一坨干牛粪。他老婆大骂他废物，个斑马的把兜子给我！赵日天毕竟是个男人，有自尊，痛风也有自尊，就是不给，霸着网兜，再网。人本来就蹒跚，但拗着劲了，要与鸡一争高下。加上有酒精烧脑，血往上冲，我们都怕他绊在石头上摔下去中风就坏了。

那鸡与他周旋了十几个回合，不分胜负，他碰上了一只狠鸡。那鸡不止跑得快，还展翅高飞，又飞进了那个破屋里。赵日天紧追不舍，进得门去，只听一声惨叫，鸡被擒获了。赵日天手上抓着一只大母鸡，从红漆大门里伸出头来，脸上露出胜利的微笑。孔瞟眼就抓住了这精彩的一瞬间，拍到了赵日天抓鸡的经典镜头，后来获得了中国夕阳红摄影大赛银奖，题目就叫《赵日天终于逮到鸡了》，自是后话。杜老眯就喊，赵日天日天了，赵日天日天了！马夹头推了赵日天老婆一掌，要她去迎接逮鸡英雄。我们几个起哄道，嫂子过年我们到你家去吃土鸡。赵日天老婆说好好，没问题没问题，留着你们喝酒。

好啦，满载而归啦，又是土鸡又是土鸡蛋又是土猪肉，还有人有了别人送的鸡。我们逮鸡时，田老汉一直在远处看着我们，等我们把账结清了，他又跟着我们到村口停车的地方，一再嘱托孔瞟眼帮他找儿子。孔瞟眼说了一句话安慰田老汉，说万一找不到了，你还有一个儿子两个孙子，只能往好处想。我们都觉得他这话说得不妥，我们看田老汉凄伤失魂的表情，不想插话。田老汉给我们小声地说，建成那儿哪有土鸡，他的鸡都是从山那边养鸡场买来的，他一年在这里要卖几百只鸡。我们想不会吧，我们的后备厢里全是叫唤的鸡，怎么会是养鸡场的饲料鸡？算了算了，我们不会再去问田建成，天色晚了，雪在下，鸡也没几个钱，我们要赶快返程了，山路险。

走到半途，因为赵日天喝过量了，再加上这日怪的苞谷酒度数高，山路颠簸弯又多又急，还加上撵鸡吸了太多冷风，就开始呕吐。第一口没止住，就吐到了车里。然后我们停下来让他吐。他吐了再上路，上路后又要吐。这可咋办，赵日天太老啰，下次不能让他出来折腾了。我们停下车看他吐，把胆汁都吐出来了，他身上全是秽物，各自身上带的纸巾都擦完了，遭罪啊。孔瞟眼在车上找了半天，翻箱倒柜，没有了，最后拿出一些纸片来，是田老汉交给他找儿子的寻人启事。他说只剩下这个了，日天的赵日天呀赵日天，用这个擦吧。寻人启事全部擦完了，那些沾上了难闻的呕吐物的一堆纸坨儿，就丢在了北风呼啸、风雪弥漫的荒野上，丢在了我们车的后头。天气真冷。天气真冷啊！

豹子最后的舞蹈

我漫游在星星之间，我深知
即使它们都暗淡了
你的双眼仍能亲切地闪烁
——蒙塔莱

（某年某月，神农架一年轻姑娘徒手打死一只豹子，成为全国闻名的打豹英雄。当人们肢解这头豹子时，发现皮枯毛落，胃囊内无丁点食物。从此，豹子在神农架销声匿迹了。）

在我生命的最后几年里，我整日徜徉在神农架的山山岭岭。我老啦，这种衰老是无法用言辞来表达的。衰老就是衰老，包括我生命中的各种欲望。我现在唯一的欲望是进食，除了水，我需要肉，带血的肉，嚼它，品尝它，伏在某一棵天师栗树下，或是一处灌木丛中，头上悬垂着紫色的“猫儿屎”和通红的老鸹枕头果。然后，我舔食那些动物们的血肉，带着满腹的胀意美美地睡上一觉，不惧寒露和星星，在沉沉的山冈上，在山谷里，重温往日的旧梦。

我是一只孤独的豹子，我的同类，我的兄弟姐妹，我的父母都死了，我是看着他们死去的；有的是无声无息地消失了，像一阵又一阵的岚烟，像一片掉落进山溪的树叶——它们是不会回头的。

孤独，我们的天性。我们天生是孤独沉默的精灵，我们偶尔吼叫，那也是在没有同类的时候，用以抒发我们内心的心事，还有豪气。我们只想听听我们的回音，在山壁上的回音，在茫茫的夜空中的回音。那是我们期待的回答。也就是说，我们只喜欢听我们自己；有好几次，在我得意时，我看我喷发出去的吼声是否震落了天上的星星。我以为，我总能震落那些高傲的星星的。后来应验了，在我的一声吼叫后，我看见西南角的星星像雨点一样滑落下来，半个时辰后还稀稀落落地往下掉。可是，我们的孤独是幸福的孤独，是知道在某一处山谷里还有着我们的族群，有着我们的所爱，有着我们的血亲……而如今，我的孤独才是真正的痛苦的孤独，没有啦，没有与我相同的身影，在茫茫的大山中，我成为豹子生命的唯一，再也没有了熟悉的同类。我有一天意识到这个问题时，好像掉下了一个无底的深渊，永远地下坠下去，没有抓挠，没有救助，没有参照物——那一定是时间的空洞，是绝望，是巨大的神秘和恐慌。在那种失重感的恐惧中，有一天我定下心来，我决定活下去。决不决定无所谓，我总得活下去，吃、喝、拉、撒、睡。

我渴望食物，以及在饱食终日中的温暖，这已经是我垂死挣扎的日期了，我的游荡步履蹒跚。我渴望着温暖，然而现在是三月，是严峻的三月，山上的积雪还没有融化，到半夜的时候，偶尔会飘上一场雪花，它们轻盈地落在我皮毛上的样子过去是抒情，现在是寒冷。对于季节的转换我已经心如古井了。我听见了麂子们清长的唳叫，那是对春泉的呼唤。在低山地区，农人开始了选种，他们要上山种洋芋和苞谷了。更多的南麦在早春的寒意中抖索着，生长着，稀稀拉拉。在陡峭的山地上，这些麦子还不及大蓟长得茂盛而体面。我看见了大蓟吗，噢，它们长着坚硬的刺，面色发亮，就是在这儿，我与一头豪猪遽然相遇。只有豪猪才敢在这儿穿行，它们的刺抵御着大蓟的刺。豪猪找到了这样的乐园，也是一个讽刺；它们应该有更温暖的家，可是，哪儿比这更安全呢？在树木被砍伐过的地方，大蓟从海拔零米的地方开始了疯狂的翻山越岭，占领着那些只留下树桩和哭泣的空地，俨然成了山岭的主人。

我看着那只豪猪，在这样多刺的山头它也变得更加怒气冲冲了。我能征服它吗？我看着它毛刺倒竖的样子，我压根儿就没征服过它。可是，我想着它一身刺下潜伏的美味皮肉。我舔着嘴唇，可这头豪猪是如此鄙夷地看着我，慢慢吞吞的，知道我没有了力量，过去没有让我战胜，现在更加休想战胜了。

豪猪钻进了大蓟深处，接着惊起了一只红腹锦鸡，是一只母鸡。这曾是我的美味佳肴，我仰头望着它飞走了，我只能望着，并且不想等候它的飞回。我还知道，在大蓟中，也许有一窝蛋，一群嗷嗷待哺的雏锦鸡，但是我不能纵身进去。面对着大片的大蓟，你是无能为力的。

这是一个叫芒垭的岭子，我要到一个沁水的水窝去，我只好喝水。我小心地绕开猎人们下的套子，钢套和绳套，还有阴险的垫枪。我一共绕过了十几个套子。有一天，我经过一个叫凉风垭的地方，见到过一百多个套子。在这样套子的丛林里穿行，对我来说已不算一回事了，不然，我不可能活到如今，我的奇异之处使我成了最后的见证，成为所有痛苦的集大成者，焦点，成为痛苦中的痛苦，孤单中的孤单，死亡中的死亡。

我喝饱了水，看着自己的影子。在小水窝的周围，布满着更多的套子和黑洞洞的枪口，猎人们知道这种地方会引来喝水的猎物，所以野兽们总是匆匆地喝完水就匆匆地走了。而我却想在此待上一会。我累了，我得歇歇，再说，我不再害怕死亡，面对着那些喷火的枪口，滚珠，钢筋头以及更迅猛的铜弹，我没有了惧怕，死亡是迟早的事，而我已经躲过了一千零一次。我看着自己的面容，它丑陋，荒凉，魂不守舍，因饥饿而多少有几分哀伤。我听见了一个农人的唱歌，那是农人，不是鬼鬼祟祟的猎人，猎人总是一声不吭，且心事重重，农人总是欢乐的；他在暮色中唱着一首姐儿情郎的歌。我不知道这个季节他们在山上能收割到什么，只能是猪草吧。

“我要吃猪!”对猪的渴念使我不自觉地来到了一处我过去掩埋猎物的地方，我闻着那个地方依稀可辨的腥气，岩羊、青羊和麂子的腥气，甚至还有一只鬣羚的腥气。这只是臆想吧，这已经是多年前的故事了，雨水和时间早把它们美妙的气味冲得一干二净。我又爬到一棵古松上，这儿曾经挂过我的食物，挂过一只小野猪，一只小熊的后胯。

现在，我躺在古松上，刚才上树用力使我气喘吁吁。我望着四周，渐渐沉落下去的白昼，悄悄围上来的黑夜，我直发困，肚里饥肠辘辘。这时我想念起我的兄弟来。他叫锤子。他总是喊着我的名字：“斧头，斧头！……”我希望他是喊我的名字，而不是叫我“复仇！复仇!”。可是，我听到的却是：“复仇啊，复仇!”

老林里此刻又响起了这样的声音，我兄弟的声音。这是耳鸣吗？近来我老是梦见我的兄弟，老是听他在梦中向我授意，要我复仇。这已经有几年了。

我与我的锤子兄弟很难说有什么感情，只是在母亲带领我们的那两年里，我们曾经亲密无间过，自从我们长大，被母亲驱赶着分离后，我们就各自占有了一个山岭，我们并不打招呼，熟视无睹，在发情的季节，我们甚至成了情敌，常常咬得鲜血直流。但是我的兄弟老是出现在我的梦里要我复仇，喊着我的名字。他是如此地固执，他的阴魂是如此固执。可是他不知道，我是如此地势单力薄，就是有三十头豹子又怎样呢？复仇的愿望永远是不可能实现的。

我的兄弟惨死在我们共同的敌人老关的枪口下。我说的“我们”，是指我们所有的野兽，不光只我们豹子家族。我的兄弟的一只爪子被老关砍下来，将其掏空，做成了一个烟袋。这只“烟袋”的五只指甲完好如初，那就是我兄弟的手，它们张扬着，抓得死任何猎物，铁一样的，不然我们的母亲为何将他取名为锤子呢。我看见老关在我兄弟的爪子里掏出一撮烟丝来，放进他的烟斗中。那是一只很长的铜箍竹节的烟斗。在某一天黑夜的窗口，我在山头远看他叭嗒着，坐在火塘边，我的兄弟的爪子晃荡在火光里。

现在要说到老关的两条猎狗“雪山”“草地”了。它们是人类的帮凶，助纣为虐。我兄弟的最后一口气就是雪山咬断的，草地也曾剜下我母亲的一只眼睛。这些凶恶的猎犬，它们简直像青鼬和豺，要剜掉所有猎物的眼睛，它们伸出爪子挖眼掏肛，手段极其残忍。难道雪山、草地也是青鼬和豺的杂种吗？

我的兄弟是一只凶猛的豹子，但他缺少脑筋。他对家畜的攻击是十分稀少的，主要在自己的领地与那些温顺的偶蹄动物们过不去。不过他就是不伤害一头家畜，老关和像老关一样面孔的人都将把我们斩尽杀绝。可以说，在这块地方，遍地都是我们的仇人。我们和人类的对峙已经有若干万年了，现在这种对峙愈来愈强烈，最后的结果是，我们失败了，我们的亲人，都带着仇恨闭上了他们的眼睛，他们至死也不明白，人类为什么会有这么强大，会对我们恨之入骨。我们总是躲着人类行走，这是母亲教给我们的。母亲说，不要惹他们，他们有枪。别看他们会微笑，他们的眼睛深处闪烁着嗜血的渴望。母亲说，有一年大旱，她看见人类相食，而我们这些豹子，就是饿死，也不会去啃啮另一只豹子的肉体。

说到我的兄弟惹祸，是因为他太自信太忘乎所以的缘故。那时候，他决定征服一只苏门羚，在当地，它叫大羊。这只大羊是从棺材山下来的。棺材山是青羊、岩羊和大羊们的乐土，甭说是我们，猎人也上不去。可是这只大羊出现在我兄弟的眼里时，我的兄弟产生了一股虚妄的激情。征服这上千斤重的大羊，我的祖先可能有过，我没有见过。

我无法阻止他愚蠢的举动，我在我的山头隔着一条峡谷望着他。我甚至不给他提醒，我不敢贸然闯入他的领地，在这一点上，我像我的祖先——对自己的同类冷漠无情。我知道大羊是不好惹的。

我的兄弟在第二次见到大羊后，就决定对它动手了。他潜伏在一片老林和草甸的边沿，在那儿，他企图切断大羊逃跑的道路，因为大羊是在老林藏身，而又要在草甸上吃草的动物。它跟一般偶蹄动物不同，它喜欢纵深到草甸的更远处，不害怕没有逃跑和藏匿之路。在我兄弟动手之前的几天，我看到了大羊是怎样将一头觊觎它的老熊打得落落大败的。这是难以置信的，猎人不是有一猪二熊三虎豹之说吗？我的兄弟对此一无所知。

我的兄弟第一次接触大羊是在一个燠热的中午，在夏天，我的兄弟战胜猎物的欲望尤其强烈。他靠近大羊的时候，大羊十分警惕。我的兄弟是没有见过多少世面的豹子，他在打盹的时候看见了一只庞大的羊子，他打量它，因为他并不害怕这山岭上所有的生灵，除了人类。他一定在想，今日的晚餐解决了。但是他迟疑着，他一定在想怎么下口，这么粗壮的动物，我怎么才能咬断它的喉管，怎么从它粗壮的肋骨下拉出五脏六腑来吃掉。可惜他没有捕获这种庞然大物的经验，然而经验落后于行动，对于豹子来说，不顾一切的行动是他们生存的魅力，是他们作为一缕绚烂的光芒辉映于山岭的独特风景。就在这时，一声寒鸦的清脆的叫声打破了这儿的寂静，使大羊警惕起来，支棱起脖子四下望着，它看见了我的兄弟，那一团火，在蜷伏时也是危险的，它于是跑了，没命地向一面悬崖跑去。如此笨重的身体在它跃上悬崖的时候却又如此轻盈，简直像飞翔的石头。

但是，这片草甸是青翠欲滴的诱饵，大羊总会回来的。它吃了第一口，就会回来吃第二口。可以说，我的兄弟拥有了这山峦的一块草甸，他就拥有了丰衣足食，草食动物们都是一些要草不要命的笨蛋。

笨蛋又来了。这是第三天的下午，刚下过一场阵雨，到处的树叶和草尖上都闪亮着晶莹的水珠，空气湿润，暑热消退。我的兄弟扑向了再次光临的大羊。我的兄弟在一些几近枯黄的箭竹和开满蓝花的羊角七藤蔓间穿行时竟然没弄出一点声响，我的兄弟简直是一抹灿烂宁静的晚霞，他在接近他的敌人。因为饥饿和现实，他要咬掉素不相识者的喉咙，看它汩汩地冒血。

我以为这将是一场生死追逐，疯狂地追赶与没命地逃窜。然而没有。我看到这只大羊只是在两个转弯后，在一块尖锐的巨石后面突然掉头对准了我的兄弟，出其不意地将它的犄角挑中了我兄弟的腹部。我看见大羊猛冲了！我看见了大羊的肌肉在阳光下聚积着！我看见了愤怒！看见了灰褐色的皮毛几乎要覆盖了我兄弟那淡金色的钱纹皮毛！我看见大羊向我的兄弟压过去！……如此凶猛的大羊，在这些羊类家族中，莫非还有抵抗的热血？我以为它们除了奔跑逃命就没有其他了。其实我清楚，这些大羊就是如此。我的兄弟却不明白。

我的兄弟的腹部显然是受了伤。可是他的英气和傲气使他不会退缩，这是不可能的，哪怕面临着一千只大羊，我的兄弟也会奋勇前进，以死相拼！

我看见我兄弟的血迸溅在那个山岭，这只是搏斗的开始。果然，我的兄弟迎了上去，他跃过尖锐的巨石，像一道闪电，在巨石后面，我看不见打斗，只听得见我兄弟的怒吼和大羊的嚎叫，大羊的嚎叫简直像一个生产的女人，这与它们的身躯极不相符。后来终于打出来了。我看见大羊的犄角高挑着我的兄弟，我兄弟咬着大羊的脖子。不知为什么，我看见大羊挣脱我兄弟的嘴，松开它的犄角，没命地朝老林里跑去，一下子就没有踪影了。刚才的景象像一场梦，独留下我受伤的兄弟，留下他口里正在嚼着的一块大羊的皮。

我的兄弟好像力气用尽了，他躺在草丛里，浑身发战，他舔舐着自己的伤口，懒懒怅怅的眼神偶尔向远方望一下。他一定很疼痛，但他决不表现出来。

那一夜，我无望地望着我的兄弟锤子。我朝那个山峦望着，黑魆魆的山峦上高耸着巴山冷杉和粗榧的影子，夜雾一阵一阵地漫上来，在早晨的时候变成了云海。我和我的山岭，都在云海之上了，而我的兄弟却在云海之下，在稍微低矮的地方。就是那个早晨，我听见了枪声。

是老关的枪声。接着吹起了牤筒。云海突然消散了，在牤筒气壮山河的号声中，整个群山开始一阵一阵地发怵，打战。这是赶仗的号声，老关，和他的三个儿子已经跟踪了大羊整整七天。可是，循着血迹，雪山和草地最先发现的却是我受伤的兄弟。

雪山是一只雪白的母狗，草地是一只草狗，也是母的。雪山的叫声使老关的第三个儿子一跃而起，手拿着猎钩和开山刀向我的兄弟扑去。那是一把三爪猎钩，像锚一样，他们钩住了猎物，就用开山刀的刀背猛击它们的头颅。老关的三儿子是一个极其年轻而残忍的杀手，他才十五岁，我曾看见他敲击过一头猪獾的脑壳，两下就将那脑壳敲碎了。敲碎的脑壳还在发出凄惨的叫声。

这个十五岁的杀手用长长的绳子甩向我的兄弟，是那么准确地钩中了我兄弟的臀部。雪山和草地更是箭一样冲向我的兄弟。

后来云海湮没了它们，湮没了猎杀与被猎杀，追捕与逃亡。我的兄弟是怎么跑的我不得而知，在太阳当顶的时候，一群猎人抬下的不是我的兄弟，而是大羊。

我的兄弟逃向了更高的山巅，可是老关知道，我的兄弟是会下来的，他要下山来喝水，他流了太多的血。山巅上扎不住他，那儿没有水，在这炎热的夏季。

第五天，我的兄弟重又出现在老关的视野里。

最先出现的是大片大片的苍蝇，它们围着我的兄弟。我兄弟的伤口完全腐烂了，腹部、臀部。可他的举止依然有着豹子的尊严，多肉的掌子踏着地下时富有弹性和自信，但是那么多的苍蝇正在凌辱他，那些肮脏的小虫，它们知道了我兄弟的死期。

老关正在一个水坑边呼呼大睡，他的三个儿子至少有两个已经喝醉了，是一种地封子酒。而他的三儿子，正在全神贯注地将一撮头发捅进火铳的铳管中去——火药和子弹已被他填满了，这是最后的程序。

就在这时，垫枪响了，是老关早就安好的，我的兄弟绊上了垫枪的索子，索子上的引信拉响了，几乎在一秒钟之内，我的兄弟转过头去，那些钢筋头、滚珠就像碎痰一样向他飞来。老关的三儿子张大着嘴巴将铳举起来，老关和另外两个儿子睁开眼睛望着天空。可恨的雪山记住了我兄弟的气味，在我兄弟踉跄着倒下又准备奔逃时，它早就蹿到了他面前飞竖着尾巴，咬住了我兄弟的喉管。枪弹有几颗斜穿进腹部。我的兄弟的身子在倒地时是扭曲的，他看见苍蝇像烟雾一样散去，他的头触地，又扬起来；伸直，又转过去。他是想再看看那支阴险的垫枪吗？雪山的扑来遮住了他的眼睛。他是想先看一看，所以对扑上来的那条雪白的影子还没有认出来，他的喉咙已经堵住了，接着穿出一个大洞，从那儿流泄出血，也流泄出豹子的元气。扑哧一声，像轮胎漏气一样，我的兄弟的筋就被人抽走了。肯定是那样的！

我的兄弟倒在水洼边，倒在碧森森的水洼边。这时的雪山还在拼命撕扯我兄弟的脖子，草地也在一旁咬着他的后腿。我最后看到我的兄弟就是这样一副样子，无数的狗嘴和苍蝇正在啃噬着他。我的兄弟是渴死的，枪弹的痛感似乎都不算什么，我看见他的眼睛里映着水波的倒影，是那么碧绿，那么清澈。从此以后，我就拼命地喝水，那干渴的知觉传导给了我，我的兄弟告诉我的就是这些。我对水保持了特殊的爱好，在我以后的生活中，我找到了十几处水源，明的，暗的，高山的，低谷的。我想我一定是在替我的兄弟喝水。

除了那个烟袋爪子，我的兄弟的另三只爪子，一只老关送给了大队书记，两只送给了公社的武装部长。那个部长给了他一大把子弹。

我这么回忆我的兄弟的时候，“复仇”的嚣声小了，我的耳畔隐隐传来了麂子的叫声。现在，无论怎么听，这麂子的叫声都像在哭。虽然我明知道它们是在召唤同伴下山喝水。

我想去见一见我这些昔日的佳肴，逮住它们现在是很难了，我的步履不再轻灵、矫健，走路会发出响声，有时候会喘气，还会咳嗽。它们知道我是一只老豹，除了怜悯我，决不会害怕我。有几次，我跟它们坐在连香树下，周围是浓郁的、散发着怪味的牛蒡子气息。它们望着我，我望着它们，相安无事。今天我下去了，我除了想喝水外，还隐隐约约地闻到了一点腐肉的香味。我的嗅觉还在。于是我下了山，在一个流淌着巨大山泉的峡谷里，我终于看到了半只正在腐烂的麂子。这可能是失足摔下悬崖，也可能是中了垫枪，也可能是被野物咬死的。我无法拒绝这一堆难吃的肉，它至少可以填饱肚子。在我吃它的时候，我终于看清它是摔下悬崖的，它的后腿都断了。山顶上的积雪还很厚，它一定是受到了惊吓，才从有雪的悬崖上滑落深谷。

味道的确不好。通过这只麂子使我想起多年以前我曾追逐一只鬣羚，也是在冰天雪地里。它黑色的尖角和棕红的嘴唇对我充满了诱惑。我并不饿，我记得那一天我吃了太多的食物，是岩羊、是角雉还是一只兔子？我记不清了，我只想戏弄它一下，我不想花那么大的气力去逮它，因为鬣羚的步伐也是众人皆知的。可是，勇猛的鬣羚，知耻负气的鬣羚，大义凛然的鬣羚，它竟跳崖了，舍身成仁了。我追到悬崖边，看到底下那雪地上正在痉挛的鬣羚，鲜血染红了白雪。我对它久久地致意，这样刚烈的鬣羚却并不是少见的。在所有的野兽中，连最弱小的兽类也从来没有束手就擒过，面对死亡，它们一个比一个刚烈。

我实在难以咽下那样的腐肉，在它的后胯那儿我扯下了两块，囫囫囵囵地吞了进去，这只能使我更加饥饿，更加唤醒了胃囊的渴望。可是我不能吃下这样的东西，我是一只豹子，不是獾，不是兀鹫或者一只苍蝇。

我蹚上一个山脊的时候见到了一只竹鼠。在洞口，我守着它，我想如果我不能迅速抓住它的咽喉，我的皮肉就会被它的两颗门齿深深地扎进去。我放弃了这种危险的打算。我还是饿吧，饿吧，我已经习惯了饥饿。我头昏眼花地盲目乱窜，眼前甚至出现了幻觉。我不知道我何时走进了一个洞口，在两棵粗大的铁桦背后，我睁开眼睛时仿佛看见了我的母亲向我走来，嘴里叼着一只黄鼠狼。我看见了我的母亲，在淡蓝色的光线那儿走了进来，她的轮廓透着山林和草莽的气息，是那么新鲜。而那只黄鼠狼柔软耷拉的样子突然使我的眼睛湿润起来。

我站起来，像儿时那样迎向她，我心里欢叫着："母亲……"我会像可爱的童年那样上去咬她的尾巴、耳朵，或者接过她的猎物，兄弟姊妹一起撕扯咀嚼起来，然后听着我们母亲的呵斥。我的母亲总是面目狰狞地呵斥我们，可她的心肠是最好的。有一次，她为我们抓捕一只岩羊，花了三天的时间，越过了几道大垭，还摔断了一只后腿，她瘸着腿将岩羊叼回来。五天以后，因为不能远行捕食，她用尚好的两只前爪，为抓一只竹鼠，竟刨出一米多深的洞，终于抓住了那个肥胖的家伙。

我本想去咬她的尾巴让她呵斥的，我还想吃那只黄鼠狼，可是我定眼看时，我的母亲消失了，洞外冰凉的风雾朝里灌着，发出怪嚣。"母亲，你在哪儿？母亲！……"

啊，我的母亲已经死了。在洞口，连她的魂影也不见了。

我重又软下腿来，蜷在石头上，枕着自己的前爪。一只老鹰飞进洞来，搅起一阵凉雾。洞顶有它的暖巢。

我想念母亲。这是自然的。

我的母亲是一只美丽的母豹。那时候，我们住在白岩对面的山上。白岩离我们有几十里远，可是白岩就在我们对面，它壁立万仞，像一组巨大的远古的城堡，在傍晚，西天的太阳直射在它的壁上，蔚为壮观。我的母亲说，白岩给我们以激励，它的灿烂，是我们明天更振奋有力地活着的理由。白岩就在我们面前，四野是漫山的红叶，我们的童年在那样的环境中锻造着灿烂张扬的气质。有时候，我母亲呆呆地看着白岩，她支起前腿，尾巴铺成一个圆形，围着腰脊。这样的姿势让我赞赏不已。我母亲对我们说："你只有咬住猎物的时候你才是祖先。"那是在我们问起我们祖先的样子时。另外，我们的母亲还说："你只有咬住猎物的时候你才是豹子。其他什么时候都不是，是行尸走肉。"然而我认为我的母亲在遥望白岩的夕阳时她也是豹子，而且是最优秀最伟大的豹子。因为那时候，她充满着神秘和尊严。

在白岩的下面，峡谷的里叉河蜿蜒地流着，当它与黑河交汇，生出了一个奇怪的野种，它就叫野猫河，发出惊心动魄的吼叫声。在这样的吼声中入梦，不可能不让我们生出一股豪气。连一片树叶掉落下去的声音也像虎啸龙吟。这儿，人们惧怕老虎，总是叫它们猫，如大猫，就是大虎，猫儿岭，就是虎岭，野猫河其实就是野虎川。虎，早就是一个传说了，我曾见过虎，但是某一天早晨醒来，虎就无影无踪了。我的母亲和她的家族成了这一带的霸主。不过，我们的成员也十分厉害，那些呼啸生风的影子总是不明不白地消失了，等我们再期盼着他们重现时，才知道是梦境。伐木的队伍，正在飞快地卷上山来，各种套子和枪口都在搜寻着我们，还有与我们共同逃难的熊、野猪、豪猪、九节狸、麂子、大羊和鬣羚（就是当地说的灵鬃羊）。豺和狼那些阴险的野兽也基本绝迹了，有一天，我看见一群修简易运木公路的人打死了一只豹子，它当然是我的远亲。我闻见了从野猫河的峡谷里升腾起的我的远亲肉汤的气味。那是痛苦的香味。我还闻见了酒，闻见了一些脏歌的臭气，一伙男人的梦呓和他们伐木、炸石的声音。

我的母亲的死真是一场悲剧。就在我兄弟死后不久，我有一次踅到野猫河的峡谷里去看我的母亲。我的母亲对我兄弟的死总是保持着沉默和镇定。对我的到来，她并不欢迎，并像过去无数次驱赶我那样；自从我们长大，她就不允许我们再亲近她，视她的孩子为仇敌，冷漠、躲避和怒吼。是谁让我们变得这样呢？孤独，像一种吞噬我们的病菌，我们的祖先就是这样吗？谁不希望帮助与交流呢？可是我们不需要，除了我们自己。是孤独使我们灭绝的？

我的母亲拒绝了我。我原本只想去站在那一个山口，像过去一样，在白岩的金碧辉煌中重温我们的欢悦、激情和童年，可是，这已经不可能了。我们被远远地逐出了我们的故地——不是别人，是我们的母亲。当然还有其他的，比如炸山的炮声，树木倒下的哀鸣。不过，我怨恨的是我母亲，对她的恨已经远远超过了那些山林的破坏者。我知道，我们一代又一代在这些怨恨中生活，隔绝了亲情，使我们更加孤独和寂寞，孤立无援，像一个又一个分散的游魂，而这正好让那些捕杀者将我们分而击之。

大火是在我沮丧地离开我的母亲之后的若干天里烧起来的，那时候，干旱袭击着整个神农山区。两个伐木的工人爬上工棚的顶层——也就是楼上，去强奸一个因病未上山的女工，被那个女工打翻煤油灯。

大火就这样燃起来了。大火燃烧了整整两天两夜，那两个夜晚，整个天空都是通红的，好像涂满了鲜血，烈焰腾空而起，烧得星星砰砰地下坠，野猫河的河水咕噜咕噜地冒着沸腾的气泡。到处是动物们烧焦的气味。在白岩，有几百只野兽跳了崖。那不是因为壮烈，而是因为疼痛。

我疯狂地奔逃是因为我年轻还加上我大约有一点感知未来的灵性。我跑上一座山头背向大火的时候发现我的嘴里还叼着一只半熟的青麂。我嘴上的青麂是从哪儿来的呢？我浑身觳觫，已经失去了记忆，在这种旷世的惊恐中我用咀嚼青麂的肋骨来平息自己。当然，我无法啃动肋骨，我不是狗，不是老关的雪山和草地，我却必须不停地啃，啃。那时候，我只有一个信念，或者说只有一个意识：啃肋骨，啃它！我什么都不会做了，傻了，我想起我母亲告诉我们的：只有咬住猎物的时候你才是一只豹子，否则，什么都不是，是一堆行尸走肉。我现在咬着猎物（捡的？），却感觉不出我是一只豹子，而是一堆可怜的肉，喘息的肉，死里逃生的肉。

这时候我看见了我的母亲！我的母亲也在拼命地逃命！她在大火中腾跃，她就是一团火！可这团火在漫山遍野的大山里太微不足道了，这火将被那火吞噬。

我的母亲突然生下了我的一个妹妹！我看见她生下来那个鲜红的幼体，那是我的妹妹！但是我的母亲朝后看了一眼——是在大火之上掉头看的，我那妹妹就被大火烧着了，被缩成一团。我的母亲再跑，她跑下了山坡，于是，我听见在野猫河谷里喊起了此起彼伏的芜杂惊呼："豹子！豹子！"于是，有一百多个人开始追赶我的母亲，他们手拿着火把和棍子，有的还端着救火的木盆，用煮沸的河水向我的母亲猛泼。"豹子！豹子！豹子！"

悲惨的野猫河谷，疯狂地逃窜着我孤独的母亲！我看见她又生下一只幼豹——那是我又一个早产的妹妹！我那妹妹一落地就被狂呼乱跑的人们抓住了。我的母亲尾部淌着飞溅的血水，没命地跳入野猫河，在冒着团团热气的河中，越过一块又一块溜滑的巨石。

如果她能顺流直下野猫河，她就有可能逃出人们的围歼，在那儿河谷愈见空旷，火势弱小。然而救火的人们放弃了救火，擒拿一只豹子正能刺激他们莫名其妙的激情。他们围了上去，站在河边用石头砸，用棍子打。雨点般的石头和棍子就这样落在我母亲的身上。那些人喊：“打死它！打死它！”我的母亲在水中沉浮着，在石缝里腾挪着。我虚弱的母亲终于被他们逮住了。

谁都没有上去，人们只是用棍棒卡住她的头，又击打她的头。他们不敢上去，整个河谷是黑压压的人。我听见乌鸦开始了鸣唱，它们闻见了血腥。我的母亲被人们制服了，像一张纸那样趴伏在河滩上，石头和棍棒依然投向她。有几个人拿着一捆绳子来了，另外几个人用粗大的树干压住我母亲的头，使她不能动弹。可我的母亲，只要能呼吸，她就会咆哮，呼吸就是咆哮，微弱的呼吸就是轰天的咆哮。她的后肢在不屈地掘地，尾巴像鞭子一样左右地抽打，刨出的沙石打在周围的人脸上。忽然，一个干部模样的人来了，戴着大草帽，高卷着裤腿，手上拿着一根扑火的松枝。所有的人给他让开了一条路。促使我母亲逃脱的还不是这位干部。在人们传诵着××书记来了的时候，两个压杠子的人手突然软了，松了。人类总有着无缘无故恐惧的时候，他们害怕了？他们压不住那个龇牙咧嘴的豹子头，那猩红的舌头，凸起的眼珠和锐利的牙齿使他们视久了胆寒？人类就是这样的一群东西，他们坚持什么都不能持久，他们总有惧怕的时候。我的已经一只脚踏入地狱的母亲——我相信她的肉体已经死亡了，未死的是意识和精神。就这样，未死的精神拖着已死的肉体，一跃而起，人们像软泥一样地给她让路，不是让路，是闪开。我听见那个尚未走近的领导大声说：“好啊好啊，好啊好啊！”

对于那一次大火的记忆我一回想起来就是那种哔哔剥剥狂烈燃烧的声音。我甚至记不起那是哪一年，哪一个季节。在大火和人声渐渐平息之后我见到了我的母亲。那时我还在啃青麂的肋骨。那还是一种机械的啃，干燥的啮啃声并不是其他野兽的噩梦。我看见了我的母亲，她死亡的肉体和她清醒的精神出现在我的眼前。她身上的毛已经全部烧焦了，伤痕累累，头皮开裂了，牙齿也打掉了两颗，尾巴短了一截，两个后爪血肉模糊……她完全是一团被大火和人们重新搓揉过一遍的苦荞面！我说：“你是我的母亲吗？你不是我的母亲！不是的！！”

这不是我的母亲，不是那个望着白岩的灿烂辉煌的母亲，她没有了神秘，没有了尊严，甚至没有了那一种温情脉脉的伤感——当她舔舐着我们，让我们扯着她的尾巴时，那壮烈激烈的母性。

我在内心里大声喊着。我的母亲却十分平静，我看见她流出了眼泪，泪水全是血。我们在远远的地方默默地注视着。我的母亲眼里的血流尽了，她没有过来分食我的残羹，她艰难地站起来，向另一片没有燃烧的高山丛林走去。我记得，那片丛林里盛开着比烈火冰凉得多的杜鹃花。

在若干天之后，许是我母亲伤好了些，她开始想念她两个早产的女儿，于是她冒着再一次的生命危险，走进了烧焦的野猫河谷。虽然一场大雨使另一些植物又从焦土里钻了出来，展示着新的超越疼痛的希望，但依然是满目疮痍。

我的母亲在那儿失魂落魄地寻找自己的孩子，在过火林中，在无遮无蔽的河谷中，她完全忘记了保护自己，她已经神思恍惚。有时候，她呆呆地望着某一处，望着几根还顽强站着的烧成木炭的树干，漆树、锐齿栎和山毛榉。这样的时候任何侵犯都会使她陷入死亡的绝境，可她全然不顾。她不知道，我的第二个被活捉的妹妹，早就被卖到了城里，在铁笼中，在遥想自己的山林故乡中，供人观赏。

神农架最老的猎手出现了。那一天，老关在他八十五岁生日的喜庆日子即将到来时，带着仅剩的两个儿子最后上一次山，猎获到更多野兽，圆毛（兽）扁毛（禽）。他的二儿子在扑灭山火的战斗中死亡了，他们家因此成了光荣烈属。

发现豹子的踪迹对老关来说无疑是一剂强心针，我们看到这位优秀的老猎人——我们的死敌是如此雄赳赳气昂昂。他的胡子迎风摇摆着，突然因亢奋而变得发硬；他用牛卵子皮制作的火药囊里装满了黑色的火硝，小布袋里装着的是滚珠、钢筋头和头发。他的大儿子拿的是一条半自动步枪，他的小儿子依然拿着那个猎钩。总之，我们看到老关在劫后的山冈上没有减少丝毫的威仪，身板硬朗，除了脸色有些发灰以外。失子的悲痛没有一点残留在他的脸上。我还记得他穿着“干部兜”，那是他儿子的服装，因此，穿在他日渐枯干的身上犹如一面旗帜，空荡荡的。可以这样说，老关只不过是一个猎人的符号了，他跟我的母亲一样，肉体已经死亡了，而精神与意识还在。他的肉体是被岁月，是被无数的爬山、射击、下套子、剐皮、硝皮和肢解肋骨而消磨掉的。现在，它们已经遗失在风中，吹着牤筒的老关是他儿子们心中的幻影，也许他早就不存在了，突然出现的一只豹子唤醒了这个幽灵。

我的母亲被那牤筒叩击崖壁的嗡嗡回声拉回了现实。那是死亡追赶我们的声音，万山皆栗。悲惨呀，这样的声音总是轮番蹂躏我们的美梦，每响彻一次，就会使山上少了一些生灵。啊，这是我们的丧钟，它是如此无情而漫长地在我们心灵的黑夜里不息敲响，使我们夜不能寐。我的母亲像无数次的逃亡一样，惊惶使我们获得了速度，而无边无际的仇恨使我们获得了冷静。瞧瞧吧，我的母亲，她才是一只真正的豹子，她伤痕累累，她面目全非，缺齿断尾，可她依然是一道黑色的闪电，在雪山草地的夹击中，在猎钩中，霰弹中，在牤筒无孔不入的恫吓中，她向白岩跑去！在我的记忆中，白岩是无人能上去的地方，是远古的童话，是一片永远挂在那儿的天堂的风景。我的母亲要逃向那儿吗？她要跃上去？一级又一级的石头砌成的城堡，被岁月和风雨雕刻的城堡。她知道自己的死期已经来临了吗？因此，她要投向白岩的怀抱？

我看见老关的脸胖了起来，那个没有准星的老铳以强大的后坐力撞击着他衰老的面颊，可是我看见老关的脸通红了，头上的白发一下子变得猩红，连胡子也是。英武的老关，他不愧是一个好猎手，身手矫健，在山岩上如履平地，这是八十五岁的老关吗？我看见在他的怀里跑出了一只豹爪——那是他的烟袋，是我兄弟的爪子。他因为扣子跑落了，那干部服的胸前已经敞开，这使他看上去更像一个杀手。我兄弟的爪子击打在他的左胸，右胸。

我的母亲被钩到了，逃脱了。

我的母亲中弹了，逃脱了。

我只能说，我看得惊心动魄。更加惊心动魄的是在后面，在我的母亲跃上一个又一个悬崖。大约在白岩半山中的一块野生芍药地里，那时候，那儿摇曳着一片让人眼酸的芍药的白花，仿佛是悼亡的花圈。我的母亲站在那儿，头顶是无法可上的千丈悬崖，脚下也是陡峭异常的峭岩。她是怎么出现在那儿，她是怎么跃上的，现在想来都是不可思议的事情，可是，面对着死亡的猛扑，什么奇迹都可能发生。

已经没有路了。我的母亲知道，那几个欺凌手无寸铁的弱者的猎人也知道，没有路了，无路可逃了。

我的母亲站在那个岩上，这时所有芍药的花都开始翻飞起来，是风，风把它们翻飞的。风吹着我母亲身上的皮毛，它们虽然变色，残损了，可还是那么高贵，有着不可侵犯的威严，隔绝了任何下贱的企图与阴谋。那三个猎人和他们的猎狗望着她，立住了脚步，端着枪，像几块石头站在那里，高高地仰视着我的母亲。连那两条总是因狐假虎威而躁动不安的狗也没有了狂吠和喘气，他们在我的母亲那儿发现了什么？他们打量的是一个什么东西？是一头豹子？一个人？还是一棵树？或者是一尊从未见过的山神的雕像？

猎人永远是猎人，他们的枪是不会吃素的。我的母亲在他们开枪的一刹那，飞身下岩——我看见我的母亲跃下来啦！我的母亲扑向老关，她一定看见了她孩子的爪子，那是她的骨肉，她认识，她熟悉她孩子的气味，复仇的烈焰将临死前的抗争搅成一团。她落下的冲力将老关结结实实地压倒在地，而这时，枪响了，一股血液冲天而起，那是我母亲的血！我母亲的两只前爪下地时，一只抓到了老关的脸，一只抓到了雪山。

雪山的嗥叫真是一只癞皮狗哀哀的嗥叫，但是草地成了这次杀戮我母亲的帮凶，它在两次狂咬过后，嘴上就衔着了我母亲的一颗眼珠，那时，我的母亲已经再也无力反抗了，她受了重伤。草地把那颗眼珠吞下肚里去了，草地嚼着我母亲的眼珠，在那只眼珠里，该映着多少美丽的愿望和仇恨！是的，她的仇恨是美丽的，只有正义的仇恨才美丽。

在沉落的太阳里，在万山的寂静中，他们背起我死去的母亲走了，空气中还时时拂来一股树木和山石焦煳的苦味，整个山峦都在那种巨大的隐痛里迎来了又一个山里的黑夜，它们不知道，我失去了母亲。

如今，我思念母亲，依然万山寂静，太阳沉落。烧焦的树木又长起来了，发出了新芽，但这并不能掩盖群山和我的疼痛。

昨夜，一场绵绵的细雨突然带来了温润，戟叶星蕨和石韦都开始大片生出了鲜嫩的叶子，在草丛中，蒿白粉菌和一些盘菌伸展出来了，针芽岛地衣和大叶藓使我行走时出现了沁凉的溜滑。我清楚地记得我听到一些兽类们求偶的呼唤。这表明，春天开始从低山向高山浸润了，它将不可抗拒地感染世上的万物，感染一切生灵，提醒它们，复苏和交配的季节到了。可是，这对我又有什么用呢？

我见到的最后一个我的同类，说来也巧，是我的情敌石头。那是一个十分可人的季节，是在流泉淙淙的夏季，溪水边到处开放着金黄色的龙爪花和蓝色的沙参花。我在那里喝水时像幻觉一样看到了水中走来的一个倒影。我以为这世上只剩下我一只豹子了，可是我抬起头来看到了石头。我看见的他是浑身沾满了灰土和草棍的一只脏豹，一只从头到尾都丧失了豹子威仪的流浪豹子。只是，我看见他还算健壮，步子并不难看，也有着玩世不恭的机警。他不停地舔着嘴唇和牙齿，打着哈欠。他的身上，有与我肉搏时留下的伤口，另外一些不知出处的伤口，有的好了，有的正在好。他一见到我，告诉我的信息是，在后山的那片山林里，三只猴已经吊在了猎人的套子里。

“我好歹吃了一只。”他说。

这是一个快活的精灵。我问他：“你还看见谁了吗？”

“我谁都没有看见，我在心里念着斧头的名字时，我还以为撞上了鬼呢。”

我说：“你才是鬼！”

“你才是鬼！……”

“别争了，我们两人都是鬼好吗。”

我的情敌，快乐的石头，我们靠在一起，我们内心的话是通过眼神说出的。我们的交流靠的是眼神和心灵。我问起他：“红果呢？”“她早就被人射杀了。”他说。红果，我曾经追求过她，那是我们共同深爱的母豹，可是她被射杀了。红果跟我生过一只豹儿，这是我在以后听说的，她在哪儿生产并抚养我们的后代，我一概不知，这不是我所关心的事了。我爱过她，短暂的爱，疯狂持久的搏杀，当然是与那些同样和我有着强烈欲求的成年公豹们。有一年，我打赢了石头，第二年，石头打赢了我。我看见，在我们用眼睛叙述红果时，我们流下了眼泪，我和石头，两个过去的冤家对头。

他告诉我他是怎样活到如今的，他向我讲述怎样躲过了猎人和套子，垫枪和陷阱，怎样从一个被砍伐干净的山头迁徙到另一座山上，然后再迁徙，迁徙，迁徙。他滔滔不绝，眉飞色舞，殊不知，活到如今是一个悲剧。因为活着的人比死者更痛苦。

“你想红果吗？”

“我想老虎。”

“你想斧头？”

“我想复仇。”

“你不是斧头，你是斧头的弟弟锤子。”

“我不是锤子，锤子早死了。”

“你想老婆。”

“我只想老虎……”

那时候，我们在野猫河谷里一个劲地说话。即使这个世界上只剩下我和石头，我们也不会团结在一起，只待了一天，友好、善良而开朗的石头给我叼来了一只林枭，就离开了我。为了抓到这只林枭，我知道他钻过恐怖的大蓟丛。我记得我还讥笑过他，说他是去找红果的。

“对，我找红果去啦。”

那是他留给我的最后一句话。在一个漆黑的夜晚，我走进一个无名峡谷，我意外地看见了石头的尸体。我分辨了许久，终于看清了他身边还有一些没有吃完的死鱼，我又看见了河边上漂着无数的死鱼，一种比藤黄更毒烈的气味从水里散发出来。石头是吃了剧毒的鱼中毒死去的。他是一只经验丰富的豹，可是最后却死在毒鱼人的手里，还是不明不白地作为间接的受害者丢了他的性命。

他是一只强壮的豹，他可以捕到更好的食物，他不应该吃这种死鱼，他难道没有闻到鱼身上的毒气吗？可是，如今捕食愈来愈难了，就像人们捕捉我们一样。捕到一只麂子就是一顿最美的牙祭。他说他是去找红果的，他留给我一只林枭，可他却饿着肚子。我的朋友，石头，你的死与我有关，是为了我能吃上一顿晚餐。

我把他用牙齿拖到干爽的高坡上，在卵石累累的河滩，我守着他，石头，我的朋友，在满天星斗下，我独坐无言。

有一忽，我突然明白只剩下我一个了，巨大的孤独感就向我疯狂地袭来。我向哪儿走呢？我坚持下去吗？无边的星空正在诱惑着我，可它在我的头顶上不去的地方。从此，我将孤云独去，谁是我活着和死亡的见证？我想喊叫，我想狂奔，我想把山掀翻。我坐在那儿，一动不动。

我恋恋不舍地离开了我的朋友和情敌。从此，我再也没有交流了，没有任何目光的注视，没有关怀，没有牵挂和向往，什么都没有了，我一个人。我哑了，我变成了聋子，我的表情已经僵硬，在茫茫的星空下面，我在想我活着的意义。

“我要复仇!”

我的兄弟姊妹，我的母亲就是这样暗示我的，他们在丛林的背后，在树丫上，在山壁上，在阴森恐怖的河谷里，在星空之上，不停地向我暗示，他们挤压我，敲打我，所有的影子都是他们的影子，所有的声响都是他们的声响。树、云彩、鸟的啁啾、水声和风声，统统是他们的。我不孤独。只要我复仇，我就不会孤独，他们就会跟随着我，出现在我的眼际，抓住我的意识，将我从绝望的深渊里拖出来。

我先是花了整整一年的时间，去了我该去和能去的地方，我抱着不存希望的侥幸，企图能寻到被遗漏的、被上帝遗忘的更孤僻的同类，我在半夜的呼唤只能坠入更深的星空，整个山野都麻木了。真的没有谁了。这就是现实。

我走的时候是风雪弥漫，我重返野猫河谷还是风雪弥漫，这是来年或是第三年的风雪了，我记不清了，时间对我已无任何意义。

我的复仇计划很简单：咬死他！咬死他们！

山里的冬天是极其美丽的，阔叶植物都落尽了它们的叶子，而油亮的针叶树在隘口上，任凭寒风的摧折也始终挺立着它们的姿势，头上盖着雍容华贵的积雪。野柿子一树一树的，真是像点燃的灯笼，给这残酷的季节增添着让人无比激动的暖意。暖意是从心头开始的，如果你望着那些冬日的野柿树。

我走在雪野之上，可是我的心里却充盈着齐天的仇恨。我在问这是真的吗，这的确是真的。我那天站在我童年和我母亲及兄姊曾生活过的山崖，那些熟悉的身影都成为了无边的往事，而垫枪还在，套子还在，新的套子与老的套子。下套人因为下了太多的套子而将其遗忘在某一处树缝里，山罅中。它们套着的是一具小小的骨骸，是一个多年腐烂后的小动物，钢丝已经生锈了，扎进了树皮中，但它们依然暗藏杀机，露着狞笑。当你看到这些，仇恨不会直撞胸怀吗？

我在山上仔细搜索着老关下的套子，没有。老关的套子是极其残忍的，他总是把树扳弯了将套子下在那儿，所有的野兽只要触到套子，就会被吊在空中，除非你挣断了脚爪，否则死路一条。当然了，就算不是老关的套子，任何人下的套子，简简单单的一个结，要想解开，所有的野兽都没有这个智慧，因此，所有的野兽都无法逃脱人类的暗算。人类如此凶恶，而野兽又毫不设防，是不是上帝让我们注定了要灭绝在他们手上？

没有老关的套子，老关去了哪儿呢？

老关死了。

大约在我游历远山的某一天，年近九旬的老猎人老关，早晨从他的床上爬起来，借着强烈的窗外的光线掐着身上和衣领上的虱子。那些虱子们一个个都饱累累的，肚子里装满了从老关身上抽出的血。老关征服了整个神农架，征服了老虎、豹子、熊和野猪，却无法征服小小的虱子，虱子是唯一敢短兵相接与他作对的野兽——如果它也叫野兽的话。难道它就不可以叫野兽吗！老关吸着我们的血，虱子吸着老关的血，这真是卤水点豆腐，一物降一物。多年来，老关和他的儿子、媳妇、孙子以及那两条忠实的雪山草地，都在经受着虱子的折磨。这大约是每天早晨的功课，他掐着虱子，对他的大儿子说：

"给我弄一碗熊油炒饭！"

他的大儿子说："爹，我们早就没有熊油了。"

"明明有一坛子，我埋在屋后的石洞里的。"老关说。

他大儿子笑了起来："爹，那是三年前的事了，你不早挖出来吃了吗？"

"放屁！"老关骂了起来，硬着脖子。他的身上，只有脖子是硬的，九十岁，他还是一个犟人。

可在一旁锯木头的孙子却说："老糊涂了。"

"放屁！"老关又骂，"你以为我的耳朵不中听了，你这个小杂种！"

老关在厨房的大媳妇擤着鼻涕出来了，搭上话说："爹，您在骂哪个呐？"

"我想骂哪个就骂哪个。"

他们给老关端来了一碗猪油饭，还是大儿子亲自炒的。可是老关把碗摔掉了："我要的是熊油炒饭。"

"这难道不是熊油炒饭？"

"猪油熊油我还分不清白！"

白天清醒的老关一入夜便犯起了迷糊，有一天他在自己的枕头边掐死了一只老鼠，对家人说：看，这是从我手里跑掉的那只大猫。他说的是虎。有一天晚上他爬起来用斧头剁掉了自己的一只手，送到大儿子床前，说："书记，把它掏空了做烟袋。"

那天晚上，他的大儿子、三儿子和孙子把他抬到了大队的医疗室，走了三十多里山路，天亮时才赶到。医生给他包扎之后天就亮了，他也清醒过来，到处寻找自己的一只手，他的后辈们说："您不是送把书记做了烟袋吗?”醒过来的老关疼痛不已,嚎啕大哭,死活咬着说是他孙子给他剁掉的。因为他的孙子恨他,他的孙子与他同睡一床,他的孙子做梦都想让这个老家伙死掉,好独霸一张床一床被子,想怎么睡便怎么睡。

“莫非你成了人精?”他的孙子有一阵子用木头雕了个木人,正是九十岁的老关,他的孙子每天向木人扎一针,还用祖父的那杆土铳向木人射击。这事让老关发现了,唆使自己的大儿子把孙子揍了一顿,孙子老实了一段日子。

现在,他找他的孙子要他的那只手,他的孙子没有办法,只好逃到深山里去。三天以后才回来,回来先喝了两瓢凉水,就宣布了一个惊人的消息:他发现了一头老熊。

于是,孝顺的三儿子一个人背着浙江产的双管猎枪和从小他就使用的猎钩,独自上了山。他的三儿子长得五大三粗了,是一个十分不错的小伙子,头发硬黑,鼻梁端正得像烟囱,脖子上的肉简直就是些鹅卵石,把山都扛得动。

这大约是农历九月,山里的冬天已经来了,苞谷全部归仓了,老熊因为再也找不到吃的,只好过早地冬眠。落下的树叶遮蔽了老熊敞开的洞口,老关的三儿子跳下一个石坎时,刚好落到老熊的洞中。老熊刚刚进入冬眠,在微茫中见有人跳到他身上,怒火中烧,一巴掌打过来,就将老关的三儿子打出了洞。三儿子的腰遭到猛击,衣裳也全扯烂了,于是对着洞子打了一枪,又打了一枪,再打了一枪。

三四百斤的老熊,老关的三儿子一个人把它给背回来了。老关说:“快下它的四个掌子给我!”他的三儿子就下了熊的四个掌子交给了卧床不起的老关。老关的大儿子赶忙割下一块熊肉来炼了给老父亲炒熊油饭吃。

当他们把一大碗热气腾腾的熊油饭端到老关床前,发现老关已经死了,一只熊掌给绑在老关的那只残手上。

老关的坟上还有几片没有落尽的纸幡,在风雪中飘扬着。当我端坐在老关的坟顶,我望着山下老关家的房子,在雪夜里好像坍陷了一般。我知道老关已经去了。他这一辈子,嗜杀了无数美丽的生灵,使山林变得单一,沉寂,安全。可他的死竟是如此平淡。特别是当我看到搁置在他家门外一个蜂箱边的土铳时,我记得我当时心里不知是什么滋味,说不出的感觉。那把铳因无法使用丢弃在门外,任风霜雨雪和地气的侵蚀，沉重的铁管锈穿了，枪托腐烂了。那不就是一块简陋的木头和一根破铁管吗？它并不威风也不珍贵，它搁在蜂箱上什么作用也没有了。难道就是它，一次又一次在牤筒的激励下发出使群山震撼的声音，喷吐出辛辣的火药，一次又一次钻进那些无忧无虑、自由自在的生灵的身体中去，将它们击倒，让它们鲜血四溅，让山林笼罩在暗无天日的恐怖之中？就是这样的一个东西，就是这样的一坨东西，让人不敢相信。

我嗅了嗅枪管，依然还有着丝丝火药味，背绳断成了两截，带着老关身上的咸味。这就是全部，让山林中、山峦上美丽的皮毛和行走奔突的姿势消失的全部答案。在它前面，多少勇猛的不再勇猛，矫健的不再矫健，欢笑变成了杀戮，春天变成了陷阱，阳光变成了黑夜，生命变成了怀念。

那个晚上，我在愈来愈肆虐的风雪中平静地哀伤着。我坐在老关的坟头，想着整个山林往日的欢乐，这个老杀手已经死了，就埋在这样冷冷落落的黄土山石之中，就这么冷冷清清地睡下了，无数的血债仿佛因这黄土的掩埋就不存在了，掩盖了，山林似乎本来如此，世道就是这样，没有罪恶和正义，没有仇恨和复仇。不可一世的猛士如此草草收场，一痕不留。可是，不，我复仇的烈焰突然在风雪中吱吱燃烧，不行，不是这样！老关没死！老关正向我走来！老关戴着平绒的瓜皮帽子，垂着双手，背着沾满血腥的背篓，腰间吊着牛卵子火药袋和镶着铜边的啄火的香签筒，老关麻木着脸，颧骨像悬崖一样冰冷突出，牙齿咀嚼着对山中所有生灵的不信任；老关多疑，神经质，野蛮，狡诈，小聪明，大愚蠢，老关通红的眼睛好像吃过了他的同类一样。老关向我走过来了。老关突然两眼射出绿莹莹的光芒，老关匍匐下来，雪白的绒毛像苍耳果毛一样竖起，老关摇着他肥茸茸的尾巴……

那是雪山！

雪山蹲上了老关的坟头，而我已经悄悄地退到一棵野核桃树后。雪山用鼻子嗅了嗅，它似乎嗅到了什么气味，不过它发现不了我，我在下风头。

雪山老了，它的主人已经死去，它是每晚来坟上为老关守灵的，它与草地轮换。

这条忠实的狗现在对着风中的野猫河谷呜呜地哭起来。每晚如此。它的哭诉是如此地真诚，跟狼的叫声没有两样。它老了，才这样无比深情地表达对主人的尽忠。它哭着，瘪瘪的肚腹看得见清晰的肋骨。它浑身发抖，四肢打瘸，牙齿脱落。我一阵又一阵地惊悚，不是因为害怕，而是，被它的哭诉唤醒了什么。

我不再那么柔情，我坚信，仇恨在风雪中会越煽越旺。我没有想什么，甚至连仇恨都来不及想，我就迅猛地扑了过去，一口咬住了雪山的脖子。

它不能再喊叫了，它还有气，它望着我，像我捕猎过的许多弱小动物一样，眼里充满了哀求。我把它压在爪子下。我不去想什么，我阻止了我想什么的念头，我只是看着深夜的群山，在风雪中喑哑的群山，没有声音，我也没有往常的喘息——因为制服它只花了我三四秒钟。我把它踏在地上。“我就这么抓住了它吗?”我朝四周东张西望着，我低低地怒吼着，我十分伤感和茫然。甚至我惶惑。

我放弃了它，雪山，我不想吃它的骨头喝它的血。我没有了食欲，我趺趺撞撞地走在荒野上，仇恨忽然被揪心的怀念取代了。我的同类，我过去恨过你们，为争抢食物和异性，我们大打出手，恨不得置对方于死地，现在你们都去了哪儿呢?你们回来吧！回来吧！

我爬上了一座山冈，在呼啸着北风和雪子儿的悬崖上拼命地吼叫着，呼唤着:“你们回来吧！回来吧！你们不能撇下我一个！”

又是一个黄昏到来的时候。

又是我们豹子觅食的时候到了。我从山上望去，老关的坟头出现了草地和老关的三儿子。大雪掩盖了我的足迹，北风吹走了我的气味，他们什么都不知道。然而他们警惕了。在老关的坟旁，又多了一道小坟，那是雪山的。

我瞄准了他们家的羊圈。

沉沉的风雪还在凌辱着这个山区，气温愈来愈低，我相信老关的三儿子和草地是抗不住这样的夜晚的。果然，在三更时分，老关的三儿子死拽着草地要它进屋去，可草地不干，高蹲在老关的坟头。这也是一条忠实的走狗！

我估摸着他们会在老关的坟周围下垫枪和套子，果不其然。四处都是套子。然后，我等着风向的变化，以便在进入羊圈时不被草地发现。我仔细观察，知道了羊圈被他们疏忽了。

一直到五更时分，风向还没有转的意思，而山里传来了沉闷如雷的声音，估计是山岩垮了。我无法再等待，我冲了下去，我跨进羊圈咬死了老关家唯一的一只母羊，叼起就走。

我跃过一个山坎就听见了狗吠声，草地发现了我，并且赶来了。

我跑。不是因为我害怕，我想把它引得远远的，引出那家人的视线，引出那周围太多的垫枪和陷阱。我虽然成了一只灵豹，可在大雪中那些机关会让我防不胜防。

我的佯逃让草地中计了。草地是决不会放过我的，放过一只猎物。可是它不知道，它的后头没有了老关，没有了老关的儿子们，没有了枪和猎钩。老关家的人在草地追赶我时，正在爬满虱子的被窝里呼呼大睡呢。

我只好放下了羊，向有利的地形跑去，向更高的山上和更密的林子里跑去。

我有过两次闪失和趔趄。因为雪陷得太深。雪也把草地陷住了。有一次它猛跃过来，咬住了我的尾巴，我只有那条尾巴在外面，但我的尾巴一甩，就将这条狗甩到更远更深的雪地中去了。我反过来去扑它，扑了个空。积雪下面的树枝撑起的空洞里，灵巧的草地正飞快地爬到了我的前面，冲出雪面，而树枝牵扯着我的躯体，我钻出来时，我们几乎同时跃向空中，在空中我看见了草地不顾一切的牙齿和利爪。就是这些利爪，抓出过我母亲的一只眼睛。“我要杀死它！”我的利爪更有力，那里全冒着火。我的牙齿全是用仇恨磨砺的，因此它锐不可当。

我知道我出了血，而草地——这只本地山水喂出的草狗，流的血更多。好吧，就这么着，看谁的血流到最后！我想起了我母亲的话，只有你咬住猎物，你才是一只豹子。我是豹子！我是豹子！我时时提醒我，我是一只豹子。虽然这很悲伤。我明确我的身份和遗传使我更加悲伤，我是得提醒我，因为我要战胜一切——凡是落到我手上的东西。这一点上，没有正义和非正义可言。

我们翻滚着，打斗着，撕咬着。拳头大的冰雹砸下来，在这样的时刻，在白晃晃而又黑沉沉的雪夜里，鲜血和皮肉成了我们唯一看得见的东西。

我在一条一条地撕草地的皮。

它在一口一口咬我的花纹。

我从来没有见到过这样一条狗，它比老虎还凶猛，它究竟是什么做的？它与我搏斗的冲动来自于哪儿？它为什么会对我们这些山野的荒客产生如此大的夺命仇恨？谁教会的？人类。人，人们。

我终于咬死了它。胜利当然属于我。想到人类，胜利就会属于我。

我用牙齿啃出它的眼珠。再啃出它的眼珠。一共两颗，我数了数，只有两颗。我找遍了它的全身，再没有了。如果再有眼珠的话，有一百颗眼珠，我也要一颗一颗地啃出来把它吃掉。我宁愿撑死！

我的伤口疼痛欲裂，在风中尤其如此。

我向山上爬去。

在渐渐发白的天色里，我流下了眼泪。我叼着草地，望着山野、河流和老关那低矮的坟冢。我疼痛且寒冷，草地的一腔热血没能给我御寒的力量。我走进了一个避风的岩洞，躺在冰凉的石头上，舔着自己的伤口。谁能救我，谁来安慰我？只有我自己。

我在山洞里躺了七天，我把草地吃得一点都不剩了，只留下一个狗头。我不能停下来，趁我还有着没被冰雪横扫去的激情，我要找他们，直立行走的东西——人。

我跟踪老关的三儿子一直跟踪到春天来临。

可是，我看见他的肌肉越来越发达，胡子越来越硬，目光越来越凶鸷。

老关的三儿子叫太，老关的孙子叫毛。我听见他们这样喊的。毛喊他的叔叔叫太儿，太儿喊他的侄子叫毛儿。太和毛经常结伴而行。太的猎钩时时带在身上，我有一次看见他在河里甩钩，钩到了一条扁担长的娃娃鱼。我无法对老关的三儿子太下手。而老关的孙子毛更是了得。这个额头高耸，长着一个大耳轮的少年，因雪山草地死后，又喂了两条更狂暴的猎狗，一条叫黄土，一条叫高坡。黄土是一条黄狗，高坡是绿狗。高坡绿色的毛简直看起来就害怕。那是最好的猎狗，总是跑在所有猎狗的前面，而且咬住猎物决不松口，且有献身精神。而黄土就差多了，比较懒惰。于是毛就总是拼命地打它，训练它，让它为一只鞋子十遍二十遍五十遍地跑进灌木丛去，寻找，叼出来，每次黄土身上不是有树枝的划伤就是有毛的鞭伤，而且浑身沾满了掰都掰不掉的牛蒡子。黄土躺都躺不下来，毛从不给它摘牛蒡子，一躺下，牛蒡子就扎着它的皮肉。因此，我看到黄土总是站着睡觉。这是毛对付黄土的办法。黄土看毛的时候，除了乞求，更多的是愤恨，可是毛看不到狗的愤恨。狗就是狗，狗愤恨他又怎样呢？再歹的狗也不会咬主人，你就是剁掉了狗的四肢，剜下它的眼睛，它还是忠于你，对你俯首帖耳，唯命是从。这是狗的本性所决定的。

太和毛上山种苞谷。

太和毛上山打猪草。

太和毛上山挖药材。

太和毛上山下套子，打野物。

春天的山上开满了如火如荼的杜鹃。毛肋杜鹃，粉背杜鹃，麻花杜鹃。高山的杜鹃是杜鹃树，是巨大的花树，不是一丛丛的，是一蓬蓬的，一蓬蓬的火，一蓬蓬的太阳和女人，一蓬蓬的跳动的心脏。

我想让他们分开，还有那两条可恨的狗。他们总会分开的，杜鹃之火不能烧退我的仇恨，我站在前沿，手握着仇恨的火器，我要战胜他们。

我看见他们吵了起来。他们总是吵架。

太说："毛儿，你不要这样驯黄土了，是什么样的狗就是什么样的狗，难道你爷爷没教你吗？"

"别提那个老不死的，"毛说，他的大耳轮在春阳里燃烧起来，像盛开的杜鹃，"我的狗肯定比他的好。"

"你骂你爷爷？"

"骂又怎样？骂了，太，你想把我怎样？"

"你这样跟你的叔叔说话？"

"我就是这样，因为我能超过你们。"

"你能有长辈的一半就不错了。"

"你算个什么东西啦，你打了几只老熊？那一只，洞里的一只，是瞎猫子碰死老鼠。"

"你跟你的娘一样，你不是我们关家的种。你现在独霸了你爷爷的床和房子，又想霸占我那套铺盖，让我无家可归。回去跟你的娘说，我不会分家的。你回去问问你的娘，问她，为何昨晚在我的酒里下了三块羊角七？"

"那是想把你毒死。"

"好哇，毛，你有种。"

老关的三儿子太背着猎钩走了，吹着口哨。而毛站在那儿。他还小，可他并不小。他咬着牙齿的声音就像在嚼一头老熊。何况还有已经成形并准备随时投入战斗的高坡和黄土。

我知道我下不了口，我如果下口，虽然他们互相间争吵不断，充满敌意，可一旦我出现，他们就会团结一致来对付我。

我现在的回忆实在理不清我当时冲动的理由了。我现在记忆力衰退。我只能解释：因为那时我年轻，被仇恨烧灼的旺盛的生命，总会做出些意想不到的事。当然，还有，那就是我无法忘记的老关孙子的一双大耳朵。那活脱脱是老关的耳朵，是猎人的耳朵。所有猎人的耳朵都是这样的，他们为了攫取猎物，谛听山林的动静，长久的鬼鬼祟祟使他们的耳朵变大了，变长了，竖起来，耳轮上的每一根神经都外露，恨不得伸出爪子来。那些神经像树叶的经络，像雷达，因长久的亢奋变得紫红，更加诱惑着我们的胃口。

我就直冲下去咬毛的耳朵，直截了当地咬，心无旁骛地咬。

只有半只耳朵在我的嘴里，黄土和高坡就扑向了我。而老关的三儿子太也掉转头来。

“豹子——！”

他的声音跟他的父亲老关一样，如此苍劲和肯定。“豹子”这两个字出自他们之口，不意味着惊赏和赞美，是子弹上膛的前奏。那一天，可惜他们叔侄二人都没有带枪，猎钩离我还遥远。一道白光一闪，是太的开山刀甩了过来，但没有砍着我，砍到了黄土的一条腿，黄土汪汪惨叫夹起尾巴从我的身边退却了。

这帮了我的忙，我挣脱了高坡，向早已窥测好的线路逃窜。而这时太和毛可着喉咙大喊“打豹子”，一时间，整个山梁上突然向这边涌来了几十人，都是扎在山缝里点苞谷和割猪草的人，他们手拿着锄头、镰刀，还有一些什么能下手和粗壮的东西，一起狂吼着：

“打豹子！打豹子！”

我跑啦！我快活地跑掉了，飞过一个梁子又一个梁子，一个垭口又一个垭口。我想起我嘴里含着毛的半只耳朵，等我停下来细嚼时，早就不知到哪儿去了，也许是因为紧张吞进了肚里。

我记得也就是那一年吧，我因为复仇的欣悦，心情说不清楚怎么一下就好了，至少看太阳是太阳，看山是山，看杜鹃是杜鹃。大群松鸦在树林上掠过的身影，短翅树莺清丽的鸣唱，都让我感动不已。我懒懒地睡在挑满紫花的还亮草中间，我看见树冠上一对依偎着的长尾雉，在另一棵山毛榉上面，一对豹猫正在暖融融的太阳里交媾。我还以为是两只小豹子呢，这种豹猫，皮毛上的花纹极像我们。但它们的样子更像猫而不像豹子。我看呆了，我看见它们呜呜叫喊着亲昵交配的场面，我直感到自己的浑身发燥，身体的某一个部位正在悄然觉醒。

这天晚上，我梦见了红果。

我梦见了红果投向我的怀抱，她口衔着一朵最漂亮的红晕杜鹃，她在山谷的岚烟和云海之上，她跑着，跃着，步态优雅。我说：“是你吗，你是红果吗？”红果并不说话，红果只是深情地望着我，将那朵杜鹃放到我的面前。然后她后退着，支起前肢，依然深情地望着我。不回答我问话的红果跑了，在我问了十遍二十遍“你是红果吗”之后，她摇动起美丽的尾巴就跑了，她逢山过山，逢水过水，我追呀追呀，总是追不到她，快抓住她，她又跑了。那么宽的峡谷她一跃就过去了，可当我也跃起来时，我发现我在往下落，落，落……我醒过来，我知道这是做梦，还未落到谷底我就醒过来了，以免摔得粉身碎骨。我的胸口怦怦发疼，我大口地喘气。刚才我梦到了什么？我听见远山近水有各种野兽的呼唤。它们在寻找着爱，被爱，缱绻的时刻。它们同时也在寻找着搏斗，显示，胜利或者失败。

搏斗啊，搏斗啊！我灿烂的皮毛，强健的体魄，正当壮年，充满着憧憬和遐想，我的热血要为我的所爱而洒，肢体为我的所爱而残，我哪怕走到天涯海角，也要找到她！

我在半夜时分就启程了。说是启程，并不理智。在这样的日子里，没有什么是理智的。我的皮毛就是火，眼光就是燃烧。我要烧掉我自己，让梦想熔化在另一个身影之中。

山重水复，征程漫漫。

我知道最后的结果是什么，我不过是把我的绝望重走了一遍。

我在情欲的发作中像一头瞎驴那么乱撞着，我怪叫着，怒吼着，龇着牙齿，爬上树冠，我要冲向云海，我要跃过高山，我要跨过河谷，我要跳涧，我要撞崖，我要把世界踏平。

一个又一个的晚上，一个又一个的白天，我在雨中，在雾气里不停地走着，我无法使自己停下来。为什么这世上只剩下我一只豹子了呢？为什么上苍让我如此强壮，欲火如此浓烈？为什么这样惩罚我？让我的身子不能绚烂一道山梁，而只能焚烧自己？让我的热情不能沸腾另一块红炭，而只能销损在我的自戕中？我撞头，我咬自己的爪子。我围着我自己的尾巴不停地转圈，直到把银河和星星全转入峡谷中，我倒地而睡。

这个春天我整整咬死了二十多头山羊和绵羊，还有一些小猪。我只是咬死它们，我并不吃它们。因为我的心头撞着火，它们的血只会把它烧得更旺。

对我的围猎是空前绝后的，我是一只害兽。这一年，大约出动了上千人，守在野兽必经的道口，人们谈豹变色，他们说，至少有十只豹子涌向了神农架山区。有的人并且欢呼，豹的现身是一种吉兆，山林将重又充满活力，人们的枪声将更加清脆，光芒四射。

我能躲过所有的围猎，可我躲不过情欲。那些空守着我出现的围猎者并不知道，我一个人在更远僻无人的老林里，经受着多么痛苦的煎熬。

最后与其说是我战胜了情欲，不如说是世界战胜了我，还有季节。

在瓦蓝发亮的充斥着马桑果醉意和鸦椿臭气的夏季里，我已经被我无处发泄的欲望折磨得形销骨立。我遽然之间衰老了，我弱不禁风，呆傻了，双眼麻木，嘴角流着老涎。我多肉的爪子也已经凹陷，走路失去了弹力，视物不清，老是生着眵糊，讨厌的苍蝇围聚在我的眼前，赶也赶不走。

到了这年的秋天，我的精神和身体又开始恢复了。我补充了许多营养，特别是我抓到了一只青鼬，我尝试着追击它，虽然我的肛门被它划开了一道口子，但我还是把它降服了，让它成为了我金秋的祭品。

秋天洋溢着金黄色的激情，可是山里的秋天非常短暂，一晃而过。

树叶全都开始疼起来，它们全都憋红了脸。我要趁这个季节踏上白岩！

来日对我不多了，我清楚。关于我将怎样死亡我来不及想它，这也不是我想的事，死亡到来的时候，你怎么想都是无益的；我看见过太多的死亡，我知道死亡是怎么回事。

我要踏上白岩，这个愿望并不急迫。虽然它成了我此生最大的愿望。时间还有，总之，死亡不会太早到来，这一点我有足够的自信和预感。

我要一级一级地从台地跃上白岩之巅，我要弄清楚一个多年的谜：白岩究竟为何吸引了我的母亲，她的一生，她并没有去过那里，那个每天让她痴痴地遥望的、梦幻城堡似的白岩。

我在深秋的大雾中向白岩进发了。那儿当然可以躲避人们的围捕，那儿猿猴难攀。

我寻找着路径，这是一次苦旅。

说起来令人难以置信，我在一个相当陡峭的高台地上，遇见了一头老熊，熊瞎子，山林最笨重也最凶猛的黑影。它挡住了我的去路。

这头熊瞎子！它也许正在寻找着食物，也许它此生压根儿就不认识我，认识一种叫着豹的林中之兽。这是一个什么东西呢？这可吃吗？我要吃它！可怜的熊瞎子！可恼的熊瞎子！它挡住了我上山的路，它要吃我。它红棕色的鼻子和小眉小眼一看就是未见过世面的，它只会在白岩这块地方偷苞谷，偷蜂蜜，甚至捣毁山蚂蚁的窝，这样的黑贼简直太胆大妄为了。

它站了起来。它吼。它喘着粗气。它一点都不在乎我的眼神，它反正看不到。它是个近视眼，瞎子，瞎胡闹！

可恶的老熊，它逼近我，谁都知道它的手掌的厉害，它的手掌只要挨着你，你的皮肉就会像豆腐一样掉下一大块。这就是熊的掌子。它像一阵恶风，一巴掌就扒过来了，要不是我躲得快，我的脸也会像一些猎人那样没有了。它扒到了我旁边的一棵树，一棵冷杉，把它的皮扒掉了一大块。树皮粉碎着四散飞射时，我的尾巴狠狠地抽了它一鞭子。哈，这一鞭子抽得痛快，抽得它疼，疼愣住了。“这是什么山兽，它握着铁鞭子？”它一定这么想。它愣住后转过头来，又站了起来，鼻子里气咻咻的。我已经站到了它刚才进攻前的位置，我直视着它，我在想着往它的哪个软处下口。

可恶的老熊又一次扑过来了。你别看它笨拙，那是表面的笨拙，它是无比灵活的，有时候——当它受到侵害，它的反击比风还快，没有哪个猎人不怕它的，只要它一枪没被打死，剩下的就该猎人倒霉了。这就是我们神农架山区的猛兽。你要它的命时，它也会要你的命。野猪如此，熊如此，虎、豹、豺、狼也如此。

这一次它是无比恼怒地罩向我的，只要一发怒它就会没完没了，以死相拼。我当然不怕它。而它呢，它也不会怕我。我又从它的腋下钻了过去，我没抓住它，它没抓住我。它把另一棵树，抓进去几寸深的凹槽，那也是一棵冷杉，上面留下了它新鲜的夺目的爪印。我也抓到了树，在那棵被它抓掉皮的地方，重新抓了一把，抓出了树筋，我还以为抓到它了呢。

再一次，它抓到了我，我也擦伤了它。

到了第五个回合，我们才都认识了对方，我们不再贸然行动。我们站在各自的树下，中间隔着大约五米远的距离，低吼着，有时候也带着一丝儿无法忍受的呻吟。

老熊在死劲地刨地，用以吓唬我。

我也刨地，刨脚下的土石，吓唬它。

它终于明白了，对方的这只山兽是无法打败的。

我也明白我很难让这头呼呼喘气的高大老熊投降。

我们之间的肉都不好吃。

暮色慢慢垂下白岩，我还没看上白岩的夕照一眼，暮色就在我们的肉搏中来临。

山风忽然加大了，呜呜地吹着，吹得我的伤口发疼，它也疼痛吧，这头大笨熊，它会疼痛。然而这样的僵持不允许我们疼痛，我们时刻警惕着对方，以防再次向自己进攻。

再次进攻是在荒林的鸡叫头遍时。这样的僵持总会爆发的，不是你死就是我活，不是你活就是我死。我们都抱着这样的侥幸开始了第二次战斗。

这次战斗持续了一个多小时，北斗西斜，寒露深重，地上全覆上了一层白霜。树扒了更多的皮，被我们的爪子深入进去了。这一次我们都没有增添新伤。我们开始了小心翼翼的回避，但是气势依然如虹，吼声没有止息。低沉的吼声要尽量引起胸腔的共鸣。

天亮了，我们的脚下已经刨出了半米深的大坑，它一个，我一个。

苍蝇闻到了血腥，还有蚂蚁，还有更恐怖飞临的松鸦，松鸦的鸣叫是十分瘆人的，它以为又有什么死去了，它们将啄食。在这儿修简易的运木材公路时，松鸦就经常聒噪，因为在山壁上，经常有炸飞的人肉——都是哑炮和失手让炸药炸的。

松鸦的叫声让我的心乱了，它们黑色的翅膀比幽灵更可怕。我痛苦不堪。我想告诉它，我不想战胜谁，你放了我吧，让开一条路吧，我要上白岩，我只想上白岩，并不是掠食者。在这样的时刻我还称什么英雄好汉，没有必要啦。像我这样的命运我还争什么呢？我想告诉它，可它不懂，它不是我的同类，我说什么话都没有任何回应了，没有谁懂我，我的表达，我的语言，豹子的语言。无论我怎么说，那也是一个咆哮的哑巴，我就是哑巴！

又僵持了一天。

我们谁也不相让，谁也不能示弱。我想走开，绕开它。我看到它也想走开，到远处去。可是，我们谁都不敢先行一步。这是十分危险的，谁先走，就是开溜，另一个就会猛扑过去，咬住它。就是这样，我们只是不停地刨土，打过来，打过去，虚晃一枪也可以，拿树干出气，扒它的皮，抠它的筋。

又到了一个夜晚。

我们没有进一点食，喝一口水。我们也偶尔睡一会，那也是头对着头，在双方的默示下打个盹，眼皮会时常地睁开，以免对方偷袭。

我们已经达成了默契，我们如果行动，必须出声，吼着，告诉对方，我要行动了。

我们有时是佯攻，有时是真打。因为我们在这种漫长的对峙中都已经到了愤怒的边缘，它会发怒，会的，因此我们就撕咬。

“让开一条路!”我说。

“让开一条路!”它说。

我们听不懂对方的语言。我们只能不停地打斗。打一阵，歇一阵，各不相让。

我真的痛苦。那样的时刻我说不出的痛苦。何必呢，熊啊，我真的不想要你的命，你先走吧，我不会伤害你。我是想借一个道，一个便道，追猎的英气和贪婪和饕餮早就不属于我了，那样的豹子死了，死绝了，独剩下我，一道衰败的微风，一缕夕照，长着牙齿和爪子的树叶，徒有其表的枯涩皮毛，绝望的影子，流浪的尊严，渐渐消失的秘密，比天空还深的伤感。

我终于冲过去了！我想起我是一只豹子我才冲了过去。这已经有两天两夜。我从自己刨出的一米深的坑里冲跃过去，那头老熊也在自己的一米多深的深坑里往外探出头，但是它已经来不及对我下手了。它也轻松了，呜呜地吼着向低山走去，去掰农人的苞谷。

我是在这年的第一场大雪来临时爬上白岩峰顶的。我走了四四一十六天。我试图着从东、南、西、北的四个方向往上爬。我爬过坡度平缓但人烟稠密的南坡，更登过荒无人烟但山势险峻的北坡。我更多的是从绝少围猎危险的北坡与西崖上山。一级一级巨大的台地是我的小憩之处。我滚落过，我又上去了；我颓丧过，我又站起来。

我在白岩高高的峰顶望着脚下及远处的千沟万壑，望着那深藏在岩缝里的蝼蚁似的人群、村庄和炊烟，望着一小块一小块补丁似的坡田，望着蓝色的河流和满头银发的群山。我的身边什么都没有，没有那巨大的城堡和想象中的在城堡里走来走去的人们，他们古怪的服饰，友善的面容和奇妙的音乐都不存在。我只是看到了两个鹰巢，一大群巫婆似的老鸹，一两根在厉风中独自怒吼了千百年的巴山冷杉。一些杂草，一些光滑的石头。

天气极坏，风雪和泪水迷茫了我的视野。可是，母亲，你站在我们童年的故居望着我吗？假如有夕阳，假如你还存在，你会凝望着我，你的儿子。你一定能望见我！你看到我踏上了只有鹰才敢筑巢的白岩，看到我高昂着头，在你的目光所能企及的地方，在最高处，孤独站着。

我是真正地伤感。再没有一双眼睛了，没有了，没有任何一双注视我的眼睛。除了我。

我摇摇晃晃地下山又花了半个月。我找不到来路，况且我差不多气血衰竭了。我是连滚带爬下山的。我滚啊滚啊，有一天竟滚到了老关的坟前。老关的坟都塌陷了，它的旁边又有了一道新坟。这是他三儿子太的。我完全知道事情的来龙去脉。我是一只豹精了，这儿发生的一切这块土地都会暗示给我。

太有一天和他的嫂子去赶集，他们经过一个叫松冈的山垭时，走进一家包子铺。太的嫂子给太买了二十个腌菜包子，太的嫂子说："你若把二十个包子吃完，我的一袋烟还没抽完，你就不与我们分家。"太从来没吃过这么多包子，这么香的腌菜包子。他想，这些包子我几大口就吃完了，而嫂嫂的那袋烟至少要抽半个钟头。他咽着口水当即就点了头。

他的嫂子的那个烟袋正是他父亲老关的，是那只豹爪烟袋，铜烟锅，小酒盅那么大，太小时候经常被他父亲用烟锅敲脑袋。这烟袋没有成为老关的陪葬，让太的嫂子也就是老关的大儿媳给继承了。

太吃着包子，他以为包子太好吞了，又泡又软。可是那一天他嫂子的烟丝燃得太快。他越来越嚼不动，下颌无力，两颊发酸。嫂子的烟抽完了，那二十个包子总算被太塞进了嘴里。他嫂子磕烟锅的时候，看到这个小叔子头一歪，就困在了包子铺肮脏的桌子上，死啦。他的嘴里至少还含着三个没有下咽的包子，两只眼睛鼓鼓地瞪着面前的那个空盘子。

我已不再有报仇的意念。够了，一切都够了。过去，我的幻觉中对我的兄弟唤我"斧头斧头"，我会听成"复仇复仇"。现在，我的兄弟再在我的意识中唤我"复仇复仇"，我却听的是"斧头斧头"。是亲切地唤我的名字，与别人无关。

今夕何夕？如今，我饿坏了。我很难搞到食物，我——这地球上跑得最快的动物，却再也逮不到一只田鼠，或者一头小鹿了。我跑不动啦，我时常饥一顿，饱一顿。好歹熬过了又一年，又一次听到山里春节爆竹的响声，又一次看到春天不紧不慢地到来了。

实话说，山上的野物也越来越少了，有时走上几天，看不到一只，如果多，我说不定广种薄收，能抓到一只打打牙祭。没有了，山下有羊，有猪，可是对付它们就是与强大的人类作对，我不愿冒犯人类，我服了他们，我怕他们。

我恍恍惚惚地经过一条峡谷，是一条干涸的峡谷。我觉得有些眼熟，我努力辨认，才记起这儿是石头落难的地方。然而现在这河里没水了，更没有鱼了。

太阳很好，可它们射出来的光线令人头昏眼花。这么，我晃晃悠悠地迎着太阳走，再一睁开眼睛时，发现来到了一块平原上——我的眼前就是这样，我还站在山边，这块平地很大，被山围着。山上的树木并不多，到处是些灌木丛，马桑、海棠，还有一些不大的毛栗树，一些用来做香菌木耳棒的披头散发的栓皮栎，现在都发出了新枝，喷吐着它们的绿意。

大约是人们吃中饭的时候了吧，山下散落的房子上空飘来的炊烟和腊肉炖土豆的香味勾起了我潜伏的食欲，我有多少天没进食了？我没计算过，反正，我的牙齿已经忘记了食物，很久以来就没有咀嚼过了，它只是在半夜磨砺着回忆。我先是看见不远处一家人家的后面有一只羊。我观察了半天，没有狗，也没有炊烟。没有炊烟就没有人。我慢慢朝羊接近。可是那只羊太大了，那只羊发现了我，拔腿就跑，还发出咩咩的叫声。我只好止步，伏在草丛里，以免惊动了人们，让我遭罪。

羊跑到了屋前，那是我不能去的地方，虽然我没有发现有人。

我沿着山根走，一直没有人，这个村庄是如此寂静，甚至狗都没叫一声。这使我放松了警惕。就在这时，我看见了一个小孩。我抬起头细看周围时，看到了一处石头下，有一个坐在地上玩耍的小孩。他是谁？他在干什么？我来不及问自己。我只是看到他很小，大约也就一两岁的样子，他津津有味地玩着一块石头，还不时把石头送到流涎的胖乎乎的嘴里去啃。

我看到了什么？我看到了他的两个耳轮——我当然是先看到他柔

软的头发和胖乎乎的脸，再看到那耳轮。大耳轮！老关的耳轮，猎人的耳轮。这是美味！我突然想起了一句话，我记不清是谁这么给我说过：“你只有咬住猎物才是一只豹子！”我的天！谁在暗示我？我记不起是谁的声音，我却记起了我现在是谁，是豹子！豹子，两个灿烂的字！好久我都忘了我是什么，我是否还活着，我是谁。我咬住了小孩的耳朵，我的牙齿切到肉的深处，我才记起我是一只豹子！

几乎差不多在同一个时刻，在我咬、小孩叫的时刻，从旁边放土豆的地窖里冲出一个身影，像一头山兽扑向了我。我没有看清楚小孩的旁边有个地窖。我低伏住头，我放开小孩，我用牙齿迎向这个黑影，用尾巴抽它。我与那矫健灵活的黑影搏斗。那个黑影飞上了我的头顶的一块石头，然后飞身而下，我来不及躲闪，我的脊椎就被压断了。我像一张纸一样趴贴在地上，我想站起来，站不起来了，这里的人谁都知道，我们是铜头铁尾麻秆腰。接着，从地窖里又跑出来许多人，雨点似的棍棒砸向我。

我看见了我的母亲。